903

Francisco Coloane
La scia della balena

TEA DUE

FRANCISCO COLOANE

LA SCIA DELLA BALENA

Romanzo

Traduzione di
Pino Cacucci e Gloria Corica

TEA

TEA - Tascabili degli Editori Associati S.p.A.
Corso Italia, 13 - 20122 Milano

www.tealibri.it

Edizione su licenza della Ugo Guanda Editore
del volume appartenente alla collana
«La frontiera scomparsa», diretta da Luis Sepúlveda

Titolo originale
El camino de la ballena

Prima edizione TEADUE giugno 2001

Ristampe: 10 9 8 7 6 5 4 3 2 1
2005 2004 2003 2002 2001

A Eliana
Alla memoria dei capitani
Juan Coloane e Enrique Barra

Il mio pensiero fugge tra le onde del mare,
vagando in lontananza, oltre le regioni della balena...
Avido e affamato, il mio spirito invoca, passero solitario...
Mi sprona a seguire la scia della balena,
irresistibilmente, sulla vastità delle acque.

(da una poesia anonima)

PRIMA PARTE
SULL'ISOLA

1

Quella notte accaddero cose piuttosto strane a Quemchi, piccolo porto del legname. Non fu tanto per la tempesta che si era scatenata a metà pomeriggio facendo colare a picco un battello carico di legna, perché la gente dell'arcipelago è abituata a sopportare la furia delle grandi depressioni atmosferiche che si susseguono provenienti dal lontano sudovest. Gli eventi singolari furono quelli che seguirono alle raffiche di pioggia notturne.

La barca a vela stava doppiando il piccolo promontorio di Pinkén quando venne capovolta da una di quelle raffiche traditrici. L'unico uomo a bordo, un modesto padre di famiglia che era andato a raccogliere legna per la sua casa, si arrampicò sulla chiglia e, stando a cavalcioni come se fosse sul dorso di un cetaceo, si aggrappò con unghie e denti alla sua unica zattera di salvataggio.

Quando sembrò che ormai nessuno si sarebbe azzardato a uscire per recuperare il naufrago che si dibatteva tra la vita e la morte in mezzo al mare comparve alla vista degli abitanti il battello di Raúl Carnot, un pescatore, che evitando abilmente gli scogli di Pinkén usando la sola vela del fiocco, arrivò fino alla barca rovesciata, rimasta a galla grazie al carico di legname, e trasse in salvo Pedro Santana, la cui moglie correva disperata sulla riva con il suo scialle nero simile alle ali di un corvo svolazzante tra le onde.

Tutto il villaggio di Quemchi provò un grande sollievo di fronte al gesto di Carnot. Gli uomini, soprattutto, quella notte andarono a letto più sereni, pensando che l'indomani avrebbero potuto guardarsi in faccia con la stessa franchezza di prima, senza quel velo di vergogna che in simili occasioni le tempeste lasciano sul loro volto.

Tuttavia, non riuscirono a dormire tranquilli per un altro motivo: a notte fonda vennero svegliati da un angoscioso pigolare di uccelli migratori che avevano cercato rifugio sotto le grondaie. Molti abitanti uscirono dalle case cercando di farsi luce nella burrasca con torce di lino; ma riuscirono soltanto a intravedere sotto le tegole di larice delle sfuggenti ombre grigiastre, stesso colore della tempesta, che battevano le ali pigolando atterrite, anche se erano più sicure lì che tra le chiome squassate degli alberi, dato che il vento impetuoso stava scuotendo il bosco fin dalle radici.

Nessuno riuscì a riconoscere dal chiassoso pigolare a quale specie appartenessero gli uccelli sorpresi dalla tempesta e scagliati tra quei tetti provvidenziali. La tormenta si placò prima dell'alba, e lo stormo ripartì misteriosamente come era arrivato.

Un sole splendente spuntò l'indomani nella calma del cielo cristallino, illuminando le isole dalla vegetazione rilucente, come rinnovata, mentre il mare tranquillo riprese a lambire le coste con la dolcezza di un innocente bambino, dimentico della recente sfuriata.

Come risultato dei suoi eccessi, lasciò sulle spiagge una distesa di seppie morte, e teneri cetrioli di mare che sembravano membri virili sradicati dal loro fondo sabbioso.

Ma ciò che scosse più profondamente il villaggio, che contava circa ottocento abitanti, fu il cadavere di una donna rinvenuto tra i mucchi di alghe nelle vicinanze di Pinkén. Il bianco corpo era cosparso di lividi e contusioni causati dalla violenza del mare; il volto era irriconoscibile per i colpi contro le rocce della costa. Pietosamente, un pescatore la depose sul fondo della sua barca e ne ricoprì le nudità con una tela logora, e attraverso i buchi la pelle sembrava madreperla nelle grigie profondità del mare.

Doña Jecho, una vecchia levatrice del promontorio, mise

in allarme il vicinato raccontando a tutti di aver visto all'alba, dall'altra parte di Pinkén, un uomo con una mantella nera che, smontato da cavallo, aveva lavato sotto la cascata un fazzoletto bianco insanguinato. E proprio in quel punto si erano arenati, tra i mucchi di seppie, sette delfini. I più superstiziosi si misero a fare congetture, immaginando che il Caleuche, la nave miraggio, l'errante vascello fantasma dei mari delle isole, dovesse avere qualcosa a che fare con tutto questo.

I sette delfini erano quasi allineati uno di fianco all'altro, con gli affusolati corpi scintillanti di riflessi bianchi e azzurri. Anche questi venivano messi in relazione con il Caleuche, poiché si diceva che gli uomini dell'equipaggio che disertavano dal vascello fantasma si trasformavano in quei cetacei, finendo per arenarsi sulle spiagge nel tentativo di sfuggire al Caleuche, la nave stregata che naviga a pelo dell'acqua, con i ponti di coperta rilucenti come le squame del re di triglie e l'equipaggio indemoniato, uomini storpi come le loro anime, con un piede attaccato alla schiena e la testa girata all'indietro, quasi guardassero sempre verso un tenebroso passato.

Sette sono, sette sono,
nel profondo oceano sette sono,
crescendo nel cielo sette sono,
nel profondo oceano vennero generati,
né maschio né femmina,
sono come l'errante lampo,
non hanno moglie né figli,
non conoscono la grazia né la pietà,
non ascoltano preghiera né supplica.
Sono come i cavallucci marini,
generati tra le colline d'acqua.
Sono gli spiriti del male.
Sette sono, sette sono.
Signore, mio Dio, salvaci da loro!

Così mormorava tra i denti doña Jecho, rendendo inquieti gli abitanti della zona.

*

Pedro Nauto, un ragazzino di tredici anni, ascoltava senza particolare interesse quei macabri mormorii. Non che il suo animo giovane e curioso non smaniasse per andare a vedere quanto succedeva laggiù sulla punta, nei pressi di Pinkén, ma era sabato e doveva andare a prendere il suo cavallo, un sauro *mampato*,* in un pascolo sull'altura. Intendeva sellarlo al più presto e recarsi a casa della madre, laggiù a Puerto Oscuro. Avrebbe soddisfatto la sua curiosità passando da Pinkén, verso l'estuario di Tubildad, sulla strada di casa.

Stava terminando l'ultimo anno della scuola primaria di Quemchi, che arrivava solo fino alla quarta, e ogni giorno doveva compiere quel tragitto a cavallo dal luogo dove viveva, a meno che non usasse il suo barchino a due remi con il fondo piatto, quando il mare gli permetteva di attraversare l'imboccatura del profondo estuario.

Puerto Oscuro si trovava proprio di fronte al promontorio di Pinkén, e in barca ci impiegava non più di un quarto d'ora; ma a cavallo la distanza si quadruplicava.

Il sabato era un giorno felice per Pedro Nauto, perché poteva attardarsi lungo il viaggio a suo piacimento, approfittando di qualsiasi distrazione incontrata sul cammino, sia per mare che per terra. Soprattutto per mare, quando gli capitava di imbattersi in una foca amica, che rispondeva ai suoi fischi mettendosi a seguire la barca come un cagnolino, anche se a volte provava un certo timore vedendo quegli occhi scuri dal riflesso quasi umano. Gli tornava in mente il Caleuche e cominciava a remare con maggior vigore.

Il sauro, con una stella bianca sulla fronte, alzò la testa vedendolo avvicinarsi con la cavezza di crine. Si lasciò imbrigliare docilmente.

* *Mampato*: cavallo basso e robusto, dal pelo lungo, simile al pony. (*N.d.T.*)

*

Accingendosi a montarlo a pelo per andare a recuperare i finimenti che teneva da parte in un angolo della scuola, all'improvviso notò tra il vicino fogliame un uccello color piombo, grande quanto un colombaccio, con il quale sulle prime lo aveva confuso, ma nella parte inferiore era bianco come i gabbianelli. Impugnò immediatamente la sua fionda di canna, caricandola con una delle pietruzze che portava sempre con sé; prese la mira e lanciò il sasso, che colpì l'uccello a un'ala. La preda cadde a terra sbattendo le ali.

Sembrava come intontito, e non provò a volare neppure quando il cacciatore si avvicinò. Gli torse il collo per evitargli altre sofferenze e lo mise nella sua sacca, dove portava i libri, un po' di pane e del pesce affumicato.

Nemmeno il vecchio bidello della scuola riuscì a riconoscere il volatile.

«Sembra un uccello di mare», disse, indicando le membrane natatorie delle piccole zampe rosse.

«Però se ne stava su un nocciolo, all'inizio della boscaglia», spiegò Pedro Nauto.

«Stanotte sono successe strane cose...» ribatté il custode, come unico commento.

«Sì, ho sentito che hanno trovato una donna morta e sette delfini sulla spiaggia di Pinkén. Ci passerò per dare un'occhiata. Ieri non sono potuto andare a Puerto Oscuro, con quel temporale. Mi sono fermato dal mio tutore scolastico, don Lorenzo, e durante la notte siamo dovuti uscire a vedere cosa succedeva sotto il tetto. Magari erano proprio questi uccelli. Quello che ho preso io si sarà perso sul monte.»

«Può essere...»

Una volta sistemata la sella, partì al galoppo lungo le strade infangate del piccolo villaggio costiero. All'imbocco della lunga strada che portava alla punta incontrò un compagno di scuola.

«Hai saputo? Una donna morta e sette delfini arenati a

Pinkén! Dicono che la donna sia stata uccisa da un uomo con un mantello nero in sella a un cavallo nero. Lo sai che quelli che possiedono animali neri hanno fatto un patto con il Caleuche? Dicono che il giudice, don Custodio Ramírez, si prenderà i delfini per farne sapone. Non crede alle stregonerie, il giudice, ah, ah!»

Pedro Nauto spronò il suo piccolo destriero senza rispondere a quel chiacchierone. Il sauro correva veloce, nonostante il fondo sabbioso che precedeva la spiaggia di ghiaia di Pinkén.

Davanti alla casa del vecchio Rogel scorse un gruppo di persone e diresse il cavallo nella loro direzione.

Facevano capannello intorno al vecchio poliziotto Zúñiga, che i ragazzi chiamavano «Caña del medio»,* per come soffiava nel fischietto quando si verificava qualche parapiglia, annunciando così l'arrivo dell'autorità. Anche il giudice Ramírez, con i suoi baffi da castoro, si trovava lì, insieme a doña Jecho, che continuava a girare intorno al gruppo pronunciando i suoi scongiuri semipagani.

Il ragazzo fermò il cavallo, smontò e, scostando i lembi del suo piccolo poncho giallo, si avvicinò a curiosare.

Il pagliolo della barca, a forma di trapezio e fatto di assi di legno incrociate, era stato posato sulla ghiaia. Al centro c'era un involto coperto da una tela slavata quanto il legno del graticcio. Attraverso i buchi della tela consunta si intravedeva qualcosa di terso e biancastro.

La tela ricopriva totalmente il corpo, e ogni tanto qualcuno andava a sollevarla per dare la sua testimonianza o saziare la morbosa curiosità.

All'arrivo del ragazzo tutti tornarono ad accalcarsi.

«Senti un po', tu», disse il giudice, «dimmi se hai mai visto questa donna!»

* Il vento della Patagonia soffia sempre alla stessa altezza e fa fischiare le canne di bambù di media lunghezza; il soprannome si riferisce a una «canna media», che fischia sempre. (*N.d.T.*)

«Caña del medio» sollevò un'estremità della tela e scoprì il volto quasi irriconoscibile per i colpi contro gli scogli.

Ma tutti, anziché guardare il cadavere, fissarono il volto del ragazzo, che, atterrito, esclamò:

«È mia madre!»

Un pallore diafano pervase il suo volto olivastro, propagandosi fino alle labbra serrate, mentre tutto il corpo si contraeva in un nodo a contenere l'immane sventura. Si tolse il poncho giallo e lo distese sulla tela, tentando di ricoprire le nudità che si intravedevano attraverso gli strappi.

«Vado a cercare mio nonno!» gridò, senza aver ancora ceduto al pianto, e montato a cavallo con un balzo, affondò i talloni nei fianchi e partì avvinghiandosi al collo dell'animale.

«Sarà mai possibile?»

«Cosa?»

«Che sia proprio Rosa Nauto, quella di Puerto Oscuro! E noi non ce n'eravamo accorti!»

«E con una simile disgrazia, non ha pianto davanti alla madre morta», fu il commento di qualcuno.

Le prime lacrime di Pedro Nauto cominciarono a sgorgare a fiotti non appena ebbe oltrepassato il promontorio di Pinkén; ma il vento, nella corsa, le asciugava, e sembrava che non piangesse.

Sulla ghiaia di Pinkén era rimasto il suo poncho di lana, che le mani materne avevano colorato usando la radice di un arbusto chiamato *mechay*, e sembrava uno strano fiore giallo deposto sulla tela, lacerata e scura come la tempesta.

2

Il corpo di Rosa Nauto venne trasportato, su una barca a cinque paia di remi, da Quemchi fino a Tubildad, dove si trovava la casa di suo padre. Don Santiago Nauto, nonostante il cognome indigeno, era, a tutti gli effetti, tronfio come un signorotto spagnolo. Molti sostenevano che il suo vero cognome fosse Àlvarez, da lui cambiato per tenersi un lotto di terreni quando erano state legalizzate le proprietà degli indios sulla isola grande di Chiloé.

Aveva relegato la figlia su quella esigua lingua di terra di Puerto Oscuro per la colpa di aver avuto un figlio naturale tredici anni prima, e adesso ne prendeva in consegna il cadavere adagiandolo sulla sua barca migliore, quella a cinque paia di remi.

Qualcosa si era incrinato nel cuore del vecchio mentre conduceva personalmente la barca, seduto alla barra del timone. Sul pagliolo era stata sistemata la bara in legno di *mañío*, e ai remi di poppa, più corti e meno faticosi da manovrare rispetto agli altri, vogava Pedro Nauto, in una posizione scomoda, con le gambe piegate per non mancare di rispetto al feretro puntandoci contro i piedi. Gli altri rematori erano quattro lavoranti di don Santiago, che vogavano con vigore e in perfetta sincronia.

Pedro Nauto sembrava intontito, sentiva solo il ritmico scricchiolio dei remi sugli scalmi. I suoi remi, ogni tanto, affondavano più degli altri, lasciando nell'acqua un punto interrogativo profondo.

Ogni tanto immaginava che i suoi occhi trapassassero il legno della bara e potessero vedere la madre avvolta nel nero sudario in cui l'avevano composta; ma, di colpo, la ricordava come era fino a poco prima, eretta, sicura, con un'aura luminosa sul volto dagli occhi scintillanti e le lentiggini sparse sulla faccia spigolosa e smunta. Ma la vedeva anche come gliel'avevano mostrata sulla spiaggia di Pinkén. Era una visione di particolare orrore, che non si sarebbe mai più cancellata dalla memoria: quando il poliziotto aveva sollevato la tela, la prima cosa che i suoi occhi avevano colto erano i bianchi seni che lo avevano allattato, miracolosamente risparmiati allo scempio, e poi quel volto sanguinolento, come cancellato dalla forza delle onde, al pari di un fascio d'alghe flagellato contro gli scogli. Era stata una mazzata il cui dolore lo aveva percorso dalla radice dei capelli alle unghie, e non si era reso conto di cosa avesse detto, partendo al galoppo sul suo cavallo. «Vado a cercare mio nonno», erano state le sue parole; ma in realtà voleva soltanto fuggire da quell'orrore...

La barca stava doppiando il promontorio di Pinkén, e dagli alti rami di un *tique* si lasciò cadere in acqua un martìn pescatore, con il piumaggio cangiante, dello stesso colore delle bromeliacee che coronavano la sommità. L'uccello piombò in acqua come un guizzo d'arcobaleno, per poi riemergere più in là con un re di triglie che si dibatteva rilucente nel becco. Quindi risalì fino al suo cespuglio di bromeliacee e, seminascosto, riprese a spiare verso le profondità marine.

Pedro Nauto conosceva quell'uccello, almeno quanto la foca che accorreva ai suoi fischi. Era arrivato a credere che aspettasse il passaggio del suo barchino quando andava o tornava dalla scuola, per mostrargli la sua abilità di pescatore. Quante volte aveva incrociato i remi, restando inerte, a guardare il tuffo dell'amico!

A volte anche la foca emergeva con un branzino tra le fauci, simile a un braccio rutilante che si dibatteva disperatamente. In altre occasioni se ne rimaneva come un cane con le narici che annusavano l'aria fuori dall'acqua. Allora lui le fischiava in modo particolare, e la foca seguiva la scia del barchino per due o trecento metri. Più di una volta l'aveva aspettata alzando i remi; in un caso erano stati molto vicini, ma quando la sua ombra si era protesa da poppa, la foca era rapidamente scomparsa lasciandosi dietro un risucchio d'acqua.

Oltre al martìn pescatore, in quel momento gli sarebbe piaciuto rivedere la foca, ma non apparve. Pensò che probabilmente era intimorita dal rumore delle cinque paia di remi. Quando era da solo sul suo barchino, remando dolcemente, i due si sentivano più vicini nel cuore del mare.

«Andiamo a lasciare la defunta a casa tua, Nibaldo», disse il vecchio Santiago Nauto a uno dei suoi fittavoli.

«Non farà la veglia a casa sua?»

«No, perché il giudice deve chiedere istruzioni ad Ancud per l'autopsia... Dicono che non si tratti di morte naturale... Ma quando mai un medico arriverà da Ancud per eseguirla? Io ho bisogno della mia casa per immagazzinare il grano...»

Ancora una volta, Pedro Nauto provò rabbia per la meschinità del nonno. Aveva conosciuto le sofferenze della madre per colpa sua. Le fatiche sulla piccola lingua di terra a Puerto Oscuro che il vecchio le aveva assegnato perché non morisse di fame. Lui, invece, viveva da gran signore. Dopo i Cordaro, don Santiago Nauto era il più grosso proprietario terriero delle circoscrizioni di Quemchi e Tubildad.

Sulla spiaggia melmosa e ghiaiosa, in fondo all'estuario, un biroccio con una coppia di buoi aspettava il feretro. Sistemato su quella sorta di slitta, intraprese il tortuoso cammino in ripida salita, tra cespugli e arbusti; si trovavano già sulle terre di don Santiago, che si estendevano da Tubildad a Huite, una fascia di oltre quattrocento ettari tra due porti. Erano terre di dolci colline e brevi pianure, coltivate a grano e patate, con una cinquantina di vacche e buoi e circa cinquecento pecore che pascolavano nelle radure che erano state disboscate per il legname pregiato e la legna da ardere. Un lago dalla forma allungata si stendeva tra due dolci vallate, le cui estremità erano ricoperte da boschetti di mirti dove si cacciavano lontre e castori. Gli uccelli marini, soprattutto i *cheyes* e i gabbiani, lo avevano scelto per nidificare, e ciò conferiva alla zona una suggestiva vitalità.

Calata ormai la sera, arrivarono alla casa del fittavolo Nibaldo Cárcamo. Era una masseria con il tetto in lastre di larice e le pareti di lauro grezzo, un focolare rustico, stanze da letto sul soppalco e una grande sala che occupava la maggior parte della costruzione. Lì aveva vissuto in precedenza don Santiago Nauto, negli anni in cui cominciava ad accumulare denaro e terreni. Poi si era costruito la casa a due piani, a mezzo miglio dalla vecchia masseria, più consona alla sua fortuna ormai consolidata. Il fittavolo di fiducia, Nibaldo Cárcamo, aveva occupato quella che era stata la casa padronale, utilizzata, inoltre, come mensa per i braccianti nei periodi di raccolto e semina.

La sala, dalle grandi pareti grezze, scure, e le grosse travi di legno scolpito e annerito dal tempo, con il feretro al centro aveva assunto l'aspetto di una rozza navata di chiesa. Le porte vennero socchiuse e un gruppo di comari si inginocchiò intorno, iniziando a recitare un rosario che una di loro declamava con voce roboante, mentre le altre rispondevano in coro. A mezzanotte arrivò altra gente, e i vari gruppi si alternarono nelle preghiere, che assunsero toni ancor più drammatici con la voce grave degli uomini. Di quando in quando si producevano profondi silenzi, finché un volto emergeva dalla penombra e ricominciava con il primo padrenostro di un rosario, che tutti ripetevano in coro a bassa voce, con un mormorio simile a quello di api rinchiuse in un ronzante alveare.

Durante il giorno, la salma rimase in solitudine, perché tutti si dovettero recare al lavoro nei campi; ma la notte seguente arrivò altra gente, e il salmodiare riprese con la stessa tonalità monocorde. Fu servito uno stufato di agnello e un grande pane di segale. Alcuni bevvero aguardiente aromatizzato con bacche di mirto e altri sapori.

Trascorsero due giorni e tre notti senza che né medico né giudice arrivassero per l'autopsia. Allora, di comune accordo, si iniziò la preghiera di una novena di suffragio. Le novene durano nove notti, alternando preghiere e canti sacri, per l'eterno riposo del defunto appena sepolto, e si tengono solitamente qualche giorno dopo i funerali; ma in questo caso si approfittò delle circostanze che impedivano di seppellire la defunta.

Don Santiago Nauto, per non peccare di eresia e non apparire meschino, accettò la decisione dei vicini; ma a denti stretti, perché è dovere del parente più prossimo continuare a offrire cibarie ai convenuti. Così, quasi tutti gli abitanti della zona, senza altre distrazioni che non fossero i quotidiani lavori nei campi, vennero a recitare le novene in casa del fittavolo Nibaldo Cárcamo, come se si trattasse di una festa. Più abbondante era il mangiare, più numerosi risultavano i partecipanti alla preghiera, e, di conseguenza, l'anima della defunta aveva maggiori probabilità di raggiungere la santità del cielo; ma per don Santiago Nauto quei gruppi di anime pie erano come branchi di castori venuti a devastargli i possedimenti.

Era la prima volta che Pedro Nauto si ritrovava di fronte alla morte e alla sequela di liturgie officiate dai vivi. Il suo acume gli permetteva di rendersi conto che quella brava gente, più che a pregare per sua madre, veniva lì a mangiare.

Ogni sera, Pedro Nauto dava una mano a servire i preganti, che si ritiravano poco prima di mezzanotte. Dopodiché prendeva il suo sauro, attraversava colline e radure dei boschi e se ne andava a dormire nella piccola casa solitaria di Puerto Oscuro. Il nonno gli aveva chiesto di fermarsi a casa sua o in quella del fittavolo, ma lui non aveva accettato.

La prima notte che dormì da solo in casa ebbe molta paura. Una paura incontenibile e smisurata che lo fece tremare nel letto, quando il vento prese a scuotere i paletti di porte e finestre. Gli sembrava di vedere la madre che girava intorno alla casa, apriva la porta, si sforzava di trascinare la barca a riva per metterla al riparo dalle onde, stendeva le reti rammendate. Uscì più volte esponendosi alle intemperie, e si sentì subito meglio. A un tratto gli sembrò che la madre fosse entrata in casa, e al mattino si risvegliò al suono della sua voce che gli gridava come d'abitudine: «Pedrito, in barca, che è già ora di andare a scuola...»

La terza notte che arrivò a casa da solo, nell'accendere il lume a paraffina, gli parve che lo aspettasse coricata sul letto e ci mancò poco che non si mettesse a correre terrorizzato per i campi; ma tese i nervi come faceva quando una grande ondata minacciava di rovesciargli la barca e rimase dov'era.

«Non aver paura, Pedrito!» disse a se stesso, imitando la voce della madre, e si avvicinò al letto. Erano le coperte che, rimaste ammucchiate, sembravano assumere la forma di un corpo umano. Le spostò di lato e si mise a sistemare con cura le bianche lenzuola di lana tessute al telaio dalle mani materne. Tirò su le coperte e si coricò nel letto di sua madre. Da quella notte, diminuirono i timori e le visioni. Solo di tanto in tanto, quando il mare ingrossava e con l'alta marea una grande ondata si infrangeva fragorosamente contro la vicina scogliera, gli tornava alla memoria il corpo della madre avvolto nella tela sul pagliolo, e quel volto mutilato si delineava e svaniva come un'alga morta portata e allontanata dalle onde tra le rocce. Allora affondava la testa nel cuscino in preda all'angoscia, e piangeva, piangeva con un mormorio di acqua sotterranea, a lungo, finché non si addormentava trascinato via da un'onda più nera...

Alla quarta notte della novena, Pedro Nauto dovette rendersi conto di un evento tragicomico che lo portò ad avere poca fede negli uomini e ancora meno in Dio. Il sentimento religioso gli era stato inculcato fin da bambino da sua madre e da due o tre missionari gesuiti passati da Huite e da Quemchi; ma già in tenera età, per fatti in apparenza futili, aveva esaurito la fiducia nei santi e in altri aiuti divini. Una volta, aveva perso i soldi per comprare il caffè e lo zucchero al villaggio. Si era messo a cercarli un giorno intero recitando avemarie e padrenostri. Aveva concesso a Dio e alla Madonna un certo periodo di tempo perché glieli facessero ritrovare; poi, pregando e ripregando senza il minimo risultato, ormai sfinito, aveva voltato le spalle a entrambi. Mai più era ricorso alle preghiere per farsi perdonare qualcosa. L'abitudine di segnarsi, quella sì, non la perdeva e ce l'aveva fin da piccolo, quando la madre lo faceva inginocchiare in grembo, sul fondo della barca carica di legna o patate, che minacciava di capovolgersi. «Prega Dio, figliolo, chiedigli di salvarci...» e tante volte, in mezzo a un temporale, non era rimasta loro altra risorsa che quella, visto che si erano salvati solo per miracolo. Il ricordo di quell'inginocchiarsi tra le gonne della madre, di loro due che pregavano in mezzo alle onde che si avventavano sulla barca, ce l'aveva nel sangue, e in ogni momento di paura o di angosciante pericolo, come in quelle notti, si portava istintivamente la mano alla fronte e al petto, facendosi il segno della croce.

Adesso, dopo quattro notti di preghiere e orazioni cantate, constatava la canagliesca furbizia di suo nonno, che aveva approfittato della circostanza che impediva la sepoltura della madre per trarne benefici.

Fu Isaías Cárdenas, un vicino di Huite, a dare il primo allarme:

«La gente sta disertando le novene, don Santiago...»

«Si saranno già riempiti la pancia, lasciali perdere.»

«Il fatto è che il corpo della defunta si sta decomponendo... Ormai nessuno riesce più a resistere qui dentro per l'odore... e meno ancora quando devono mangiare.»

Alla quinta notte il numero dei fedeli era notevolmente diminuito. Un gruppo di quelli rimasti imperterriti davanti alla salma si avvicinò al vecchio riccone proponendogli di trasferire la bara in un altro luogo.

«Perché?» chiese lui con un sorrisetto malefico.

«Perché ha cominciato a puzzare!»

«E dove vorreste portarla? Non dimenticate che si tratta di mia figlia e io dispongo dei suoi resti!»

«Nella capanna qui di fronte... Potremmo sistemarla nel

solaio dove vengono custoditi i covoni di grano... Mentre le novene si possono recitare come di consueto, dentro casa...»

«Ah... no! Significherebbe profanare i resti di un cristiano! Come vi salta in mente di volerla mettere dove si rinchiudono gli animali?»

«È che dentro ormai non si resiste più, don Santiago...»

«È così che si mette alla prova la fede... Altrimenti, perché pregare tanto?»

E la prova di fede si concluse con la diserzione generale, poiché tutti se la svignarono con un po' di vergogna, senza concludere i nove giorni di orazioni funebri, salmi e mangiate.

Una volta ottenuta la precipitosa ritirata, Santiago Nauto spostò la salma e andò a sistemarla proprio dove gli era stato proposto dal vicinato. Lì, esposta alle intemperie, sotto la tettoia di paglia infestata di topi, dove venivano rinchiuse vacche e pecore, rimase qualche giorno ancora, finché il magistrato del distretto ne ordinò la sepoltura, visto che il medico legale incaricato dell'autopsia non era più venuto.

Pedro Nauto constatò che alcuni gufi e altri uccelli rapaci, attratti dall'odore della capanna, erano stati gli ultimi ad accompagnare i resti dell'amata madre.

Prima della sepoltura dovette sostenere l'interrogatorio del giudice di Quemchi.

«Sono sicuro che mia madre è morta affogata cercando di issare la rete in barca. Entrambe sono state ritrovate più tardi sulle secche della punta», aveva risposto fin dal principio al giudice Ramírez.

«E come spieghi che tua madre non sia stata rinvenuta sulla stessa riva, ma sulla spiaggia di Pinkén?»

«La corrente, signor giudice... la corrente... In quel tratto si formano molti vortici con l'alta marea. I vortici devono aver spinto fuori la barca e la rete su quella sponda, mentre il corpo è andato a fondo ed è finito a Pinkén.»

«Tua madre viveva sola? Da sola con te?»

«Da sola con me...»

«E quell'uomo con il mantello nero che è stato visto da doña Jecho dietro Pinkén, intento a lavare un fazzoletto sporco di sangue?»

«Ho verificato tutto, signore. E i vicini lo sanno. Si trattava di Emilio Perancán, che quella mattina all'alba se ne andava verso Tubildad sul suo cavallo nero e con il mantello addosso. Si è fermato a lavarsi la faccia alla cascata e poi si è asciugato con un fazzoletto. Domandatelo a lui; io l'ho fatto e mi ha detto che è andata proprio così.»

Perancán, interrogato al riguardo, confermò la versione del ragazzo.

Pedro Nauto sentì un gran sollievo quando tutte quelle traversie umane e divine si esaurirono mettendo fine al dramma della madre.

Tornati a Quemchi, il nonno lo chiamò.

«E tu, cosa pensi di fare adesso?»

«Restare a Puerto Oscuro finché non ci sarà da raccogliere quello che abbiamo seminato io e la mamma.»

«E dopo?»

«Venderò le patate e il grano, e me ne andrò da qui.»

«Dove?»

«Non lo so. Devo rifondere alcune giornate di lavoro che mia madre doveva ai suoi vicini. Poi, potrei trovare un imbarco su qualche lancia o goletta. Oppure lavorerò sulla scialuppa di José Andrade, a pescare ostriche. Presto verrà la stagione adatta per quel genere di molluschi.»

Il vecchio Santiago Nauto rimase un po' perplesso di fronte alla decisione del ragazzo.

«Senti», gli propose, dopo averlo ascoltato, «perché non resti in questa casa con me? Finisci la scuola e poi mi aiuti a tenere i conti e a controllare la gente sul lavoro. In fondo, tua madre è morta, e Dio la perdoni per tutto quello che ci ha fatto!»

«Cosa ci ha fatto?»

«Una cosa da poco... ha disonorato tutta la famiglia.»

«Quale sarebbe il disonore?»
«Averti messo al mondo senza un padre... Nessuno ha mai saputo chi sia stato l'uomo che l'ha disonorata.»
«Se per te sono un disonore, ho ancora meno motivi per restarmene qui.»
«Tu non hai colpa per ciò che ha fatto tua madre con quella canaglia che non si è mai saputo chi fosse... E neppure io, né la tua povera nonna, morta di dolore. Tutto sommato, abbiamo lo stesso sangue e puoi restare qui come se questa casa fosse tua.»
«No, io non ci resto con te.»
«Perché diamine?»
«Perché hai fatto soffrire mia madre e comunque mi tratterai sempre come un bastardo.»
«Senti», sbottò il vecchio in tono adirato, «nessuno qui ti ha chiamato bastardo. Questo è un problema tuo. Per giunta, chi ha dato quel pezzo di terra a Rosa perché non morisse di fame? Chi se non io, suo padre? Stavo per mandarla a studiare in una scuola del nord quando le si è gonfiata la pancia per causa tua... Perdonami Signore, se non so quello che dico! E adesso tu ti riveli un corvo pronto a cavarmi gli occhi!»
«Non te li ho ancora cavati», replicò rabbiosamente il ragazzo.
«Vattene, diavolo malefico, prima che ti spezzi la schiena a bastonate!»
«Me ne vado! Non voglio niente da te! Non appena avrò raccolto quello che ho seminato, ti restituirò il tuo schifoso terreno!»
Montò a cavallo e partì al galoppo. Fuori soffiava il vento e una pioggerella leggera gli rinfrescò la faccia. Attraversando valloni e colline, tra cespugli e ombre, arrivò al pendio che si affacciava sulla sua casa di Puerto Oscuro. Scese lungo lo stretto sentiero quasi interamente coperto di felci, noccioli e arbusti di *palqui*. Sotto, nella piccola lingua di terra che delimitava una minuscola baia, il mare rideva, come sempre, mostrando i suoi denti di schiuma contro la scogliera.

3

Le bromeliacee sull'altura di Pinkén erano diventate color porpora da quella tragica notte di fine agosto in cui era morta la madre. Adesso, a quattro mesi di distanza, se le lasciava alle spalle remando sul suo barchino e portando nella sacca il diploma della primaria conseguito alla scuola di Quemchi.

Il mare era calmo, la marea bassa e un gruppo di delfini nuotava così vicino alla costa che il loro soffiare sembrava quello di buoi mansueti.

Begli animali sono questi cetacei che la gente del posto chiama *cahueles* o *toninas*. A volte compiono evoluzioni come per gioco, e alcune coppie saltano nell'aria e poi ricadono, avvitandosi in scintillanti spirali.

Pedro Nauto avanzava sul barchino sospinto dai due remi in mezzo al braccio di mare tra Puerto Oscuro e Pinkén, delimitato dalle alte scogliere dell'isola Caucahué, il cui nome in lingua huilliche significa «luogo dei due gabbiani». Don Elías Yáñez, il cordiale vicino dell'altura di Tubildad, gli aveva detto che voleva dire «due gabbiani su una corda», perché quella era la forma dell'isola. Secondo un'altra versione avrebbe significato «luogo dei molti gabbiani». La gente inventava nomi o dava loro interpretazioni personali. Quella dei due gabbiani su una corda gli ricordava un gioco visto fare a due monelli della sua età. Nei pressi del masso a punta, sulla spiaggia di Quemchi, i ragazzi avevano sistemato due ami alle estremità di una lunga lenza, usando come esca dei cetrioli di mare, chiamati anche *pinucas*, e lanciandoli tra i gabbiani; due di questi avevano inghiottito gli ami mettendosi poi a svolazzare intorno disperatamente. Lo spettacolo lo aveva impressionato per la sua crudeltà. I due aggraziati volatili tiravano con tutte le forze verso l'alto, oppure, quasi si rendessero conto che il loro destino dipendeva dalla lenza, volavano appaiati, cercando di non tirare il filo, finché non erano caduti in mare sbattendo le ali.

Avvistando la casa del vecchio Machado, un ex marinaio portoghese che viveva sulla punta sabbiosa dell'isola Caucahué, ricordò che il veterano si manteneva con quello che gli offrivano il mare e il bosco, oltre a qualche melo e un campo coltivato a patate e ortaggi. Pensò che forse era meglio vivere da solo come quell'ex marinaio, senza un altro gabbiano a tirare la stessa lenza.

Rammentò quando, qualche tempo addietro, aveva ormeggiato la sua barca sulla spiaggia di «Lu Machado», come lo chiamava la gente, storpiando il suo accento portoghese, mentre il veterano dalla lunga barba stava legando un cerbiatto al ramo di un melo.

«Vuoi darmi una mano a macellarlo?» gli aveva chiesto, aggiungendo: «Poi ti regalo delle costolette da arrostire».

Lui si era tolto il poncho e l'aveva aiutato a legare il piccolo animale. Era un cerbiatto giovane, dal manto color argilla rossa, grandi occhi neri, umidi e dolci, e due cornini appena accennati sulla fronte. Lo avevano appeso per le zampe posteriori al gancio del melo già in fiore. Il vecchio gli aveva piegato il collo appoggiandoselo sul ginocchio, e individuata la trachea, l'aveva sgozzato. L'animaletto belava e tremava come se tutto il corpo fosse un'unica ferita. Il belato era gradualmente sfumato in un mormorio gutturale tra i fiotti di sangue, che l'anziano uomo raccoglieva in una ciotola.

Poi l'aveva aiutato a scuoiarlo. La lunga barba gli si era schizzata di sangue.

«Vuoi un po' di *ñachi*?» gli aveva chiesto.

«Che cos'è?»

«Il sangue con cipollina tritata ed erbe aromatiche...»

«Va bene.»

«Vorresti diventare veloce nella corsa quanto un cerbiatto?»

«Come si fa?»

«Adesso vedrai; è un segreto della natura.»

Prima di preparare il *ñachi*, il vecchio aveva raccolto del sangue nel pugno per poi massaggiare con quello le ginocchia del ragazzo.

«Ora va' e corri, e se ci riesci, salta la staccionata», aveva detto.

Lui l'aveva guardato un po' stupito, credendo che scherzasse; ma si era reso conto che il veterano diceva sul serio. Per non deluderlo, si era messo a correre attraversando l'orto, aveva saltato la staccionata di un recinto, per tornare ai piedi dell'albero con altrettanta agilità.

Quindi avevano mangiato il contenuto della ciotola, sotto il melo, il cui profumo si mescolava allo strano sapore del sangue ormai rappreso, simile a un formaggio aromatizzato con cipolla, prezzemolo, menta e altre erbe.

«Ho saputo che tua madre è morta», aveva detto il vecchio mentre mangiavano.

«Sì; l'hanno trovata morta. Se l'è portata via la tempesta di agosto qualche mese fa.»

«E tu cosa fai?»

«Seguo i campi e vado a scuola.»

«E poi che strada prenderai?»

«Dopo il raccolto, ci penserò... Forse m'imbarcherò oppure mi metterò a lavorare con il palombaro Andrade.»

«Imbarcarsi... eh!... Non sai cosa sia la vita a bordo... È meglio restare a terra... Io ho navigato per i sette mari e alla fine eccomi qui, povero, su questa punta di sabbia.»

«Il peggio è vivere da soli. Su una nave ci sono sempre gli altri compagni, si è come fratelli.»

«Eh!... Come fratelli!» aveva esclamato il vecchio ridendo. «Non immagini come diventano gli uomini quando devono vivere a bordo, chiusi in quella gabbia... Finiscono per prendersela con qualcuno, e se quello non è svelto a difendersi, lo fregano.»

«So cosa significa doversi difendere.»

«Resta nella tua terra, che è meglio, e lavora nel tuo orto come faccio io nel mio... Vuoi che andiamo a dargli un'occhiata?»

Il vecchio e il ragazzo si erano inoltrati sotto gli alberi, il primo con la barba fiorita come i giovani meli, e l'altro taciturno, simile a un giovane albero consumato dai tarli. Avevano attraversato vivai e cassoni di terra granulosa dove spuntavano lattughe, cavoli e ravanelli. Dietro un marasco, sopra un quadrato di terra stacciata, una cesena banchettava inghiottendo vermi sotto una rete tesa da un'intelaiatura circolare. Con estrema cautela, il vecchio aveva tirato una cordicella legata al tronco del marasco e l'uccello era rimasto prigioniero della rete. Poi si era avvicinato con calma, e afferrata la cesena per il collo, glielo aveva torto un paio di volte, uccidendola.

«A volte ci cascano anche dei tordi, ma per quelli bisogna metterci il grano», aveva detto.

Nel granaio gli aveva riempito le tasche di mele *candelaria*, un frutto bianco allungato e dal grosso torsolo, il cui aroma si mescolava all'odore della paglia. Gli aveva mostrato un ingegnoso sistema di cordicelle, simile a una fune marinara, con cui apriva e chiudeva la porta senza muoversi dalla sua stanza e la carabina Winchester calibro 44, che teneva vicino al letto come bastone della sua vecchiaia. Il vecchio l'aveva presa, azionato la leva di ricarica, mostrato le pallottole nel serbatoio, quasi volesse che il ragazzo raccontasse in giro della presenza di quell'arma.

Gli aveva regalato un pezzo di spalla con le costolette e poi l'aveva accompagnato fino alla spiaggia. La marea aveva raggiunto il punto più basso, e il barchino era rimasto in secco. Il vecchio l'aveva aiutato a spingerlo in acqua; ma prima aveva tirato su un palamito con tre piccoli branzini attaccati.

Adesso, mentre vogava di fronte alla punta sabbiosa dove

si ergeva la casa del vecchio marinaio portoghese, Pedro Nauto pensava alla vita solitaria di quell'ex navigante. Non aveva nessuno, come lui, eppure viveva sereno tra i suoi palamiti, le trappole per uccelli nel giardino e quelle per cerbiatti nei boschi vicini. Tuttavia il vecchio solitario emanava qualcosa di freddo e asociale che non gli piaceva. Ma sarebbe tornato a trovarlo, un giorno o l'altro; non per farsi spalmare di sangue le ginocchia e poi correre come un cerbiatto, ma per ascoltare le storie delle sue peripezie. Arrivando nella sua casa di Puerto Oscuro lo avvolse un'ondata di tristezza, gli sarebbe piaciuto trovarci la madre per mostrarle il diploma della scuola. Comunque, lo tirò fuori dalla sacca dove teneva le provviste e i libri e lo rilesse per la terza volta. Gli era risultato facile imparare tutto quello che gli avevano insegnato nel collegio ottenendo sempre i voti migliori. «Bravo, figliolo mio, adesso devi diventare un uomo!» gli sembrò di sentir dire dalla viva voce di sua madre.

Pensò che quei quattro mesi di dura solitudine l'avevano fatto diventare sufficientemente uomo. Era riuscito a vincere i timori quando scendeva la notte, con quel velo di tristezza che sembrava salire dalla superficie del mare per congiungersi con l'ombra dei boschi. A volte si svegliava di soprassalto per un'ondata contro la scogliera e l'immagine della madre distesa su quel pianale nella spiaggia di Pinkén diventava un vero tormento. Allora sferrava un pugno contro la parete e il rumore da lui stesso prodotto gli permetteva di riaddormentarsi.

Accese il fuoco nella cucina. Staccò dal gancio un pesce affumicato e l'abbrustolì sulle braci. Dopo aver mangiato e bevuto un po' di caffè andò a letto. Preferiva arrivare a casa stanco per addormentarsi subito e non continuare a pensare all'assenza della madre. Una *bauda*, uccello marino considerato di malaugurio, lanciò il suo grido, un «huaac» simile al verso della volpe, proprio dal tetto della casa. Gli sembrava di vederlo, quell'uccello dal piumaggio bruno, grande come un tacchino, con le tre penne setose a formare una sorta di treccia dietro la testa allungata.

Prima di addormentarsi prese dal comodino l'almanacco Bristol, e alla luce della lampada a paraffina individuò la data di quel giorno: 18 dicembre 1917. Esattamente quattro mesi e tre giorni dalla morte di sua madre, Rosa Nauto. Si soffermò a osservare il disegno sul retro di copertina. Gli era sempre piaciuto quel paesaggio stampato sulla carta gialla, quasi dorata: un cavaliere che aveva fermato il cavallo in riva al mare, con una foresta esotica sullo sfondo; se ne stava eretto in sella, con i piedi fuori dalle staffe, a contemplare il sole che tramontava in lontananza. Perdendosi nell'oceano, l'astro tracciava un sentiero di luce sulle acque che si propagava fino alle zampe del cavallo, come per invitare al galoppo.

Quante volte con il suo cavallo era arrivato fin dietro la punta di sabbia che chiudeva la rada di Huite per veder spuntare il sole dietro la cordigliera, o la luna, quando splendeva sull'orizzonte del golfo di Ancud. Aveva provato la stessa sensazione che sembrava pervadere l'uomo dell'almanacco: la vaga tristezza di non poter galoppare lungo il rigagnolo di luce fino al mare aperto...

«Le navi esistono per questo», si disse. «Un giorno seguirò quel cammino fino al mare aperto...»

Insonne per il caffè o per l'emozione del diploma, prese a ripercorrere il recente passato, che nella sua mente di adolescente sembrava già così lontano...

I primi passi nella scuola mista di Huite, dove si tenevano solo due corsi per imparare a leggere e scrivere. La scuola si trovava in fondo alla rada, a circa tre chilometri da Puerto Oscuro, dietro la punta della Culebra, dove si raccontava che andasse a gettare l'ancora il Caleuche. Entrambi i corsi si tenevano nella stessa aula. Mentre gli alunni del primo corso facevano i compiti, la maestra insegnava agli altri spiegando ad alta voce.

Per lui e i suoi compagni quella era risultata migliore della scuola di Quemchi. Quasi tutti arrivavano fin laggiù a cavallo. Soltanto le ragazze andavano a piedi, ma non tutte, qualcuna usava il cavallo. Si trattava di piccoli sauri, bai, roani e bianchi e qualcuno nero come i corvi di mare.

La minuscola scuola era situata all'estremità di una piccola penisola che durante l'alta marea restava quasi separata dalla terraferma, diventando praticamente un'isola; sorgeva al centro di una piccola pampa dove pascolavano i cavalli e i ragazzi giocavano durante la ricreazione, circondata in parte da cespugli di fucsia silvestre, arbusti di *peta*, solanacee e menta selvatica. Con l'alta marea l'acqua penetrava fin dietro la scuola, lambendo persino il limitare del bosco, e le radici di molti alberi si erano adattate alla vita anfibia. Nel riflusso si ritirava come un fiume, lasciando l'insenatura simile a un letto prosciugato, ricoperto di alghe, e ogni tanto vi restavano anche delle seppie che, dopo essersi avventurate seguendo la corrente, non ritrovavano la via d'uscita.

Fin dall'epoca remota dei più antichi naviganti, quel luogo veniva usato come bacino di carenaggio per costruire scafi di imbarcazioni, poiché in quel punto si congiungono le correnti che penetrano dal Pacifico attraverso il golfo del Corcovado e il canale di Chacao o di Desaguadero, come lo chiamava don Alonso de Ercilla, formato dall'incontro delle due maree più alte che si conoscano sulle coste sudamericane. Nei periodi di opposizione o congiunzione del sole con la luna quelle maree superano i sette metri di dislivello. Accanto alla scuola, si poteva ancora ammirare la struttura di una grossa nave spagnola rimasta lì sepolta dalla melma accumulatasi negli anni. Sulle costole ormai consunte di quel grande scheletro, i ragazzini si arrampicavano durante la ricreazione per giocare ai pirati.

Davanti alla porta della scuola, quasi sempre socchiusa, si stendeva una lingua di sabbia che in determinate ore si ricopriva di uccelli marini, come le anatre *quetro*, le oche selvatiche, le pulcinelle di mare, i *cheye*, i gabbiani e i gabbianelli, che si posavano lì per godersi il riposo stirando le ali al sole. Il sordo gracchiare dei pinguini si mescolava allo stridente pigolare dei *cheyes*, e tutti emettevano il proprio verso come se si trattasse di una scuola, ma per uccelli, che venivano lì a imparare.

Ricordò l'eccitazione che li pervadeva poco prima di uscire fuori per la ricreazione. Spesso l'insegnante doveva chiudere la porta per poter tenere le sue lezioni, e quando suonava la campanella lo stormo di ragazzi e ragazze schizzava fuori di corsa gettandosi all'inseguimento dell'altro stormo. A volte riuscivano a circondare una pulcinella di mare o un'anatra e il parapiglia che si creava intorno costringeva la maestra a intervenire per scongiurare qualsiasi forma di crudeltà.

A quel tempo sua madre gli aveva comprato da poco il piccolo sauro per poter andare a scuola come gli altri compagni. Il cavallino chiloese si era dimostrato valido quanto i migliori animali che arrivavano dalla zona tra Huite e Tubildad fino alla scuola. Dopo le lezioni i ragazzini organizzavano corse, gare a chi riusciva a spingere giù dalla sella gli altri e ogni sorta di prove di destrezza a cavallo. D'estate si lanciavano in branco verso il mare, soprattutto con l'alta marea, quando l'insenatura dietro la scuola si allagava. Sembravano piccoli centauri che nuotavano tra due mari, e a volte scivolavano di fianco, per non affaticare troppo il cavallo e aiutarlo a nuotare. Spesso qualcuno cadeva o restava indietro, approdando sulla spiaggia aggrappato alla coda del proprio animale. Era così che molti imparavano a nuotare.

Nel branco c'erano pezzati, bai, sauri, dal manto scuro o bianco, e quando nuotavano tutti insieme, sembravano un gruppo di delfini o di foche dai diversi colori che brillavano al sole.

Più di una volta, mentre loro nuotavano verso l'interno dell'insenatura, i corpi nudi sui piccoli destrieri, le ragazzine della scuola si nascondevano tra i cespugli per spiarli. Del branco di centauri si scorgevano solo le teste allungate dei cavalli, che avanzavano come una mareggiata, e quelle tonde e nere dei bambini che spuntavano sulla superficie dell'acqua. Spesso facevano finta di niente compiendo un lungo giro per poi, non appena toccato terra, lanciarsi al galoppo verso le ragazzine, che fuggivano intimorite tra il fogliame. Chissà quante volte, nel misterioso intrico di quei rami, qualcuno di loro aveva ricevuto il meritato castigo.

Spento il lume a paraffina si addormentò con quell'ultima immagine della piccola scuola di Huite, dove aveva appreso i primi rudimenti di lettere e le prime malizie della vita. Fuori, la risacca faceva un rumore simile a zoccoli in lontananza.

4

Le giornate trascorrevano per Pedro Nauto nella monotonia e al tempo stesso nella varietà offerta dal mare e dalla terra di Chiloé, dove raramente un giorno è uguale all'altro. Alcuni coperti di nubi e cupi; altri con grandi squarci di luce, mentre si alternavano acquazzoni brevi o prolungati e ogni tanto qualche burrasca, per finire con la quiete di un cielo rasserenato. Di solito le brezze da sudovest spingevano le masse di nubi al di là di Huite e del faro sul promontorio Lobos che segnalava ai marinai l'entrata per l'imboccatura nord nel canale di Caucahué; spandendosi sul vasto golfo di Ancud, in mare aperto, ricadevano all'orizzonte formando città fantastiche, dalle cattedrali di ovatta, che diventavano cangianti alle luci del tramonto, confondendosi a volte con i lontani contrafforti della cordigliera delle Ande, dall'altra parte del golfo.

Nei fertili boschi, sugli alti mirti e tra i vecchi alberi di *muermo*, spuntavano funghi *gargal*, detti anche «verze di montagna», e il dolce frutto di una bromeliacea chiamata *poe*. La «verza di montagna» era una specie di fungo dal sapore delicato quanto la pregiata *callampa*.

Anche il mare avvertiva il passaggio dalla primavera all'estate: banchi di giovani pesci sega venivano ad arenarsi nelle pescaie. Queste erano costituite da steccati di rami di mirto, cannella, nocciolo e arbusti di *cachigua* intrecciati tra loro, e disposti a semicerchio sui bordi che delimitava la bassa marea. L'acqua li ricopriva completamente durante l'alta marea e, defluendo tra i rami nel riflusso, lasciava imprigionati nelle secche branzini e pesci sega. Questi ultimi a volte erano così abbondanti che la gente del luogo che aveva costruito le pescaie in comune se li divideva a intere carrettate.

Anche le alghe abbondavano: il *luche*, il *cochayuyo*, commestibili quanto le lattughe dell'orto, e la verde foglia della *lamilla*, ottimo concime per le piante di patate.

In mezzo a quella natura, Puerto Oscuro era una piccola insenatura con una lingua di terra fertilissima. All'interno si apriva una minuta baia a forma di sacca, circondata da scogliere a picco ricoperte dal fogliame di mirti, lauri e cannelle, oltre alla variegata flora chiloese, dove risaltavano in quell'intrico ombroso le felci e il *pangue* dalle enormi foglie da cui si estrae il tenero e saporito rizoma dalle proprietà medicamentose. Di fronte alla lingua di terra si innalzava un picco scuro, la cui mole, riflessa sulle acque trasparenti, giustificava il nome del luogo.

L'arenaria e la ghiaia della lingua di terra si confondevano durante la bassa marea con le spiagge sassose dove abbondavano ostriche e crostacei, mentre nei tratti sabbiosi si trovavano i molluschi come il *choro* e la *cholga*, e poco più in là vaste colonie di mitili detti *quilmahues*. Sotto i fondali si facevano notare per i caratteristici sbuffi le arselle, gli *huepo* o *navajuela* per le valve a forma di coltello, e l'oloturia chiamata anche *pinuca*.

Pedro Nauto non doveva fare altro che sedersi su uno scoglio e con il suo *palde*, una sorta di spatola di ferro, cominciare a staccare ostriche e altri frutti di mare.

Un giorno stava pescando con la fiocina alla punta Millahuilo dietro casa, e mentre cercava di infilzare una *cholga*, la sua attenzione venne attratta da uno strano riflesso proveniente dalla fessura di una roccia. In un primo momento pensò si trattasse di un grongo rosso, il cui occhio si sporgeva per sbirciare intorno; ma quando avvicinò il tridente, non si mosse. Allora si spogliò e si tuffò in acqua. Incastrato nella fessura, trovò un anello d'oro, e dovette faticare non poco per recuperarlo. Era un grosso anello d'oro massiccio, finemente lavorato, con due leoni dalle code attorcigliate, che nelle fauci coronate dalle chiome sostenevano uno scudo con le iniziali «J A».

Abbandonò la pesca e tornò a casa con l'anello. Lo lucidò con la cenere, rendendo l'oro ancor più brillante. Se lo infilò al dito ma gli stava largo. Guardò e riguardò varie volte quel bellissimo gioiello, poi lo mise nel cofanetto dove sua madre custodiva un paio di orecchini e un fermaglio anch'esso d'oro, ma all'apparenza di qualità inferiore a quello da lui trovato.

«J... A...!» esclamò pronunciando ad alta voce le due lettere incise. A chi potevano appartenere quelle iniziali? Come era finito laggiù quell'anello? Forse per un naufragio? Ma l'oro era più pesante dei sassi e della sabbia per poter rotolare fino a quel punto! Magari qualcuno l'aveva perso sulla punta Millahuilo, dove a volte passavano imbarcazioni leggere per rifornirsi di acqua alla piccola cascata nell'interno della grotta.

Di colpo affiorò alla sua mente il nome di José Andrade, il palombaro che viveva a Tubildad. Poteva essere suo.

Andò a riprendere l'anello, se lo infilò in tasca e si diresse al recinto dove teneva il cavallo. Usò la corda della cavezza come redini e mettendogli in groppa solo il sottosella, partì in direzione della casa di Andrade.

Mentre il cavallo procedeva al passo lungo seguendo il litorale, ritirò fuori più volte il prezioso anello, ammirando la finezza con cui erano stati lavorati i corpi dei leoni, e, soprattutto, le iniziali intrecciate. Poteva mai essere di José Andrade, e in tal caso l'aveva perso durante un'immersione? Difficile che se ne andasse sott'acqua ingioiellato a quel modo! Ricordava di averlo visto una volta raccogliere frutti di mare alla punta Millahuilo. Si era avvicinato con la sua barca per guardarlo al lavoro e sembrava un fantasma bianco sotto le acque, mentre la moglie e uno dei bambini davano giri di manovella alla pompa dell'aria. Non era certo l'occasione giusta per mettersi un anello!

Che fosse di qualche capitano seppellito in mare? Ma ricordò che lo stesso Andrade gli aveva raccontato come viene sepolto un capitano: dentro un sacco di tela ricucito e incatramato dal nostromo della nave. Poi gli sistemano sul petto il timone di riserva, la ruota piccola che in caso di emergenza può rimpiazzare quella grande, e con un peso di ferro ai piedi lo gettano in mare dove finisce sul fondo in posizione eretta. Le madrepore ricoprono ben presto la tela, che rimane a oscillare avvolgendo il capitano sul letto del mare. «L'equipaggio vuole che anche dopo morto il suo capitano resti in piedi... E cosa se ne farebbero della ruota del timone di riserva una volta che il capitano è morto?» aveva aggiunto il palombaro Andrade.

E se non era di Andrade? Bene, in tal caso avrebbe deciso cosa fare dell'anello. Poteva anche far cancellare quelle iniziali per inciderci le proprie... Le vedeva davvero bene la P e la N al posto della J e della A...!

Procedendo al passo lento del cavallo sulla spiaggia di sassi e ghiaia, rimuginava pensieri ispirati dagli scintillanti riflessi dell'anello d'oro... Perché non si chiamava, per esempio, Juan Alvarado anziché Pedro Nauto?

Guardò verso il mare, calmo e silenzioso. Oltrepassando la punta che conduce fino a Tubildad, scorse il promontorio di Pinkén sull'altra sponda dell'estuario, e, senza volere, riprese a pensare alla madre. In particolare al perché fosse morta senza avergli rivelato il segreto delle sue origini. Un vago rancore si insinuò nel suo piccolo cuore... Perché ai bambini non veniva mai raccontata tutta la verità?

Più di una volta le aveva chiesto chi fosse il padre, soprattutto quando la parola «bastardo» era risuonata come una frustata alle sue orecchie. Nella scuola di Huite qualcuno gli aveva strillato, ai tempi in cui era più piccolo, «bastardo d'una vipera», riferendosi anche al fatto che viveva a punta Millahuilo.* In un'altra occasione, gli avevano gridato che era figlio di un caleuchano, poiché si diceva che il va-

* *Millahuilo*: nome indigeno di Punta Culebra che significa «vipera». (*N.d.T.*)

scello stregato era solito gettare l'ancora proprio sulla punta di Puerto Oscuro.

«Quando sarai grande ti spiegherò tutto», aveva promesso sua madre una volta che era tornato piangendo dopo una zuffa per colpa della parola «bastardo». «Adesso non ti sarebbe chiaro... non capiresti...»

Nelle orecchie gli risuonavano ancora la risata della madre e la voce squillante quando, da piccolo, gli aveva detto: «Tesorino mio, sei figlio del mare!»

Qualche tempo dopo le aveva chiesto se era vero e lei non aveva riso... Certe volte la sorprendeva a piangere.

«Figlio del mare...» no, questo no; era un modo scherzoso per distrarre un bambino... Ma... chi era suo padre?

Riportò lo sguardo sulle acque adombrate da una nube che si spostava verso est; ma il mare nell'estuario di Tubildad era così calmo, da sembrare il petto di un mostro che tirava lunghi sospiri dalle sue profondità; un petto d'acciaio, spietato, grigio; un petto che non poteva essere quello di un padre...

Affondò i talloni nei fianchi del sauro e gli zoccoli leggeri risuonarono sulla ghiaia dirigendosi verso il fondo dell'estuario di Tubildad.

A casa del palombaro Andrade stavano mangiando brodo con carne di maiale e farina tostata, e lo invitarono a pranzo.

«È suo questo anello?» chiese, mettendoglielo davanti agli occhi.

José Andrade non poté nascondere un'espressione sorpresa, lo stesso fece Elvira e persino i tre figli che mangiavano assieme a loro.

«No, non è mio», rispose, superando lo stupore.

«Com'è bello!» esclamò Elvira, con gli occhi che brillavano di cupidigia.

«Dove l'hai trovato?»

«In mare, alla punta Millahuilo.»

«Bene, allora è tuo... Tutto quello che viene ritrovato in mare, senza un padrone, è di chi lo recupera, così dice la legge... Di sicuro io non me ne sarei andato tra gli scogli con un anello del genere...»

Dopo che l'anello era passato di mano in mano, Pedro Nauto lo rimise via con estrema cura.

«Continuerò a cercare il suo proprietario», disse.

«Perché, Pedrito? Se Pepe ti ha detto che è tuo.»

«Mi piacerebbe conoscere il proprietario... per pura curiosità.»

«Se continui a chiedere in giro, prima o poi troverai qualcuno con quelle iniziali pronto a dire che è suo... Non devi chiederlo più a nessuno, e tenerlo da parte.»

«Farò così: quando mi starà giusto di misura, lo metterò al dito, e un giorno qualcuno potrebbe riconoscerlo... Sarà curioso!»

«Tutto può succedere...» disse Andrade, in tono sentenzioso, aggiungendo: «Una volta a Punta Arenas, nel Bar Seeman, sono arrivati tre marinai da tre navi diverse che erano alla fonda in quel porto. Una volta fatta la reciproca conoscenza al bancone, uno di loro ha offerto un giro dicendo che era il suo compleanno. 'Bah, che strano!', ha esclamato un altro, 'anch'io compio gli anni oggi'. 'Quanti?' ha chiesto il terzo. 'Trentatré...' Ebbene tutti e tre avevano l'età di Cristo e tutti e tre erano nati lo stesso giorno in luoghi diversi della terra per poi incontrarsi per caso in quel bar di Punta Arenas!»

«E allo stesso modo può succedere che un giorno o l'altro, quando mi sarò imbarcato, incontri l'uomo che ha perso questo anello...»

«Pensi di imbarcarti?»

«Sì, se mi sarà possibile...»

«Se proprio vuoi farlo, scegli una nave d'alto mare, già che ci sei... Se devi andare lungo la costa, tanto vale non navigare.»

«Perché ha lasciato i grandi mercantili, don Pepe, per mettersi a fare il palombaro?»

«Perché andare per mare va bene finché non si ha famiglia. Una volta che uno si sposa, deve proteggere la moglie e i figli. È il destino più naturale per un uomo.»

«Su che navi è stato?»

«Varie... Con la Fresia ho fatto un viaggio fino in Giappone, dove siamo rimasti diversi mesi.»

«In Giappone?»

«Sì, portavamo un carico di salnitro da Antofagasta fino a Yokohama. Lì dovevamo caricare armi per l'esercito; ma ci furono difficoltà nell'imbarco. Non le consegnavano se prima non veniva pagato in anticipo il carico all'impresa Fratelli Suzuki... Ancora mi ricordo il nome... Era successo qualcosa di strano con il carico precedente: la nave che lo portava era affondata uscendo dalle acque territoriali giapponesi. Al nostro capitano, un cileno che si credeva un gran dritto, era saltato in mente di ingaggiare un paio di palombari per vedere se riusciva a recuperare qualcosa, e che sorpresa nello scoprire che dentro quelle casse c'erano pietre anziché fucili o mitragliatrici. Uno dei palombari giapponesi ebbe un incidente, e io, che nel mestiere un po' me la cavavo, mi feci avanti per rimpiazzarlo... Là sotto, la nave si era adagiata su un basso fondale e noi continuammo a tirare su casse piene di pietre al posto delle armi... Avevano rifilato una bella fregatura al governo cileno... Credo che nella faccenda ci fosse coinvolto un console o qualcosa del genere... Si scatenò proprio un bel putiferio; ma intanto io portai a termine il mio apprendistato di palombaro in acque giapponesi. Nel viaggio di ritorno ci siamo beccati la tempesta più violenta che abbia mai visto in vita mia. Una notte e un giorno interi a manovrare in coperta per non affondare. La Fresia era un quattro alberi precedentemente disalberato a Capo Horn e che avevano rimesso in sesto per affrontare quel viaggio. Lì sì che ho capito cosa significa essere uomini di mare, dal capitano fino all'ultimo marinaio. Io facevo da aiutante a Cerón, un vecchio nostromo, anche lui chiloese. Un tipo che con il coltello in pugno andò a tagliare alcune vele perché non finissimo capovolti.»

«In che senso tagliare?» chiese Elvira, mentre rassettava la cucina.

«Aprire dei varchi con il coltello, affinché passi il vento e non oppongano troppa resistenza. A volte, quando sono vecchie, è il vento stesso a lacerarle; ma noi filavamo come indiavolati... In quei due giorni dovemmo fare il lavoro che normalmente si svolge in una settimana. Cerón era uno in gamba; il capitano Farfán, un uomo alto e robusto, lo chiamava 'il mio braccio destro', e nei momenti di pericolo stavano sempre insieme, dandosi consigli a vicenda.»

La casa di José Andrade sorgeva su una piccola piattaforma tra la spiaggia e la scarpata sotto la collina da cui si inerpicava una stradina sterrata fino all'altura di Tubildad. Il luogo appropriato per il suo mestiere di palombaro e pescatore, che lui e la moglie svolgevano con passione.

Era un uomo sulla quarantina, di media statura, forte, muscoloso, senza un filo di grasso; un volto energico, rinvigorito da due occhi grigio chiaro, il cui modo di guardare era sempre cordiale. Elvira, leggermente più alta, era una donna dalla carnagione chiara e i lunghi capelli neri come le ali di un corvo, che portava solitamente raccolti sulla nuca con un nastro di seta. Due maschi e una femmina di pochi anni formavano il resto della famiglia, il cui giardino, pieno di ortensie, camelie e meli, fragole, pergolati di vite e lamponi, era il più bello della regione, grazie a un inaspettato dono del mare ricevuto poco tempo dopo che la coppia si era stabilita sulla spiaggia di Tubildad.

Infatti, una balena malata o arpionata era stata trascinata dalle correnti fino alla spiaggia dell'estuario, da dove il fetore si propagava in tutta la zona circostante. Soltanto Andrade aveva osato, con accetta e coltello, squartare l'immensa mole di carne che ben presto era stata ripulita dalle mareggiate e dagli uccelli dell'entroterra, come l'avvoltoio *jote* e il rapace *tiuque*, oltre a quelli marini. Però il palombaro Andrade aveva approfittato ingegnosamente dello scheletro della balena, ricavando sedili dalle vertebre e usando le costole come schienali con cui aveva abbellito la veranda della casa e il giardino. Le grandi ossa, sbiancate dal tempo e disseminate tra fiori e alberi da frutta, si facevano notare in quel luogo già di per sé pittoresco.

«Sto cominciando una rete», disse a un certo punto Andrade, alzandosi per andare a prendere un rotolo di maglia intrecciata e un grosso gomitolo di lenza. Con quelli sotto il braccio, uscì in giardino, seguito da Nauto e dai bambini, che si misero a giocare.

«Posso darle una mano?» chiese il ragazzo.

«Sai tessere una rete?»

«Con mia madre lo facevo spesso.»

«Chissà quanto ti mancherà tua madre!»

«Sì, mi sento piuttosto solo.»

«Ma che vuoi farci... Bisogna tirare avanti accettando il proprio destino!»

«Tirare avanti, che altro si può fare...!» ribatté Nauto.

«E resistendo alla bordata, soprattutto se si tratta della prima...»

L'uomo e il ragazzo si sedettero su alcune vertebre di balena, uno di fronte all'altro, e presero a tessere la rete appena iniziata, ciascuno da un'estremità. La maglia misurava circa un pollice quadrato: le dimensioni adatte a una rete «da lancio», che si getta dalla barca, mentre l'altro capo della sagola viene tenuto da qualcuno sulla riva.

Uno dei bambini che giocherellava lì attorno cadde bocconi e si mise a piangere. Elvira corse a rialzarlo e ne approfittò per far rientrare in casa anche gli altri. Una dolce brezza di dicembre soffiava dal mare che risuonava lievemente sulla vicina spiaggia ghiaiosa in piena alta marea, e passava tra il fogliame dei meli producendo un suono ancor più soave rinfrescando i volti e le mani dei due tessitori di rete.

«Credo che la vita vada cominciata così, Pedrito», disse a un tratto José Andrade, «come le maglie di una rete ben annodate fin dal principio... Hai mai visto in che modo un ragno tesse la sua? A forma di campana o di imbuto, perché le mosche non gli scappino! Se un solo nodo resta sciolto, si aggroviglia tutto... Io imparo molto guardando quello che fanno gli animali e gli uccelli... Non passano mai l'ago senza il filo, come si dice.»

«E lei come crede che questa balena sia finita qui?» chiese Nauto, tastando, meravigliato, la vertebra su cui stava seduto.

«Sarà morta di malattia o per i colpi di arpione dei balenieri di punta Calvario, e poi le correnti l'avranno spinta nel canale di Chacao.»

«Dove rimane questa punta Calvario?»

«Oltre l'imbocco del canale, sul lato nord, vicino a Corral. Le balene devono cercare il cibo anche in prossimità della costa e muovendosi da sud a nord, sono solite trovarlo lì, a punta Calvario. Dalle costole se ne deduce che fosse una balena piccola, ma un'alfaguara può misurare fino a trenta metri.»

«Alfaguara?»

«Sì, ma viene chiamata anche balena azzurra...»

«Dicono che i balenieri siano i marinai migliori...»

«Sì, sono bravi marinai; ma fanno una vita da cani.»

«Perché?»

«Navigare e navigare dietro alle balene, spendono così l'intera vita... Preferisco raccogliere frutti di mare o gettare questa rete...»

«Io credo che bisogna essere uomini non da poco per cacciare animali come quelli... Non ne ho mai vista una. Come sarà?»

«Immagina un delfino lungo trenta metri e alto quasi quanto questa casa.»

«Accidenti...»

«Sono proprio così...»

«Mi piacerebbe fare il cacciatore di balene...» esclamò Pedro Nauto, sospirando.

«Rimani sulla terraferma, che è meglio; sulla riva della spiaggia. Se hai bisogno di lavorare, ti posso offrire qualcosa io...»

«Sul serio, don José?»

«Sì. La faccenda dell'anello mi è piaciuta. Si vede che sei un tipo onesto.»

«Non lo so, don José. Ho sempre pensato che mi sarebbe piaciuto lavorare con lei, e forse l'ho detto solo per fare bella figura... Ma se vuole le regalo volentieri l'anello con le sue iniziali...»

«No, ragazzo; verrà il momento che risulterà più utile a te... Che potrei mai farne, io?»

«Quando cominciamo a lavorare insieme?»

«Dipende da te... Elvira ormai non ce la fa più a venire in mare con me; le risulta sempre più difficile lasciare i bambini a qualche vicino.»

«Non appena avrò sistemato il raccolto, e restituito le giornate di lavoro che mia madre e io dovevamo, verrò subito qui.»

«Affare fatto», concluse il palombaro Andrade.

E si strinsero la mano, salutandosi.

L'alta marea arrivava fino ai bordi delle scogliere boscose, e così fu costretto a tornare per il sentiero che passava sull'altura di Tubildad. Stava calando la sera quando si rimise in cammino sulla stessa strada sterrata lungo la quale avevano trasportato la salma della madre. Era un viottolo oscuro, che si inerpicava tra alture scoscese di roccia a lastroni, costeggiato di noccioli, arbusti, roveri e alberi di cannella. Sul tronco di un vecchio *muermo* scorse un bell'esemplare di «verza di montagna», un fungo dalla polpa bianca e tenera. Smontò da cavallo e si arrampicò per andarlo a raccogliere. Se lo infilò sotto il poncho, pregustando quel suo sapore di sottobosco, di terra chiloese macerata dalle piogge e dalle tempeste.

5

Quell'estate, Pedro Nauto dovette spostarsi da una parte all'altra per restituire le giornate di lavoro ai vari vicini che, a loro volta, le avevano prestate quando sua madre era ancora viva. In una terra povera e molto frazionata, era abitudine comune che gli abitanti si aiutassero a vicenda nei lavori agricoli e nella pesca. Più del denaro, valeva lo scambio di giornate di lavoro. Quando un contadino si trovava in difficoltà per seminare o raccogliere, era normale che andasse in giro a «supplicare la gente», cioè battere la zona in cerca di qualcuno disposto a dargli una mano. Al momento debito, lui e i suoi familiari avrebbero dovuto restituire le giornate di lavoro che gli erano state prestate. In tal modo, a differenza che in città o in altri posti, una famiglia numerosa era una benedizione per quelle terre, mentre una con pochi membri diventava un problema per la propria sussistenza e anche per quella dei vicini.

In seguito alla morte della madre, Pedro Nauto si era ritrovato con un doppio carico di lavoro dovendo restituire le giornate ai contadini della zona. Tuttavia, un po' alla volta rispettò gli impegni, nel limite delle sue forze. C'erano lavori molto duri, come tagliare la legna nei boschi, aiutare a stendere una recinzione, raccogliere alghe da usare come concime o rincalzare le patate. Ma altri risultavano più piacevoli, come andare a macinare il grano al mulino di Aucar.

Il mulino si trovava in un punto dove sembravano essersi concentrati tutti gli elementi più belli della natura isolana. Sorgeva sulla foce di un fiume dietro l'isola di Aucar. Questa piccola isola aveva l'incantevole particolarità di unirsi a quella grande di Chiloé mediante un banco di sabbia o basso fondale che riaffiorava con le grandi maree, permettendo ai suoi abitanti di spostarsi a piedi.

Un giorno gli toccò andarci con Hilario Nahuelquén, il vicino più prossimo, che tanto aveva aiutato sua madre, per macinare il grano in compagnia delle figlie Rosalía e Fidelia, all'incirca della sua stessa età. Tutti insieme scaricarono i sacchi di grano dalla barca.

Pedro Nauto aspirò con piacere l'odore di grano e farina che si sprigionava dalle pietre del mulino, azionate da una caduta d'acqua ingegnosamente convogliata in una canaletta di legno fin sopra una ruota di ferro con le pale ricurve.

Quando tutto era pronto, Hilario andò a trattare con il padrone del mulino il prezzo della macinatura, per poi, al ritorno, a deviare l'acqua verso la canaletta che l'avrebbe portata alla ruota motrice.

Se ne stava all'interno del mulino con le due ragazzine, quando all'improvviso udì un fragore provenire dal bosco, come se delle pietre stessero rotolando. Era la prima valanga d'acqua che veniva giù dalla presa irrompendo lungo il letto roccioso, e che quindi, convogliata dalla mano dell'uomo, scaricava la sua forza nel mulino. Il getto investì dal basso il pavimento dell'edificio. La macina cominciò a muoversi intorno all'asse e il grano a cadere dal buco all'estremità del cono, regolato dalla tramoggia. Il mulino scricchiolò fino alle fondamenta e iniziò la macinatura, come un piccolo mostro di pietra scosso dall'energia dell'acqua che scendeva sibilando, un rumore modulato dal cicaleccio della tramoggia vibrante sul dorso della macina.

Rosalía accese il fuoco nella cucina, situata in un angolo della stanza, usando la legna che era andata a raccogliere prima. Lei era la sorella minore, di circa quattordici anni, magra, mora, con gli zigomi sporgenti ereditati dal padre indio, e gli occhi verdi, segno di qualche ascendenza straniera.

Prepararono il caffè, e misero sulla brace una di quelle

grosse palle di fecola di patate, chiamate *tropón*. Il fuoco cominciò a indorare la crosta che poi venne staccata abilmente da Rosalía. Fidelia ci spalmò sopra strutto caldo e pezzi di cotica. Così, tutti e quattro, Hilario Nahuelquén, le due figlie e Pedro Nauto, si sedettero attorno al focolare per gustarsi l'appetitoso manicaretto, mentre il *tropón* continuava a rosolare sul fuoco e la parte croccante si staccava consumandolo come una palla di neve che diventava più piccola a ogni giravolta.

Organizzarono i turni per seguire la macinatura, che sarebbe durata due giorni e due notti, rifornendo costantemente la tramoggia di grano e togliendo la farina che si depositava intorno alla pietra di sotto, fissata a un tavolato.

Ma nessuno volle andare a dormire in quella prima nottata nel mulino. Era una notte tiepida di fine gennaio, con la luna crescente, che era spuntata dietro l'isola Caucahué e si rifletteva su un mare d'argento brunito. L'alta marea aveva fatto salpare la piccola isola Aucar, che rimaneva quasi di fronte al mulino, e il campanile appuntito della sua chiesa sembrava l'albero di un fantastico vascello, la cui velatura si era trasformata in vegetazione rigogliosa dove la brezza di sudovest passava argentando le foglie.

Pedro Nauto e Rosalía andarono al fiume per lavare le stoviglie. Nel punto dove scendeva l'acqua per il mulino, una gola ombrosa celava il suo oscuro cuore selvatico in mezzo a quella luminosa notte d'estate. Dopo aver lavato i piatti, i ragazzi rimasero seduti sulle rocce.

«È il posto giusto perché salti fuori l'unicorno», disse a un tratto Rosalía.

Pedro Nauto voltò la testa e fissò lo sguardo nel punto in ombra.

«Credi che gli unicorni esistano?» le domandò.

«Certo che ci credo. A me hanno dato acqua di unicorno quando mi sono presa uno spavento... ero più piccola.»

«Anche a me», ribatté Pedo Nauto, «però non credo a queste cose.»

«Che sapore aveva?»
«Soltanto di erbe.»
«Sai come la preparano?»
«No.»
«Gli raschiano il corno, e alla polvere ottenuta aggiungono *huilipinda*, l'erba per gli spaventi; qualche fiore di *boche boche*, buono per l'anemia delle ragazzine che si sviluppano; un po' di pianta medicinale di *hualco*, una grattugiata di 'palla del mulinello della terra'* e una spruzzata di 'acque salterine'...»
«Ma prima bisogna catturare l'unicorno», disse Pedro Nauto, sorpreso dalle conoscenze precoci di Rosalía Nahuelquén.
«Ovvio... Per catturarlo ci vuole un laccio di sargassi, e bisogna prenderlo prima che spunti il sole. Dorme vicino alle cascate, in gole di roccia come questa. Può uscirsene fuori anche nelle notti di luna. Lo hanno visto bagnarsi nelle cascate, nascosto tra le felci. Dicono che sia come un vitellino nero.»
Pedro Nauto osservò a lungo Rosalía. Gli piaceva di più Fidelia, perché la trovava più delicata e seria, con qualcosa che gli ricordava sua madre; ma Rosalía, con la sua parlantina sciolta, era di compagnia. Nonostante i suoi quattordici anni, sembrava più sviluppata della sorella che ne aveva quindici e mezzo. I piccoli seni erano già pronunciati, e aveva le gambe forti e il naso leggermente schiacciato, con le narici che sembravano dilatarsi quando respirava l'aria di mare; occhi verde scuro e capelli a ciocche scompigliate che le davano un'aria da animaletto appena uscito dall'acqua.
«Sembra che tu sappia un sacco di cose...» disse Pedro Nauto.
«Avresti il coraggio di accompagnarmi a vedere se troviamo l'unicorno?» ribatté la ragazza per tutta risposta.
«Perché no?» fece il ragazzo.

* *Palla*... Sfera di terra che si trova nel sottosuolo, costruita da un insetto che la usa come dimora. (*N.d.T.*)

Si alzarono e avanzarono lungo la sponda del fiume. Oltrepassarono la piccola chiusa che deviava le acque, e si addentrarono nel bosco tra due colline. La luna si rifletteva sulle foglie dei noccioli tramutandole in lustrini d'argento. I suoi raggi, a volte, filtravano nel fitto della vegetazione, scendendo tra le grandi felci come pallide frange di qualche veste fantasmale.

La ragazza, all'improvviso, lanciò un grido e si voltò di scatto, finendo con la testa contro il petto di Nauto. Questi si aggrappò a lei per evitare di cadere entrambi.

«Eccolo lì, eccolo lì!» prese a gridare fuori di sé.

«Cosa hai visto?» chiese il ragazzo, in tono adirato.

«Il *trauco*, lì, ci sta spiando!»

Pedro Nauto scrutò nel buio aguzzando la vista, leggermente abbagliato da un debole raggio di luna. Tra le fronde delle grandi felci, circondato da enormi foglie di *pangue* e di *costilla de vaca*, tra muschi e sempreverdi, si scorgeva una specie di nano che indossava un lucente e diafano vestito biancastro, con un cappello a forma di cono, del colore degli alberi scorticati. Sul volto nascosto dall'ombra brillavano due occhietti tremolanti, come se il raggio di luna li ferisse.

«Sembra... sia proprio così...» balbettò Nauto.

«È... è il *trauco*...» mormorò la ragazzina, e aggiunse: «Non ci credevi?»

«Pensavo all'unicorno.»

«E invece è saltato fuori il *trauco*... Torniamo indietro, per favore, Pedrito!»

«No; io voglio vedere fino in fondo di che si tratta.»

Pedro Nauto avanzò tra il timoroso e il risoluto, nonostante le proteste della ragazza spaventata. Staccò un grosso ramo di nocciolo e si addentrò con cautela nel buio in direzione del piccolo gnomo, i cui occhi brillanti restavano fissi su di lui.

«Prendi questo, maledetto!» gridò il ragazzo, vibrando una bastonata sul piccolo cappello a punta. La bianca figura del nano si afflosciò con un gemito sordo. Sferrò altri due colpi su quel corpicino bianchiccio. Ci infilò più volte la punta del bastone, e alla fine tirò su un involto di liane di *quilineja*. Alzò la punta del bastone in alto, scuotendo le liane, che ondeggiarono nel buio come una bandiera di raggi di luna.

«Visto?» disse. «Tutto qui! Un cespuglio di *quilineja* fiorita.»

«E gli occhi che ci stavano fissando?»

«Eccoli...» aggiunse Pedro Nauto, indicando le gocce di rugiada che brillavano al chiaro di luna sui lunghi steli legnosi del rampicante con cui i pescatori erano soliti fare dei cordami. La *quilineja* è una pianta parassita, dalle fibre fini e resistenti, una sorta di fil di ferro vegetale, che in primavera e in estate si ricopre di fiorellini bianchi, per poi dare frutti rossi in autunno.

Probabilmente era l'unica responsabile della leggenda del famigerato *trauco* nella mitologia chiloese, il folletto violentatore di donzelle, il cui vestito, cangiante dal rosa pallido al bianco e al rosso corallo, appariva come una vampata luminosa nella boscaglia chiloese.

L'indomani Rosalía e Pedro Nauto camminavano sulla spiaggia, ridendo dei puerili timori della notte precedente. Raccoglievano frutti di mare *taca* e *navajuela* lungo la fascia limacciosa vicino all'isoletta di Aucar. La *taca* è una piccola conchiglia simile alla vongola, che se rimane su una secca lancia un sottile getto d'acqua denunciando la propria presenza. I due giovani camminavano avanti e indietro attenti ai minuscoli zampilli, e quando ne notavano uno affondavano le palette nella sabbia tirando fuori i molluschi.

«E se il *trauco* non fosse altro che quello?» disse Rosalía, fermandosi di fronte al mare.

«Infatti non è altro che un cespuglio di *quilineja* tra le felci! Chi l'ha mai catturato un *trauco*?»

«Io una volta ne ho visto uno per davvero.»

«Alla luce del giorno?»

«Alla luce del giorno.»

«E perché non l'hai preso a bastonate come ho fatto io stanotte?»

«Perché, come stanotte, per poco non sono svenuta dallo spavento e ho preferito squagliarmela. È successo all'entrata di un bosco altissimo; così alto che il canto delle tordelle e le beccate dei picchi sui tronchi secchi arrivavano con l'eco. A un tratto ho sentito una risata come se qualcuno stesse ridendo di me. Ho pensato fosse un *coo*; ma lì non ce n'era nessuno.»

«I *coo* e le civette non vanno in giro di giorno.»

«Invece sì. Restano fermi perché non ci vedono bene.»

«È una cosa che succede raramente.»

«Avevo già raccolto mezza cesta di nocciole, quando all'improvviso ho visto come una fiammata che attraversava da un ramo all'altro la chioma di un albero... Lì per lì ho pensato fosse il ciuffo di un picchio; invece era il *trauco*. La cesta mi è caduta e le nocciole si sono sparse in terra. Anch'io sono cascata a sedere; poi mi sono rialzata e senza raccogliere la cesta ho cominciato a correre... Sono rimasta almeno due giorni a letto vedendo il *trauco* dappertutto... Finché non mi hanno dato l'acqua di unicorno e mi sono ripresa.»

«Non sarà stato un fascio di *quilineja* che il vento faceva oscillare da una parte all'altra?»

«Non c'era vento; era proprio il *trauco*...»

«Nel periodo in cui le nocciole maturano, le *quilineja* si riempiono di bacche.»

«Non era una *quilineja*, come quella di stanotte... Era il *trauco*...»

«In tal caso ti avrebbe dovuto acchiappare...»

«Cosa vuoi dire?»

«Che il *trauco* prende le ragazze che vanno in giro da sole nel bosco e ci fa un *trauquito*», disse maliziosamente Nauto.

«Un *trauquito*...?» chiese Rosalía, guardandolo di traverso.

«Sì; un figlioletto...»

«Tu, sei un figlio del *trauco*...!»

Rosalía camminava davanti a lui; indossava una gonna verdolina, di un colore di muschio e alghe stinto dall'uso, e un golfino di lana gialla. Pedro Nauto portava dei jeans arrotolati al ginocchio e un grosso maglione di lana grezza. Ogni tanto sbirciava le mutandine della ragazza quando questa si chinava a scavare nella sabbia con la paletta. C'era qualcosa di attraente in lei, e un che di selvatico nell'aspetto del ragazzo. La chioma ribelle di Rosalía era divisa in due trecce sulla nuca, color pelle di cervo. A un certo punto, qualcosa sciolse le braccia del ragazzo, quasi fossero rimaste per troppo tempo trattenute, legate, e tese le mani come se volesse afferrare un cerbiatto. Rosalía ebbe un sussulto; ma rimase imprigionata tra le braccia del ragazzo che la stringevano in vita. Lanciò un grido. Lasciò cadere la cesta. I frutti di mare si sparsero sulla sabbia, e si sarebbe messa a correre, come quel giorno nel bosco, se le mani che la trattenevano non l'avessero tirata verso il corpo di Nauto. Si dibatté proprio come un cerbiatto; ma il ragazzo cercò ansiosamente la sua bocca e le diede un bacio che sembrava un morso.

«Figlio del *trauco*...!» gli urlò, pulendosi la bocca. Raccolse la cesta e si mise a correre verso il mulino. Ma sulle labbra avvertiva un sapore strano.

Pedro Nauto rimase come intontito, senza rendersi conto di cosa avesse fatto. Non gli era mai passato per la testa di mancare di rispetto in una simile maniera a Rosalía, la figlia di don Hilario, che stimava per la gentilezza dimostrata alla madre. Cosa l'aveva spinto ad afferrare alla vita la ragazza in quel modo?

Si arrabbiò con se stesso. Ricordò di aver provato il medesimo imbarazzo una volta che si trovavano insieme in fondo a una scarpata ricoperta di grosse piante di *nalca*. Lei si era arrampicata per strappare un *guiñacho*, una radice molto saporita e tenera che cresce nella sabbia, e lui, senza volerlo, alzando lo sguardo, aveva visto l'interno delle cosce nude di Rosalía. Si era chinato, vergognandosene, cercando di distogliere lo sguardo; ma poi l'aveva sbirciata ancora, mentre la ragazza torceva il *guiñacho* per strapparlo via. Aveva dissimulato il suo interesse solo quando lei, trionfante, si era voltata a mostrargli la tenera radice che teneva tra le mani. Gliene aveva offerto la metà, e mangiandola, qualcosa di oscuro gli era germogliato dentro; una sorta di *guiñacho* nero che si ritorceva come una vipera nelle viscere, nel cuore. Una radice come quelle della tenebrosa grotta Millahuilo, metà in mare, metà nella sabbia, che affondavano nel tufo per fornire la linfa vitale a un nocciolo fiorito o a un lauro rigoglioso!

«Figlio del *trauco*», ripeté tra sé... Solo dopo un po' che Rosalía se n'era andata si rese pienamente conto dell'insulto. Sì, se lo meritava! Lui non era altro che questo! Il figlio di qualche *trauco* errante per mare o per terra...!

Si morse il labbro, amareggiato. Lasciò la cesta di frutti di mare su uno scoglio e si incamminò senza meta lungo la riva con la bassa marea.

La brezza che spirava dal largo lo rasserenò un poco, e più tardi si rese conto di essere giunto nei pressi della secca che a quell'ora univa l'isola alla terraferma. Percorse il banco di sabbia fino all'isola. Grandi alberi costeggiavano il sentiero che conduceva a una vasta radura erbosa, in fondo alla quale si ergeva il campanile della chiesa. A un tratto, notò che qualcuno lo stava fissando da uno degli alberi. Era un santo scolpito nel tronco. La barba si confondeva con la corteccia. Più avanti ne trovò un secondo, e altri volti di diversi santi della Chiesa. Erano facce intagliate con il coltello, approfittando in genere del nodo di un albero per dare rilievo al volto. In altri casi, lo stesso legno nodoso forniva gli occhi. Aveva visto santi e Cristi di legno in altre chiese della regione, ma questi avevano una particolarità: sembravano vivi, ed era come se le foglie verdi conferissero una vaga luce ai loro sguardi, la luce serena della linfa vitale.

Avanzò nello spazio aperto della radura, voltandosi a guardare, non senza una certa inquietudine, quelle immagini intagliate nel bosco, a costellare il sentiero che attraversava il prato in direzione della chiesa. Questa aveva un portale con grosse colonne, sovrastato da un campanile in legno di larice piuttosto rozzo, ma che terminava con una torre appuntita e la croce, quella che si scorgeva dal mare. Il portone era socchiuso, e la chiesa deserta gli infuse un vago timore. Si avvicinò al fonte battesimale per segnarsi con l'acqua benedetta, ma lo trovò asciutto. Si mise a contemplare la navata, sostenuta da grosse colonne in legno di *coigüe* scolpite con l'ascia. Il soffitto era fatto con lastre di nocciolo a incastro, le pareti di *mañío*, e al centro, appesi, c'erano diversi velieri in miniatura; alcuni completi di velatura e altri, più piccoli, con le vele di legno. Golette, lance, brigantini e persino vascelli a quattro alberi. Nelle nicchie e sull'altare, Cristo e i suoi santi, la maggior parte di gesso dipinto e dorato, simili a quelli intagliati nei tronchi del bosco ma privi della loro impressionante vivezza.

Stava ammirando i dettagli di un brigantino perfetto, con il sartiame e le pulegge riprodotte come quelle vere, quando avvertì dei passi alle sue spalle. Un uomo basso e grassoccio si stava avvicinando.

«Ti piace quel vascello?» gli chiese.

«Sì, è davvero ben fatto... Anch'io ne costruisco, ma mi limito alle lance.»

«Li portano qui, di tanto in tanto, i marinai che vengono a rispettare un voto... Quella grande, per esempio, a quattro alberi, è La Sebastiana, che naufragò anni fa davanti alle spiagge di Cucao. Uno di quelli che si sono salvati aveva promesso di costruirla, e l'ha lasciata qui come offerta alla Vergine del Carmelo.»

«Fuori, tra gli alberi, ho visto anche dei santi...»

«Quelli li ho fatti io...»

«Li ha fatti lei?» esclamò Nauto, sorpreso.

«Sì, per diletto. Ho scolpito il primo, e mi è venuto bene; poi è stato più facile fare gli altri... Avrei riempito di santi il bosco, poi però hanno cambiato il parroco e quello nuovo me l'ha proibito.»

«Perché?»

«Ha detto che era un'eresia... Che la gente poteva cominciare a adorare i santi dei boschi allo stesso modo di quelli della chiesa, trovandoli così simili... Io ho ribattuto che li avevo fatti proprio perché smettessero di credere all'*imbunche*, al *trauco*, alla *Pincoya** e ad altre stregonerie...»

Pedro Nauto salutò il sacrestano che intagliava santi nel legno. Poi, sull'isola, sarebbe venuto a sapere che lo chiamavano *managuá*, soprannome dato ai marinai della marina militare cilena, poiché il sacrestano in gioventù era stato su una nave da guerra. Dalla coperta di un vascello era passato a fare il custode di una chiesa su quell'isola minuscola che, in fondo, era come una nave...

La macinatura terminò la sera del secondo giorno, ma dato che soffiava un forte vento di traversia, Hilario decise di trascorrere quell'ultima notte nel mulino, per salpare all'alba. I ragazzi prepararono dei *trapaleles*, sorta di pani sottili, bolliti e spalmati di miele d'ape silvestre. La farina appena macinata aveva un sapore squisito. La spiaggia era stata prodiga di *navajuela*, *taca* e altri molluschi, mentre la carne di maiale affumicata dava il tocco finale a quelle merende nel mulino.

Hilario era soddisfatto del risultato della macinatura; avrebbe avuto farina a sufficienza per i vicini durante i lavori dei prossimi raccolti.

Rosalía non aveva lasciato trapelare nulla dell'incidente con Pedro Nauto, anche se ogni tanto scambiava delle occhiate con il ragazzo e lui non riusciva a capire se erano di affetto o rimprovero. Nel cuore di quest'ultimo la frase «figlio del *trauco*» aleggiava come un'ombra diafana.

A Pedro Nauto dispiaceva dover lasciare l'ambiente creatosi nel mulino. Dopo aver finito di riempire l'ultimo sacco

* L'*imbunche* è una creatura mitologica posta a guardia delle grotte degli stregoni, la *Pincoya* è una sirena. (*N.d.T.*)

di farina, aspirò ancora una volta quella fragranza di grano appena macinato. Le grandi pietre erano tornate al loro silenzio senza vita; la chiusura delle paratie aveva spento la fragorosa voce dell'acqua, e soltanto un esile filo dal rumore monocorde scivolava sotto le enormi macine a riposo.

Le fiamme nel focolare illuminavano a grandi tratti l'oscura parete di vecchie assi grezze. Altri venuti prima di loro avevano disegnato su quelle tavole rozzi volti, navi e pesci usando il coltello o il carbone. In mezzo a questi, spiccava una grande balena con la coda e le pinne in alto: dalla testa dell'animale zampillavano due spruzzi d'acqua sui quali erano state intagliate due stelle, come se il respiro dell'animale marino arrivasse fino al cielo.

Vedendola, Pedro Nauto si alzò per andare a prendere il suo coltello, lo affilò contro il bordo della pietra da macina e in uno spazio libero sulle assi annerite cominciò anche lui a intagliare qualcosa.

«Che stai facendo?» chiese Fidelia.

«Un *trauco*...» rispose, sbirciando Rosalía, e poi aggiunse rivolgendosi a Hilario: «Che dimensioni avrà un *trauco*?»

«Dicono sia alto circa un metro.»

«Lei lo ha mai visto?»

«No; però mi hanno detto che è così.»

«E crede che esista davvero?»

«Ecco... non so se crederci o no; succede lo stesso con tante altre cose. Io non ho mai visto un *trauco*, se dicessi di sì mentirei; ma altri sostengono di averlo visto, così come l'*imbunche*, la *Pincoya* o l'unicorno. Può darsi che esistano... non lo so; però quelli che l'hanno visto l'hanno descritto così bene...»

«L'*imbunche* è il più orribile di tutti...» disse Rosalía, raggomitolandosi sopra il rustico pezzo di tronco che fungeva da panca accanto al focolare.

«Com'è fatto, papà? Raccontaci...» intervenne Fidelia.

Hilario Nahuelquén guardò le figlie, sorrise bonariamente, e schiarendosi la voce, rivolse un'occhiata maliziosa a Pedro Nauto.

«Dunque», cominciò, «dicono che l'*imbunche* monti la guardia all'entrata della caverna di Quicaví, dove vive il capo degli stregoni, quello che li comanda e tiene a bada tutte le loro malefatte. Pare che sia un bambino figlio di stregoni, affidato appena nato alle cure di una gatta. Gli hanno spezzato la gamba destra per fargliela passare dietro il collo. Da grande si alimenta di cadaveri. Non parla, si fa capire a gesti. Sempre gesticolando, indica il luogo e il momento per lanciare un maleficio. Se si rifiuta, lo frustano. Può essere punito solamente nelle notti senza luna. Chiunque si imbatte in un *imbunche* diventa pazzo. Quando nelle notti buie si sente il lamento dell'*imbunche*, perché lo stanno frustando, bisogna chiudere tutte le porte per evitare il maleficio.»

«Santocielo, quanto è tremendo l'*imbunche*!» esclamò Fidelia, alzandosi per andare a mettere la spranga alla porta del mulino, ma tornando poi ad accoccolarsi, come se la storia di quell'essere malefico la divertisse un mondo.

«E non c'è nessuno che vada a sistemare quelli della caverna di Quicaví?» chiese Pedro Nauto, continuando a incidere il legno.

«Io credo che siano proprio loro a inventare tutto per spaventare la gente e scroccare soldi o cibo», rispose Hilario, e aggiunse: «Il capo si spaccia per indovino, e dicono che riesca a farlo solo perché ha degli accoliti un po' ovunque che lo avvisano dell'arrivo di una persona, o di quello che è successo a qualcuno, prima ancora che lo sappiano i suoi stessi parenti».

«E la *Pincoya*?» chiese Fidelia.

«Quella non ha niente a che vedere con gli stregoni... È una donna molto bella, che ha delle pinne al posto dei piedi. Si aggira lungo i fiumi e a volte si spinge fino al mare. Usa un pettine d'oro per lisciarsi la chioma nelle notti di luna. È capricciosa, e quando si arrabbia fa scappare i pesci. In tal caso i pescatori devono organizzare una festa con ragazze belle e allegre e così alla *Pincoya* passa la rabbia e le reti tornano a riempirsi di pesci. Se un pescatore la vede con la faccia rivolta al mare, può uscire a pesca; ma se ha la faccia verso terra, allora niente pesca.»

«E l'unicorno?»

«Vive nei punti melmosi della boscaglia o alle sorgenti dei fiumi. È color piombo o nero, con macchie bianche sul dorso o sulla fronte. Non si lascia mai catturare da chi è poco sveglio o non crede a queste cose; solo uno stregone può accalappiarlo con un laccio di sargassi. Ha un solo corno, che usa per fare del bene o del male. Se si vuole che un ragazzo cresca coraggioso, gli si dà limatura di unicorno; però diventa anche volubile di carattere, con macchie sulla pelle e voglia di menare le mani. Se uno stregone vuole vendicarsi di qualcuno, sotterra un pezzetto di corno in un certo posto. Nel giro di venticinque anni lì nascerà un unicorno e un fiume, che distruggerà i raccolti, le recinzioni e persino le case circostanti. Lo stregone si apposta in attesa che il fiume e l'unicorno scendano verso il mare, lo acchiappa con la corda di sargassi, gli stacca il corno e lo sotterra a sua volta, nel punto dove vuole che tra venticinque anni avvenga un altro disastro.»

«E il cavallo marino?» chiese in un sospiro Fidelia.

«È il corriere degli stregoni. Può spostarsi da un'isola all'altra galoppando sotto il pelo dell'acqua. Illumina il cammino con una lanterna che al posto della paraffina contiene sangue umano. È così grande che sulla groppa può portare dodici stregoni alla volta. Questi lo chiamano con un fischio e lui esce subito dal mare; montano in sella, gli danno due pacche e quello sparisce portandoseli via.»

«Ma lei lo ha mai visto personalmente uno stregone?» lo interruppe Pedro Nauto, sospendendo per un istante il lavoro di intaglio.

«Mio papà una volta l'ha acchiappato, uno stregone!» saltò su Rosalía.

«Sì, è vero», confermò Hilario schiarendosi la gola: «Una

volta, con altri giovani, abbiamo catturato uno stregone. Ma non ditelo in giro, perché quello stregone è ancora vivo...»

«Chi è, papà?»

«Hermenegildo Barría.»

«Il vecchio Meje?»

«Proprio lui. Molto tempo fa lo credevano uno stregone; ma una notte ci siamo appostati in tre per beccare lo stregone che spaventava chiunque passasse dalla discarica di Huite, vicino al cimitero. Quella notte uno di noi andò avanti come un passante qualsiasi, e arrivato alla discarica, dalla boscaglia sbucò fuori una figura bianca che sembrava svolazzare con una luce sul petto; ma il nostro amico anziché scappare gli è andato incontro e noi siamo usciti da dietro i cespugli dove ci eravamo nascosti cogliendolo alle spalle. In tre siamo riusciti a bloccarlo. Era il vecchio Meje, a quei tempi ancora giovane, con un lenzuolo bianco che faceva svolazzare al vento e una lanternina sul petto. Gli abbiamo dato una bella ripassatina perché la smettesse di spaventare la gente. Credo che da allora abbia smesso di fare lo stregone...»

Pedro Nauto aveva finito di intagliare una piccola figura umana, dall'aspetto un po' deforme, risultato della scarsa abilità come intagliatore o forse di una precisa intenzione; il cappello a punta, tra incisioni che sembravano piante di *nalca* o felci, era il particolare che si distingueva di più in quel mondo di stelle, vascelli e pesci che era la parete del mulino.

Sbadigliando, le ragazzine si accoccolarono accanto al padre tra le pelli di pecora e le coperte. Dall'altra parte, con la coda dell'occhio, Pedro Nauto sbirciava un'ombra con il volto di Rosalía, che sembrava sorridergli.

6

Gli ottocento abitanti di Quemchi vennero svegliati ancor prima dell'alba da una banda di suonatori e da scariche di vecchie doppiette ad avancarica, che ricordavano gli schioppi a trombone ai tempi dei pirati.

Si trattava del trasferimento del santo patrono della chiesa, Sant'Antonio, trasportato su una portantina dall'altare al palco innalzato sulla poppa di una scialuppa baleniera a cinque vogatori che lo avrebbe poi portato a Huite, dove si celebrava la festa della Candelora.

Anche da Quiterquén, Colo, Choen, Aucar, Aucho e altri luoghi, stavano arrivando i rispettivi santi patroni su lance o su battelli che all'altezza di Tubildad avrebbero aspettato il resto della flottiglia per entrare tutti insieme, in una sorta di regata con tripudio di scoppi e musica di chitarre, grancasse, tamburi e fisarmoniche, fino alla rada di Huite, per rendere omaggio alla Madonna del posto.

La banda di Quemchi era diretta da «Calilo», un vecchio marinaio, altissimo e sgraziato, con un occhio solo, che suonava la grancassa. Dietro di lui venivano due vetuste cornette, un flauto, due fisarmoniche, un mandolino, tre chitarre più una *vihuela*. Era l'orgoglio di Quemchi quell'accozzaglia di squinternati suonatori pomposamente chiamata banda. Soprattutto per l'imponenza del vecchio marinaio cieco da un occhio, che con l'enorme grancassa impartiva il ritmo anche agli strumenti più fini, come il mandolino e la *vihuela*. «Calilo» aveva girato il mondo, e sicuramente aveva conosciuto delle vere bande in altri litorali; ma lì era riuscito soltanto a mettere insieme quel ritmico frastuono di strumenti locali diretti dalla mazza della sua grancassa, costruita con le sue stesse mani usando due grandi pelli di pecora, come del resto i tamburi che, rumorosi quanto una scarica di pietre in caduta libera, sovrastavano il tenue suono delle deboli corde.

Il santo veniva invocato dalla gente del villaggio più per ritrovare cose smarrite che per curare febbri o chiedere marito, poiché, stando a quanto dicevano le donne di Quemchi, «procurava solo mariti ubriaconi...»

Per questo tra le orazioni pronunciate durante l'imbarco e che ne salutavano la partenza sulla scialuppa baleniera, la più diffusa era la seguente:

Sant'Antonio benedetto
che fino al Sinai sei andato
e il Bambin Gesù hai visto
tre cose gli hai chiesto
che il perduto fosse ritrovato
il dimenticato, ricordato
e l'allontanato, avvicinato.

La mattinata estiva si annunciò con sole splendente e acque terse e dorate, leggermente increspate da qualche isolata brezza da sudovest. Era come se la natura intera fosse coinvolta nella festa della Candelora.

All'orizzonte verso sud presero a spuntare altre flottiglie di imbarcazioni minori. Mano a mano che si avvicinavano, gli alberi pavesati a festa riempivano gradualmente il mare di colori che gareggiavano con quelli della flottiglia uscita per andare loro incontro da Quemchi. Anche le musiche cominciavano a competere e a confondersi in mezzo al canale Caucahué. Per la gente rimasta a terra, con il rammarico di non poter partecipare ai festeggiamenti, quella musica in lontananza acquisiva i toni di una smisurata e celestiale armonia. Bandiere cilene, gagliardetti di ogni colore, fregi dorati appesi agli alberi, frange viola e gialle sui bordi delle fiancate, archi di muschio, sempreverdi e rami fioriti innalzati al di sopra dei santi, rendevano ancor più variopinto il pellegrinaggio sul mare.

Viste dal livello del mare, le imbarcazioni sembravano navigare sospese nell'aria, come per magia. Le alture scoscese erano verdeggianti di *arrayán*, *luma* e altre piante mirtacee; sul fondo dei dirupi prosperavano le felci giganti e le *nalca* dalle foglie simili a grandi mani imploranti. Di tanto in tanto, un *muermo* fiorito spiccava su tutti gli altri alberi, imponendo la sua profumata macchia bianca. I campi di grano ormai maturo, le coltivazioni di patate e gli orti quadruplicavano il volume delle colline, dove la boscaglia agreste segnava i confini dei vari poderi.

Pedro Nauto vogava ai remi di prua sulla scialuppa baleniera che trasportava il santo di Quemchi, e assorbiva con viva emozione l'aria di festa che si diffondeva intorno a lui.

Passando davanti al promontorio di Pinkén, cercò con lo sguardo il martìn pescatore, ma l'uccellino era scappato dal suo nascondiglio tra le bromeliacee, forse spaventato da tanto chiasso. Lo stesso accadde con la foca, che non spuntò da nessuna parte. L'assenza dei suoi vecchi amici lo fece passare dall'euforia alla malinconia, e gli tornò alla mente quando remava proprio in quel punto trasportando la salma della madre sulla barca di suo nonno. Si sentì solo ed estraneo al mondo che lo circondava. In modo particolare al santo, che lo guardava dall'alto con quegli occhi così inespressivi. Era un Sant'Antonio di circa un metro e mezzo, con la testa rotonda come una grossa patata, sormontata da una corona scura che simulava il resto della capigliatura intorno alla chierica. La bocca era piccola e stretta; le sopracciglia e le ciglia sembravano disegnate con il carbone. Era una rozza scultura in pietra di *cancagua*, l'arenaria che risale all'era del terziario, di cui sono formate quasi tutte le isole dell'arcipelago.

All'altezza di Puerto Oscuro, le imbarcazioni con i santi patroni si disposero in squadra aspettando il segnale di partenza. Questo venne dato dal parroco di Quemchi che sparò un colpo in aria con uno schioppo. Allora echeggiarono altre scariche e le grida di quanti incitavano i rispettivi santi. Le flottiglie di accompagnamento si distribuirono dietro le scie dei propri favoriti, mantenendo una prudente distanza e facendo della regata un evento collettivo. Era come se ogni circoscrizione sospingesse il proprio santo sulla superficie dell'acqua.

All'entrata della rada di Huite cominciò a prendere vantaggio il Cristo di Quiterquén, un'immagine scolpita nel legno di nocciolo con tre grossi chiodi che la sostenevano sulla croce. Era alto poco più di un metro; ma a renderlo impressionante contribuivano la parrucca e la barba di capelli naturali che gli avevano applicato. Sembrava un inquietante chiloese ferito, dai baffi neri e ispidi. Su quel volto sofferente c'era qualcosa della durezza della razza hulliche, le cui origini, polinesiane o asiatiche, si perdono nella notte dei tempi. Nella regione veniva considerato un Cristo così miracoloso da essere costretto a lasciare continuamente la sua isola per andare a compiere miracoli nei luoghi dove ne richiedevano la presenza, ottenendo, ovviamente, numerose e consistenti offerte che gli abitanti dividevano con il prete.

San Sebastiano, patrono di Aucar, fu quello che rimase più indietro, a causa del grosso barcone a fondo piatto su cui era trasportato, comandato dal *managuá*, il sacrestano. Proprio come la sua isola, era il più piccolo di tutti, e il corpicino, coperto solo da un precario panno attorno ai fianchi, era legato a un tronco d'albero che sembrava essere cresciuto appositamente per il suo martirio. Aveva una freccia piantata nel cuore.

San Giacinto, patrono di Choen, sopracciglia folte e grosso naso, nell'atto di difendere la croce da un invisibile nemico che veniva dall'alto, arrivò secondo sulla spiaggia di Huite. Seguirono Sant'Antonio di Quemchi, Santa Rosa di Tubildad, con un mazzo delle sue profumate omonime sul petto, che arrivò quarta, e via via tutti gli altri.

Il vincitore, il Cristo di Quiterquén, iniziò la salita per un sentiero coperto dalla boscaglia che conduceva alla chiesa, situata in cima a un monte. Benché i musici suonassero ciascuno per il proprio santo, la processione acquisì una certa armonia e solennità, con le statue sulle portantine a sovrastare la colonna in marcia.

Quando la processione arrivò alla spianata sulla sommità in fondo alla quale sorgeva la chiesa, con la facciata abbellita da archi di rami e fiori, le scariche di fucile aumentarono di intensità. Faceva una certa impressione vedere quegli uomini maturi, seriosi padri di famiglia, che si staccavano dal gruppo precedendo i santi e con gesti pacati prendevano le piccole sacche rosse a forma di borraccia, misuravano nel tappo la quantità di polvere, la introducevano nella bocca dello schioppo, pressandola con una bacchetta, inserivano il fulminante e, levando in alto l'arma, sparavano cerimoniosamente un colpo in aria.

Il parroco fece la sua entrata alla testa del corteo sotto gli archi trionfali e venne acclamato dalla gente del luogo. Nel portico lo aspettavano il *fiscal* e i membri del comitato di festeggiamento, assieme agli abitanti più importanti della zona, che venivano a porgere le loro felicitazioni.

La tradizione del cosiddetto *fiscal* risale ai tempi degli *encomenderos**, quando per ordine del governatore coloniale ogni *fiscal* veniva sollevato da qualsiasi incombenza e non poteva essere allontanato dalla propria residenza da nessun *encomendero*, affinché restasse a custodire la cappella. Da allora tale incarico è sempre stato tenuto in grande considerazione, poiché è lui a incaricarsi delle pulizie, della conservazione e dell'abbellimento della casa di Dio; presta assistenza ai moribondi, dà sepoltura ai morti e sostituisce il prete in alcune preghiere.

Là si trovava schierato in ordine gerarchico l'intero comi-

* *Encomenderos*: gli spagnoli e successivamente i creoli che ricevevano dal Regno la concessione di terreni e i relativi indigeni da sfruttare come manodopera in condizioni di semischiavitù. (*N.d.T.*)

tato, composto da dieci uomini e tre donne: supremo, governatore, primo colonnello, secondo colonnello, consiglieri, primo portabandiera, suprema, prima e seconda principessa.

Una volta che i santi patroni visitanti vennero sistemati sulle rispettive portantine al centro della navata, di fronte all'altare della Madonna della Candelora, il sacerdote indossò i paramenti in sacrestia e officiò la messa.

Poi, salito sul pulpito, si rivolse ai presenti:

«Tutte le isole dei paraggi sono qui rappresentate dai loro santi patroni per rendere omaggio alla Madonna della Candelora. Così lo spirito della Santa Chiesa Cattolica attraversa mari e continenti per portare il suo messaggio di salvezza in terra e in cielo... Commemoriamo oggi la purezza della Santissima Vergine dopo aver dato alla luce Gesù e la presentazione del suo santo figlio nel tempio... Così ci narra San Luca l'avvenimento: 'E al compimento dei giorni della sua purificazione, secondo la legge di Mosè, lo portarono a Gerusalemme per presentarlo al Signore. Come sta scritto nella legge del Signore: ogni maschio venuto alla luce sarà portato davanti al Signore. La legge di Mosè considerava impura per sette giorni la donna che aveva dato alla luce un maschio, e trentasette giorni dopo i sette doveva recarsi al tempio per purificarsi... La madre doveva portare un agnello e un colombo da sacrificare al Signore. Se era povera, due piccioni. Eseguita l'offerta, e grazie alla preghiera del sacerdote, l'impura veniva purificata. La Vergine Maria era povera e portò solo due tortore... Ed ecco che qui a Gerusalemme c'era un uomo chiamato Simeone, e questo uomo, giusto e pio, aspettava la redenzione di Israele... E lo Spirito Santo era su di lui... E aveva ricevuto risposta dallo Spirito Santo che non avrebbe visto la morte prima della venuta del Cristo del Signore... E giunse così al tempio guidato dall'ispirazione divina... E quando i genitori entrarono nel tempio con il Bambin Gesù per compiere i dettami della legge, allora lui lo prese tra le sue braccia, ringraziò Dio e disse: ora puoi lasciar andare, Signore, il tuo servo, secondo le tue parole, in pace; perché i miei occhi hanno visto la tua salvezza'».

Il sermone continuò con alcune interpretazioni personali del prete per rendere chiara ai suoi rustici fedeli la necessità di portare in alto il Cristo come una «fiaccola accesa».

Con voce roca e vigorosa intonò la preghiera: «Onnipotente e sempiterno Dio...».

Terminata la messa, e visto che era già passato mezzogiorno, al prete e ai suoi accompagnatori venne servito un succulento pranzo nella *casemita*, la piccola costruzione a ridosso della cappella dove alloggiava.

Sempre nella casetta il parroco ricevette le «primizie», che consistevano in sei misure di grano, una di patate, una di mele, un agnello e un vello di pecora per ogni agricoltore della circoscrizione. I chiloesi sono soliti attribuire i cattivi raccolti ai castighi mandati da Dio a coloro che non hanno offerto tali primizie...

Nel pomeriggio si svolse la processione intorno alla chiesa, con cantici e musica, seguendo l'arco adorno di nastri, campanelle, specchietti e fiori di carta portati dalle «principesse», con al centro la «suprema», vestita di bianco e adorna di perline e specchietti. La «suprema» impugnava uno scettro ed era seguita da una corte di bambine anche loro in bianco. Più indietro incedeva il «supremo» con una fascia e un berretto di lana blu con pompon rosso, sorreggendo uno stendardo da cui pendeva una campanella il cui suono si confondeva con la musica. Alla sua destra c'era il «governatore», che sosteneva uno dei tiranti dello stendardo, e alla sinistra il «primo colonnello»; poi gli altri notabili diretti dalla «maestra di cerimonie». Seguiva la Madonna della Candelora con i suoi ornamenti, bandiere e stendardi portati dal «servizio della cappella»; poi il Cristo di Quiterquén, il primo ad approdare sulla spiaggia, e quindi gli altri santi patroni con le rispettive corti di musici, cantori e fucilieri. La festa della Madonna della Candelora aveva raggiunto il culmine religioso; ma il vero apogeo dei festeggiamenti si scatenò non appena il prete e i suoi accompagnatori se ne andarono con le loro primizie.

Infatti, gli abitanti del luogo avevano piantato grossi rami di nocciolo nei pressi del bosco che delimitava la radura erbosa, e i visitanti, usando le vele delle loro barche, avevano improvvisato tendoni sotto i quali si distribuivano cibo e bevande alcoliche.

Altri preferirono andare a visitare le tombe dei loro cari nel cimitero, che con la chiesa costituiva il limite della spianata. Il camposanto era caratteristico per le sue croci coperte di muschio, la grande croce al centro e un nocciolo dai frutti ormai violacei che dominava lo scenario con la sua chioma frondosa.

Pedro Nauto vi si recò per visitare la tomba di sua madre, con la croce bianca su cui era inciso a caratteri neri: «Rosa Nauto. Q.E.P.D. 2-II-1877 † 15-VIII-1917». Sua madre era nata proprio nel giorno della Candelora. Ricordò che una volta gli aveva detto che il suo nome completo era Rosa Candelaria.

Alcuni parenti dei defunti avevano deposto corone di giunchi, ranuncoli, sempreverdi e muschio che adornavano le croci, qualcuna dipinta di bianco o di nero, ma la maggioranza giallognole o verdastre per l'esposizione alle intemperie e i licheni. Altre tombe avevano le lapidi abbellite da conchiglie marine, tra le quali risaltava il biancore cangiante dei *choros* e delle *cholgas*. Il nocciolo carico di frutti, i riflessi delle conchiglie al sole e il ronzio di api e insetti vari che svolazzavano tra i fiori selvatici del cimitero imponevano il primato della vita su quell'espressione statica della morte. Durante la notte era caduto un breve acquazzone, e l'odore di terra bagnata aggiungeva un'altra nota vitale tra le tombe.

Un uomo, inginocchiato davanti a una croce, recitava il rosario. La sua voce supplicante era in sintonia con il fremito degli occhi arrossati dalla congiuntivite. Un coro di tre parenti accompagnava l'orazione. Poi intonò dei canti dolenti che la brezza diffondeva nel bosco:

I ruscelli di sangue
della corona,
scendendo tra le spine,
sembrano rose.
Fate sì, Grande Signora,
che queste spine
strappino dai nostri occhi
lacrime vive.

Era un salmodiante di professione, che veniva retribuito soprattutto per i suoi cantici.

Pedro Nauto osservava l'erba cresciuta sulla tomba della madre, e per qualche istante gli sembrò di poter penetrare con lo sguardo sotto quella terra cercando qualcosa: ma si costrinse a tornare in superficie, stringendosi l'attaccatura delle sopracciglia con il pollice e l'indice, e come in un lampo circolare, la rivide come l'aveva vista tante volte in vita sua, fin da quando i suoi occhi si erano levati a quel viso standole in grembo.

Alle orecchie gli giunse, grave, la voce salmodiante:

Eva e Adamo, sciagurati,
scelsero il peccato,
e come eredità han lasciato
la morte ai loro discendenti.

Laggiù, su un'altra collina, scorse un campo arato, e di colpo gli parve di vedere l'immagine della madre avvolta nel suo scialle scuro, e stava in piedi, come se fosse tornata a vivere grazie alla linfa della terra.

Uscendo dal cimitero si imbatté in Rosalía Nahuelquén.

«Andiamo a cercare della gente per pregare per donna Rosa», disse la ragazza, che si era soffermata a osservarlo dalla recinzione del camposanto.

«No!» ribatté lui, energico.

«Perché?»

«Ho già pregato io, quanto basta.»
«Ti ho visto, però, e non muovevi le labbra.»
«Prego dentro di me.»
«E come?»
«Ah, non lo sai...!»

Si guardarono. C'era una luce profonda e viva negli occhi della ragazza, come il riflesso di acque sotterranee.

«Ci darai una mano per il raccolto?» chiese a bassa voce.
«Quando mieterete il grano?»
«Da qui a una o due settimane, dice mio padre.»
«Di' pure a don Hilario che può contare su di me», rispose.

Davanti al tendone del palombaro José Andrade stavano scoprendo un grande *curanto.** Chiamarono Pedro Nauto per farsi aiutare a togliere i *tepes*, zolle di prato che ricoprivano il mucchio di pietre roventi tra le quali avevano cotto diverse varietà di frutti di mare. Sotto i *tepes* c'era una cappa di felci e foglie di *pangue* in cui erano avvolti il pane, la carne di maiale e altri cibi. Il vapore scaturito dai molluschi aveva cotto ogni ingrediente arricchendone il sapore.

La scena si ripeteva sotto altri tendoni, e i viandanti andavano e venivano, spostandosi da una parte all'altra per rifornirsi di cibarie, bevande e soprattutto di *chicha* di mele fermentate.

I festeggiamenti della Candelora durarono tre giorni, con corse di cavalli, danze e altri divertimenti. Al terzo, la gente era ormai sfinita, e una rissa scaturita da una controversia in una corsa di cavalli pose fine alla festa, che si trasformò in una battaglia campale.

Un gruppo di parenti, a cavallo, rovinò su due tendoni, schiantando tutto quello che c'era. Travolsero donne, uomini e bambini indifesi, fracassando chitarre e utensili domestici. Fu il segnale per l'esodo generale. I santi vennero im-

* *Curanto*: frutti di mare, carne, patate e pane, cotti al vapore tra pietre roventi, interrati in un buco e ricoperti con zolle e felci. (*N.d.T.*)

barcati dalle persone più sobrie e ricondotti alle loro parrocchie, in solitudine, senza l'allegra apoteosi dell'arrivo.

Un temporale da sud venne a rendere ancor più faticoso il rientro dei santi patroni, e per impedire che il mare se li portasse via, furono legati alle barche e coperti con teloni perché non si rovinassero, soprattutto quelli di gesso.

La banda di «Calilo» arrivò dispersa a Quemchi, su barche diverse. Il corpulento direttore era ancora ubriaco, con la grancassa sfondata per una rissa a colpi di remo scoppiata a bordo. Stavolta, quelli che erano rimasti a guardare tristemente la partenza dalla spiaggia di Quemchi, si rallegravano di non essere andati alla festa della Candelora di Huite.

7

I lavori per il raccolto di Hilario Nahuelquén iniziarono con la mietitura del grano nei campi sulle alture di Puerto Oscuro. Per parteciparvi Pedro Nauto doveva soltanto risalire a cavallo o a piedi la ripida collina che s'innalzava davanti a casa sua.

La laboriosità di Nahuelquén era rinomata in tutta la zona. I suoi terreni erano pochi e impoveriti in confronto alle fertili distese del suo vicino, il nonno di Pedro Nauto; ma a forza di zappa e aratro era riuscito a trasformarli in un prospero vivaio.

A Pedro Nauto piaceva la casa di Hilario, che questi aveva praticamente costruito con le proprie mani e l'aiuto di qualche vicino. Era una costruzione in cui aveva impiegato legname di *mañío*, *tepú*, nocciolo e lauro, tagliato nei boschi circostanti e trasportato da coppie di buoi, con la pazienza di una formica, per mesi e anni, poiché prima aveva costruito una stanza e poi un'altra e un'altra ancora, finché la casa non era stata terminata.

Un piccolo fiume che passava accanto al podere era stato ingegnosamente sfruttato da Nahuelquén per segare il suo legname e quello dei vicini. Si trattava di una segheria di fattura primitiva: una sega da tronchi era stata sistemata in un telaio di legno, in posizione verticale; il telaio saliva e scendeva azionato da una manovella a sua volta spinta da una ruota a pale di legno simile a quelle dei mulini. Un banco su rulli trasportava l'albero fino alla sega che lavorava dall'alto in basso come manovrata dalla mano di un gigante; sembrava quasi fosse il braccio di Hilario a essersi trasformato, con l'aiuto dell'acqua che cadendo azionava l'ingegnoso meccanismo.

La casa era protetta dai venti grazie a una collina dove si stagliava un boschetto di meli silvestri, della specie asprigna chiamata *camuesa*. Era confortevole e pulita, con il suo legno non verniciato, ma lavato e strofinato di frequente, e il focolare fumante, odoroso di pesce affumicato. Per Nauto era un piacere arrivare lì all'alba e fare colazione con latte caldo e farina tostata nella ciotola di legno o di terracotta, che chiamavano *ulpada*.

Nahuelquén e la moglie avevano costruito tutto con le proprie mani e l'aiuto di alcuni vicini indigeni che continuavano a vivere nelle loro povere baracche di legno con il tetto di paglia. Non era solo la loro casa a distinguersi, o la piantagione di meli, la segheria o la stalla per gli animali, ma soprattutto la trasparenza del loro comportamento, e i vestiti puliti e in ordine di tutta la famiglia: Rosalía, Fidelia e doña Encarnación, la madre, indossavano vesti chiare e allegre finemente cucite per un uso familiare e tessute amorosamente sul telaio di casa. L'arancione era ricavato dai fiori dell'arbusto spinoso del *mechay*, il rosso sangue dal rampicante *coicupiú*, il marrone scuro dal *raral*, il viola dall'albero *huique*, il grigio dalla sua corteccia o dal lichene *barba de palo*, e il giallo dai fiori del *palguín*, tutte radici, cortecce, foglie o petali che madre e figlie combinavano per ottenere le varie tonalità dei tessuti di lana. Solo il padre portava pantaloni di lana grezza, che nel gergo locale chiamavano «da carrettiere», e un pesante maglione di lana di pecora nera, su cui l'acqua scorreva come sopra una tela impermeabile. Da quel vestiario rozzo spuntava la testa di Hilario, simile a quella di un vigoroso e sorridente montone nero; aveva un sorriso dolce, vagamente filosofico, come se fosse sempre in attesa di qualcosa.

Quella mattina dovevano finire di mietere un ultimo tratto di campo che costeggiava una barriera naturale di cespugli. Hilario, due vicini e Pedro Nauto erano rimasti a finire la mietitura con le loro falci da fieno. Alle spalle si lasciavano le stoppie dritte e pungenti, gli steli del grano che prima sorreggevano le spighe mature tagliati a poco più di un quarto della loro lunghezza. Pedro Nauto, ogni tanto, volgeva lo sguardo al campo spoglio, che senza le messi appariva di una malinconia desolante. Le falci con il filo dentato sibilavano, e le donne raccoglievano i covoni lasciati dagli uomini e li legavano con il *boqui*, una liana dei boschi che costituiva un legaccio naturale. In grossi mazzi sarebbero stati trasportati più tardi nell'aia, in attesa della trebbiatura.

Per questa fase venivano svolti vari preparativi, come quello di radunare nei recinti le giumente proprie o dei vicini. Pedro Nauto mise a disposizione il suo cavallo, e aiutò a rinchiudere le tre bestie di Hilario, e le quattro prestate da suo nonno in cambio di giornate di lavoro. Misero così assieme una dozzina di animali tra giumente e cavalli.

Nonostante gli sforzi di tutti, non fu possibile prendere al lazo un puledro nero che, circondato da una moltitudine di cani, uomini, donne e bambini, attraversò un campo di torba, saltò le recinzioni e si addentrò nel bosco soffiando dalle nari, definitivamente perso per la trebbiatura.

Questa cominciò con le giumente brade e i cavalli da monta disposti intorno all'aia, in un recinto circolare, al centro del quale c'erano i covoni ammucchiati che gli zoccoli calpestavano e trituravano, mano a mano che gli animali trottavano in circolo. Dietro il branco, un uomo faceva schioccare ogni tanto la frusta gridando: «Ah, cavallina... ah, cavallina... oh, oh, oh!» Le bestie scalpitavano sollevando manciate di fieno e qualcuna tentava di attraversare l'aia in diagonale, come se si gettasse contro un'onda.

Pedro Nauto osservava affascinato lo spettacolo della trebbiatura e gli veniva voglia di correre assieme ai cavalli. Non c'era bisogno di essere un esperto per quel genere di lavoro e si offrì di rimpiazzare il trebbiatore. Montato a cavallo corse dietro alle giumente brade, che mostravano i primi segni di stanchezza per lo sforzo. Quelle più focose tentavano spesso di fuggire dall'aia o di attraversarne il centro. In tal modo si sfiancavano prima dei cavalli da monta e per colpa loro bisognava rallentare il ritmo della trebbiatura. Quelli addomesticati, invece, procedevano appaiati, gli uni dietro gli altri, al trotto regolare, senza causare alcun problema. A pomeriggio inoltrato, si fermarono per cominciare a raccogliere il grano sciolto. Le giumente se ne stavano a capo chino, spossate, scalpicciando svogliatamente qualche spiga sparsa.

Le donne raccoglievano il grano in grandi ceste piane, chiamate *alitas*; le alzavano al di sopra della testa e approfittando del vento facevano volare in aria il grano, il cui peso faceva sì che si separasse dalla crusca dispersa dai colpi di vento.

La trebbiatura era durata cinque giorni, e, al termine, raccolsero le mele, sia selvatiche che coltivate, e prepararono la *chicha*.

Le mele vennero pestate in un grande trogolo ricavato nel tronco cavo di un gigantesco *muermo*. Rovesciarono le ceste nel trogolo, e quattro uomini, due a ogni estremità, impugnando dei pali di mirto, presero a sferrare bastonate maciullandole finché il succo cominciò a cadere in alcuni tini di legno.

La spremitura delle mele era un lavoro preciso, ritmico. I due bastoni di ogni coppia si alzavano e calavano all'unisono, alternandosi, per evitare di intralciarsi a vicenda. Non si smetteva di battere finché la frutta non diventava una poltiglia informe. A quel punto, il succo denso veniva versato in grandi canaste di vimini, e queste sistemate sotto presse di legno, le cui morse schiacciavano le canaste spremendo le ultime gocce di succo, lasciando dentro solo torsoli e bucce.

La *chicha* fresca si aggiunse a quella tenuta da parte per celebrare la fine della trebbiatura. Macellarono due agnelli e arrivò gente dai dintorni per la grande mangiata. Nahuelquén e la sua famiglia erano persone sobrie ma generosi nelle feste del raccolto, soprattutto se era stato buono, senza piogge che minacciassero la mietitura o la trebbiatura.

Mangiarono carne arrostita, pane di patate e bevvero la

chicha nuova e quella stagionata. Poi, nella notte illuminata dalla luna piena, giocarono nel pagliaio al «galeone» o qualcosa di simile al Caleuche. Era un gioco puerile, inventato da qualcuno del luogo, in cui gli uomini si burlavano del temuto vascello fantasma, la nave errante, con l'equipaggio di indemoniati, che manteneva un contatto con la terra solo tramite gli stregoni.

Uomini, donne e bambini, e persino i cani intorno a loro, si misero in ginocchio o accucciati formando lo scafo di una nave. Era la struttura del «galeone». Chi recitava la parte dell'imbarcato sul Caleuche, uno che era stato stregato, doveva salire a poppa, saltellare sul fieno soffice usando un piede solo, le mani dietro la schiena, una che sorreggeva l'altro piede premuto contro la natica, e con la testa voltata indietro, proprio come venivano descritti gli uomini imbarcati sul vascello errante. Avanzava a saltelli, e se riusciva a compiere il tragitto da poppa a prua veniva ammesso sul Caleuche, altrimenti era scaraventato fuori bordo tra le risate di tutti. Furono davvero in pochi a superare il mucchio di fieno; la maggior parte cascò in terra.

Pedro Nauto era tra i primi, attraversò la nave a grandi balzi, senza cadere, e intanto lanciava occhiate furtive a Rosalía, che con il suo malizioso sorriso sembrava voler dire: «Figlio del *trauco*...»

Il gioco del galeone aveva altre varianti, come entrare in porto, gettare le ancore, e più di un concorrente veniva buttato in mare di testa, con le braccia aperte simulando la forma dell'ancora, mentre le gambe fungevano da anello. Tutto questo rappresentava il fantasmatico Caleuche e le fatiche della vita marinara nell'arcipelago, recitate in mezzo al fieno come in un gioco per bambini, tra il grano strappato alla terra che dava da vivere.

Seguirono altri giochi, come quello dello *yique yique*, imitazione del verso di un piccolo uccello dei boschi. Disponendosi in circolo, uno prendeva un mazzo di spighe e le ripiegava simulando la forma dell'uccellino. Poi, a occhi bendati, andava da uno all'altro emettendo quel grido e a ciascuno faceva il solletico sulla pancia con le spighe, per costringerlo a ridere e poterlo così riconoscere.

Pedro Nauto riconobbe subito Rosalía, la cui risata si sgranò come un tenero covone di grano nella notte di luna piena, quando l'uccellino di paglia la toccò sul petto. Pedro Nauto aveva bevuto un po' di ponce allo zabaione con *chicha* stagionata, e il riso della ragazzina, ascoltato a occhi chiusi, gli riportò alla memoria la vivida scena di quando lei raccoglieva radici nella sabbia.

La *chicha* nuova del pomeriggio, pestata e pressata con le sue stesse mani, gli aveva infuso un'allegria fresca, vitale. Sgorgava dal trogolo di legno come la linfa dal tronco del *muermo*, a fiotti di spuma vivificante e generosa; aveva quel gusto di mela aspra, la *camuesa*, quasi che il frutto rappresentasse il sangue di ogni pezzo di legno. Ma il ponce dolciastro, fatto con la *chicha* invecchiata nei barili, gli faceva girare la testa al pari delle giumente nell'aia. A un certo punto tutto gli vorticava intorno come durante la trebbiatura; uomini, donne, bambini, cavalli, cani, boschi, colline, il vestito di percalle di Rosalía, finché dalla luna non scese un pulviscolo argentato e il manto della notte ricoprì la terra. Poi, tra un gioco e l'altro nel pagliaio, recuperò un po' di controllo; ma il bagliore lunare, la fantasmagoria umana del Caleuche, con quel grottesco agitarsi di braccia e gambe tra le onde di fieno, gliela fecero girare ancora.

Verso la mezzanotte gli adulti cominciarono ad andare a dormire, mentre i giovani rimasero a giocare, cantare, rincorrersi nell'aia come animaletti selvatici.

Anche Hilario e sua moglie si coricarono dopo aver salutato gli amici.

I ragazzi, invece, si misero a riscaldare la carne arrostita per riprendere a mangiare. Prepararono dell'altro ponce e se lo bevvero. Alcuni si incamminarono verso casa a piccoli gruppi, e altri, più stanchi, si sistemarono a dormire sulla paglia, cosa abituale dopo una trebbiatura.

Pedro Nauto fece un buco profondo nel mucchio, e si coprì con la paglia lasciando solo uno spiraglio, da cui poteva vedere la luna che sembrava una seconda aia luminosa. Alcune nubi bianche la circondavano come un branco di giumente vaganti, e si addormentò immaginando di spronarle a correre...

Un bosco verde si protende su di lui. Un bosco di grossi mirti con il fogliame agitato da un vento impetuoso. Le raffiche scuotono il bosco e sembrano sollevarlo in aria... Lo levano in alto come per farglielo cadere addosso. Ma non è lui quello che cammina in mezzo al bosco flagellato dal vento. È il suo scheletro. Un mucchio di ossa in movimento. Il suolo è pieno di pozzanghere, e tra queste, corone di sempreverdi, di muschio odoroso di terra del cimitero di Huite. Ah...! Ma come può camminare se è ridotto a uno scheletro? Proprio così! Uno scheletro di pure e semplici ossa bianche! Va avanti, perché ha ancora il cuore simile a una campana appesa sotto un'arcata. Lo scheletro si piega per la spinta del vento che sibila tra le ossa come se fossero flauti di canna. Si impantana in una pozzanghera, e cade. Ma il cuore gli parla: «Alzati!» dice, «Muoviti!»

Il povero mucchio d'ossa si rialza faticosamente e obbedisce. «Cammina!» lo incita il cuore. «Perché mi hai avvicinato tanto ai fuochi della terra?» Il vento continua a sibilare e lo fa rabbrividire; lo scheletro avanza incespicando. La pioggia cade copiosa ma senza raggiungere la terra. Il bosco è un'immensa chioma verde scompigliata dal vento. Non gli resta altro da fare: si aggrappa al fogliame di un albero che si china fino alle sue mani piegato dalla forza di una raffica, e approfittando di un vortice, si arrampica e sale, portato su da una tromba d'aria verdeggiante che sale verso l'alto a spirale, finché... sente la mano di Rosalía, che gli sta passando un fazzoletto bagnato sulla fronte.

«Cosa mi è successo?»

«Niente, eri ubriaco, ho sentito che ti lamentavi come un cane bastonato e sono venuta a vedere...»

«Un incubo... che orrore! Ero ridotto a uno scheletro!» esclamò Nauto, scostandosi una manciata di paglia dal petto.

«È perché ti era caduto addosso un mucchio di paglia. Te l'ho tolto via io.»

«Cosa?»

«Sssst, parla più piano.»

«Perché?»

«Così svegliamo gli altri.»

«Quali altri?»

«Ce ne sono diversi che dormono nel pagliaio, buttati da tutte le parti, sopra, sotto...»

«E tu?»

«Io stavo dormendo lì, vicino a te... ma mi sono svegliata quando hai preso a lamentarti sotto la paglia.»

La luna aveva percorso buona parte del suo cammino verso ovest, e illuminava di taglio il viso di Rosalía. In quel chiarore diffuso, appariva bianco quanto la luna; ma di un biancore olivastro, in cui spiccava lo splendore dei suoi occhi, sempre con quel misterioso riflesso di acque sotterranee.

Pedro Nauto la guardò standole di fronte e ancora una volta vide in quegli occhi una strana suggestione e avvertì un'irresistibile attrazione, come se tutto il suo essere volesse uscire da se stesso per sprofondarvi dentro, senza temere di scomparire nelle sue acque misteriose, come in un vortice in mezzo al mare.

Soltanto la sua forza di volontà trattenne l'impulso provocato da una sorta di bestiolina che lottava per saltare addosso alla ragazza. Si avvicinò e la fissò intensamente, quasi a voler sprofondare in quegli occhi.

«Cosa stai guardando?» chiese Rosalía, in un soffio simile al mormorio del vento nel pagliaio.

«I tuoi occhi... c'è qualcosa nei tuoi occhi.»

«Cosa dovrebbe esserci?»

«Non so; mi fanno venire voglia di infilarmici dentro, o strapparteli, per portarmeli via.»

«Gli occhi sono tutti uguali...» disse Rosalía ostentando indifferenza.

«I tuoi no... hanno qualcosa.»

Poco a poco Rosalía si era scavata una nicchia con il proprio corpo accanto a quello di Nauto; dolcemente e in modo quasi impercettibile, come un'ombra che affonda nell'erba di un prato.

Il ragazzo sentì il tepore di quel contatto. Le loro gambe si incrociarono stendendosi. Era una strana atmosfera protetta dalla soffice coltre di paglia che ricadeva su di loro. Soltanto il chiarore della luna piena, che trapassava lo strato di paglia simile all'ambra, contrastava leggermente per il suo freddo siderale.

«Ho come voglia di piangere», sussurrò lei.

«Perché?»

«La notte è fredda.»

«Accoccolati qui», disse lui offrendole il petto.

Rosalía posò la testolina rischiarata dalla luna sul petto di Nauto.

«Come si sente forte.»

«Cosa?»

«Il tuo cuore... sembra un tamburo.»

Rimasero così per un po', ascoltandosi nel silenzio della notte. Il pagliaio, dopo la trebbiatura, emanava una fragranza di sementi. Era come se l'alito della terra si fosse mescolato a quello della luna, o del sole, il cui splendore cosmico si rifletteva sulla sua metà illuminata.

Rosalía emise un gemito soffocato.

«Perché piangi?»

«Non ti avevo detto che ne avevo voglia?»

«È per questo che ti ho offerto il mio petto... non devi piangere.»

«È che... non mi abbracci.»

Pedro Nauto la strinse a sé e i loro aliti si confusero. A un tratto il dorso di una nube coprì la luna crescente, e per qualche istante un velo d'ombra si stese sulla paglia odorosa.

8

Sul finire dell'estate, Pedro Nauto aveva ormai portato a termine la maggior parte degli impegni presi coi vicini, compreso suo nonno, a cui doveva varie giornate di lavoro in cambio della trebbiatura a macchina del suo grano. Il vecchio aveva accettato il baratto più per cercare di riconquistarlo definitivamente che per il lavoro in sé. Il ragazzo avrebbe preferito trebbiare con le giumente da Hilario Nehuelquén, ma voleva finire al più presto i lavori agricoli per dedicarsi alla pesca di molluschi e ostriche con il palombaro José Andrade.

La trebbiatrice, l'unica della regione, svolgeva in poche ore il lavoro che al branco di giumente costava intere giornate; ma a Pedro Nauto non piaceva quella larga bocca meccanica, dai lucenti denti d'acciaio che inghiottiva contemporaneamente vari covoni di grano, triturandoli nel fondo della sua gola per mezzo di un cilindro rotante, mosso da due grandi volani spinti dalle braccia di quattro uomini. Tutto sommato, era come se avesse rimpiazzato le bestie con gli uomini, certo con un rendimento di gran lunga maggiore.

Il nonno si era comportato bene con la trebbiatura del suo grano, e forse sarebbe riuscito a riconquistarlo se non fosse stato per uno screzio che, nelle giornate di lavoro da restituirgli, ebbe con il vecchio durante la raccolta delle patate.

«Tu devi soltanto vigilare sulla gente affinché non ci freghi», gli aveva detto, aggiungendo con enfasi: «E stando in sella, perché un uomo a cavallo incute più rispetto!»

All'inizio aveva dato retta al vecchio, e andava avanti e indietro per i campi di patate a controllare i lavoranti in sella a uno dei suoi cavalli migliori. Ma non poteva sopportare di doversene stare fermo e ritto in mezzo ai campi, guardando dall'alto del cavallo come faticavano le donne, gli uomini e i bambini, che suo nonno faceva lavorare in cambio di un salario misero e del pasto del giorno. Gli ricordava una sconcertante fotografia che aveva visto in una rivista sulla Grande Guerra a casa del nonno; un imperatore, il Kaiser, passava in rassegna le truppe. Era a cavallo, imponente, e i soldati con un ginocchio al suolo, come davanti a un Dio, i fucili poggiati di traverso sugli zaini.

Lui si trovava nella stessa posizione, a vigilare sul lavoro di quella gente china sui filari di patate con le zappe in mano.

Dal cavallo poteva spaziare su tutta l'estensione di quel campo scuro, con le foglie e i fiori ormai secchi e avvizziti. Tra i ragazzi e le ragazze c'erano diversi suoi compagni di scuola, e tra gli adulti molti vicini con i quali la madre aveva scambiato giornate di lavoro secondo l'usanza chiloese; anche piccoli aiuti in cibarie, quando ci si trovava in difficoltà. Lui stesso, con la madre, si era chinato varie volte sui campi di patate, come loro adesso, ma senza che nessuno li controllasse dall'alto di un cavallo quasi fossero dei condannati ai lavori forzati. Si trattava di aiutarsi a vicenda, in modo allegro e volontario, senza retribuzioni.

Un giorno si scatenò un acquazzone, e i campi di patate si trasformarono in un pantano. I braccianti, con i vestiti bagnati incollati al corpo, sembravano ombre vaganti tra la pioggia e il fango. Pedro Nauto non ne poté più del suo ruolo di vigilante e scese da cavallo per dare una mano a caricare le carrettate di patate, cercando di finire al più presto la raccolta. Gli tornò l'allegria nel ritrovarsi mescolato ai suoi compagni di lavoro, intenti a raccogliere le patate che spuntavano come grosse dita rosee dalla feconda, prodiga mano della terra.

Ma, venuta meno la sua vigilanza, i braccianti all'altra estremità del campo abbandonarono il lavoro e andarono a ripararsi dall'acqua sotto dei cespugli. In quel preciso momento il vecchio Nauto stava arrivando a cavallo da quella parte del campo e sorprese la gente accucciata sotto i rami.

«Non ti ho forse messo qui, razza d'imbecille, a controllare i lavoranti?» urlò il vecchio dalla comoda sella del suo cavallo roano, e continuò, adirato: «Mentre tu ti immischi in faccende che non ti spettano, gli altri si sdraiano sotto i cespugli! Pezzo di animale!»

«Sì, solo un pezzo, perché il resto dell'animale sei tu, che fai lavorare la gente con questo temporale!» ribatté senza esitare il ragazzo.

Il vecchio rimase paralizzato davanti alla mancanza di rispetto del nipote. I braccianti smisero di raccogliere patate e rimasero a guardare come sarebbe andata a finire.

«Figlio di...» riuscì a dire il vecchio, spronando il cavallo per gettarsi addosso al ragazzo. Pedro Nauto diede una manata sul muso del cavallo per non farsi travolgere. Il vecchio lo spronava infuriato, ma il ragazzo continuava a difendersi dando manate sul muso dell'animale, finché questi si impennò, alzò le zampe anteriori e disarcionò il cavaliere. A quel punto il vecchio cadde di schiena nel fango, rotolandovisi dentro, mentre l'animale partiva al galoppo. Si rialzò ridotto a uno sfacelo, con il volto e le mani coperte di fango. I braccianti non riuscirono a contenere le risate di fronte a quello spettacolo, e il vecchio prese a lanciare insulti e ad agitare le mani come uno spaventapasseri.

L'incidente mise fine ai suoi rapporti di lavoro con il nonno; ma rimase nella casa di Puerto Oscuro, perché al vecchio conveniva fosse lui a coltivare quella terra piuttosto che un inquilino. Lo avrebbe lasciato stare lì; ma senza più interferire nella sua vita e nelle sue faccende.

Per Pedro Nauto fu una liberazione, e l'indomani mattina andò a dirlo al palombaro José Andrade, per dedicarsi definitivamente ai lavori del mare. Sentiva di essersi staccato dalla terra, e dopo la morte della madre, quel fatto gli sembrava un voltare pagina per cominciarne un'altra nel libro della vita; della sua vita, adesso completamente libera.

Il palombaro fu contento di prenderlo con sé, poiché la stagione di pesca di *choros* e ostriche stava per iniziare e aveva bisogno al più presto dell'aiuto del ragazzo.

«Pensaci bene, Pedrito, a quel che stai per fare; dopo aver litigato con tuo nonno potresti anche pentirtene», disse, quando il ragazzo finì di raccontargli dell'incidente e della sua determinazione.

«E perché mai?»

«I soldi contano molto...»

«Non li guadagnerò forse con la pesca?»

«Non saranno granché, e sul mare si fatica più che sulla terra. Non dimenticare che tuo nonno è l'uomo più ricco della zona. Ha fatto i soldi, certo, fregando i terreni agli altri, e dicono persino che, essendo di origine spagnola, abbia cambiato il cognome con uno indio per tenersi delle terre... Se lo avessi sopportato, magari alla sua morte avresti ereditato terre e soldi.»

«Ci ho pensato», rispose il ragazzo, «e vuole che glielo dica, don Pepe? Non me ne importa niente. Sopportare il vecchio aspettando che mi lasci i soldi quando muore mi sembra una porcheria. Vivere tutta la vita per questo? Ho visto tante cose sporche fatte per interesse da quando è morta mia madre, che ormai i soldi mi fanno schifo!»

«Eppure, è con quelli che si vive.»

«Si vive con il lavoro; senza lavoro non ci sono campi di patate né grano, vacche o pecore.»

«Però non sempre quelli che lavorano hanno campi di patate e pecore... Quelli che possiedono di più sono proprio coloro che non lavorano e fanno lavorare gli altri... Non te ne sei reso conto?»

«Ho pensato anche a questo; non creda, don Pepe, che non veda come vanno le cose. È il motivo per cui ho scelto il mare, e se più avanti potrò lasciare questi luoghi, me ne andrò.»

«Troverai la stessa storia da tutte le parti... La gente lavora per i soldi e quelli che ne hanno ti fanno lavorare per loro!»

«Ho imparato a guardarmi intorno da quando è morta mia madre...»

«Non vedevi la vita perché te la nascondeva tenendoti tra le sue sottane. Prima eri proprio un pulcino sotto la chioccia! Solo adesso ti sei dato una svegliata! Ti ha tirato su proteggendoti dalla vita, perché lei se la cavava in tutto da sola, e quanto era forte, da buona chiloese! Adesso che è morta, perché dovresti gettare al vento il suo lavoro su quel pezzo di terra a Puerto Oscuro? Appartiene più a lei che al vecchio. Lei lo ha vangato e seminato. Prima che arrivasse, laggiù era tutto abbandonato. Quando sei venuto al mondo tu, il vecchio l'ha cacciata di casa; si è dovuta rifugiare dai vicini, e poi si è sistemata in quella lingua di terra.»

«Mi dica una cosa, don José», disse il ragazzo assumendo un tono preoccupato. «Perché ha detto che mia madre mi ha tirato su proteggendomi dalla vita?»

«L'ho detto perché ha sopportato lei tutte le tempeste pur di tenerti al riparo. Ricordo una volta che la incontrammo sulla sua barca a remi, con te avvolto nello scialle, a poppa, sul pagliolo del fondo. Pregava in mezzo al temporale di fronte a Pinkén, ma non mollava i remi. Io vi presi sulla mia barca portando la vostra al traino.»

«Anch'io ricordo molti temporali affrontati con lei sulla barca. Mi metteva tra le sue sottane, chino, e mi faceva recitare padrenostri e avemarie. Io pregavo, e ci salvavamo.»

«Vi salvavate perché lei ai remi valeva quanto un uomo. Una volta che stavamo trasportando il suo grano per venderlo a Quemchi, fummo sorpresi da un temporale che per poco non ci mandò a picco. Quando cominciammo a imbarcare acqua per le ondate, anziché pregare, lei si mise al lavoro con un secchio e fu questo a salvarci, mentre noi remavamo tenendo la prua alle onde. Lasciava il secchio solo ogni tanto, per farsi il segno della croce.»

«Io avevo capito un'altra cosa, don José.»

«Cosa?»
«Che mi aveva tenuto al riparo per la vergogna.»
«Perché si sarebbe dovuta vergognare di te?»
«Perché sono venuto al mondo senza un padre.»
«Bah... non è certo una cosa dell'altro mondo! In cambio, hai avuto una madre di cui puoi essere orgoglioso!»
«Mi dica, don José, né lei né nessun altro ha mai saputo chi possa essere mio padre?»
«Nessuno... è un segreto che la buonanima si è portata nella tomba.»
«Crede che potrebbe trattarsi di qualcuno di queste parti?»
«Non credo. Tua madre era una brava ragazza, ed essendo figlia di un riccone, l'avrebbe sposata di corsa. Lei, per poterti dare un nome, non si sarebbe rifiutata...»
«Un nome...» mormorò Pedro Nauto, pensieroso.
«Intendo dire per regolare le questioni della chiesa e del registro civile... perché la gente è così rognosa su queste cose...» disse il palombaro, un po' imbarazzato, e aggiunse: «E tu pensi sia necessario avere un padre per poter vivere?»
«Persino gli uccelli badano ai propri figli!»
«Se si tratta di un cattivo padre, meglio non averlo. Hai l'esempio di tuo nonno, il riccone! L'hai appena mandato al diavolo! Avresti fatto la stessa cosa con tuo padre se fosse stato un mascalzone... Io, il mio, neppure l'ho conosciuto. È morto affogato quando stavo ancora nel ventre di mia madre... Eppure, eccomi qui!»
«Però c'è qualcosa di strano nel non riuscire a sapere chi sia il proprio padre... Lei lo sa, anche se è morto. Ma io... sono forse piovuto dal cielo?»
«Senti, Pedrito», sentenziò il palombaro, «gli alberi fanno sbocciare i germogli senza sapere da quale vecchia scorza siano nati.»
«Questo va bene per gli alberi, ma non per gli animali, e tanto meno per gli uomini... La gente se la passa a guardare i germogli di sfuggita e intanto fruga tra le scorze...»

«Questo succede qui, nella nostra terra piena di gente stupida; ma da altre parti... ovunque andrai conterà solo quanto saprai farti valere.»

«È per questo che voglio andarmene da qui. Lo capisce, adesso? Andare dove nessuno mi conosca né chieda chi sia mio padre!»

«Prima devi diventare uomo qui... la vita, da forestiero, diventa molto dura... lontani dalla terra in cui si è nati... dove nessuno ti conosce.»

«Sa, don José? Le voglio raccontare un sogno che ho fatto l'altra notte!»

«Cosa hai sognato? A volte i sogni ci annunciano qualcosa! Per lo meno qualche preoccupazione!»

«Ho sognato che mio padre era un capitano di lungo corso... Lo vedevo molto alto, robusto, con un berretto blu e un'ancora dorata sulla visiera, come la portano nella marina mercantile. Non riuscivo a guardarlo bene in faccia, perché era in penombra. Mi teneva per mano... era una mano forte e grande. Siamo saliti su per un sentiero fino alla cima di una collina da cui si poteva ammirare una terra bellissima. Piena di fiumi e boscosi campi di torba, con sentieri che si perdevano tra le colline. Una terra che invitava a correrle incontro. Era uno spettacolo così affascinante! Ma mio padre, stringendomi all'improvviso la mano, mi ha detto: 'Torniamo al mare!' Sentendo la sua voce, mi sono voltato a guardarlo, ma lui era scomparso... Sono rimasto là da solo, molto triste, con una gran voglia di piangere... Non sapevo se dirigermi verso l'interno o verso il mare, dove si erano perse la voce e l'ombra di mio padre... Ecco perché ho mandato al diavolo quel vecchio di mio nonno con tutti i suoi campi di patate e di grano... Non voglio continuare a scavare la terra... Da quando ho fatto quel sogno, l'unica cosa che mi attira è andare per mare... Come se stessi dando retta alla voce di un padre!»

«Di un padre crudele.»

«Per quanto sia crudele, è pur sempre nostro padre.»

«E la terra è nostra madre; lei sì che ha cuore, quando ti metti a scavarla con le mani.»

«E lei forse non arriva al cuore del mare per tirarne fuori i frutti?»

«Sì, è vero. Il vecchio salato è cattivo soltanto in superficie. Sotto, sembra una tranquilla prateria in una notte di luna.»

«E allora andiamo in mare», esclamò il ragazzo, entusiasta.

«Andiamo in mare...» ripeté José Andrade, come un'eco.

9

«Un giorno o l'altro scoprirò un banco di ostriche vasto diverse leghe, tanto da tappare la bocca a quei criticoni!» esclamò Andrade, mentre si appoggiava alla barra del timone della sua scialuppa baleniera che filava con la vela maestra e la trinchetta spiegate al vento.

«Chissà che non abbiano ragione loro, non è la stessa cosa tirare su i *choros* con la fiocina anziché con l'attrezzatura da palombaro!» replicò Pedro Nauto, che teneva la scotta della maestra legata a doppio giro su uno scalmo.

Lavoravano insieme da ormai due stagioni, accompagnati a volte da Elvira, dal figlio maggiore di Andrade o da qualcun altro. Battevano canali, baie, piccole insenature, tirando su dal fondo marino *choros* e ostriche con cui riempivano sacchi che poi imbarcavano su lance o vapori diretti a Puerto Montt.

Da Vancouver, all'estremo nord del Pacifico, non esiste altro mare interno più bello e mite di quello dell'arcipelago di Chiloé. Le isole si sgranano come collane di perle, e la più grande, che dà il nome alla regione, è un lungo e alto bastione che protegge le sorelle minori dalla furia del Pacifico. È un formidabile frammento di cordigliera costiera disposto come un gigantesco frangiflutti in mezzo all'oceano.

Il resto dell'estesa costa occidentale americana è un desolato susseguirsi di dirupi rocciosi, con alcune grandi baie e foci, flagellato costantemente dalle mareggiate del Pacifico, le cui onde sono due metri più alte di ogni altro oceano; ma l'isola grande di Chiloé innalza la sua protezione di roccia e arenaria terziaria, formando quel mare interno, i cui sbocchi sono il canale di Chacao e il golfo del Corcovado. A est, si leva la maestosità della cordigliera delle Ande, che in diversi punti cade a picco sul mare. Ci sono insenature, stretti, fiordi e piattaforme dove i ghiacciai dell'era glaciale hanno lasciato morene e limo fecondo.

Su tutte queste numerose isole cresce una fitta vegetazione silvestre, che attraverso i millenni ha formato una spessa coltre vegetale, dove abbonda spontaneamente la patata, poiché questo tubero è originario di Chiloé, il grano, grazie al concime fornito dal mare, e poi legumi e piante da frutto, come il melo, il marasco, il ribes e il lampone. Il mare possiede un plancton nutriente, concimato in maniera costante dai sali minerali portati dai fiumi della cordigliera. Il suo letto non ha caratteristiche oceaniche, presenta invece bassi fondali, generalmente privi di asperità sempre per l'erosione dei ghiacciai millenari, i cui artigli geologici formarono i letti dei fiordi, scavando baie profonde, strette insenature a picco, golfi ed estuari, quasi che un bambino capriccioso avesse distribuito tutto questo in modo fantasioso, un po' spaventato da quelle due immensità planetarie: il Pacifico e le Ande.

Gli abitanti primitivi delle isole, di razza hulliche, non si sa da dove siano venuti. Forse dall'Oceania o dal mare della Cina, muovendo un passo dopo l'altro come i granchi, di roccia in roccia, fino a percorrere lungo i secoli l'intera conca del Pacifico.

Quando Alonso de Ercilla attraversò per la prima volta il canale di Chacao, che chiamò Desaguadero, loro usavano già la *dalca*, un'imbarcazione a fondo piatto; coltivavano la patata e il mais e addomesticavano il *chilehueque*, una specie di lama da cui ricavavano la lana per tessere i vestiti.

Con utensili primitivi, come lo *hualato*, zappa di legno e successivamente di ferro con l'arrivo degli spagnoli, strappavano alla terra alcuni prodotti, soprattutto le diverse specie di patate. Usando la fiocina tiravano fuori dal mare innumerevoli crostacei e molluschi, tra i quali si distinguevano lo scampo, il riccio, i frutti di mare conosciuti come *cholga*, *choro* e *navajuela*, il granchio *centolla* e altri di specie diverse, l'arsella, il *quilmahue*, un mollusco che rimane in secca per chilometri di litorale durante la bassa marea, l'ostrica, e tanti altri.

I procedimenti rudimentali, come l'uso dello strumento chiamato dai nativi *fisquia*, una fiocina di legno a quattro punte con cui catturavano molluschi sul fondo marino; il recinto di pietre o di pali innalzato sul limitare della bassa marea; la rete sostenuta dalla spiaggia tramite un paranco e trascinata in circolo da una canoa; il semplice palamito con le esche calato fra gli scogli; tutto questo aveva sempre permesso di mantenere un equilibrio tra quei tesori del mare e il loro consumo. Con poco sforzo il chiloese procurava il cibo nel mare per sé, per la propria famiglia e persino per commerciarlo. Ma poco a poco la raccolta di questi prodotti marini si era industrializzata. Le fabbriche di alimenti in scatola cominciarono a installarsi in punti strategici; per le ostriche arrivò la pesca a strascico. I palombari si moltiplicarono con le rispettive scialuppe. C'erano imprese che ne avevano a dozzine, e così poco alla volta i banchi di molluschi furono sterminati e la vita degli isolani divenne sempre più dura. Nessuno si preoccupò di rimpiazzare questa produzione naturale di alimenti con un'altra. Il lucro e il saccheggio danneggiarono definitivamente la prodiga vita chiloese.

Per quanto fosse uno del luogo, José Andrade non era mai stato ben visto a causa del suo mestiere di palombaro professionista, e nonostante assicurasse che andava a pescare in acque più profonde, dove non era possibile usare la fiocina, più di una volta qualcuno lo aveva visto immergersi nelle stesse zone battute dagli altri.

«E dovrà essere tutto per noi, Pedrito, il giorno in cui troveremo un grande banco di ostriche o di *choros*!» esclamò il palombaro, mentre volgeva la prua verso la punta del promontorio Lobos.

L'alta rupe del promontorio, con il suo faro sulla vetta, indicava all'estremità nordest dell'isola Caucahué l'accesso al canale con lo stesso nome e l'uscita in mare aperto del golfo di Ancud.

In quel tratto di mare aperto, e navigando verso sud, il palombaro conosceva una lunga barriera di rocce sottomarine che correvano parallele alla scoscesa costa esterna di Caucahué.

«Hai notato, Pedrito, che il mare sembra più calmo su questo lato della costa?»

«Sì, pare che in quella zona ci sia un burrone sommerso.»

«È l'unica cosa di cui ho paura, Pedrito; in quei maledetti burroni sottomarini è difficile lavorare.»

«Anche a me fanno paura. Una volta mi sono spinto fin lì, e per quanto mi fossi immerso per poter nuotare meglio, qualcosa mi risucchiava verso il fondo. Ho dovuto muovere forte le braccia e le gambe per riuscire a risalire.»

«Però io avrei voglia di provare dall'altra parte di quel burrone sommerso. Chi ci dice che laggiù non vi sia un buon fondale... e qualcosa di più?» disse il palombaro strizzando l'occhio al suo aiutante.

«E chi ci va laggiù! Fa un certo effetto!»

«Come in tutte le cose bisogna accettare il rischio, Pedrito. È per questo che nessuno si è immerso laggiù; tutti hanno paura del burrone sommerso.»

«Il fatto è che proprio in quel punto dicono vada a gettare l'ancora il Caleuche durante il giorno...»

«E tu credi al Caleuche?»

«Io non l'ho mai visto; ma raccontano tante cose di lui, che quasi ci credo. Persino mia madre, che non badava a certe sciocchezze, raccontava che la nonna lo aveva visto alla fonda di fronte a Puerto Oscuro. Diceva che aveva una forma allungata come quella di un re di triglie, e brillava come se avesse le stesse squame. A bordo suonavano e si vedeva gente che ballava. Gli uomini dell'equipaggio salivano e scendevano con la faccia girata all'indietro e la gamba destra piegata contro la schiena. Era una notte di luna, e una scialuppa con sei rematori e un timoniere venne calata in mare per dirigersi verso la caverna che c'è sulla punta Millahuilo, dove si sarebbero incontrati, a quanto pare, con altri stregoni.»

«Io non ci credo, Pedrito. Poteva essere una visione di tua nonna che ha confuso una nave passeggeri con il Caleuche. Alcuni bastimenti si fermano a rifornirsi di acqua alla cascata della punta Millahuilo, e per farlo usano una scialuppa. Lo avrà raccontato a tua madre quando era ancora una bambina; lei lo ha dato per certo e lo ha passato a te.»

Superata la rupe del promontorio Lobos, il vento di sudovest cessò, e dovettero ammainare le vele per avanzare a forza di remi. Nubi lontane formavano grandi cattedrali sull'orizzonte, o città fantastiche che sembravano galleggiare sul limite estremo del mare. Un arcobaleno attraversò quella fantasmagoria da parte a parte, e il mondo luminoso divenne più reale e attraente, come se invitasse i due della barca a entrarvi.

«Vedi?» disse il palombaro.

«Sì, come un vero e proprio paese», rispose Nauto.

«Vai e infilati in quelle cattedrali, sono reali quanto il Caleuche.»

«Con la scialuppa, lo farei.»

«Se si tratta di un vero paese, puoi percorrere a piedi le sue strade...»

«Un giorno me ne andrò da qui e troverò paesi accoglienti quanto quello laggiù.»

«Fai attenzione che non siano sul mare.»

«Una metà di Quemchi poggia su piloni nel mare», replicò, testardo, il ragazzo; ma poi, lasciando il remo e guardando oltre la prua con occhi sgranati per la sorpresa, esclamò: «Guardi, don José, là c'è una nave da guerra!»

Il palombaro Andrade si stropicciò gli occhi per accertarsi che fosse vero ciò che stava vedendo. In un tratto luminoso, simile a uno specchio disteso sul bordo della scogliera dell'isola, coronato dal fogliame rigoglioso, si scorgeva una grande nave da guerra ferma sul mare.

«Avviciniamoci per dare un'occhiata», suggerì il palombaro, impugnando il suo remo.

«È un incrociatore», disse Nauto, mettendosi anche lui a remare.

Vogarono stando in piedi, caricando il peso del corpo sul remo, per non perdere di vista la luminosa nave apparentemente ormeggiata presso la cupa scogliera di Caucahué; ma, d'un tratto, quando ormai erano quasi a ridosso, qualcosa vibrò, fu come un cambio di luce prodotto dal vento sull'acqua, e la nave scomparve.

«Cosa diamine è successo?» esclamò Andrade.

«Era lì fino a un attimo fa!»

«Sì, l'ho vista anch'io, era una grande corazzata!»

«Stava proprio sopra il burrone sommerso... Non sarà il Caleuche che si è infilato là sotto?»

«Sì», continuò Andrade, come se gli fosse andato del pepe negli occhi, «stava sul burrone sommerso...»

Dopo qualche vogata raggiunsero il punto in cui si trovava la nave alla fonda. C'erano soltanto le acque, divenute più profonde e specchiate in quel tratto della costa di Caucahué.

Proseguirono fino al fondo di una baia dove avevano lasciato alcuni sacchi di *choros* pronti per essere imbarcati. Li raccolsero e intrapresero il viaggio di ritorno.

Era ormai notte quanto doppiarono il promontorio Lobos con il loro carico. Il vento aveva ripreso a soffiare e stavano virando verso l'entrata del canale Caucahué, quando udirono il grido di un uomo. Poi un altro, quasi fosse una *saloma**. In una virata di prua poco oltre il promontorio, intravidero un falò nascosto tra gli scogli. Andrade rispose gridando a sua volta.

«Sembra la barca di Remigio Cárdenas», disse Pedro Nauto, che stava al timone.

* *Saloma*: cantilena dei marinai per dare il ritmo della vogata. (*N.d.T.*)

«Saranno fuori per la pesca... Sanno che abbiamo con noi dei *choros* e per questo lanciano il richiamo.»

«Attracchiamo?»

«Va bene; punta verso il fuoco.»

Remigio Cárdenas e Raúl Carnot andarono loro incontro e li aiutarono a tirare in secco la scialuppa. Stavano andando a pesca di branzini con altri due compagni.

«Abbiamo gettato la rete tre volte e abbiamo a malapena recuperato il rancio del pescatore», disse Remigio Cárdenas, un uomo alto e ossuto, riferendosi alla tradizione di mangiare i primi pesci caduti nella rete.

I pescatori avevano acceso il fuoco ai piedi di una grande caverna, dove Mancilla e Gonzalí stavano arrostendo alcuni branzini aperti lungo il dorso e sistemati su una croce di legno accanto alla brace. Aggiunsero altri due branzini per i nuovi arrivati, e questi andarono a prendere sulla scialuppa i migliori *choros*, grandi quanto scarpe, che seppellirono nella sabbia rovente per cuocerli. I sei uomini si sedettero intorno al fuoco aspirando il delizioso profumo dei *choros* e dei branzini che arrostivano.

«Siamo andati a recuperare dei sacchi di *choros* che avevamo lasciato in acqua dietro Caucahué», disse Andrade, e aggiunse in un tono vagamente scherzoso: «E non potete neanche immaginare cosa ci è successo...!»

«Cosa?» chiese Carnot.

«Ci siamo imbattuti nel Caleuche.»

«Il Caleuche?» ribatté Mancilla.

«Madre di Dio!» esclamò Gonzalí.

«Il Caleuche o qualcosa del genere...»

«Aveva l'aspetto di una corazzata, con tanto di cannoni e tutto il resto», intervenne Nauto.

«Allora non sarà stato il Caleuche...»

«Dicono che assuma forme diverse, soprattutto quando qualcuno lo insegue.»

«Ma voi non lo stavate inseguendo.»

«Però lo abbiamo sorpreso nel suo rifugio... Se ne stava sopra il burrone sommerso che c'è dietro Caucahué.»

«Com'era? Raccontate, raccontate!» insistette Carnot, un ex marinaio della marina militare che dopo aver navigato per mezzo mondo si era fermato a Quemchi per stare vicino qualche tempo alla madre vedova.

José Andrade, la cui imponente figura era rischiarata a metà dai bagliori delle fiamme, raccontò in ogni dettaglio l'apparizione e la scomparsa della nave misteriosa, aggiungendoci di suo un'ancora d'oro penzolante da prua, mentre l'altra era alla fonda. Di tanto in tanto gettava un'occhiata a Pedro Nauto, che confermava le affermazioni del palombaro; ma quando il primo arrivò a descrivere l'ancora, rimase in silenzio, pensando forse di non averla notata.

«Anni fa, quando stavamo effettuando delle manovre al sud, ci è successo qualcosa di simile», disse Carnot, dopo qualche minuto di silenzio in cui gli altri erano rimasti a rimuginare il proprio stupore.

«Anche voi avete visto il Caleuche trasformato in una corazzata?»

«Oppure una corazzata trasformata nel Caleuche...» ribatté Carnot con una certa ironia.

«Stavamo attraversando», continuò, «il Passo degli Elefanti a bordo di una motovedetta, in rotta per il ghiacciaio di San Rafael, quando all'improvviso, in mezzo a quella specie di laguna che si forma laggiù, abbiamo visto una corazzata... Ci sembrò strano che una nave di quel tonnellaggio si fosse spinta in un punto dove i fondali sono così bassi, e ancor più che avesse superato il Passo degli Elefanti, che è molto stretto e serpeggia tra una serie di isolotti indistinguibili uno dall'altro. Io ero al timone, e con l'ufficiale di guardia siamo stati i primi ad avvistarla. Abbiamo avuto modo di constatare senza ombra di dubbio che si trattava di una corazzata. Poi l'ha vista l'intero equipaggio; ma... quando ci siamo avvicinati, è sparita di colpo...»

«Era il Caleuche?»

«No; non era affatto il Caleuche... Più tardi, l'ufficiale addetto alla navigazione ha riunito l'equipaggio in coperta e ci ha spiegato il fenomeno. Non ricordo esattamente le sue parole; ma provo a spiegarvelo così come l'ho capito... Si tratta di una sorta di miraggio», continuò Carnot, spianando la sabbia con la mano e tracciandovi sopra un disegno. «Risulta che da tutt'altra parte navigava un incrociatore su un tratto di mare calmo e così specchiato da riflettersi tale e quale contro una muraglia di nubi, che facevano da specchio. Queste, a loro volta, lo riflettevano in un altro punto. Tutto ciò ha trovato conferma più tardi, quando la squadra impegnata nelle manovre si è riunita. Effettivamente, a quella stessa ora un incrociatore navigava in mare aperto all'altezza del ghiacciaio di San Rafael, proprio quando noi lo abbiamo avvistato sulla laguna. Le nubi che facevano da specchio forse avranno cambiato posizione oppure l'incrociatore in movimento aveva cessato di riflettersi, scomparendo alla nostra vista...»

«Ah...!» sbottarono alcuni pescatori, come se non avessero capito bene, o al contrario, avendo compreso la spiegazione scientifica, fossero rimasti un po' delusi... Forse avrebbero preferito credere alla realtà del Caleuche.

Non appena i *choros* cominciarono a emanare vapore dalla cenere calda, li tirarono fuori per mangiarli. I gusci sembravano fontane in miniatura dalla forma allungata, con il saporito mollusco, dalla carne scura o giallognola, cotto nel proprio brodo. Anche i branzini freschi, indorati a fuoco lento sulla brace, erano squisiti.

Ogni tanto, qualcuno di loro gettava un'occhiata furtiva verso la volta della caverna, costituita per la maggior parte di arenaria, e al riverbero del fuoco non poteva evitare di ricordare la frana verificatasi alcuni anni addietro ai piedi del promontorio Lobos, che aveva seppellito tre pescatori rifugiatisi in una cavità per ripararsi da un temporale.

C'erano patate, anche queste cotte nella brace, e, così, la bianca fecola aperta come un fiore sbocciato dal grembo della terra fece da contorno alla succulenta valva del *choro* che, al pari di un raggio di sole, attraversava l'interno madreperlaceo del guscio. Al termine della cena, vennero servite tazze di caffè e qualcuno si arrotolò una sigaretta. Lontano dal debole chiarore del fuoco, la notte era lacerata solo dal bagliore intermittente del faro che si innalzava sulla vetta del promontorio Lobos.

Antenor Mancilla, il più anziano del gruppo, si alzò per andare a prendere una bracciata di legna con cui ravvivare il fuoco. Era legname della costa, tronchi di *quiscales* disseccati dal sole o pezzi sciolti portati sulla riva dall'alta marea.

«Don Antenor, che ha vissuto più anni di noi, dovrebbe ricordarsi bene di un fatto avvenuto quando lui era giovane...» disse Andrade, cercando di attaccare discorso.

«Di cosa dovrei ricordarmi... che i tempi andati erano migliori di questi? Non ne vale la pena!»

«Ma saranno stati davvero migliori...?» lo incalzò Andrade dubbioso.

«Soprattutto perché non c'erano attrezzature da palombaro come la tua, che stanno lasciando senza *choros* le spiagge dove prima si pescava con la fiocina.»

«Io vado a raccogliere *choros* a profondità dove non si arriva con la fiocina.»

«Bisognerebbe andare a controllare dove ti immergi...»

«Il fatto è che prima era meglio per alcuni e adesso è meglio per altri», fu il commento di Gonzalí.

«Proprio così», disse il vecchio. «È andato tutto in malora da quando sono comparsi quei marchingegni... La stessa cosa è successa con l'arrivo dei vapori, che sono venuti a toglierci tutto il lavoro che prima facevamo con i velieri a Quemchi... Una volta non prendevano a bordo certi incapaci, adesso chiunque può diventare marinaio su quelle bagnarole a motore.»

«Non si metta contro il progresso, don Antenor», intervenne Carnot, «con quelle attrezzature l'uomo può andare sott'acqua e con i vapori si naviga più veloci e si arriva da qualsiasi parte.»

«Infatti», aggiunse il vecchio, «i velieri prima dovevano aspettare in mare aperto che noi li rimorchiassimo lungo il canale con le nostre barche. Adesso, quando arriva un veliero, entra in porto con un rimorchiatore attaccato al ventre. Bisognava vederli a quei tempi, quando al di là del promontorio Lobos restavano in attesa brigantini, corvette e fregate, come la Pelícano, la Vanora, la Josemite, la Silurián, la Juan de Dios Navarro, la Hidra, la Klondike, provenienti dall'Australia, dalla California e dall'Europa, per poi gettare in mare la zavorra, a meno che non trasportassero riso, grano o altri prodotti, e venire a caricare il nostro legname di cipresso, rovere e *mañío*... Il bastimento con cui arrivò la buonanima di tuo padre, che si chiamava anche lui Raúl Carnot, dovette essere rimorchiato come gli altri, a forza di remi, perché potesse entrare in porto dal promontorio Lobos. Era un quattro alberi, il Denderah, che aveva doppiato Capo Horn con la sola spinta delle vele...»

Raúl Carnot sembrò cedere all'emozione, sentendo menzionare il padre che quasi non aveva conosciuto, poiché conservava soltanto uno o due ricordi vaghi di lui. Era un marinaio francese che, innamoratosi di una giovane e bella chiloese, era rimasto a Quemchi ma poi, al comando del brigantino Eulalia, costruito nei cantieri di Quemchi, era perito con tutto l'equipaggio al largo dell'isola Guafo... Così, il ricordo più commovente che gli tornò di colpo alla memoria dalla lontana infanzia, fu il giorno in cui, assieme alla madre che lo teneva per mano, avevano raggiunto la punta del molo per aspettare la nave che doveva riportare a casa i naufraghi. Invece arrivò con la sola notizia che nessun membro dell'equipaggio si era salvato. Sul molo di Quemchi erano echeggiati urli e lamenti. Lui non capiva granché di tutto ciò e aveva dovuto sforzarsi per piangere come vedeva fare a sua madre. Tutte le vedove stringevano a sé i piccoli singhiozzando. Tornati a casa, sua madre aveva appeso nastri neri alle tendine delle finestre che davano sulla strada. Otto o dieci case di Quemchi erano rimaste per lungo tempo con le finestre listate a lutto. L'intero equipaggio dell'Eulalia, come del resto anche la nave, veniva da quel villaggio...

Mentre quei lontani ricordi riattraversavano per un attimo la mente di Carnot, risvegliati dall'accenno al padre, il vecchio Mancilla continuava a rievocare i suoi ad alta voce:

«Non potete immaginare quanto fosse bella quella scena! Laggiù, in pieno golfo, restavano immobili i velieri, e mezza dozzina di barche e scialuppe andavano loro incontro. Ci gettavano le cime e a forza di remi imboccavamo il canale Caucahué con la nave a rimorchio. Era una vera e propria festa... L'intero paese si riversava fuori per assistere all'arrivo della nave. Guadagnavamo tutti la stessa cifra per rimorchiarli. Era una buona paga. A volte c'erano anche tre o quattro navi al giorno da rimorchiare... Tutto è finito con i vapori... proprio come tu sicuramente la farai finita con i nostri *choros* grazie alla tua attrezzatura da palombaro», concluse il vecchio rivolgendosi a José Andrade.

Ma Gonzalí, disteso accanto al fuoco, gli rivolse una domanda costringendolo a riprendere la chiacchierata, e il vecchio non si faceva certo pregare, una volta che aveva aperto i boccaporti del suo passato.

«Io non ho assistito al combattimento tra spagnoli e cileni a Tubildad; però me lo ha raccontato Ventura Yáñez, che a quei tempi pare avesse undici anni e vide tutto standosene nascosto dietro una macchia di *quiscal*... Dice che arrivarono il Numancia e il Villa de Madrid. Il primo gettò l'ancora nell'estuario e il secondo di fronte a Pinkén, e da lì presero a cannoneggiare le truppe cilene venute da Chacao. Una chiesa con il tetto di paglia sulla piana di Huite fu la prima a essere incendiata. Poi continuarono radendo al suolo tutte le case sulla costa, come ai tempi dei pirati; però non osarono sbarcare. Dopo il bombardamento, un tizio di Caucahué si recò a vendere galline e uova a bordo e lo presero prigioniero. Data la sua conoscenza della zona lo misero a fare il pilota e poi se lo portarono fino in Spagna. Là rimase qualche anno e quando venne rilasciato tornò nella sua isola.»

«E quella storia della nave con gli scheletri?» chiese ancora Gonzalí, che sembrava il più interessato ai racconti del vecchio pescatore, un tempo marinaio a bordo dei velieri.

«Quelli li ho visti con i miei occhi», riprese, «quando navigavo su un brigantino che cacciava balene per un'impresa di Corral. Fu di fronte a Toltén, che in lingua araucana significa 'terra che si muove', forse perché laggiù ci sono sempre state delle scosse e persino veri e propri terremoti. Tutti lo vedemmo, perché faceva ancora chiaro e la giornata era limpida. Il mare cominciò a ribollire, e poi le acque si ritirarono dalla costa fino a lasciare buona parte del fondo in secco. Noi, per quanto fossimo al largo, per poco non naufragammo perché venimmo trascinati via anche dall'ondata che si era formata dal riflusso del mare. Quindi il mare si gonfiò e un'immensa onda risalì verso la costa e arrivò fino alle montagne. Tornò a scendere e a risalire due o tre volte finché non cominciò a calmarsi. Deve aver distrutto ogni cosa incontrata sulla terraferma. A bordo eravamo tutti impauriti. Non avevamo mai visto niente di simile; ma se lo spavento per il maremoto era stato grande, non fu da meno quello che provammo quando fummo affiancati da una nave mezza nera e arrugginita. Era lo scafo vecchio e smantellato di un vapore di grosso tonnellaggio. E quando ci avvicinammo a velatura ridotta, scorgemmo all'interno dello scafo ormai marcio una cosa tremenda. Non riuscivamo a crederci, continuavamo a stropicciarci gli occhi pensando fosse una visione! Era pieno di scheletri! Scheletri grandi e piccoli da tutte le parti! Il capitano invertì immediatamente la rotta e ci allontanammo da quella nave sinistra e dai suoi scheletri; ma tempo dopo venimmo a sapere dalla capitaneria di Corral, quando il nostro capitano fece rapporto sull'accaduto, che si trattava di una nave passeggeri che molti anni prima era finita nell'occhio di un ciclone, e dopo essere rimasta in secco, il maremoto l'aveva rimessa a galla... Ma non potrò mai dimenticare quel carico di scheletri...»

Un silenzio pesante calò sugli uomini intorno al fuoco.

Gonzalí non cercò più di far parlare il vecchio, e qualcuno cominciò a sbirciare verso la marea che stava salendo, illuminata a tratti dalla sciabolata di luce del faro. Altri fissavano la bocca della caverna, la cui volta sabbiosa era oscurata dalle tenebre sopraggiunte allo spegnimento del fuoco. Uno dopo l'altro i sei pescatori si alzarono, presero le proprie cose e si incamminarono verso la riva.

Quando la scialuppa del palombaro si separò dalla barca da pesca, si intravide una lieve increspatura sull'acqua, e la rete per i branzini fu prontamente issata. Sulla riva, Gonzalí fungeva da *aguatero*; stando immerso nell'acqua fino alla cintola sosteneva la sagola, una corda di *quilineja* intrecciata e legata a un'estremità della rete, mentre il resto delle maglie si aprivano in semicerchio.

Poi, si udirono solo i colpi di bastone che i pescatori sferravano sulla superficie per spaventare i pesci e spingerli al centro della rete. Era come se qualcuno nell'oscurità stesse infliggendo una punizione all'oceano.

10

«A partire da questo momento la mia vita è nelle vostre mani...» disse Andrade, accingendosi a indossare lo scafandro da palombaro per scendere in profondità.

«Fai attenzione, José», si raccomandò Elvira, aiutando il marito a infilare il pesante maglione di lana grezza con cui era solito immergersi.

Nella regione, Andrade era l'uomo che conosceva più di chiunque altro i segreti dei fondali marini. Veniva guardato con una certa diffidenza per le sue attività subacquee. Il fatto di essere l'unico a scendere sotto la superficie del mare e a camminare nei suoi abissi provocava una malcelata ammirazione e gli conferiva un prestigio quasi diabolico che nella zona era superato solo dalle pratiche degli stregoni. Il mare mostra sempre un volto attivo, ma ermetico. Quando è calmo, a volte sembra placido, sincero come uno specchio; la brezza lo fa sorridere; il vento lo porta a mostrare i denti, e nella tempesta rivela la sua espressione più spietata e fosca. Solo gli stregoni, capaci di cavalcare sulle sette groppe del cavallo marino, e Andrade, avevano il privilegio di varcare quel volto che per il resto dei mortali rimaneva impenetrabile.

Quasi di fronte alla sua abitazione, nell'estuario di Tubildad, José Andrade coltivava un banco di *choros* come se fosse un orto familiare. Su un fondale di limo azzurrino, sotto acque tranquille, grandi e piccoli molluschi crescevano come in un vivaio. Andrade si era mosso in modo accorto per assicurarsi il controllo di quel piccolo banco di *choros*.

Infatti, dato che pescava in zone lontane dal porto di

Quemchi, dove venivano imbarcati i frutti di mare per il nord, caricava i *choros* in sacchi fino a Tubildad e li calava sul fondale coperto di limo nutriente assieme a quelli che vi crescevano naturalmente. La gente della regione considerava quel punto una proprietà privata del palombaro e si asteneva dall'andarci a raccogliere *choros* con la fiocina.

Tuttavia, quel banco era troppo piccolo per le ambizioni del tenace palombaro che deambulava da un posto all'altro nella speranza di scoprire finalmente un banco di *choros* o di ostriche sufficiente a soddisfare il suo desiderio di denaro.

«Hai avvistato qualcosa oggi?» era l'eterna domanda con cui Elvira lo accoglieva dopo un'immersione.

«Niente, donna, niente... ma un giorno di questi lo troverò», era solito rispondere, dopo aver camminato sul letto del mare come un orticoltore sui suoi campi.

Conosceva le formazioni di roccia come i calli della propria mano, tranne quelle che producevano gli insidiosi frangenti dall'altra parte dell'isola Caucahué, una sorta di scogliera sommersa che precedeva l'abisso in cui la gente del luogo credeva si nascondesse il Caleuche.

Così quel giorno, approfittando di una mattinata di sole e calma piatta, il palombaro aveva deciso di immergersi in quel punto per esplorarne i fondali.

Proteggendosi la testa e i piedi con berretto e calze di lana grezza, si infilò nella tuta di caucciù come un bambino nel pigiama da notte. Strinse le guarnizioni per impedire infiltrazioni d'acqua, e avanzò pesantemente, come un grosso orso polare, a lunghi passi con le enormi scarpe dalla suola di piombo fino alla scaletta di ferro agganciata al bordo della scialuppa. Passò di là prima una gamba, poi l'altra, e scese in acqua fino alla cintola. A quel punto si allacciò i due pesi di piombo della zavorra. Scese di un altro scalino e aspettò che Pedro Nauto gli porgesse l'enorme casco di bronzo per poi avvitarlo sulla pettorina metallica con cui terminava lo scafandro di gomma. Era una sfera di bronzo ossidato, verde giallastro, con tre oblò, due davanti e uno dietro, due maniglie che sembravano orecchie e un bocchettone a cui collegare il tubo dell'aria. Il ragazzo alzò la sfera di bronzo prendendola per le orecchie e cominciò ad avvitarla, completando così la struttura di quel fantasma bianco. Una volta collegato il tubo dell'aria e legata alla cintura la corda per inviare segnali, si immerse come fa il sole al tramonto, mentre Pedro Nauto cominciava a girare il volano che azionava il meccanismo a doppia funzione, assorbendo l'aria e spingendola nel tubo di gomma fino ai polmoni dell'uomo sott'acqua. Elvira teneva in mano la corda di segnalazione, il cordone ombelicale da cui dipendeva la vita del marito, mentre due anatre di mare addomesticate si muovevano inquiete vicino a lei, come cagnolini, indecise se tuffarsi o meno in mare. Le bolle d'aria che salivano alla superficie erano l'unica traccia dell'uomo sceso nella parte più viva e misteriosa del pianeta.

Con una mano sulla valvola per il ricambio dell'aria viziata, alla destra del casco, Andrade controllava la discesa, muovendo le gambe lentamente, in un avanzare etereo, come tra le nubi. Aumentò di un poco il volume di aria nello scafandro e per qualche istante rimase a galleggiare in un equilibrio stabile; provò l'ascesa, regolando anche la zavorra, e tutto funzionava al meglio. I raggi del sole rifratti dalla trasparenza cangiante delle acque creavano una visione spettrale. Un'ombra contornata da una tenue aura con i sette colori fondamentali gli balenò intorno e si stemperò in una corrente di raggi fluttuanti. Era la proiezione della sua ombra nell'acqua...

Sopra di lui, il mare si muoveva come un cielo tremulo, e da quel tremolio sembrò formarsi un'ombra argentata, che discese seguita poi da un'altra, e insieme presero a nuotare intorno allo scafandro. Quindi tornarono verso il cielo fluttuante, per scendere ancora e gironzolare attorno ai grandi occhi del fantasma biancastro. Erano le due anatre che Elvira aveva calato in mare. Questi uccelli marini non volano, sono pesanti e grossi quanto un'oca; riescono però a sollevarsi sbattendo le ali sulla superficie, mentre le membrane natatorie producono una fugace scia di spuma; per questo sono chiamati anche «anatre a vapore». Andrade le aveva trovate quando erano ancora piccole, allevandole insieme a un'anatra domestica, per poi portarle con sé in mare. Le «anatre a vapore» non erano fuggite, al contrario, seguivano il palombaro nel suo lavoro. Lui le ricompensava con piccoli pesci di scoglio che infilava nel canestro per poi farglieli mangiare dalle proprie mani sott'acqua. Ecco perché le anatre di mare si tuffavano per raggiungere il loro padrone e risalivano a respirare, in un continuo andirivieni. José Andrade e Elvira li consideravano i loro uccelli portafortuna.

Forse fu anche per questo che, quando vide passare davanti all'oblò le anatre, azionò fiducioso la valvola e scese di vari metri. Poi, i suoi scarponi di piombo si posarono dolcemente su un fondale roccioso. Era piacevole camminare sulle pietre con le suole di piombo; non sdrucciolavano e il loro peso poteva aumentare o diminuire in base alla pressione dell'aria nello scafandro. Forse era quello uno dei maggiori piaceri provati da un palombaro: sentirsi privo di gravità quanto un'onda marina, scivolare come un grosso pesce o aggrapparsi con gli scarponi di piombo alle rocce al pari di un pesante mollusco.

Un fascio di riflessi dorati comparve all'improvviso alla sua vista, quindi si frantumò in tutti i colori dell'arcobaleno quasi fosse un fuoco d'artificio: era un branco di re di triglie sorpresi nella loro tana tra le rocce. Anche le grandi alghe color ambra o seppia erano spesso circondate da un'aureola con i pallidi riflessi dello spettro solare.

Cercò di guardare la roccia su cui si era posato, e si mise in ginocchio, tastandola. Sembrava un'enorme rosa di pietra scolpita dalle correnti marine, sui cui contorni si rifletteva la lontana luce azzurrina. Pensò che standosene sopra uno di quei petali doveva sembrare un mostruoso colibrì senz'ali sospeso nella densità dell'acqua. Scivolò dolcemente sul bordo del petalo, e scoprì che la scogliera sommersa degradava formando un roseto di roccia, alcune rose in bocciolo, altre più aperte, ma tutte tondeggianti e disposte in una spirale discendente. Ogni tanto qualche scuro pesce di fondale saltava da una roccia all'altra. Tutto era vita e colori fin dove penetravano i raggi del sole; una vita silente, che non produceva il benché minimo rumore.

Si muoveva con cautela tra i gradini rocciosi scendendo di lato, e a volte in posizione quasi orizzontale, per non restare incastrato fra le fenditure. Scostando le alghe, dalle quali sfuggiva sempre qualche gambero, pesci, granchi e persino piccoli polipi, si aprì un varco fino a un avvallamento tra le rocce. Vi si posò fluttuando come un bianco fantasma. Laggiù, il fondale era di limo e ciottoli. Tastò dei piccoli steli affilati. Prese tra le dita qualcosa che sembrava un sasso, ma era in realtà un'ostrica. Affondò le mani nel limo e le dita palparono altre ostriche. Circondò con le braccia le rose di pietra, e ne toccò molte di più... Ostriche sulle pietre e ostriche nel limo. Le sue mani continuarono a tastare i contorni delle rocce, irti di spigoli affilati delle ostriche. Accadde qualcosa, all'interno dello scafandro di caucciù, un palpito scaturì dalla testa bronzea e percorse come una scossa di gioia le derivazioni sanguigne di quel grosso verme bianco. Avrebbe voluto pronunciare qualche parola; ma il respiro ansioso glielo impediva. Parole ripetute incessantemente dalla sua lingua muta, forse persino dagli occhi, dalla testa racchiusa come un cervello dentro quel cranio di bronzo... Ostriche! Ostriche! Ostriche di scoglio e di fondale!... E lo scafandro spettrale si avvinghiò alla roccia come a un cuore oscuro.

Rimase così per qualche istante, chino, aderendo con mani e gambe alla dura pietra dove era fiorita la vita in profondità, e la ricchezza, sotto forma di ostriche. Se ne stava lì, simile a un grande polipo dalla testa metallica, con i quattro tentacoli bianchi gonfiati e sgonfiati dall'affannoso entrare e uscire dell'aria fresca o viziata. Solo le bolle d'aria che risalivano in superficie indicavano la presenza dell'uomo lontano dal suo elemento naturale.

Con l'entrata dell'aria pura, cominciò a percepire il funzionamento dei suoi polmoni. Mai prima di allora se n'era reso conto in modo così tangibile: erano come due branchie, le sacche di un rospo, due mantici che si gonfiavano e sgonfiavano allo stesso ritmo dello scafandro di caucciù, un pesante polmone bianco che vagava nelle profondità marine. Erano come due alette il cui movimento ritmico, sfiorando le costole, gli permetteva il volo della vita, anche se si trovava sott'acqua.

La testa di bronzo si chinò sulla roccia, come se il mostro volesse baciarla. E rimase così, con la maniglia appoggiata, proprio come un orecchio che cercava di percepire un rumore lontano.

A un tratto i due polmoni rigonfi cominciarono a contrarsi freneticamente quasi cercassero di fuggire verso la superficie. Si era dimenticato di aprire la valvola dell'aria viziata. Un lampo improvviso attraversò la sua mente come una corona di fuoco scintillante, e rivide, con la simultaneità di un orizzonte circolare, tutta la sua vita passata e presente. Un passato così vivo che quasi annullava la luce del presente. Con un gesto convulso della mano riuscì a premere la valvola, e il disperato affanno dei polmoni prese a placarsi. Il grande verme bianco, dal corpo di gomma e la testa di bronzo, si staccò dalla roccia e iniziò a salire lentamente, controllato dalla mano guidata prima dal lampo e ora rilassata. Tornava al suo mondo per evitare che il lavoro compiuto dalla natura in milioni di anni non svanisse come una bolla d'aria in un istante.

L'emozione lo aveva debilitato. La pressione di vari chili su ogni centimetro quadrato dello scafandro lo sfinì. L'uomo si era spaventato; ma intanto si faceva guidare dalla corda di segnalazione nella risalita, per poi arrampicarsi nuovamente sulla scaletta appesa al bordo della scialuppa. Elvira staccò prontamente il bocchettone del tubo dell'aria, e Pedro Nauto smise di pompare e andò a svitare la testa del mostro, che adesso era già in grado di reggersi con le mani al bordo.

«Pare che sei andato molto sotto, vecchio mio», gli disse Elvira.

«Sì, me ne sono accorto... Non potevo resistere di più là sotto. Quanto ci sono rimasto?»

«Circa mezz'ora», rispose Nauto.

«Non può essere così tanto», intervenne la donna.

«A me è sembrato un secolo», affermò Andrade, asciugandosi il sudore che gli imperlava la fronte. Con profondo piacere, inspirò ancora una volta a pieni polmoni l'aria marina. Poi si issò sulla scialuppa.

«Cosa hai visto là sotto?» chiese Elvira chinandosi ad asciugargli il sudore. Era una donna alta, leggermente appesantita, con i capelli neri, la carnagione del volto chiara e grandi occhi che evocavano la mansuetudine di una pecora.

«Sono riuscito a vedere ben poco... C'erano ostriche di scoglio e altre nella fanghiglia... Tu lo sai, il tempo sott'acqua passa in fretta e uno non riesce a vedere niente... Ma più tardi voglio fare un'altra immersione.»

Ciò che agitava il cuore del palombaro non era tanto la stanchezza causata dalla pressione del mare sul suo corpo, quanto gli indizi della scoperta anelata da tanto tempo. Le sue supposizioni stavano per divenire realtà... Aveva battuto tanti canali, golfi e baie in cerca di *choros* e di ostriche, conosceva la conformazione dei fondali in cui crescevano, il colore e le forme delle rocce su cui proliferavano, le acque tranquille dove si sviluppavano in abbondanza, ogni aspetto dei fondali nelle vicinanze di fiordi o foci di fiumi, il tipo di alghe, infine, che ne indicava la presenza.

Quei bassi fondali dall'altro lato di Caucahué, sul limitare del golfo di Ancud, avevano sempre alimentato la sua immaginazione. Pensava potessero costituire un tratto semicircolare di una barriera sommersa, un ferro di cavallo lungo diverse miglia, che chiudeva una baia dal fondo limaccioso, proprio come si poteva vedere sulla costa, dove l'azione delle onde e delle correnti era attenuata dall'ostacolo della muraglia sottomarina. Ma il burrone sommerso che si spalancava in prossimità della costa di quell'isola smentiva i suoi calcoli, e per questo, oltre che per un certo timore di fronte a quell'oscuro e insondabile abisso, non si era deciso fino a quel giorno a esplorare la scogliera sommersa. Il suo rinvenimento nella prima immersione lo colmava di gioia, ma era solo un indizio di quello che poteva essere e significare nella sua vita, nel suo destino di palombaro.

Era per questo che aveva detto ansimando: «C'erano ostriche di scoglio e altre nella fanghiglia...» Si sedette a riposare su un banco della scialuppa, rispondendo in modo evasivo alle ansiose domande della moglie. La forte emozione provata là sotto lo pervadeva ancora. Nelle profondità l'aveva sentita per la prima volta; ma laggiù c'era anche qualcosa di più potente dell'ambizione: i quattro o cinque chili di pressione per ogni centimetro quadrato dello scafandro... Era il motivo per cui si era visto costretto ad abbracciare la roccia, tentando di alleviare il sovraccarico che si aggiungeva all'emozione per la scoperta tanto anelata. In cambio, adesso che respirava a pieni polmoni, al sicuro nella scialuppa, cominciava a farsi strada quella forma di emozione solitaria, la cupidigia che subentrava al timore ormai lontano; ma non riusciva ancora a parlare, a parlarne liberamente neppure con sua moglie... Forse era meglio aspettare, immergersi una, due, tre, altre sei volte, e verificare fin dove si estendeva quel banco.

«Stavo per farmi fregare, là sotto», disse sospirando.

«Non hai fatto alcun segnale con la corda.»

«È che... è stato come un lampo. Un po' come quello che mi è capitato una volta in un naufragio... Non si può descrivere; ma ho rivisto tutta la mia vita, sì, la mia vita; ho rivisto anche te e i bambini che giocavano, in quella specie di bagliore. Era come se volessi affogare... non so perché diamine mi sono dimenticato della valvola. Magari sarò troppo vecchio per continuare a immergermi!»

La mattinata sul mare era radiosa; in lontananza, verso il golfo di Ancud, a est, si levava azzurrina la mole chiara delle Ande, tra le cui vette si distinguevano alcuni vulcani, come il

Calbuco, lo Yates e l'Hornopirén. Le acque scintillavano di riflessi argento vivo, provocati dal lieve ondeggiare al sole, giacché nessun alito di brezza spirava dai rilievi. L'alta scogliera della costa di Caucahué si innalzava a ovest con la sua arenaria bruna, coronata dalla chioma silvestre. A nord, si scorgevano le tenui strisce di sabbia dell'isola grande che si stendevano verso il Río Aucho. Soltanto le due anatre di mare incrinavano quella sensazione di pace giocherellando rumorosamente intorno alla scialuppa.

«Andiamo un po' più avanti e poi preparatemi il canestro da portarmi giù», ordinò Andrade.

Elvira e Nauto si misero ai remi e vogarono per circa un miglio verso il mare aperto. Lei preparò la corda di segnalazione e il canestro di fil di ferro, mentre Pedro Nauto tornava ad avvitare il casco di bronzo sullo scafandro di caucciù al bordo della scialuppa, per poi disporsi ad azionare la pompa. Andrade intraprese nuovamente la discesa, accompagnato dai tuffi dei due uccelli portafortuna. Dopo molti metri di discesa, arrivò di nuovo a posare i piedi su un fondale melmoso. Gli scarponi affondarono nel limo. Si chinò e le sue mani tastarono ancora una volta qualcosa di simile a ciottoli sparpagliati. Le dita afferrarono quegli oggetti dal profilo affilato e riconobbero al tatto le grandi ostriche avvolte nel limo. Si mise immediatamente a riempire il canestro. Poi, quando fu pieno, inviò il segnale con la corda. Elvira prese a tirarla in superficie dalla scialuppa. Andrade aspettò sul fondo; quando gliela restituì, avanzò sul fondale limaccioso tenendola tra le mani. Finì contro una scogliera, impugnò il coltello da palombaro e batté il manico sulle rocce: erano completamente ricoperte di ostriche, a parte qualche rara patella qua e là. Riempì più volte il canestro, che saliva e scendeva dalla scialuppa, sostenuto da Elvira, mentre Pedro Nauto continuava a pompare aria.

Si trattava di un fondale di rocce sparse nella melma, e tanto sul fondo come sugli scogli proliferavano in abbondanza le grandi ostriche del limo e le più piccole e verdastre ostriche di scoglio.

Risalì due volte a riposarsi sulla scialuppa. Era ormai mezzogiorno e mangiarono le provviste che avevano portato con loro.

Nel pomeriggio fece altre tre immersioni verso l'estremità nordest delle barriere. Una durò soltanto quindici minuti, poiché gli sembrò di essere arrivato a una profondità vicina ai quaranta metri. Nell'ultima rimase quasi un'ora sott'acqua esplorando i fondali marini. Alla fine, quando raggiunse il limite dei bassi fondali, si rese pienamente conto dell'immensa ricchezza che tutto quello rappresentava.

Solo dopo essersi tolto lo scafandro e massaggiato gli arti gonfi e intorpiditi per la pressione e il freddo, riuscì a parlare con una certa calma. Ma prima guardò il mare intorno a lui e non gli sembrò più così impervio; qualcosa di grandioso si celava sotto la sua superficie, qualcosa che gli faceva palpitare il cuore. Prese a bordo le anatre di cui si era dimenticato; tolse i molluschi da alcune patelle e le fece mangiare dalle sue mani, poi le accarezzò e diede a ciascuna un bacio sulla testolina grigia. Le anatre di mare andarono a sonnecchiare sotto il pianale di prua. A quel punto, si decise a guardare la moglie negli occhi e l'abbracciò, appoggiando la testa brizzolata sulla spalla di lei. Rimasero così per un po', mentre Pedro Nauto sistemava l'attrezzatura sulla scialuppa per poi levare l'ancora.

«Siamo ricchi, Elvira!» mormorò infine, e nei suoi occhi brillarono le lacrime.

Pedro Nauto osservò, vagamente sorpreso, il pianto che vedeva per la prima volta sul viso di quell'uomo, e non trovava una spiegazione...

Una brezza di traversia si levò all'improvviso e increspò le acque screziando di luce e ombra il mare.

«Siamo ricchi, Elvirita!» esclamò per la seconda volta, adesso più sereno di prima.

Pedro Nauto, approfittando della brezza, issò la vela maestra e la trinchetta. Il palombaro Andrade prese la barra del timone, mentre Elvira lo osservava un po' stupita con i suoi grandi occhi da pecora.

Durante il tragitto verso Tubildad Andrade descrisse loro la vastità di quel banco di ostriche. Proprio come aveva immaginato, i fondali prossimi alla costa celavano un'immensa ricchezza, poiché un'intera baia, dal fondo limaccioso e protetta dal semicerchio di scogliere che si estendevano da nord a sud, era piena di ostriche. Il segreto di tanta ricchezza stava ora nelle sue mani. Finalmente, dopo essersi immerso in tutte le scogliere sottomarine dell'arcipelago, aveva scoperto il banco di ostriche più grande della sua vita, ostriche di scoglio e di limo.

«Bisognava essere stupidi per non rendersene conto!» dichiarò, ridendo con spavalderia. «Se c'erano tante ostriche all'interno della baia di Huite, se ce n'erano ancora nella piccola insenatura di Puerto Oscuro, e se abbondavano per miglia e miglia nella vasta baia di Ancud, come potevano non essercene sul bordo di quel burrone sommerso circondato da rilievi nascosti sott'acqua, che ostacolano le onde e le correnti, e con i fondali di limo depositato dai ghiacciai millenari?

«Doveva essere così», disse Elvira, sbattendo le palpebre nel vedere suo marito come illuminato.

«Così doveva essere...» esclamò Pedro Nauto, che non aveva quasi aperto bocca, azionando la pompa dell'aria per tutta la mattina e il pomeriggio.

«Ah, ma non fatene parola con nessuno! Vero, Elvirita? Vero, Pedrito?» disse deciso fissando l'una e l'altro.

«Non una parola con nessuno!» ripeté, come un'eco sommessa, la donna.

«E chi mai potrebbe venirlo a sapere?» ribatté, sicuro, Pedro Nauto.

«Chi?» esclamò con un tono strano Andrade. «Come si vede, Pedrito, che non sei ancora un pescatore esperto! Soltanto il mare custodisce i suoi segreti. Gli uomini non sono capaci di tenersene dentro uno per troppo tempo.»

«Dato che il mare non appartiene a nessuno, tutti si credono in diritto di prendere quello che c'è», disse Elvira.

«Sì; ma non vedo perché dovrei farmi scoppiare i polmoni per scoprire banchi di ostriche da lasciare ad altri. E per di più un banco come quello! Se voi sapeste cosa c'è là sotto...!»

«Laggiù non possono pescare con la fiocina», esclamò Nauto. «Nessuna asta, per quanto lunga, arriverebbe a quella profondità.»

Il palombaro si fece improvvisamente scuro in volto. Guardò la moglie e l'aiutante con un'espressione contrariata, come se la loro ingenua sicurezza gli avesse di colpo aperto gli occhi sui futuri pericoli.

«Fiocina!...» ripeté, ridendo sguaiatamente, e aggiunse cupo: «Come se venissero qui con le fiocine... Se dovessero rendersi conto di tutto questo arriverebbero altri palombari! E persino le reti a strascico! Reti a strascico con le unghie di ferro, che si possono gettare a qualsiasi profondità per trainarle con battelli a vapore quasi fossero rastrelli su un campo di stoppie! Non lasciano niente, niente sul fondo! Spazzano via tutto!»

Stava calando la sera quando entrarono nell'estuario di Tubildad. Lì la brezza cessò e dovettero usare i remi per raggiungere la casa del palombaro, dove Pedro Nauto si fermava spesso a dormire. La bassa marea aveva lasciato allo scoperto il fondo bituminoso dell'estuario che, illuminato dai raggi del sole al tramonto, sembrava una distesa d'argento dove scivolavano i gabbiani e i gabbianelli in cerca di cibo.

«Guardi là!» disse Pedro Nauto a Elvira, indicandole un gruppo di uccelli dalle zampe lunghe, il petto bianco e il dorso grigiastro disposti in cerchio.

«Sono *liles* che stanno facendo un processo», spiegò Andrade.

«Un processo...?» chiese Elvira.

«Sì. Non hai mai sentito parlare di quello che chiamano 'il processo dei *liles*'?»

«No.»

«Si tratta proprio di questo. Stanno giudicando uno di loro.»

«E perché lo giudicano?»

«Nessuno è ancora riuscito a capire perché... Qualcuno dice che lo fanno quando uno è malato o è diventato troppo vecchio, secondo altri soltanto perché ha le piume sporche.»

La donna e il ragazzo camminarono un tratto per vedere più da vicino la curiosa scena di quei pennuti, mentre il palombaro scaricava l'attrezzatura dalla scialuppa. Gli uccelli stavano fermi sulle zampe uno di fronte all'altro, formando un cerchio con le loro ali aperte. Quella riunione sembrava avere un significato straordinario, ben al di là di quello che poteva riguardare dei semplici uccelli. In una circonferenza perfetta di ali distese, quasi fossero persone che si tenevano per mano, avevano lasciato al centro un uccello solitario, con le ali cadenti e il capo chino. A un tratto presero a muovere le ali a scatti, come se avessero un attacco di malaria, e, all'improvviso, si lanciarono tutti su quello al centro, tempestandolo di beccate.

«Lo stanno ammazzando!» esclamò Elvira.

L'agitarsi di ali e becchi cessò con la stessa rapidità con la quale era iniziato, e lo stormo spiccò il volo come un frammento di spiaggia in fuga verso l'orizzonte. Sulla striscia bituminosa della riva rimase il condannato ridotto a un piccolo fagotto, un frammento dell'ormai scuro piumaggio del crepuscolo.

«Quello era il processo dei *liles*...!» disse Andrade quando fu vicino a Elvira e a Nauto, e sentenziò: «Si buttano tutti contro uno... A volte succede così anche tra gli uomini».

11

«E da dove le hai tirate fuori tante ostriche, José?»

«Da sotto la scialuppa, naturalmente... dove le avrei dovute trovare?» rispose il palombaro a uno di quelli che lo guardavano imbarcare affannosamente una partita di sacchi di ostriche sul battello ormeggiato a Quemchi.

Era già il sesto o settimo carico dai dieci ai quindici sacchi che nel giro di pochi mesi il palombaro mandava a Puerto Montt, dove il suo rappresentante, Manuel Videla, si incaricava di spedirli in treno a Santiago e altre città del nord. Tante ostriche raccolte da un solo individuo cominciarono a risvegliare la curiosità della gente del porto.

«Avrà fatto un patto con il Caleuche...» buttò lì doña Rosario, la madre di «Calilo», il direttore della banda musicale, la cui casa su palafitte sorgeva all'imboccatura del molo di Quemchi, simile a un barcone perennemente ormeggiato.

«Ben presto si farà vedere in giro come la buonanima di Tocho Oyarzo, con tacchini, galline, pecore e vacche tutte nere...» fu il commento di un'altra vicina invidiosa.

«È così, infatti... Chi si arricchisce con il Caleuche, deve avere tutti animali neri; perché sono così quelli che sbarcano dal 'galeone fantasma', di quel colore...»

«Magari anche quelle ostriche sono nere.»

«Sì, dicono che sono di fondale melmoso.»

«Sono più grosse e piene.»

«Ma non sono buone quanto quelle attaccate alla roccia.»

«A chi fa un patto con il Caleuche, la ricchezza dura poco...»

«Uno di questi giorni finirà per schiattare sott'acqua; ormai è troppo vecchio e grasso per continuare a immergersi.»

«Si è venduto l'anima al diavolo.»

«Dev'essere proprio così...»

Ma José Andrade, con il solo aiuto di Pedro Nauto e della moglie, continuava a mandare partite di ostriche ai mercati del nord. Tuttavia, mano a mano che aumentavano le dicerie, diventava sempre più difficile pescare tranquillamente nel ricco banco scoperto dietro l'isola Caucahué. Per fortuna, la costa dell'isola che dava sul golfo di Ancud era poco frequentata dai pescatori, poiché nel tratto di mare aperto non abbondavano i branzini, i tonni *bonito* né i re di triglie, a differenza dei canali e delle baie riparate.

«Neanche l'avessi rubato a qualcuno, questo banco di ostriche, e nascosto sott'acqua solo per me», ripeteva spesso, infastidito dal fatto che non poteva sfruttare tranquillamente la sua scoperta.

Infine, dopo alcuni mesi di pesca fruttifera, soprattutto di ostriche di fondale, enormi per gli anni di crescita, decise di recarsi a Puerto Montt con una partita di venticinque sacchi. Come premio per le fatiche fatte, portò anche il suo aiutante, per fargli conoscere quel porto.

«Là c'è gente con delle risorse, Pedrito», disse all'aiutante, mentre lo Huandad, un vapore da carico basso e largo quanto una chiatta, solcava le acque del golfo diretto a nord, e aggiunse: «C'è gente di ogni genere lassù. Lo stesso Videla fino a pochi anni fa era un povero diavolo, un palombaro come me, con la sua scialuppa baleniera. Se ne andò nella capitale e lì un tizio lo aiutò a ottenere un prestito. Comprò una goletta. Ingaggiò altri palombari, fece costruire delle scialuppe nuove e si mise a pescare nelle Guaitecas, poi a Puerto Edén, dall'altra parte del golfo di Penas. Bisogna vederlo adesso... seduto nel suo villino di Angelmó come un gran signore, smistando *choros*, ostriche, arselle, *maltones* e *cholgas* per il nord! Guadagna soldi a palate, mangia e beve il meglio. L'ultima volta che l'ho visto non si scomodava per meno di un milione di pesos. 'Che ci vadano gli altri a bagnarsi il sedere per me, che io l'ho messo a mollo anche troppo!' mi ha detto con arie da padrone».

Lo Huandad arrivò a Puerto Montt di notte e Pedro Nauto poté vedere soltanto una corolla di luci che si estendeva a forma di ferro di cavallo sulle rive del golfo di Reloncaví. La nave non riuscì ad attraccare al molo per le forti mareggiate causate dal vento del sud, e dovette spingersi verso l'isola di Tenglo, alta, ricca di vegetazione e scura come la notte, che riparava dai venti una piccola baia, Angelmó, dove altre navi, golette e lance si trovavano alla fonda come in una tranquilla laguna.

«È meglio che lei tenga i soldi da parte e smetta di giocare», disse Pedro Nauto ad Andrade, dopo aver finito di mangiare nel ristorante Sin Envidia, di Angelmó.

«Lasciami fare... sono soldi vinti al gioco e in tasca non ci vogliono stare», ribatté il palombaro, alzandosi per tornare nel retro del ristorante.

Si trovavano a Puerto Montt da ormai due giorni; avevano consegnato i sacchi di ostriche e incassato il dovuto, e il palombaro voleva togliersi delle soddisfazioni.

Il ristorante Sin Envidia era situato in una costruzione di legno a due piani da cui si dominava tutto il panorama della baia di Angelmó, i velieri ormeggiati al molo o alla fonda con le velature stese ad asciugare al sole. In particolare, in fondo alla baia si notava un sovraffollamento di scialuppe, lance e golette con prodotti del mare e della terra trasportati dalle isole. Per la verità la baia non aveva un fondo, poiché uno stretto canale, poco profondo, la metteva in comunicazione con il mare aperto a sud, dove transitavano le imbarcazioni a pescaggio ridotto.

Puerto Montt segna la fine della Valle Central del Cile; in quel punto sprofonda nel mare, lasciandosi intorno numerose isole che sembrano galleggiare sull'orizzonte come vasti giardini. L'isola grande di Chiloé è un gigantesco frammento di cordigliera della Costa, più antica di quella delle Ande. Il canale di Chacao costituisce il varco che divide l'arcipelago dal continente, e i golfi, le insenature, le baie e gli stretti sono stati formati da catastrofi geologiche o scavati nei millenni dai ghiacciai.

Il porto è, dunque, un attivo posto di frontiera per gli uomini e le merci dei mari del sud e del continente. Fino alle sue sponde arrivano ululando i treni che provengono dalla capitale, Santiago, e da altre città collegate per ferrovia. Vi arrivano anche le grandi navi che attraversano lo Stretto di Magellano e le golette cariche di legname dalle Guaitecas, bastimenti che portano bestiame dall'Aysén e piccole lance con frutti di mare e pesci, freschi o affumicati, provenienti dalle numerose isole.

Ci sono momenti in cui l'attività diviene frenetica, quando la gente e le mercanzie passano dai treni alle navi e viceversa. Tutte le categorie del genere umano si riversano in quella città di circa trentamila abitanti, e trasportatori, scaricatori, stivatori, venditori mescolano le loro voci e le grida simili a versi di uccelli al traffico costante. È una piccola e graziosa città che ricorda quelle dei grandi porti; lascia una buona impressione nella memoria e persino una certa nostalgia che invita a tornare.

Anche il bene e il male vi si mescolano più profusamente che nelle bucoliche isole disseminate di fronte. Il ristorante Sin Envidia, di Angelmó, come tanti altri, riceveva e offriva di tutto al viaggiatore, marinaio o commerciante in transito.

Capitava che qualche viaggiatore danaroso vi entrasse scambiandolo per un buon albergo; si rendeva conto dell'errore vedendo la sua stanza, ma davanti a ostriche, granchi e *choros* in mostra sul bancone, rimaneva conquistato da quei frutti di mare freschi, economici e succulenti. Pavez, il proprietario, un ex cambusiere di navi passeggeri, sollecito e gioviale, dal sorriso scanzonato e dalla battuta pronta, gestiva quel locale come un Noè sulla sua arca. Ma era soprattutto nel retro, la principale attrazione del posto: una bisca clandestina. La clientela era formata principalmente da commercianti e grossisti del luogo; affittuari di recinti dove si faceva riposare il bestiame dopo le sfiancanti traversate; personale di bordo di treni e navi, pescatori di molluschi, arricchiti a volte per caso.

«Partiamo domattina all'alba», disse Andrade al suo aiutante, e aggiunse guardando la pioggia che cominciava a cadere su Angelmó: «Oggi il tempo sarà pessimo!»

Poi si infilò, seguito dal ragazzo, in quella specie di tugurio che fungeva da sala gioco. Due lampade da barca, a paraffina, illuminavano un lungo tavolo rettangolare. Una ventina di uomini si accalcavano, seduti e in piedi, attorno a quel tavolo di legno bisunto. A capotavola l'uomo che teneva il banco distribuiva le carte e conduceva il gioco su entrambi i lati. Lì si giocava spesso al *monte*, con carte spagnole; ma il tipo del banco era del nord e aveva chiesto un mazzo di carte inglesi.

L'atmosfera, densa di fumo, era pesante e spessa come un manto di nebbia. Alcuni avventori alzavano ogni tanto il proprio bicchiere di vino, birra o cognac, tra una giocata e l'altra. I vetri opachi di una finestra, ingialliti dal tempo, contribuivano a dare al locale, stipato di uomini di ogni risma, un'atmosfera tetra. Fuori la pioggia cominciò a scrosciare come a ondate per il forte vento, e l'acqua di una grondaia, cadendo a fiotti su una tettoia vicina, assomigliava a un salmodiare tormentato.

«Voglio una carta!» disse un uomo grande e grosso, che guardava le sue carte al lato destro del tavolo.

«Per me no!» dichiarò, sbirciando il suo gioco, un tipo sul lato sinistro.

Quelli in piedi si accalcarono per guardare il risultato della giocata sopra le spalle degli altri.

«Il banco sette!» gridò il tipo a capotavola, scoprendo un cinque di fiori nero e un due di cuori.

«Cribbio!» sbottò uno alla sua destra.

«Un sei!» disse l'altro.

Su entrambi i lati si misero a passare i soldi giocati verso il banco.

«Visto?» disse José al ragazzo. «Io non ho giocato; ma adesso mi butto!»

«Gioco!» disse quello del banco, mentre appoggiava una mano, con destrezza, sul mazzo di carte. «Chi punta altri soldi per avere le carte?»

«Qui, io», risposero da una parte e dall'altra.

«Carte...»

L'operazione si ripeté, e vinse il lato su cui aveva puntato il palombaro. Il gioco continuò con l'abituale alternanza; perdeva uno e vinceva l'altro. Pavez ogni tanto entrava nella sala e prendeva la sua percentuale dal «pozzo», un piatto posto al centro della tavola. Era un uomo vivace, sorridente, che si spostava continuamente di qua e di là, servendo i clienti, raccontando barzellette, consolando con battute filosofiche chi perdeva e congratulandosi con i vincenti.

Improvvisamente si alzò dal tavolo da gioco un uomo magro, pallido, che aveva perso, e sparì frettolosamente dalla porta principale. Pavez lo sbirciò dal battente socchiuso, poi si voltò verso i presenti con un'espressione maliziosa e sorridente.

«Cosa c'è di più veloce del pensiero?» chiese solennemente. Il tipo al banco mescolava il mazzo e anche lui sorrise maliziosamente alla domanda. Gli altri alzarono il viso per guardare l'oste.

«La diarrea!» esclamò quello con una risata, per poi andarsene sbattendo la porta, mentre tutti ridevano per l'allusione.

Andrade si sedette al posto dell'uomo uscito per andare in bagno. Era solo un volto in più nel mucchio, come una carta nel mazzo, mescolato agli altri che se ne stavano lì taciturni, con lo sguardo duro, chi mordendo il sigaro, chi sputando con rabbia, chi tracannando un bicchiere di vino rosso.

«Perché non giochi, Pedrito?» chiese il palombaro, passandogli generosamente un po' della sua vincita.»

«Non so giocare.»

«Guarda e impara. È molto semplice. Carte di qua, carte di là e carte al banco. Quello che fa di più, fino a nove, vince; ovviamente quando una parte perde, il banco paga con quei soldi l'altra parte, e quando vince lui, prende tutto.»

Pedro Nauto smise poco a poco di osservare quegli uomini per concentrarsi sempre di più sulle carte uscite. Avvertiva una vaga attrazione per quelle carte coperte: erano una calamita, un mistero che svaniva di colpo quando il mazziere le girava mostrandole sul tavolo. Le banconote passavano da una mano all'altra. Inesorabilmente, gli uomini infilavano le mani nelle tasche dei pantaloni e tiravano fuori rotoli di soldi, che puntavano mettendoli accanto alle proprie carte. José continuava a vincere.

«Gioca!» gli ripeté.

Pedro Nauto, stavolta, non rispose. A un tratto, un uomo dalla giubba di cuoio marrone scuro di fronte a lui, si frugò nelle tasche, le rovesciò fuori e scrollò le mani con un gesto di stanchezza, scuotendole verso il pavimento. Guardò il mazziere, perplesso, e portandosi una mano dietro la schiena estrasse di scatto un revolver dalla canna grossa e lunga, e lo gettò sul tavolo verso il banco.

«Quanto?»

«Millecinquecento!»

«Troppo. Milleduecento.»

«No, mi hai vinto a sufficienza.»

«Va bene, millecinquecento; ma con la cartucciera», disse il mazziere.

L'uomo si slacciò il cinturone e mostrò una cartucciera di cuoio lavorato, facendolo di malavoglia, come se con quell'oggetto consegnasse l'ultima parte di se stesso. Si sedette a giocare, e di lì a poco, persa anche l'ultima posta, si rialzò come un'ombra, senza alcun rumore, e uscì.

«La fortuna è come una puttana», esclamò un tipo, e aggiunse: «Se ne va con un altro proprio quando uno ne ha più bisogno».

Pedro Nauto mise una banconota da cinque pesos accanto alla somma puntata da Andrade, e perse. Sentì dentro una rabbia sorda, e aspettò le nuove carte puntandone altri dieci. Stavolta vinsero quelli dalla sua parte, arrivando a fare nove. Lasciò i venti e ritirò i quaranta. La rabbia sorda era scomparsa lasciando il posto a un piacevole formicolio. Continuò a giocare, perdendo e vincendo, sempre con lo stesso alternarsi di stati d'animo, rabbia, dolore oscuro, allegria, piacere. A un certo punto il costante cambio di fortuna lo infastidì. «Non gioco più!», si disse; e invece puntò rabbiosamente la manciata di banconote che gli erano rimaste. Andrade prendeva le carte.

«Nove!» esclamò il palombaro, gettandole sul tavolo. Avevano vinto. José, una buona somma; lui, il doppio di quanto gli era rimasto, centoquaranta pesos.

«Non giochiamo più, andiamocene!» gli disse il ragazzo.

Il palombaro stava per alzarsi e abbandonare il tavolo da gioco, quando irruppe nella sala un tipo di statura media, abbastanza ben vestito, con un completo da città, modi affettati, viso lungo e sorridente, accompagnato dal proprietario del ristorante.

«Buona serata, gentiluomini!» salutò con esagerata cortesia, inchinandosi come un attore davanti al pubblico. Si strofinò le mani levandole al cielo, e tenendole giunte in alto, come un sacerdote in preghiera, esclamò solennemente: «Il banco!»

Quello che teneva il banco aveva cominciato a perdere dopo che se n'era andato il tizio del revolver. Sul tavolo era rimasta l'arma e alcune banconote come rimanenza di una lunga serie fortunata.

«Duemila!» ribatté il mazziere.

«Con il revolver, magari...?» disse lo sfidante, lasciando cadere le mani in un comico gesto di abbandono.

«Se lo vuole sono altri millecinquecento.»

«Come, tremila per il banco?»

«No, tremilacinquecento. Non stiamo mercanteggiando molluschi sulle barche. Ci stiamo giocando la grana», disse sarcastico l'uomo del banco, un po' irritato dai modi dell'ultimo arrivato.

«Va bene, prendo il banco e lei si tenga quel ferrovecchio, che a me non serve. Non giro mai armato!» esclamò con una espressione di sufficienza.

Alcuni lo squadrarono di traverso, altri con evidente simpatia; comunque nessuno si alzò dal tavolo o se ne andò. Andrade tornò a sedersi al posto che aveva appena lasciato, e Pedro Nauto si appoggiò alla spalliera vinto dalla curiosità che aveva risvegliato in lui quell'individuo.

«No, con questo mazzo no!» disse, prendendo le carte usate. «Portatemi un mazzo nuovo!»

«Me lo paga?»

«Una casa come questa dovrebbe mettere a disposizione carte nuove quando si cambia il banco», fece notare il nuovo arrivato al padrone della bisca, come a volergli ricordare le sue responsabilità.

Pavez portò un mazzo ancora impacchettato.

«Prima di pagare e di dare le carte voglio che voi gentiluomini, se lo siete, e se no, poco importa... guardiate bene i sigilli sul pacchetto, perché io sono onesto e pretendo che gli altri lo siano con me.»

I mazzi di carte chiusi in una scatolina di cartone e sigillati con la fascetta del dazio passarono di mano in mano. Alcuni si soffermarono a controllare e altri no, gettandoli svogliatamente sul tavolo, come se volessero farla finita al più presto con le sceneggiate di quel ridicolo mazziere.

Pedro Nauto notò un certo fastidio tra i presenti; ma al tempo stesso osservava con stupore il modo in cui il nuovo arrivato si andava imponendo su quei loschi individui con le sue battute e i gesti. Era forse per quel suo modo di scherzare, per le allusioni divertenti? Gli sembrava di no; era piuttosto attratto dalla sfacciataggine di quell'intrallazzone dalla parlantina sciolta. Come sarebbe andata a finire? Aveva molti soldi o soltanto qualcosa di più del necessario per rilevare il banco?

Il tipo dalle apparenze così false e pompose aggiunse il suo volto al mazzo dei giocatori, al pari di una carta nuova e sconosciuta. Era un'incognita, e aveva suscitato tanta inquietudine quanto le stesse sorti del gioco. Ciò che faceva davanti alle probabili vittime era un doppio gioco: il gioco delle carte e quello della sua arte di commediante. Poteva risultare sgradevole ad alcuni e simpatico ad altri, e comunque il fatto di dividere le opinioni sembrava riempirlo di soddisfazione e metterlo a proprio agio.

Mescolò con un'eleganza affettata, stupendo i presenti con il ventaglio di carte che si apriva ogni volta che tagliava. Le carte dei due mazzi, uno dal dorso rosso e l'altro blu, passavano continuamente davanti alla sua faccia, coprendola, scoprendola, come le ali di una colomba bicolore. Si aprivano e si ripiegavano, così, con un suggestivo fruscio di ali.

«Siamo pronti, gentiluomini; ecco, alzate!» disse, passando il mazzo ai giocatori. Alcuni di loro tagliarono il mazzo più volte.

«Alzate, alzate quante volte vi aggrada, perché siamo qui per questo... per alzare... anche la posta, se possibile!»

Prese il mazzo, tirò fuori una scatoletta di fiammiferi dal taschino, la posò cerimoniosamente sul tavolo, vi appoggiò contro il mazzo e lo lisciò come chi accarezza un uccellino addomesticato prima di farlo volare via.

«Adesso, gentiluomini, il banco ha solo mille pesos!» disse, stendendo con cura una banconota sul tavolo, ma ben vicina al suo petto. «Mille pesos che possono finire nelle vostre mani in un colpo solo! E se no... bene, se non li vincete voi, vi garantisco che non mi alzerò di qui finché i soldi non mi arriveranno alla barba, o finché non mi spunterà a forza di aspettare...!»

Fecero le puntate da una parte e dall'altra. L'aspetto tetro di quegli uomini si era leggermente attenuato, come se grazie alle carte fossero riusciti a riprendere il controllo della situazione. In cambio, il mazziere aveva perso un po' della sua sfacciataggine divertita, affrontando la prima giocata.

«Possiamo cominciare?»

«Cominciamo!» disse qualcuno.

Distribuì le carte con serietà; una al lato destro, un'altra al lato sinistro, e la terza per sé. Diede la seconda carta, e rimase con l'indice puntato sulle sue due, come per dire: «Quelle buone stanno qui». E lì stavano, in effetti.

«Carta!» disse uno della parte destra.

«Sto!» dichiarò con sicurezza quello di sinistra, tenendosi le sue due carte che arrivavano a otto.

Tutti restarono in attesa, quasi senza respirare, di quel dito indice posato cerimoniosamente sulle carte, come quello di un giudice sul codice, o di un sacerdote sulla Bibbia, come a voler dire a tutti: «Stanno qui».

Una parte non aveva gioco e chiese altre carte; l'altra si era già fermata con otto. Il dito del mazziere, un dito lungo, in una mano delicata e fine, rimase nella stessa posizione finché l'atmosfera non sembrò ormai insostenibile.

«Fino a quando ha intenzione di rompere le palle?» esclamò quello che si era fermato a otto.

«Fino a nove...!» replicò il temerario, senza girare le sue carte, come se indovinasse la sua somma, e quando con lentezza mostrò un sei di quadri rosso sul tavolo, tutti trattennero il respiro. Poi, con la stessa esasperante lentezza, girò un tre di cuori. Aveva vinto proprio con un nove.

Abbandonò quella sua aria solenne, e con la stessa sveltezza e allegria con cui aveva cominciato a distribuire le carte, raccolse tutto il denaro che c'era sul tavolo. La ventina di giocatori si agitò sulle sedie come una mandria scossa da una folata di vento. Alcuni gli piantarono addosso gli occhi, quasi volessero pugnalarlo; altri guardarono quelle mani affusolate con maggiore diffidenza che le carte volubili.

«Gioco, gentiluomini, gioco!» disse, scuotendoli dalla perplessità in cui erano immersi, e aggiunse con fare scherzoso, portandosi la mano al mento: «Ve l'ho detto... che non mi sarei alzato da qui finché i soldi non mi fossero arrivati al pizzetto...!»

Gli uomini, adesso visibilmente irritati, ripresero a fare le puntate. Andrade raddoppiò la posta. Pedro Nauto puntò cinque pesos, anche se ormai il gioco aveva perso interesse per lui. Abituato a scrutare il cielo e l'orizzonte per prevedere il tempo, le gemme degli alberi per calcolare l'abbondanza dei frutti, l'incresparsi del mare per individuare i banchi di pesce in primavera, gli sembrava che quelle carte custodissero i propri segreti più diabolicamente di qualsiasi altro elemento della natura. Era come indovinare invano, anche se qualche volta l'azzardo realizzava come per magia i desideri. E questo rinnovava in lui l'attrazione per il gioco; ma poi, davanti a quell'uomo che sembrava possedere il dono di ammaestrare le carte, il gioco aveva perso interesse, e la sua attenzione passò dal mazzo a quel volto, a quelle mani, ai suoi gesti, al sorriso scanzonato che sembrava accompagnare magicamente i colpi di fortuna.

Il gioco continuò come un teso duello tra la ventina di clienti del Sin Envidia e l'equivoco mazziere, antipatico ad alcuni, divertente per altri, ma invariabilmente padrone della situazione e con le vincite in rapido aumento.

«Manca appena una spanna!» disse, quando era ormai passata la mezzanotte, toccando con il mignolo il mucchio di banconote e sfiorandosi il mento con il pollice.

Ma la spanna non si accorciava nonostante continuasse ad accumulare soldi, perché con espressione divertita allungava il collo allontanando sempre di più il mento dal denaro. Era una situazione esasperante; molti avevano ormai perso tutto quello che possedevano, ma non si alzavano né accennavano ad andarsene, vinti dal desiderio di sapere come sarebbe andata a finire.

A ogni mescolata di carte, continuava a dialogare con il suo pubblico. Non si capiva mai chiaramente se parlava sul serio o per scherzo, se diceva una verità o una menzogna, se dava un consiglio o prendeva in giro. Lo stesso Pavez, il proprietario del ristorante, rimasto in ombra, aveva smesso di fare battute, il sorriso gli era diventato acido e stava lì ad aspettare come i suoi clienti.

«Lo sa, compare, chi è quello?» gli disse all'orecchio Manuel Videla, un palombaro basso e scuro di carnagione, che controllava una goletta per il trasporto dei molluschi e una flottiglia di scialuppe con attrezzatura da immersione a Puerto Edén.

«Non lo so, compare, sembrerebbe il diavolo in persona!»

«Non crede che prima o poi gli andrà male?»

«Perché? Ha giocato pulito, le carte sono nuove, le ho prese io stesso a bordo del Cautín, comprandole dal cambusiere.»

Erano rimasti in pochi a giocare; ma gli altri non si erano alzati aspettando la conclusione. Persino il rancore era scomparso in molti di coloro che avevano perso tutto il proprio denaro e, come per ironia della natura umana, si chinavano a veder come il trionfatore schiacciava gli ultimi sfidanti. Forse in qualche recesso dei loro foschi pensieri speravano che tutti venissero spennati allo stesso modo, come se il successo di quel furbone fosse un atto di giustizia.

«Cosa si sa della fortuna...?» domandò uno con un sospiro.

«La fortuna è come Dio, è ovunque, ma solo alcuni eletti la vedono...!» rispose il mazziere con una strana enfasi.

«Piantatela con le chiacchiere e giochiamo!» urlò uno di quelli che continuavano a tenere testa al banco.

«Cosa vuoi continuare a giocare, se ti stanno fregando!»

«Ma vattene!»

«È ubriaco!»

«Ubriaco di fortuna?»

«No, dico questo disgraziato che vuole continuare a giocare!»

Il padrone intervenne e portò via un marinaio grande e grosso, tentando di calmarlo, come farebbe un sacerdote con un infedele dentro un luogo sacro.

L'incidente abbassò la tensione del gioco; o meglio del duello che vedeva impegnati solo una mezza dozzina di clienti. Anche il mazziere sembrava stanco delle sue spiritosaggini.

«Sembra che invece di soldi siano cazzotti!» esclamò con un sorriso disgustato.

I più accaniti giocarono ancora un po', ma l'entusiasmo si era spento per tutti, poiché era ormai chiaro che nessuno sarebbe riuscito a sbancare quel formidabile mucchio di migliaia di pesos. Fecero qualche altra puntata, e di lì a poco i giocatori si alzarono sfiniti e la partita venne chiusa.

«Nessuno vuole prendere il banco?» disse a un tratto il vincitore, risfoderando il suo sorriso sornione.

In diversi si voltarono a guardarlo come punti nel vivo dalla frase ironica, visto che erano stati tutti spennati da quel tipo poco raccomandabile.

«Nessuno? Allora finisce così una partita tra gentiluomini... anche se i soldi non mi sono ancora arrivati al pizzo!» esclamò, ridendo divertito.

Nessuno condivise la sua allegria; tutti gli riservarono un'occhiata di traverso. Mise via il mucchio di banconote e si accomiatò con un «Buonanotte» pronunciato come se avesse un coltello tra i denti. Uscì spedito, senza voltarsi a guardare ciò che lasciava o che gli poteva arrivare alle spalle, come una carta rovesciata e segnata dal destino, scomparsa all'improvviso dal mazzo.

«Quanto ha perso?» chiese Pedro Nauto.

«Tutto...» rispose Andrade con amarezza, aggiungendo: «Tutti i venticinque sacchi di ostriche!»

Fuori la pioggia era cessata, ma il gorgoglio gutturale della grondaia continuava come una monotona salmodia notturna.

12

«Non farò mai più la fesseria di sedermi a un tavolo da gioco!» esclamò Andrade il mattino seguente, camminando lungo il litorale di Angelmó.

«E ancora meno se sapesse quello che ho visto dopo che siamo andati a dormire!» ribatté Pedro Nauto, mentre il suo sguardo si soffermava su un veliero che, ormeggiato a un molo, ricordava vagamente un cane bagnato, tanto erano logore e umide le vele dopo che era incappato in una tempesta.

«Cos'è che hai visto?»

«Qualcosa deve avermi fatto male, e dopo che ci siamo coricati mi sono alzato per andare in bagno... Ero nel cortile quando a un tratto mi è parso di sentire una risata che mi sembrava di conoscere... Era la risata del furbone che aveva rilevato il banco; una risata insopportabile, che mi è rimasta nelle orecchie. Mi sono avvicinato alla stanza da dove proveniva e dalle persiane ho dato una sbirciata... Lì dentro c'erano il tipo e il padrone del ristorante, intenti a contare i soldi. Tutti e due ridevano e bevevano. Poi è arrivata la moglie del padrone con una grossa bistecca ai ferri e uova fritte, e il tipo si è messo a mangiare e a bere. Il padrone si è infilato in tasca una buona parte dei soldi... Magari erano d'accordo e si sono messi insieme per spennare tutta quella gente. A quel punto mi sono ricordato che era stato proprio il padrone a procurare i mazzi di carte.»

«Sì; ma tutti li hanno controllati ed erano sigillati e nuovi», mormorò Andrade, come inebetito.

«E allora perché si dividevano i soldi?»

«Già c'è qualcosa che non torna... forse avevano segnato le carte. Perché non me l'hai detto subito, stanotte?»

«Lei russava come una segheria e tanto, cosa potevamo fare?»

«Lo dirò al compare di Pavez...»

«A chi?»

«Al palombaro Videla; è il suo compare, e anche lui ha perso tutti i soldi, stanotte.»

Passata la pioggia, la mattinata era assolata e il mare calmo. Un pinguino sgranchiva le ali al sole simile a una grossa anatra nera, e frugava con il becco tra le piume, stiracchiandosi. Lungo la punta del molo di Puerto Montt andarono a sedersi su una panchina celeste sul cui legno erano incisi, come se si trattasse di una pergamena, iniziali, cuori attraversati da frecce e ancore incrociate. Sotto il molo, ondeggiavano grumi di alghe che avevano ombre nella trasparenza dell'acqua. A un tratto, il palombaro e il suo aiutante si alzarono in piedi e appoggiati alla ringhiera scrutarono, con occhi da esperti, altre ombre più sottili e veloci che ogni tanto si aggiravano tra i mucchi di alghe. Subito dopo scorsero, tra bagliori argentei, un branco di branzini che giocherellavano tra loro. Di alcuni si distinguevano chiaramente le pinne, simili a curiosi cappucci posti sul dorso. Pensarono che in quel punto la pesca sarebbe stata semplice, dato che non c'erano più di dieci o quindici metri di profondità.

Di fronte al molo, in lontananza, le isole verdeggianti si stagliavano sull'argento vivo del mare. Dietro l'isola di Tenglo, alta come una montagna boscosa, a chiudere la baia di Angelmó, si scorgeva la minuscola e allungata isola Lagartija, che sembrava proprio una lucertola dai colori brillanti e cangianti sullo specchio d'acqua. A est si ergeva il promontorio di Reloncaví, che segna l'entrata all'insenatura omonima, una profonda fossa scavata da un remoto ghiacciaio che aveva aperto quel varco all'acqua fino al cuore andino. Splendenti al sole, al di sopra di cime verdeggianti e azzurrine, svettavano i coni dei vulcani Osorno, Calbuco, Tronador, Yates e Hornopirén.

Dalle isole si vedevano arrivare piccoli velieri, lance o golette, che entravano dalle due imboccature della baia di Angelmó. Un rimorchiatore trainava nella sua scia due grandi chiatte cariche di legname. Una vecchia torpediniera mostrava al sole l'armatura arrugginita, simile a certi scheletri di cavalli che a volte si trovano lungo i sentieri del deserto. Le boe dal fondo screpolato, verniciate di minio antiruggine o coperte dal verde dei licheni, punteggiavano di forme tondeggianti sia la spiaggia che la superficie del mare. Il fondo della baia pullulava già a quell'ora di gente che si avviava alle lance per i suoi commerci, di passeggeri che, scesi da qualche treno, salivano a bordo delle navi dirette a sud.

«È un bel posto Puerto Montt!» esclamò Pedro Nauto, abbracciando con lo sguardo l'ampio panorama.

«Non ho occhi per vedere niente di tutto questo, Pedrito!» brontolò Andrade, di malumore, avvilito, e alzandosi aggiunse: «Andiamo a cercare Videla, che a quest'ora dovrebbe già essere in piedi».

Trovarono Manuel Videla in casa sua; era un uomo basso, grassoccio, di carnagione scura, con un sorriso tra lo scanzonato e il bonario, che l'obesità rendeva meno decifrabile.

«Tutto questo tu l'hai visto bene?» chiese a Pedro Nauto, non appena Andrade ebbe finito di raccontargli ciò che il ragazzo aveva osservato dal cortile quella notte.

«Sì, l'ho visto bene; erano insieme, il padrone, sua moglie e il tipo magro che ci ha fregato tutti i pesos.»

«Quasi non riesco a crederci; sarebbe proprio una bella carogna, il compare Pavez. Con gli altri è un demonio, ma non ho mai pensato che potesse giocare dei brutti tiri anche a me... Ho lasciato tanti soldi nella sua cantina... Comunque sia, andiamo là, vediamo cosa ha da dirmi al riguardo.»

I tre si incamminarono verso il ristorante.

«Senta, Videla, la faccenda di stanotte mi ha davvero steso», disse Andrade poco dopo.

«Perché?»

«Ho perso tutto... L'intero ricavato dei venticinque sacchi di ostriche.»

«Accidenti, credevo che lei fosse più prudente... Per fortuna ci sono i soldi che devo darle io... Non abbiamo ancora fatto i conti delle due partite precedenti che mi aveva portato... E mi dica, Andrade, da dove le tira fuori tante ostriche, e così belle? Sono grandi quasi quanto quelle coltivate, e le ostriche di scoglio non hanno niente da invidiare alle altre.»

«Dalle solite parti, amico; cercandole come si può in fondo al mare.»

«Se lei ha scoperto un posto simile, sarebbe bene conservarlo e impiantarci un allevamento di ostriche come hanno fatto i francesi nella baia di Quetalmahue... Quelli adesso sono diventati milionari, e possiedono una compagnia che pesca con gli strascichi da tutte le parti... Io ho fatto una prova dove finisce Tenglo, ma i risultati non sono stati soddisfacenti... Dove le trova tutte quelle ostriche?»

«Nei soliti posti... lei è un vecchio palombaro e sa quanto me che le zone dove si pesca bene sono segreti professionali.»

«Sì, ha ragione; adesso la gente è capace di tutto...»

Continuarono a camminare in silenzio; Pedro Nauto studiava di nascosto i volti dei due uomini: tranquillo e sicuro di sé quello di Manuel Videla; preoccupato, indeciso quello di José Andrade.

«Chissà se un giorno potrò...»

«Potrà cosa?»

«Sfruttare al meglio quel banco di ostriche...»

«Ah... si tratta di un banco! Dove si trova?»

«Ecco... insomma, se avessi più mezzi... si potrebbe aumentare la produzione.»

«Bene, bene, amico Andrade, una mano lava l'altra...»

«Ho una sola scialuppa e un'attrezzatura...»

«Il vitello che se ne sta zitto non prende latte... si tratta soltanto di parlarne, niente di più... Io ho degli amici tra i politici del nord; bisogna ottenere la concessione della spiaggia al più presto per evitare che se ne appropri qualcun altro e poi vedremo cosa fare per la questione dei mezzi... Io possiedo una goletta con qualche scialuppa a Puerto Edén, dall'altra parte del golfo di Penas... Basterebbe mettersi d'accordo e usare un certo numero di attrezzature... Potremmo fare una società...»

«Lei crede che qualcun altro potrebbe arrivarci anche se non sa dove sia il banco?»

«I soldi attirano mille occhi! Bisogna richiedere al più presto la concessione per quella spiaggia, altrimenti...»

«Ma, vede...»

«Qual è il 'ma'?»

«Non è precisamente una spiaggia, dove si trovano le ostriche.»

«Che diavolo significa?»

«Stanno in mare aperto, all'entrata di un golfo, su un fondale formato da diverse scogliere sommerse... Il punto lo conosco soltanto io; è come una tranquilla baia protetta da alture rocciose sotto il mare.»

«Accidenti, accidenti; è la prima volta che sento una cosa del genere!»

«Sì, è davvero strano che vi si trovino ostriche di quelle dimensioni, eppure stanno lì, in mare aperto, sia sul fondo che attaccate alla roccia.»

«Se è così, se sono lontane dalla spiaggia, non si può richiedere la concessione, questo è sicuro... Sarebbe come chiedere un pezzo di mare o di golfo. Non credo che le leggi lo prevedano. Perché diamine saranno cresciute proprio laggiù?»

«È la stessa cosa che mi domando io! Comunque, se non fosse così, non sarebbero tanto sicure!»

«Sicure, dice? E se un giorno qualcuno se ne accorge e diffonde la cosa?»

«Addio banco di ostriche! Lo so, lo so, ed è per questo che devo pescare come se stessi rubando, in modo che nessuno sospetti dove le prendo!»

«Vediamo... vediamo... come diavolo risolvere la faccenda. Non potremmo formare una società per sfruttare il banco in maniera più proficua?»

«Ecco, insomma, amico Videla», esclamò Andrade, abbandonando gli indugi, «se lei vuole, diventiamo soci...»

«È la soluzione migliore, caro Andrade; se le cose stanno come lei dice, faccio venire la mia goletta da Puerto Edén, con tutte le attrezzature da immersione, e ci diamo dentro fino a spazzare via il suo bel banco di ostriche.»

«Non resta altro da fare!» disse il palombaro Andrade sospirando, e poi aggiunse in tono risoluto: «Affare fatto!»

«Perché dice che non resta altro da fare? Io non la costringo, la mia goletta e le scialuppe lavorano a pieno ritmo tutto l'anno; quando non sono *choros* sono *cholgas*, arselle, granchi e persino mitili, che tiro su per venderli alle fabbriche.»

«Volevo dire che non resta altro da fare se non sfruttare quel banco in una sola volta, e meglio se lo facciamo subito!»

«Allora, affare fatto», ribatté Videla, dandogli una sorta di abbraccio.

Erano ormai arrivati alla porta del ristorante Sin Envidia; entrarono, andando diretti nella cantina.

«Vuole un buon *chuflay** per rimettersi in sesto, compare?» propose Pavez da dietro il bancone.

«E sia, me ne prepari uno, ben carico come sempre, compare», rispose Videla con una certa ironia.

«Per me una birra», ordinò Andrade.

«Io una limonata», disse Pedro Nauto.

«Senta un po', compare, cos'è successo stanotte?»

«Stanotte... che?»

«Quel bellimbusto ci ha ripulito a tutti! Il mio amico Andrade, che sta qui, ha perso niente meno che il valore di venticinque sacchi di ostriche. Più di quindicimila pesos!»

«E allora, con tanti soldi in tasca, non doveva farsi coin-

* *Chuflay*: una buona dose di aguardiente allungata con una bibita. (*N.d.T.*).

volgere in una faccenda simile!» replicò Pavez, con la faccia di una volpe sorpresa nel pollaio.

«Magari quel tipo aveva truccato le carte, visto com'è riuscito a fregare tutti.»

«No, compare; quelle carte sono andato a prenderle io stesso a bordo del Cautín; me le ha vendute Velasquéz, il cambusiere, e i sigilli erano intatti. Per giunta, sono stati controllati da tutti.»

«E dove se l'è svignata quell'avvoltoio?»

«Se n'è andato via stanotte stessa; non l'ho più rivisto. Aveva annusato che qui dentro si stava giocando e si è unito alla tavolata. Cosa potevo farci?»

«Dunque non l'ha rivisto, stanotte, dopo che ci ha spennati?»

«No», rispose Pavez con voce incerta. «E non ha preso neppure un sorso!»

«Bah...! E invece mi è stato detto che l'hanno visto entrare nella sua stanza, compare, e contare insieme a lei quel mucchio di soldi...!»

Pavez alzò il viso verso il soffitto e rimase per qualche istante così, come se cercasse una via d'uscita nel tetto.

«Sul serio... me n'ero dimenticato... è rimasto per un po' nella stanza; voleva fare i conti di quanto aveva vinto, e mi ha passato qualcosina in più per il 'pozzo'.»

«Perdio, compare, è strano che avesse perso la memoria per un simile dettaglio.»

«Insomma, chi si siede a un tavolo da gioco si suppone sia abbastanza cresciutello... Non esistono amicizie quando si gioca!»

«E nemmeno compari...» aggiunse con sarcasmo Andrade.

«Così sembra, e meno ancora se semplici conoscenti...» ribatté intenzionalmente Pavez, sbirciando il palombaro.

«Compare», disse Videla.

«Che c'è, compare?» chiese Pavez, strofinando più affannosamente che mai i bicchieri dietro il bancone.

«Dovrebbe cambiare nome al suo ristorante.»

«Sì, e con quale?»
«Sin Amigos, dovrebbe chiamarsi, anziché Sin Envidia.»
«Nella sala dove a lei piace giocare può anche mettere una piccola insegna che dice così; ma il ristorante non ha niente da spartire con tutto questo.»
«Per quanto mi riguarda, da qui in avanti, starò bene attento a non rimettere piede qui dentro.»
«Faccia come crede, compare, ha pur sempre la sua casa... Lo stesso vale per gli amici che l'accompagnano.»
«Quel tipo è come un polipo!» commentò Videla una volta usciti. «Scivola via avvolto nella nuvola del suo stesso inchiostro!»

In un paio di giorni Videla e Andrade costituirono la loro società per la pesca di ostriche nelle vicinanze dell'isola Caucahué. Videla assicurò che avrebbe immediatamente comunicato, tramite una nave da trasporto, di trasferire la goletta e cinque scialuppe con attrezzatura da immersione a Quemchi mettendole agli ordini di José Andrade, per iniziare quanto prima la raccolta.
«Hai visto come cambiano le carte se stai in un grande porto come questo?» disse il palombaro al suo aiutante, mentre lasciavano l'alloggio per intraprendere il viaggio di ritorno sulla stessa nave che li aveva portati lì.
«Non mi parli di carte», ribatté il ragazzo, «se non avessimo le ostriche... a quest'ora saremmo fritti, se fosse stato per le carte del grande porto.»
«Hai ragione; alla fine devo tutto alle mie fatiche, al nostro banco di ostriche... Se no, sarei ancora rintanato sul fondo di Tubildad a tirare su quattro molluschi. Ma sono contento, Pedrito; è vero che ho perso venticinque sacchi di ostriche per la dabbenaggine di voler giocare, però in cambio Puerto Montt mi ha dato un socio con i soldi e i mezzi, grazie ai quali ce ne andremo leggeri leggeri sempre più in su.»
Manuel Videla voleva rendersi conto con i propri occhi

del punto in cui si trovava il banco di ostriche, per valutare le prospettive dell'affare concluso, e così si imbarcò anche lui sullo Huandad con il nuovo socio.

Prima di salire a bordo, Pedro Nauto volle rivolgere un ultimo sguardo a quell'angolo di Puerto Montt che è Angelmó. Stava calando la sera e la bassa marea aveva ridotto incredibilmente il canale che separava l'isola Tenglo dal continente; l'isola era ormai un muraglione di ombre verde scuro sul riverbero delle acque.

Sulle innumerevoli lance e golette ormeggiate, gli equipaggi avevano acceso il fuoco nei bracieri di pietra, dove cucinavano la cena. In una goletta, sulla cui poppa si leggevano il nome di «Elvira» e il luogo di immatricolazione, «Linao», una donna avvolta in uno scialle nero affumicava un branzino sul fuoco acceso sotto il castello di poppa. Mentre voltava il pesce sulla brace con una mano, con l'altra sorreggeva il figlioletto che aveva in grembo. Fumo, legname e umori di pesce impregnavano l'atmosfera.

Sulle spiagge vicine le grida stridule dei gabbiani si intrecciavano allo stormire allegro dei piccoli *cheyes*. Qualche *jote*, nero come la notte che si avvicinava, frugava tra gli avanzi gettati in acqua dalle barche. Un veliero bianco a tre alberi, dalla forma snella, stava accostando al molo, e un altro a quattro alberi aveva gettato le ancore al centro del canale; dalla struttura, sembrava trattarsi di una fregata. Il Junín e il Lemuy, un vapore argentino e un bastimento da carico, avevano appena attraccato ai moli.

Con il calare dell'oscurità, i bracieri e i fuochi dentro e fuori le golette, resero più animata la notte. Pedro Nauto rimase per un po' in piedi davanti a una lancia sul cui bordo era andato a sedersi un uomo con una chitarra. Cominciò ad accordarla, mentre altri due marinai si avvicinavano ad ascoltare. Le note si propagavano confuse quanto le grida di *cheyes* e gabbiani, ma poi presero a levarsi in un volo armonioso e il brano di una ballata chiloese arrivò alle orecchie del ragazzo:

Dicono che son ubriaco
ma ubriaco non son per niente
che se fossi ubriaco
per Dio come barcollerei...

Sentendo quella strofa avvertì una leggera stretta al cuore. In quasi una settimana di permanenza nel porto aveva visto molte cose belle, ma anche sgradevoli, come le sbronze nelle case di tolleranza. Tra le novità, la più singolare era stata vedere un film muto, *Las dos niñas de París*, storia di due orfane che l'aveva commosso profondamente, senza contare che assisteva per la prima volta a un simile spettacolo. Nelle sue orecchie restavano il quotidiano vociare dei ragazzini che vendevano il giornale «El Llanquihue», gridando con versi da uccelli; il fischio dei treni e le sirene delle navi che arrivavano o partivano; il transito dei passeggeri da un mondo a un altro. Mondi diversi e sconosciuti che si intuivano al di là degli orizzonti, oltre le isole.

Ma d'altra parte, quanto era diversa la gente della sua terra! Là regnavano pace, sincerità, cordialità e solidarietà, e qui diffidenza, inquietudine, tradimenti e bassezze.

«Sembra un altro genere di uomini e di donne», pensò. Gli parve di non essersi mai reso conto che la gente fosse così. Questi del porto erano più svegli, certo, e ti costringevano a stare sul chi vive quanto loro; però al tempo stesso, e di continuo, sembravano mostrare i denti come i cani pronti ad azzannare, o come i maiali. «Che donne...!» pensò ricordando quelle che aveva visto nelle case chiuse, e, per contrasto, gli tornò in mente, chiara, limpida, armoniosa tra felci e cascate, la figura di Rosalía, con quegli occhi verdi come i gusci delle nocciole a primavera inoltrata.

Anche José Andrade era un po' cambiato ai suoi occhi. Aveva già notato il mutamento poco dopo che il palombaro si era messo a sfruttare in grande stile il banco di ostriche; ma a Puerto Montt, dopo qualche bicchiere e davanti agli altri, aveva addirittura preso a trattarlo come un suo servitore. Adesso si atteggiava a gran padrone.

Ma il cambiamento che lo infastidiva di più era che si dimenticava persino della moglie e dei figli, facendo baldoria nei bordelli. Sembrava fregarsene del denaro e delle responsabilità familiari che aveva lasciato a Tubildad. Il «Pedrito» affettuoso era scomparso dalle sue labbra sostituito da «ragazzo»... il ragazzo a cui dare ordini. «Chissà come sarà una volta diventato ricco!» pensava.

Il primo fischio d'avviso dello Huandad lo distolse dalle sue riflessioni. Mancavano tre quarti d'ora alla partenza, e si incamminò verso il molo da cui doveva imbarcarsi. Lì incontrò Andrade e Videla, e i tre salirono a bordo.

Quando la nave cominciò a doppiare la punta di Tenglo, l'alta e boscosa isola si distese come un telone sulle case illuminate di Puerto Montt. La collana di luci sulla riva del mare fu l'ultima a scomparire, e con essa la realtà e l'incantesimo di quel grazioso porto del sud. Anche lo Huandad era una sorta di casa illuminata che si era staccata dai moli, sulla quale dominavano il verde e il rosso delle luci di posizione, come due lucciole che avanzavano nella notte marina verso il dedalo di isole e canali del sud.

13

La delusione provata da Pedro Nauto di fronte alle arie che si dava il palombaro si accentuò nei giorni durante i quali il socio Manuel Videla rimase a Quemchi. Le attenzioni di Andrade nei suoi confronti continuarono con grigliate, *curantos* e bagordi simili a quelli di Puerto Montt. La gente del posto era alquanto scandalizzata per la nuova vita di José Andrade, e continuava a mormorare di un probabile intervento del Caleuche o di qualche altra «entità» che procurava il denaro al palombaro. Più tardi la notizia che si era associato con un uomo di Puerto Montt, proprietario di un'intera flotta di scialuppe con attrezzatura da immersione e una goletta da pesca, si diffuse in tutto l'abitato e la gente capì che erano le forniture di ostriche a permettergli di darsi tante arie.

La goletta Llanchid arrivò un mattino confermando con la sua presenza il nuovo giro di attività di Andrade; ma portava soltanto una scialuppa al traino, poiché gli altri palombari con il proprio equipaggiamento si sarebbero imbarcati a Puerto Edén su un battello che seguiva la rotta dello Stretto di Magellano, e che doveva passare da Quemchi per caricare legname.

«Non cominciamo finché non sarà qui la flotta al completo», gli aveva detto Videla ostentando confidenza nell'accomiatarsi per tornare a Puerto Montt, e avvertendo: «Non deve più andare da solo a raccogliere ostriche, perché potrebbero vederla, e nessuno può impedire che altri ci arrivino addosso».

Ma i giorni passavano e i palombari con le scialuppe non

si vedevano. Trascorse più di una settimana, e José Andrade cominciò a provare una certa inquietudine.

«Magari la nave è in ritardo, o per mancanza di tempo non ha attraccato a Puerto Edén», gli disse il comandante della Llanchid, e aggiunse: «Sono così boriosi, a volte, quei capitani, che per un trasporto del genere non si prendono neppure il disturbo!»

«Io credo che, nel frattempo, dovremmo cominciare con le due scialuppe», replicò, impaziente, Andrade.

«Ho l'ordine di non iniziare a pescare finché tutte le scialuppe non saranno qui...»

«Ma stiamo perdendo tempo e denaro... in certi casi gli ordini che danno quelli a terra non si rispettano a bordo.»

«Se lei vuole può cominciare con la sua scialuppa, io su quella non comando, mentre comando sulla goletta.»

«Allora, se entro due giorni non arrivano le altre scialuppe, comincerò per conto mio», disse Andrade, piuttosto seccato.

«Faccia come crede; per quel che riguarda questa scialuppa non uscirà in mare finché non arrivano le altre... mi atterrò agli ordini di don Manuel.»

Più che la fretta di tirare su le ostriche, ciò che preoccupava José Andrade era il fatto di non essere più andato dietro l'isola Caucahué a controllare la zona in cui si trovava il banco. Gli sarebbe piaciuto rimanere lì giorno e notte, come un avaro che dorme sopra il suo tesoro, o per lo meno girandoci spesso intorno per tranquillizzarsi. Ma Manuel Videla si era raccomandato: «Stia attento soprattutto al guardiano del faro; quelli tengono un diario di bordo come su una nave, e annotano tutto quel che vedono sul mare...»

Ma come aveva detto al comandante della Llanchid, due giorni dopo José Andrade preparò la sua scialuppa e, portando con sé l'aiutante e la moglie, si diresse sull'altro lato dell'isola Caucahué, non tanto per pescare quanto per dare un'occhiata alle acque che custodivano il banco.

Aveva maledetto tante volte l'impenetrabilità del mare, quella superficie ora verde, ora blu o grigia, così ermetica rispetto ai tesori che nascondeva. Ma adesso lo benediceva perché custodiva il segreto del banco di ostriche agli occhi degli abitanti della zona, delle navi e delle barche a vela che ogni tanto, a seconda dei venti, riuscivano a transitare su quel tratto di costa, anche se le rotte abituali passavano all'interno del golfo. Ma non si sentiva più sicuro di niente dopo quello che gli aveva detto il suo socio di Puerto Montt. Diffidava persino della foresta e del vento, che con il loro agitarsi potevano rivelare il segreto che solo lui e il mare conoscevano!

Navigarono fino al promontorio Lobos. Innervosito dal ritardo dei palombari e delle scialuppe, José Andrade se ne stava cupo e silenzioso alla barra del timone. Soffiava un forte vento di sudovest, che aveva trasformato il mare in un giardino di spume. Doppiando il capo del promontorio, si scatenarono dei turbini che sembravano scendere dall'alto delle scogliere, e la tela della trinchetta sventolò rimbombando come un tamburo sordo.

«Ieri ho visto un altro tribunale dei *liles*...» disse, a un certo punto, Elvira, come se volesse distrarre il marito dai suoi pensieri.

«Un tribunale di che... dicevi?»

«Dei *liles*... quegli uccelli che l'altra volta si sono messi a beccare uno di loro vicino a casa.»

«Quelle sono scempiaggini che inventa la gente... quale tribunale vuoi che abbiano i *liles* per giustiziare qualcuno di loro!»

«Anche ieri hanno ammazzato un loro simile a beccate... chissà perché vengono a farlo davanti a casa? Non li avevo mai visti prima!»

«Non dire sciocchezze, moglie... i *liles* sono ovunque!» esclamò aggressivo il palombaro.

La scialuppa si stava lasciando alle spalle il promontorio Lobos. Pedro Nauto raccolse la scotta mentre la barca prendeva il vento di prua.

«Cosa succede laggiù, Dio mio?» urlò all'improvviso José

Andrade, cercando di alzarsi in piedi stando alla barra del timone, con una mano tesa sugli occhi per scrutare l'orizzonte.

Al grido del palombaro, Pedro Nauto ed Elvira si voltarono e i loro occhi videro laggiù, in lontananza, un gruppo di piccole imbarcazioni che si muovevano intorno a una più grande, come pulcini attorno alla chioccia.

Andrade era diventato pallido come un cadavere; batteva le palpebre e sgranava gli occhi, non voleva credere a quanto stava vedendo: lance, battelli e scialuppe avanzavano e indietreggiavano accanto alla nave, che, all'apparenza, stava compiendo la stessa manovra ma più lentamente. Era lo spiegamento di mezzi per un intenso lavoro di pesca a strascico sulle acque del suo occulto banco di ostriche.

Andrade abbandonò la barra del timone e si precipitò a prua. Lì, inginocchiato sul piccolo pagliolo, cominciò ad agitare la mani come posseduto da una strana follia. Sporgeva il corpo e la testa quasi volesse gettarsi a correre sul mare o spiccare il volo. Poi, impotente, alzò i pugni al cielo e li riabbassò, sferrando colpi sul bordo della scialuppa, quasi avesse voluto schiaffeggiare il mare.

Pedro Nauto prese la barra del timone e cercò di dirigersi verso la nave e la flottiglia che manovravano le reti a strascico; ma il vento prese a soffiare più forte a prua e si vide costretto a navigare di bolina per raggiungerle.

José Andrade smetteva ogni tanto di lanciare maledizioni e di gesticolare; chiudeva gli occhi con espressioni truci, mentre Elvira spalancava i suoi, che si spostavano dal marito alla nave e alla flottiglia di intrusi, come se non riuscisse a capire.

«Cosa succede, Pedrito?» sussurrò timorosa all'orecchio del ragazzo.

«Stanno tirando fuori le ostriche con le reti a strascico.»

«E se le portano via tutte?»

«Sì, tutte... le tireranno fuori tutte, quei maledetti!» urlò da prua José Andrade, sempre gesticolando contro il cielo e il mare.

Dopo varie virate, Pedro Nauto riuscì ad attraccare la scialuppa alla fiancata della nave, con la carena larga e color piombo, e la ciminiera fumante. Passando da poppa i suoi occhi si erano sgranati per lo stupore leggendo il nome e il luogo di immatricolazione: Caleuche-Ancud.

«E si chiama persino Caleuche!» esclamò Pedro Nauto.

«Come?» ruggì José Andrade, che non abbandonava la prua.

«Caleuche... sì, come il vascello fantasma che abbiamo visto proprio qui!»

Quando la scialuppa venne ormeggiata alla fiancata, José Andrade salì per la scaletta di corda fino in coperta.

«Cosa le prende?» gli chiese con calma il capitano, cercando di capire i suoi iniziali balbettii.

«È che... questo è il mio banco», riuscì ad articolare, ansimando.

«Cosa...? Il suo banco?»

«Sì; il mio banco di ostriche... L'ho scoperto io... e lo tenevo da parte per me!»

«Per lei? È forse diventato padrone del mare?»

«Del mare no; ma di questo banco di ostriche sì; io l'ho scoperto dopo aver fatto tante immersioni da queste parti... Voi non ne avete il diritto...!» urlò con voce rotta.

«A me sembra che sia lei a non averne il diritto... Senta, nostromo, ci pensi lei a questo signore, che mi pare abbia qualche rotella fuori posto», disse il capitano, andandosene indifferente.

Si fece avanti un uomo basso, ma con le spalle larghe e un collo corto e grosso che sembrava un torello sul punto di caricare.

«Si calmi! Cosa le succede?»

«Niente, voi state rubando le mie ostriche...»

«Rubando... quali ostriche?»

«Quelle che state pescando a strascico... Sono mie, mie; l'ho scoperto io questo banco.»

«Se ne vada, che è meglio, mi creda...!» sbottò aggressivo

il nostromo; ma vedendo lo scoramento dell'uomo accanto alla scaletta di corda, aggiunse con fare più gentile: «Nessuno può ritenersi padrone di un banco di ostriche in mezzo al mare, amico... Neppure sulla spiaggia, perché cinquanta metri al di là dell'alta marea è di tutti...»

«Ma voi come avete saputo che qui c'erano delle ostriche?»

«Stavamo pescando nella baia di Quetalmahue quando abbiamo ricevuto l'ordine di spostarci qui con tutti i pescatori.»

«L'ordine... da chi?»

«Dalla Compagnia, è ovvio... Da chi altri poteva venire, l'ordine?»

«Quale Compagnia?»

«La proprietaria di questa nave... La Sociedad Pesquera del Sur...»

«Anch'io avevo fatto una società... per sfruttare questo banco di ostriche... una società che abbiamo fondato a Puerto Montt.»

«Una società... lei?» disse il nostromo, con una punta di incredulità di fronte a quel derelitto, e aggiunse: «E allora perché non avete cominciato a raccoglierle? In tal caso la Compagnia non si sarebbe fatta avanti!»

«Il mio socio aspettava le sue scialuppe da Puerto Edén.»

«Chi è il suo socio?»

«Manuel Videla, di Puerto Montt.»

«Bah... lavora anche lui per la Compagnia!»

«Non è vero, lavora per conto suo con varie attrezzature e una goletta!»

«La goletta e una delle attrezzature sono sue, ma il resto è della Compagnia.»

José Andrade rimase paralizzato. Adesso gli sembrava di non sentire e non capire... Manuel Videla era forse capace di un simile tradimento?

«E anche le sue scialuppe verranno a lavorare qui?» riuscì a dire in una sorta di rauco lamento.

«Cosa dovrebbero venirci a fare?»

«A tirare su le ostriche...»

«Raccogliere ostriche con i palombari è passato di moda; adesso la pesca si fa con le reti a strascico...»

Alle orecchie del palombaro arrivava il rumore dei battelli e delle scialuppe che raschiavano il fondale tirando su le ostriche. La nave stessa, procedendo lentamente, issava ogni tanto con la gru piazzata a prua un'enorme rete carica di fango e molluschi. Andrade guardava le sue ostriche di fondale e di scoglio come se qualcuno, d'improvviso, avesse gettato una rete sulla Via Lattea e raccolto in un sol colpo tutte le stelle. Sotto, aggrappato alla scaletta di corda, Pedro Nauto tratteneva la scialuppa, mentre Elvira, desolata, continuava a roteare i suoi grandi occhi da pecora senza capire granché. Sembravano tre naufraghi che chiedevano aiuto a una nave nel bel mezzo di una tempesta.

«Si calmi, amico», gli disse il nostromo, stavolta in tono francamente compassionevole. «Nessuno si è ancora potuto impossessare del mare e nelle sue acque ognuno pesca quello che può!»

«È che... io ero l'unico a saperlo.»

«Qualcun altro doveva saperlo se è arrivato alle orecchie della Compagnia.»

«Il mio socio... Manuel Videla... anche lui lo sapeva.»

«Nessun altro l'ha vista raccogliere ostriche qui?»

«Solamente mia moglie e il mio aiutante, che stanno lì.»

«Forse può essere stato il suo aiutante a far circolare la notizia.»

«Quel ragazzo no; è incapace di commettere una simile cattiveria.»

«E il guardiano del faro, l'ha vista qualche volta a pescare ostriche?»

«Non lo so», disse Andrade, volgendo lo sguardo verso il lontano promontorio Lobos.

«Potrebbe averla vista più di una volta... Informano le capitanerie di porto, e i capitani sono tutti amici della Compagnia.»

«Può darsi che a tradirmi sia stato Manuel Videla; ma allora perché avrebbe mandato la sua goletta con una scialuppa fino a Quemchi?» si chiese ad alta voce.

«Non le ho forse detto che quelle erano le uniche cose che possedeva?»

«E io cosa posso fare, adesso? Andare A Puerto Montt, denunciarlo al giudice o piantargli una pallottola in corpo?»

«Come fa a dimostrare che è stato lui a passare l'informazione alla Compagnia?»

«Passare l'informazione...» mormorò Andrade con triste sarcasmo. «Si è venduto alla Compagnia, vorrà dire!»

«E va bene, pazienza, in mare il pesce più grande mangia sempre quello più piccolo.»

«E sulla terra è lo stesso...»

«A volte... quando i piccoli si lasciano mangiare», disse il nostromo, e con un'energica occhiata di traverso aggiunse: «Perché non prende il toro per le corna e non si mette anche lei a tirare su ostriche?»

«Quali ostriche?»

«Queste, che lei ha scoperto.»

«E per farne che?»

«Per la Compagnia, amico, come stanno facendo tutte le imbarcazioni che vede qui.»

Quasi avesse ricevuto una mazzata in fronte, il palombaro José Andrade girò su se stesso intontito e cominciò a scendere lungo la scaletta senza pronunciare una parola. Sosteneva il corpo con le mani ben strette alla corda, perché nell'appoggiare i piedi sugli scalini sentiva le ginocchia molli come la bambagia, mentre un masso gli stringeva la gola.

«E se si decide, venga a bordo per farsi ingaggiare!» gli gridò il nostromo dalla coperta del peschereccio. José Andrade lo guardò instupidito, per l'ultima volta, e non capì se diceva per scherzo o sul serio.

Non parlò finché la scialuppa non fu di nuovo all'altezza del promontorio Lobos.

«Anche quel maledetto potrebbe avermi venduto!» esclamò gettando un'occhiata al faro.

«Venduto? Chi?» chiese Elvira, che al pari di Pedro Nauto non aveva aperto bocca rispettando l'amareggiato silenzio del palombaro.

«Sì, una carogna mi ha venduto il banco di ostriche...»

«Come potevano venderlo se era tuo?» disse la donna, contrastando con la sua calma le grida rabbiose del marito.

«Tutto quello che c'è in mare è anche degli altri... o del primo che arriva.»

«Sei tu il primo ad aver raccolto ostriche qui.»

«Però non le ho raccolte tutte in una sola volta, come sta facendo invece la Compagnia.»

«Chi può averli avvisati?» intervenne Pedro Nauto.

«Credo sia stato quel bastardo di Manuel Videla a vendermi; ma il nostromo dice che potrebbe anche essere stato il guardiano del faro! Magari tutti questi infami si sono messi d'accordo contro di me!»

«Come nel tribunale dei *liles*, davanti a casa...» sospirò Elvira, mentre suo marito la guardava con rabbia, senza capire perché le fosse rimasto tanto impresso quel fatto.

La scialuppa navigava con il vento in poppa; doppiando il promontorio Lobos riprese l'andatura in linea retta. Il palombaro, con frasi mozze, ancora annichilito, raccontò i particolari dell'incontro al capitano dell'imbarcazione e al nostromo. Pedro Nauto, mantenendo la scotta cazzata, non cessava di paragonare quella voce, triste e dispersa dal vento, a quella ascoltata in precedenza a Puerto Montt.

Mentre stavano costeggiando la piantagione di meli del vecchio Machado per entrare nell'estuario di Tubildad, dalla vicina spiaggia giunse una sorta di risata nel confuso rumore delle onde.

«Senti, Pedrito?» disse Elvira, con tenerezza materna.

«Sembra che qualcuno se la stia ridendo», replicò il ragazzo.

I tre si misero in ascolto. Tra il rumore delle onde che si infrangevano sulla spiaggia si distingueva uno strano suono, quasi umano, come se il mare si trasformasse a tratti in una persona che rideva nascosta tra le rocce. A volte il suono si spegneva, come sprofondasse nella gola del mare, e poi risorgeva, fino a echeggiare dolente e lacerante.

«Che strano modo di ridere», disse Elvira.

Dalla spiaggia arrivò, stavolta chiarissima, una risata aperta che aumentò di tono al di sopra delle onde per poi ricadere in una cascata di suoni simili a un pianto musicale.

«È il vecchio 'Lu Machado'!» esclamò Elvira.

La scialuppa costeggiava la punta, e tra gli scogli spuntò di colpo la barba bianca dell'ex marinaio portoghese, che dava l'impressione che la spuma di un'onda si fosse attaccata al suo volto. Alzò le braccia, gesticolando e facendo cenni, mentre la sua risata continuava a propagarsi sul mare.

Vedendo quel disperato agitarsi attraccarono la scialuppa sulla spiaggia. Andrade e Nauto si avvicinarono all'anziano, che continuava a chiamare e a ridere. La barba bianca tremava, scossa dal vento ogni volta che la testa canuta si alzava e si abbassava. Era come se quella strana risata prendesse respiro sull'altura e ricadesse sgranandosi con una tonalità più opaca sul suolo roccioso; sotto, rimaneva per qualche istante, con un singhiozzo gutturale, di gola sotterranea. Il povero vecchio si stringeva lo stomaco, non si capiva se per il dolore o per il ridere, piegato in due, sfinito, sudato. Il mormorio sordo permaneva così, mescolato al pianto o al riso; ma di colpo quella testa impazzita tornava a levarsi verso l'alto per riprendere fiato e ricadere nella sua convulsa risataccia.

Andrade e Nauto presero il vecchio Machado sottobraccio; tremava dalla testa ai piedi come un sacco in cui la risata era rimasta intrappolata. Tra risate e singhiozzi, tentarono di fargli attraversare con ogni attenzione il frutteto che celava la casa alla vista. Accorse anche Elvira ad aiutarli.

«Sembra sia diventato matto», le disse Andrade a bassa voce.

«Matto?»

«Matto dalle risate, moglie... Non si dice 'è diventato matto dal ridere'?»

Elvira non capì se suo marito dicesse sul serio o per scherzo, e, forse per allentare la tensione nervosa accumulata, si abbandonò anche lei al riso, una risata isterica, di tono più acuto e penetrante, che si mescolò al sordo e gutturale ridere del vecchio.

«Sta' zitta, donna di merda!» le urlò adirato il marito, mentre tentava con Pedro Nauto di trascinare il vecchio scosso dalle risate. Ma Elvira non riusciva a contenersi, e, separandosi dal gruppo, se ne andò tra gli scogli a ridere liberamente, stringendosi lo stomaco.

Pedro Nauto guardò per un po' la scena, spaventato sia dalle risa della donna che da quelle del vecchio; ma poi, anche lui cominciò a ridere sommessamente, cercando di trattenersi. A quel punto José Andrade smise di sforzarsi e si diresse verso la riva, come se tentasse di conservare un ultimo rimasuglio di giudizio. Una piccola onda corta venne a morire ai suoi piedi, tra le rocce, producendo anch'essa una sorta di risatina allegra. Chinò la testa e non capì se era riso o pianto quello che gli premeva oscuramente in gola, nel cuore, scuotendolo come fa il vento con una trinchetta sciolta al momento di una virata di prua.

Aspettò che passasse l'attacco di riso della moglie e dell'aiutante, e, poi, i tre tentarono ancora una volta di aiutare il vecchio, sconvolto quanto prima.

L'ex marinaio portoghese rimase tre giorni così, agonizzando tra singhiozzi e risate. Venne il prete da Quemchi per tentare di alleviargli il trapasso; ma poté fare ben poco di fronte allo stato grottesco in cui versava il vecchio. Arrivò anche una guaritrice, che tentò di fargli bere dei decotti, peraltro rigettati dal continuo ridere. Alla fine, quando il povero Machado trovò la pace nella morte, la guaritrice sentenziò:

«Mangiava tanti uccellini, che Dio deve averlo castigato per questo».

14

Pedro Nauto fermò il cavallo in un punto dove l'acqua ristagnava e allentò le redini perché potesse bere a volontà. Le piogge di primavera avevano ingrossato il torrente che serpeggiava tra cespugli di mirtacee e arbusti di *peta* e *chilca*, e il ristagno era straripato sulla radura, lasciando l'erba del prato sommersa sotto quella superficie di cristallo tremolante. Alcune gocce, come bollicine, erano rimaste attaccate al bordo dei fili d'erba, e il loro brillare sembrava un magico e tenero sguardo della natura.

Il cavallo soffiò dolcemente sulle onde cristalline e immerse il muso bevendo lunghi sorsi; la sua testa bruna, illuminata da una macchia bianca sulla fronte che si allungava fino al naso, si formava e si frantumava nel riflettersi nell'acqua. Pedro Nauto guardò per qualche istante il suo volto accanto alle zampe dell'animale, e si protese in avanti puntando i piedi nelle staffe per lasciarlo bere più comodamente.

A un tratto, il sauro smise di bere e alzando la testa puntò le orecchie verso gli arbusti che ricoprivano l'armonioso avvallamento. Dalla bocca continuava a cadergli dell'acqua, quasi la masticasse con delicatezza; poi immerse di nuovo il muso e riprese a bere a sorsi rumorosi.

Pedro Nauto, che lo osservava compiaciuto, si accorse a un certo punto di un petalo galleggiante attirato dal risucchio della bocca del cavallo.

«Bah... anche i fiori, ti mangi...!» disse sorridendo.

Ma i petali continuavano ad arrivare, alcuni restavano a una certa distanza e altri si avvicinavano per i sorsi dell'animale. Allora Pedro Nauto tirò le redini e, spronandolo con i talloni, lo diresse tra il fogliame. Di buona lena, il sauro si aprì un varco tra i cespugli e sbucò in un'altra radura erbosa, dove Rosalía, sulla riva del torrente, stava sfogliando grandi fiori di *huella*, un albero frondoso che, quando fiorisce, può profumare un'intera vallata.

«Rosalía!» esclamò il ragazzo, bloccando il cavallo.

«Pedro!» rispose lei, smettendo di gettare petali in acqua.

«Quanto tempo...» le disse, smontando.

«Sì, è tanto tempo... Come hai saputo che ero qui?»

«Mi ci ha portato il mio cavallo; si mangiava i tuoi fiori.»

«Stavo gettando fiori di *huella* in acqua.»

«Perché?»

«Sono stata da un'amica che sta imparando a fare la guaritrice e mi ha detto che serve ad allontanare le pene.»

«Hai avuto qualche pena?»

«Sì; ultimamente ti ho sognato spesso... Non so cosa mi hai fatto, ma non riesco a dimenticarti», disse la ragazza, abbassando gli occhi per la vergogna.

«Ho lavorato alla pesca delle ostriche... Sono andato fino a Puerto Montt.»

«L'ho saputo... Una volta ho sognato che mi chiedevi aiuto dal mare e io mi avvicinavo alla spiaggia, ma il mare si ritirava e non riuscivo mai a raggiungerti... Ho chiesto alla guaritrice cosa poteva significare e mi ha detto che dipendeva dal fatto che io ti voglio bene e tu no.»

«Rosalía... lo sai... io ti voglio bene; ma perché vai a chiedere queste cose a una guaritrice? Non devi immischiarti nelle stregonerie!»

«Blanca Vidal non è una strega!» ribatté lei punta sul vivo, e aggiunse, in tono più tenero: «Sta imparando per fare del bene alla gente contro le malattie e le fatture degli stregoni».

«Quella donna mi è sempre sembrata un po' strana... non dovresti frequentarla.»

«Blanca Vidal sa un mucchio di cose; dalle piante estrae colori che sono una meraviglia per i filati di lana. Aiuta a morire in santa pace, e canta come nessun'altra le orazioni nelle feste e nelle novene.»

«Però a forza di togliere le fatture degli stregoni può finire anche lei per diventare una strega.»

«Tu sei il meno adatto a parlare di certe cose...»

«Perché?»

«Insomma, lo sai meglio di me; eppure, nonostante questo, ti voglio bene.»

«Se è per compassione, non ho bisogno del tuo affetto... Una volta mi hai insultato dicendo che ero figlio del *trauco*... Ebbene, sono un figlio naturale, solo di mia madre, e, tutto sommato, non m'importa sapere chi fosse mio padre.»

«Quella volta te l'ho detto per scherzo.»

«Ma quale scherzo...! Anche a scuola mi gridavano per scherzo 'bastardo' o 'figlio di un caleuchano'...»

«Non arrabbiarti... io ti voglio bene...»

«Sì, mi vuoi bene, però continui a tirare fuori la storia che sono illegittimo o 'figlio del trauco'. Credevo che il tuo amore ti rendesse diversa dal resto della gente, ma vedo che non è così. Qui sono tutti uguali: se non sono gli stregoni, sono le guaritrici o i preti a mettere certe cose in testa alla gente per renderla ancora più disgraziata... Che colpa ne ho io se mia madre mi ha partorito senza essere sposata? Per questo me ne voglio andare di qui; da questa terra di stregoni, di ricconi come mio nonno che hanno fatto i soldi rubando la terra agli indios, facendo lavorare la gente in cambio di un pasto o di qualche centesimo...! Mi faceva dare ai braccianti ottanta centesimi per una giornata di lavoro... Quello che costa una porzione di molluschi che si raccolgono in poco tempo; ma quando c'è la fame la gente lavora più per il pasto quotidiano che per quei pochi soldi...»

«Dove pensi di andare?»

«Non lo so; se posso andrò a Puerto Montt; lì ho imparato in una settimana quello che non avevo appreso in tutta la mia vita.»

«Cos'hai imparato?»

«Che la gente è cattiva e pronta a tradirti... che per due soldi è capace di tutto. Hanno fatto fesso José Andrade senza tanti complimenti... Gli hanno tolto persino il suo banco di ostriche, da cui stavamo ricavando abbastanza.»

«Non lavori più con lui alle ostriche?»

«Ha perduto tutto più di un mese fa... Non è ancora riuscito a capire se è stato un socio trovato a Puerto Montt o il guardiano del faro del promontorio Lobos a passare la notizia a una compagnia che è arrivata con le reti a strascico, e sta facendo piazza pulita di tutte le ostriche. Andrade è andato a Puerto Montt per ottenere giustizia; ma poi si è dovuto rivolgere al tribunale di Ancud, e in tutto questo affaccendarsi non ha potuto pescare una sola ostrica e neppure un *choro*, anzi, ha dovuto vendersi l'attrezzatura da palombaro e persino la scialuppa per poter campare. Anch'io me ne sono andato più di un mese fa perché non c'era più niente da fare con lui. Adesso sono venuto a vendere il mio cavallo a don Francisco Montet, di Huite, che me lo compra per uno dei figli.»

«E cosa farai senza il tuo cavallo?»

«Non ti ho detto che appena posso me ne vado a nord o a sud? Adesso, per mantenermi, sto facendo dei trasporti a Quemchi, con una piccola barca che mi ha prestato Arturo Gonzalí, il pescatore.»

«Ma se un giorno tornerai potrebbe esserti utile.»

«Una volta trovato un imbarco non abbandonerò più il mare.»

«Allora vuoi fare il marinaio.»

«Sì, il marinaio.»

«Diventerai vecchio, non potrai più navigare e farai la fine del vecchio 'Lu Machado', che Dio l'ha castigato per aver mangiato tanti uccellini e animaletti del bosco.»

«Rosalía, non mi resta che il mare... Qui vive bene solo chi possiede della terra, molta terra, e soldi per farla lavorare agli altri. Quella che coltivavamo mia madre e io a Puerto Oscuro, bastava a malapena per non morire di fame. È per questo che me ne vado, perché questa terra e la sua gente mi hanno trattato male... Qui non voglio mendicare un tozzo di pane a nessuno, lo farò da un'altra parte.»

«Non hai detto che a Puerto Montt la gente che hai conosciuto è cattiva?»

«Sì, però ci sono anche brave persone e molti diversi lavori. Comunque, non intendo restare a Puerto Montt, ma imbarcarmi, che sia per il nord o per il sud... e ti dico che me ne vado da questa terra perché qui non posso più viverci, non ho un lavoro e tutti mi guardano come un 'orfanello smarrito'.»

Mentre Pedro Nauto parlava in tono appassionato, Rosalía, pensierosa, guardava scorrere l'acqua del torrente ai suoi piedi. Il rametto di *huella* era rimasto spoglio dei fiori, come in inverno; il cavallo pascolava la tenera erba bagnata dalla pioggia recente. Grandi nubi bianche si aprivano e chiudevano come petali nel cielo lasciando ogni tanto uno spiraglio al sole che percorreva colline, vallate, praterie e foreste, con lunghi passaggi di luce. Un silenzio teso era calato tra i due giovani.

«Mi lasci qui e te ne vai per mare...» disse Rosalía a bassa voce, e come in un sospiro aggiunse: «Prima, per lo meno, ti vedevo ogni tanto».

«Te l'ho detto perché me ne vado... a parte il resto, perché qui sembro a tutti un po' strano, un figlio senza padre...»

«E tornerai un giorno?»

«Se mai tornerò e sarai ancora nubile, ti sposerò. Ti porterò sempre nel mio cuore.»

«Abbi fede in Dio...»

«Se ci fosse Dio non ci sarebbe tanto male...»

«Magari il poveretto sarà ormai un vecchino, e non vede più niente...»

Gli occhi verdi della ragazza fissarono quelli castani di Pedro Nauto, dove piccole scintille ardenti gorgogliavano come le gocce della rugiada quando ammantano la terra opaca. Fu un lungo e strano sguardo, quasi che dagli occhi gli entrasse in corpo, percorrendone il sangue, verso la mente, il cuore. Il volto del ragazzo sembrò assottigliarsi di colpo e quello di lei ebbe un fremito come il prato sotto uno scroscio di pioggia. Le mani si strinsero a vicenda, gli occhi si sgranarono in un ultimo splendore, e, ciechi, si abbandonarono a un lungo bacio che venne accolto dalla vegetazione con un rumore soave.

15

Pedro Nauto imboccò al galoppo la strada che portava alla punta; ma dovette frenare di colpo il cavallo per la gente che usciva dalle case e correva verso l'«ufficio di collocamento».* Tuttavia, non si sorprese per il tumulto che c'era lì, poiché succedeva spesso che si scatenassero delle risse nella cantina in cui andavano a bere i marinai delle navi ormeggiate nel porto.

L'«ufficio di collocamento» di don Sixto Mansilla si trovava in fondo alla strada, quasi accanto al molo da carico. Lo chiamavano ancora così perché in passato era stata l'agenzia dove si ingaggiavano i marinai per i grandi velieri. Lo stesso don Sixto era quello che anticipava il cosiddetto «aiutino» agli uomini del posto quando intraprendevano lunghi viaggi, o consegnava il denaro per le vedove e le madri dopo un naufragio. Ma dell'antico splendore restava ben poco; era praticamente una semplice taverna, con sala e cucina, frequentata anche dalle due o tre donne di facili costumi del porto, per i loro incontri con i marinai.

La rissa doveva essere di notevoli proporzioni stando alla quantità di persone che si accalcavano tra l'«ufficio di collocamento» e la Barraca Oelkers. Pedro Nauto lasciò il cavallo legato in un vicolo, accanto a delle barche, e si avvicinò per curiosare.

Un marinaio nero, alto e flessuoso come un'alga *cocha-*

* *Casa de trato*: letteralmente, «casa d'ingaggio», viene usato anche per indicare una «casa chiusa», bordello. (*N.d.T.*)

yuyo, si batteva a pugni con un bianco, più basso e tarchiato. Erano a torso nudo, e i corpi si distinguevano nel cerchio di gente per la lucentezza prodotta dal sudore e dal sangue, dato che, a quanto sembrava, si stavano pestando già da qualche tempo.

Le donne delle case circostanti erano affacciate sulle porte e alle finestre; dalla taverna, erano usciti tutti i marinai delle tre navi ormeggiate nella baia.

La sfida era tra un marinaio nero della Nelson, un tre alberi che aveva trasportato sale nel porto per poi caricare legname, e uno della Pingüino, una baleniera diretta a Caleta Samuel, una base per la caccia alle balene situata sull'isola Guafo.

Il nero aveva ogni tanto la meglio sul bianco grazie alle lunghe braccia e all'abilità nel colpire. Il secondo resisteva parando con i gomiti; ma sembrava un lento palombaro che lotta contro una piovra, tanto mulinavano veloci le braccia del nero.

Comunque, il torso del bianco, grosso come un tronco di *muermo* senza corteccia, avanzava ogni tanto con la potenza di un ariete e allora il nero doveva retrocedere. E così andavano avanti tra le urla dei marinai ubriachi; ansimavano, sbuffavano, con i volti e i corpi sempre più ammaccati e insanguinati. Sulla pelle del bianco il sangue si notava di più rispetto al nero; sembrava fosse stata strappata via a furia di pugni. Il corpo del nero, invece, mostrava solo striature violacee. Ma, quando i colpi aumentavano di intensità, le braccia, incrociandosi, brillavano di sudore e sangue come lampi in un cielo scuro per la tempesta, ora rossi, ora bianchi.

La lotta feroce tra quei due uomini più o meno alla pari proseguiva senza ulteriori conseguenze; ma qualcuno, a un certo punto, fece lo sgambetto al cacciatore di balene, da dietro, e questi rovinò a terra. Il nero del veliero gli si lanciò addosso; immediatamente si mise di mezzo un altro, e di lì a poco la rissa divenne generale tra gli uomini delle due navi. La notizia arrivò al veliero e alla baleniera nella baia, e altra gente sbarcò dall'una e dall'altra parte, fino a trasformare lo scontro in una vera e propria battaglia campale.

La strada divenne troppo stretta per contenere i due equipaggi in lotta. Le donne si ritirarono con i bambini nelle case, spaventate dal rumore sordo dei pugni, simile a quello delle mareggiate quando colpiscono le grotte delle scogliere.

A un tratto, accadde qualcosa a cui la gente del porto era già preparata, ma che per i marinai era del tutto inaspettata: don Sixto Mansilla era solito porre fine alle risse che scoppiavano davanti a casa sua liberando un feroce mastino che teneva sempre legato.

Il cane, fulvo, grande e grosso come un vitello, si lanciò di scatto con le fauci spalancate nel mezzo dello scontro, distribuendo morsi a destra e a sinistra, finché i primi a essere stati addentati si trascinarono fuori dalla mischia, e quindi gli altri, intimoriti, smisero di pestarsi. Il cane aveva messo fine alla lite tra umani.

Soltanto un uomo non poté rialzarsi dal suolo di fronte all'assalto del fiero mastino. Si trattava di un marinaio della baleniera, a cui avevano inferto una pugnalata alla schiena: stava agonizzando.

«Caña del medio», l'anziano poliziotto, spuntò fuori solo allora, quando tutto era ormai finito. I marinai della Pingüino trasportarono il compagno moribondo fino alla cantina dell'«ufficio di collocamento», dove spirò. Venne il giudice che fece fare le indagini, ma non si riuscì mai a scoprire chi fosse stato a sferrare la pugnalata a tradimento, anche se doveva essere qualcuno della Nelson.

A Pedro Nauto toccò trasportare sulla sua barca, la più leggera e meno costosa, gli uomini dei due equipaggi che per due giorni vennero interrogati dal giudice e dalla capitaneria di porto. La baleniera dovette ritardare la partenza e quando si preparava a salpare, dato che mancava un uomo a bordo, il pilota incaricato dell'ingaggio offrì al ragazzo il posto di aiutante di cucina, avendolo visto molto sveglio nello svolgere il suo lavoro. E fu così che Pedro Nauto, imparando un'altra lezione dalla vita, cioè che la disgrazia di uno può diventare la fortuna di un altro, intraprese inaspettatamente «la scia della balena».

Per fortuna aveva già venduto il cavallo, che consegnò a Montet, e dopo aver raccolto le sue poche cose, tra le quali l'anello trovato in fondo al mare con le iniziali J A, salì sulla coperta della Pingüino in rotta per Caleta Samuel.

16

Scendendo per un sentiero di Huite, le quattro donne andavano a raccogliere frutti di mare dietro la punta sabbiosa che, come una penisola di vari chilometri, chiude la tranquilla rada usata fin dall'antichità dalle imbarcazioni di passaggio per fermarsi a compiere le riparazioni necessarie. Portavano in braccio grandi ceste di vimini, indossavano pesanti scialli di lana, e andavano soprattutto in cerca di *huepos*, un grosso mollusco che abbonda quando le grandi maree lasciano allo scoperto la parte sabbiosa della riva che dà sul golfo di Ancud.

Le due donne che camminavano dietro cominciarono a conversare, distanziandosi poco a poco dalle compagne.

«Quello è uno *huinque*, si usa per tingere di marrone e le foglie danno un viola chiaro», disse Blanca Vidal a Rosalía Nahuelquén, e indicando un altro albero lungo il sentiero, frondoso come quello della cannella, aggiunse: «La corteccia del *raral* serve per tingere di color caffè scuro e le foglie danno un verde chiaro... E sai che colore si estrae dalla corteccia del *muermo*?»

«Marrone», rispose Rosalía.

«Ma che tonalità di marrone?»

«Come quello di certe pecore scure.»

«Se lo lasci a macerare otto giorni nell'acqua ti dà un marrone rossiccio!»

«Mentre la *barba de palo* dà il marrone chiaro.»

«Se la mescoli con lappa, nocciolo, menta, e il fango che spunta sotto il *pangue*, ti dà grigio piombo... E mescolata con la *lía*, dal fiore rosso, ti darà un color granata, e con il fiore del *palguín*, un marrone che tende all'arancione.»

Blanca Vidal era una donna sulla trentina, alta, magra, dalla carnagione pallida, che contrastava con la minutezza di Rosalía, tipica della gente del luogo. Nella sua loquacità si mescolavano un'approfondita conoscenza delle proprietà delle piante per tingere e per curare malattie e un'immaginazione che si nutriva di stregonerie.

«Sai a cosa serve il *boche boche*?» continuò, indicando un minuscolo rampicante rosso che cresceva sui cespugli lungo il sentiero; e senza aspettare risposta aggiunse: «Fa bene per l'anemia delle ragazzine appena sviluppate... Se invece ti dovesse succedere qualcosa di imprevisto con un uomo, schiacci della *chaquihua*, la fai bollire e ti bevi l'infuso a digiuno per tre giorni... è il migliore abortivo. Ma non devi confonderla con il *beo*, che ha la foglia quasi uguale alla *costilla de vaca* e si usa per ammazzare i topi... La *huilipinda* è utile per gli spaventi, è un'erba che cresce molto alta, e ha il fiore simile all'*alverjilla*... Per le ragazze in età di sviluppo è buono anche l'*hualco*, o il fiore del *chilcón* mescolato con carbonato di ferro e *cascarilla* macinata. Pastello, ceralacca, vino rosso, tre uova e mezza tazza di zucchero fanno un buon sciroppo per un anemico...»

«Che cos'è un abortivo?» chiese Rosalía.

«Non lo sai...? Non fare la finta tonta; per sbarazzarsi di un bambino, cioè, se sei stata con un uomo e ti ha messa incinta.»

«Cosa vuol dire stare con un uomo?»

«Fare la stessa cosa che fanno le vacche quando stanno con il toro in un recinto.»

«Le vacche certe volte bisogna legarle perché il toro le monti.»

«Questo succede quando il toro non sa fare il suo lavoro... Ma quando lo sa fare, come quello di don Pancho Montet, comincia a leccarle dietro le zampe e allora le vacche si concedono.»

«Io non sono mai stata con un uomo...»

«Però ti ho vista andare in giro con Pedro Nauto.»

«È un ragazzo.»

«È quasi un uomo.»

«Sì, ma abbiamo giocato insieme e ci siamo soltanto baciati.»

«Chissà...» disse Blanca, guardando la ragazza con malizia.

«Ti dico che è così; abbiamo fatto qualcosa, ma quello non ancora.»

«Ah... allora lo sapevi e facevi la tonta!» esclamò la donna con una risata, mentre Rosalía chinava la testa arrossendo.

Erano ormai arrivate alla spiaggia. Sulla lunga punta sabbiosa si stagliava il promontorio Lobos, e più in là si apriva il golfo di Ancud verso i contrafforti della cordigliera. Era una giornata luminosa e le vette di alcuni vulcani andini si confondevano con le nubi vaporose che scendevano assumendo forme fantastiche sul bordo frastagliato dell'orizzonte. Due anatre dal piumaggio verde cangiante si baciavano giocherellando, spingendosi sott'acqua con i becchi a spatola, poi il maschio montò sulla femmina, e sulla superficie del mare vi fu un concitato sguazzare che durò vari minuti. Quindi si separarono rimettendosi a posto le piume e la limpidezza marina tornò alla calma.

«Dove sarà adesso Pedro Nauto?» chiese maliziosamente Blanca Vidal, iniziando a raccogliere molluschi.

«Non lo so; qualcuno dice a Puerto Montt, secondo altri se n'è andato verso sud su una nave. Nessuno è riuscito a dirmi qualcosa di preciso.»

«È meglio che se ne sia andato...»

«Perché?»

«Poteva portarti sfortuna...»

«Io gli volevo bene, e adesso gliene voglio ancora di più.»

«Ma era un figlio illegittimo, nessuno ha mai saputo chi fosse il padre.»

«A me questo non importava.»

«Il fatto è che dicono fosse figlio di un caleuchano... Quel vecchio di suo nonno, quando ha cominciato a fare fortuna a Puerto Oscuro, aveva solo animali neri... hanno visto più volte il Caleuche alla fonda sulla punta Millahuilo e una scialuppa che attraccava alla grotta della Culebra... Una zia, sorella di mia madre, racconta che una volta, passando davanti alla casa dove è nato Pedro Nauto, c'era un cavallo nero e piccolo legato allo steccato, e quando gli ha guardato le zampe, ha visto che erano pinne da foca... È scappata di corsa, morta di paura.»

«Tu credi che...?»

«Ma sì, era figlio di un caleuchano...!»

«Ti stavo chiedendo se credi che un giorno tornerà.»

«Per te è meglio se non torna, e, del resto, quelli che navigano sul 'vascello fantasma' non sbarcano mai più... Vanno per il mondo eternamente erranti. Ma non devi affliggerti per questo, io ti darò un infuso di fiori di *yatui* per dimenticare.»

«Che infuso è?»

«Di una pianta che cresce nei teschi, e per questo cancella i pensieri dalla testa dei vivi.»

Inginocchiandosi nella sabbia, Rosalía venne scossa dai singhiozzi. Poi cadde a faccia in giù e cominciò a gemere con un pianto sordo, sommesso, nascondendo il viso sotto le braccia rotonde che tremavano come due *guiñachos*, le tenere radici del *pangue* che affiorano simili a grossi bruchi vivi.

In lontananza, sulle acque increspate del golfo di Ancud, nuvole cotonose disegnavano una città di forme vacue e cupole cangianti, sotto le quali si intravedevano strade d'argento e oro.

Per Blanca Vidal, apprendista guaritrice, quella era la Città dei Cesari, la base navale del Caleuche, dove si offriva riparo agli uomini dell'equipaggio stregato e da cui il vascello fantasma otteneva l'oro per le sue scorrerie e imprese malefiche, corrompendo la coscienza dei «puri».

SECONDA PARTE
BALENA A PRUA!

1

Il capitano Julio Albarrán si svegliò di malumore dal suo riposo forzato dietro gli isolotti dell'arcipelago di Melchior. Un vivido sogno lo aveva portato per qualche istante a migliaia di miglia di distanza; ma la cruda realtà lo costringeva a riaffacciarsi tra quei dirupi di roccia e ghiaccio in mezzo al mare di Bellingshausen, il più tempestoso tra quelli che bagnano il circolo polare antartico. Più che isole, quelli erano veri e propri iceberg che si innalzavano sui picchi di qualche cratere emerso dalle profondità oceaniche.

Quelle moli di roccia e ghiaccio si confondevano tra loro, lasciando all'interno una riparata baia la cui superficie si sollevava appena, come la respirazione di un petto, quando le ondate della tempesta penetravano dagli stretti canali convertiti in vene gonfie d'acqua. La Leviatán, una baleniera con dodici uomini d'equipaggio più il capitano, dondolava dolcemente tra quelle onde come se si trovasse su un lago, mentre a qualche centinaio di metri la burrasca ruggiva flagellando il cerchio di isole.

Restava alla fonda con una sola ancora, pronta a levarla al momento opportuno che però non arrivava da oltre un giorno e una notte. A un certo punto la furia si era leggermente attenuata, ma uscendo in mare aperto, un'altra tempesta prodotta da quella fabbrica di burrasche che è l'Antartide si era scatenata così improvvisa e violenta che la piccola baleniera aveva dovuto correre nuovamente al riparo come un cane bastonato. I tredici uomini cominciavano ormai a innervosirsi per l'immobilità nel mezzo di quelle bufere a catena; solo Albarrán manteneva la calma, o dava l'impressione di riuscirci, come sempre faceva davanti all'equipaggio. Il giovane pilota Elías Yáñez saliva e scendeva da sottocoperta, dove passava il tempo giocando a carte con i due ingegneri. Ogni tanto sputava fuori una di quelle maledizioni che se si tengono dentro finiscono per avvelenare l'animo di un marinaio, affinché le sentissero di sfuggita il capitano o il nostromo Tomás Bárcena, che aveva appoggiato l'idea del capitano di andare a cacciare balene a ovest delle Shetland del Sud, più facili da raggiungere – secondo lui – restando nelle vicinanze dell'isola Decepción, dove si trovava lo stabilimento della Compagnia Baleniera di Magellano.

Sedendosi sulla brandina, nella cabina che serviva al tempo stesso da sala consultazione mappe, il capitano Albarrán fece battere i tacchi dei suoi grossi stivali da cacciatore di balene come per contrastare il rumore del mare, simile ai passi di un gigante che si avvicina ma non arriva mai. Cercò di ricordare quel piacevole sogno, ma nel rievocarlo le sue parti più gradevoli si smarrivano in un pozzo di oblio e ne riemergevano altre di una realtà vissuta che non armonizzavano affatto con l'atmosfera sognata. Ricordi veri che si mescolavano alle fantasie del sogno, e che gli fecero pensare che non era la stessa cosa ricordare da sveglio ciò che si è vissuto dormendo...

Nella sua lunga vita di cacciatore di balene, seguendo anno dopo anno la corrente di Humboldt che dall'Antartide arriva fino alle isole Galápagos, il cui plancton, nutrito dal limo dei fiumi andini, è il più fertile del pianeta, era andato a letto con molte donne a Guayaquil, Callao, Antofagasta, Valparaíso, eccetera, ma nessuna era paragonabile a quella che sembrava starsene adagiata nel suo sangue, e che riemergeva alla superficie dei suoi sogni come quei delfini che amoreggiano quando il mare è più calmo.

La ricordava quella prima volta su un prato circondato da un bosco accanto a una scogliera. Arrivava come un'apparizione bianca e azzurra, che lo prendeva per mano e insieme passeggiavano costeggiando il dirupo boscoso, finché lei non l'abbandonava svanendo in una bruma profonda quanto i suoi indimenticabili occhi.

Ma adesso, durante il sonno pomeridiano, era venuta a giocherellare con lui come quei due delfini che aveva visto una volta dietro l'isola Tenglo, vicino a Puerto Montt. Uno azzurro e l'altro bianco, saltavano vari metri fuori dall'acqua e ricadevano avvitandosi e lacerando la superficie del mare, liscia come la seta alla luce del mattino.

Al pari di quei due delfini, aveva danzato con la donna del sogno in una casa dalla vita allegra in calle Carampangue, nella città lacustre di Valdivia. Quella strada pavimentata con grosse tavole di larice, e che risuonava come una chitarra al ritmo di una *cueca* ballata dalla coppia illuminata da un fascio di luce che spuntava dalla porta socchiusa. Dall'interno provenivano suoni di arpa, chitarre, tamburellare di mani sui tavoli e grida di incitamento.

Lui era entrato nella casa attraversando il fascio di luce, un po' intimidito, come sempre quando si recava in luoghi del genere nei porti. Due uomini si erano avvicinati portando una grossa damigiana di *chicha* di mele. La damigiana era più grande di loro e l'avevano inclinata perché lui potesse bere. Tentava di farlo mentre il sidro usciva a fiotti; ma non c'era un bicchiere. Aveva dato una boccata al liquido come un cane affamato; ma era riuscito soltanto ad aspirare una spuma bianca, cotonosa, che lo soffocava. I due uomini ridevano della sua disperazione... E inclinavano il recipiente gorgogliante come per dirgli: «Bevi, bevi se ci riesci». Ridevano a bocca aperta burlandosi della sua sete. Allora una donna che se ne stava in piedi tra l'arpa e le chitarre si era avvicinata impietosita, invitandolo a ballare. Al di là del fascio di luce, simile a quello di un faro, si sentiva una musica lontana. Era il valzer *Angela mía*, che aveva ascoltato con sua madre dalla poppa di un veliero il giorno della sua partenza. Il veliero era diretto in Australia, e il suo patrigno lo aveva portato fuori dal porto di Ancud con il rimorchiatore fino in mare aperto. Le due imbarcazioni si erano separate. Aveva visto piangere sua madre di nascosto, senza capire perché.

Era scivolato attraverso il fascio di luce assieme alla donna, verso quella musica lontana. Camminavano per le strade di Valdivia lastricate di tavole, felici; poi... oh! danzavano sul fiume. Lui la guardava dall'alto in basso e per la prima volta si era reso conto che non aveva i piedi, ma le pinne; le sue gambe erano piccole e sottili pinne simili alla coda di una balena. E lui non riusciva a seguirla con i suoi grossi stivali da cacciatore che tentava di togliersi strofinandoli uno contro l'altro, come aveva fatto nel naufragio della Pinto. Ma, nonostante tutto, l'accompagnava nella danza, pur se goffamente.

Le dolci colline che si affacciavano sul fiume erano ricoperte di meli fioriti. Scivolavano in un abbraccio nuziale, gioioso, lungo le acque, fino a raggiungere la foce, dove le grandi onde del Pacifico si infrangevano producendo un suono di gigantesche corde di contrabbasso. Ma non erano onde, bensì balene azzurre, i cui dorsi si allineavano su due file offrendo loro il passo, mentre i potenti getti d'acqua si innalzavano fino al cielo.

Ma non poteva, non riusciva a seguire la danza della bella donna nuda, con il corpo bianco come la madreperla sul dorso di una balena pilota. Gli stivali si riempivano d'acqua. Affondava, mentre la donna cercava di staccarsi dalle sue braccia. Tentò di dare una bracciata per raggiungere a nuoto la donna; ma questa era fuggita nella bruma azzurrina.

Al risveglio, si ritrovò con le coltri avvinghiate alle gambe, strette sul ventre. Con rabbia, le aveva scaraventate fuori dalla branda. Sul pavimento della cabina le coperte erano rimaste a formare una sorta di grigia onda asciutta.

Arrivando a questo punto dei suoi ricordi, rise di se stesso. Un sapore di grasso, che odorava di pesce, gli risalì dallo stomaco alla bocca, e si ricordò del pinguino *adelíe* che si era mangiato intero all'ora di pranzo.

Rammentò che al mattino era sceso con alcuni uomini dell'equipaggio sulla piattaforma di ghiaccio che pullulava di pinguini *adelíe*. Questi, che non conoscevano l'uomo, si erano avvicinati agitando i becchi rossi e guardandoli con quegli occhi vivaci circondati dal caratteristico orlo giallo. Sembravano scolaretti in vacanza. Dopo aver abbattuto i primi a colpi di remi, vedendoli così ingenui, avevano preso a ucciderli a calci, mettendo insieme una buona provvista per la nave. Una volta a bordo, Fabián, il cuciniere, ne aveva arrostito uno intero, che lui si era mangiato quasi fosse un'ottima anatra arrosto, desideroso com'era di carne fresca che non fosse filetto di balena o lombo di foca «granchiaiola», l'unica commestibile nell'Antartide.

Poi si era sdraiato sulla branda aspettando di digerire, addormentandosi all'ululare del vento contro le sartie agganciate al tetto della cabina. Ogni tanto il vento portava il gracidare dei pinguini in lontananza, quasi chiamassero il loro simile pesantemente affondato nel ventre del capitano. Qualcosa si era mosso nella sua coscienza, immaginando i pinguini come una piccola umanità perduta tra i ghiacci, e forse anche per questo la sua coscienza si era librata fugacemente a migliaia di miglia di distanza, verso regioni più accoglienti di quegli inospitali ghiacci polari.

Rise malinconicamente. Era tutta colpa del pinguino. E della burrasca che ruggiva fuori. E del vento che faceva vibrare gli stragli in filo d'acciaio come fossero le corde di una chitarra, e ululava, come un sordo organo spettrale, nell'ampia bocca della ciminiera che rimaneva dietro la cabina.

Tese l'orecchio per misurare la forza del suo eterno nemico. Questo, a volte, sembrava acquietarsi; ma poi tornava con raffiche violente, quasi volesse strappare in un colpo la Leviatán dal suo rifugio tra gli isolotti di Melchior.

Infilandosi la giubba di cuoio foderata di lana, il capitano Albarrán scese nella latrina che divideva con gli ufficiali di coperta e di macchina. Qualcuno aveva disegnato sulla vernice bianca una donna nuda, e forse un altro, con la punta della sigaretta accesa, le aveva marcato il sesso. Dalla fessura nella vernice deteriorata spuntava il ferro arrugginito, come un piccolo occhio opaco e triste.

Dopo due giorni e altrettante notti di tempesta, l'alba del terzo portò quella pace cristallina, che segue a una serie di tormente antartiche, formatesi in quella zona, ma che raggiungono la massima intensità quando attraversano il canale di Drake e spazzano le steppe della Terra del Fuoco e della Patagonia.

Ma il capitano aveva ordinato di mantenere al minimo il fuoco per risparmiare carbone, e la pressione delle caldaie stava salendo lentamente rendendo impossibile uscire subito in mare aperto. Per questo erano tutti di malumore, preoccupati che potesse arrivare una nuova serie di tempeste.

«Il vecchio è mezzo rimbambito!» disse uno dei marinai più anziani, guardando di traverso il ponte di comando.

Albarrán veniva chiamato di nascosto «il vecchio», e a poco più di cinquant'anni aveva già la barba bianca. Tuttavia, lo amavano come un padre o un dio a bordo, poiché oltre al salario ogni uomo dell'equipaggio riceveva una percentuale sul valore delle balene catturate. La *mascada*, come dicevano loro, andava dai venti pesos per il capitano ai due pesos per il cuciniere, su ogni animale consegnato allo stabilimento sull'isola Decepción. Ecco perché erano di malumore; i sacrifici imposti dall'andare a caccia di balene in Antartide potevano essere ricompensati solo con un buon guadagno, e questo proveniva esclusivamente dalle balene, e, soprattutto, dal fiuto del capitano nell'individuarle e dalla sua mira con l'arpione. Era, dunque, come un padre che dava una *mascada* a tutti i suoi figli ogni volta che lui centrava il bersaglio, e anche un dio, per la sua capacità di intuire la presenza sott'acqua dei branchi di balene azzurre. Lui aveva, per di più, l'intera responsabilità di qualunque cosa accadesse a bordo della baleniera e di cosa potesse succedere a questa nell'immensità del mare. E da tutto questo scaturiva il malumore: due giorni immobili, senza poter cacciare una sola balena, e in più, da quando il tempo si era rimesso, i fuochi erano quasi spenti per risparmiare il carbone della Compagnia. Da ciò il motivo delle occhiate torve verso il ponte. Tutti sapevano che il capitano riceveva una commissione sul risparmio di combustibile e altri materiali in uso sulla nave; dunque da quel carbone risparmiato anche lui si intascava la sua *mascada* assieme al primo macchinista.

«Acque celesti, molto fredde!» esclamò il pilota, scrutando intorno al punto dove era ancorata la baleniera.

«Color verde bottiglia, meno fredde!» gli rispose il capitano.

«E più possibilità di trovare balene», ribatté Yáñez, con un'occhiata di traverso.

«A me nessuno deve insegnare dove trovare le balene.»

«Chissà...»

Entrambi gli uomini conoscevano il mare tanto da riuscire a interpretarlo al primo sguardo. Entrambi credevano di conoscersi, anche se una volta Albarrán aveva buttato lì una frase che era rimasta impressa al giovane Yáñez: «Non si arriva mai a conoscere del tutto un uomo», gli aveva detto.

Elías Yáñez era dello stesso paese del capitano, Ancud, la pittoresca capitale dell'arcipelago di Chiloé. L'unico e bellissimo mare interno che vi sia nella lunga costa occidentale del Sudamerica. Il pilota era sui trent'anni, e la sua corporatura, più minuta, asciutta e nervosa, contrastava con quella del corpulento capitano, che aveva spalle più larghe, un collo taurino e due manone che sembravano fatte per annodare cavi d'acciaio. Una peluria nera e ispida gli ricopriva il collo e il volto; sulla faccia paffuta del capitano, invece, i peli diventavano radi sulle guance, e quelli bianchi gli davano un aspetto da foca appena sbucata tra i ghiacci. Uno sembrava un elefante marino e l'altro un leopardo di mare, un tricheco forte e pesante il primo, astuto e agile il secondo. Entrambi usavano l'arpione; ma da quella volta che al pilota e al secondo di bordo era sfuggita una balena alfaguara a trenta metri dalla prua, l'equipaggio aveva chiesto ad Albarrán di non abbandonare più il cannone arpioniere. Questi aveva approfittato dell'occasione per consolidare il suo prestigio di miglior capitano arpioniere della flotta di cinque baleniere dell'isola Decepción, nonostante avesse oltrepassato la soglia dei cinquant'anni.

Tuttavia, in quell'ultima stagione di caccia gli era accaduto un fatto che conservava come un inquietante segreto nel profondo del cuore: gli cominciava a pulsare l'occhio ogni volta che prendeva la mira sulla linea di puntamento del cannone, inquadrando la sfuggente porzione di dorso nero del cetaceo che affiorava tra le onde con un movimento rotatorio. Gli pulsava e lacrimava, e più di una volta aveva colpito il bersaglio solo grazie al grande istinto di cacciatore e non per la precisione della sua mira. In una occasione aveva puntato con l'occhio sinistro anziché con il destro, senza che nessuno, per fortuna, se ne rendesse conto. Dopo aver cacciato dieci o quindici balene durante la lunga giornata antartica, aveva sentito un intenso dolore alla testa, che gli opprimeva il lato destro fino all'orecchio. Tutto questo lo faceva tremare al pensiero di dover consegnare il cannone al suo secondo o a qualcun altro. La Compagnia esigeva, com'era tradizione, che l'arpioniere fosse il capitano. Non voleva neppure immaginare che quello fosse l'inizio della fine dei suoi trentacinque anni da cacciatore di balene.

C'era anche un altro sintomo che cominciava a preoccuparlo. Diventava sempre più scontroso e non sopportava gli errori di qualcuno dell'equipaggio. E una sorta di idea criminale strisciava come un verme nero nella sua mente quando si trovava di fronte a un incapace o un debole: gli avrebbe torto il collo come a una gallina per poi buttarlo a mare come un sacco di spazzatura. Ma non si trattava solo di questo; altre volte aveva paura di trovarsi vicino a un martello o a una sbarra di ferro perché gli faceva venire voglia di assestare una mazzata sulla testa di qualcuno. Tutto questo lo tormentava, e pensava che forse era la conseguenza dell'aver trascorso un'intera vita a uccidere balene. O forse nel fondo di se stesso c'era una sorta di criminale che tentava di nascondersi alla propria coscienza e agli altri ostentando bontà? Non riusciva a trovare una risposta. Pensava occasionalmente a Dio, ma non credeva in lui dai tempi del seminario ad Ancud, quando lo facevano confessare e ricevere la comunione tutti i giorni alle sette del mattino. Poi aveva fatto altre prove rivolgendosi a Dio nei momenti di pericolo o di difficoltà, e siccome non gli aveva risposto, non si era più preoccupato della questione. Poteva esistere o non esistere, per lui contava poco: l'unica cosa che sapeva era che dall'età di quindici anni, quando aveva abbandonato l'internato nel seminario al terzo anno di liceo classico, se l'era dovuta cavare da solo. Ecco perché gli era uscita quella frase dal profondo: «Non si arriva mai a conoscere del tutto un uomo». Dicendolo al suo pilota, si riferiva più che altro a se stesso.

«Lei sta appena cominciando, Yáñez», disse Albarrán al suo pilota dopo aver passeggiato per un po' sul ponte.

«E lei finendo», rispose quello svelto, dal boccaporto aperto a cui stava affacciato.

«Finendo?...» ruggì il capitano. «Vuole venire con me a imparare qualcosa sulle balene?»

«Dove?»

«Laggiù... dietro quell'isolotto!» sentenziò, indicando una collina di ghiaccio e roccia piazzata in mezzo alla baia.

Yáñez lo guardò senza capire se dicesse sul serio o scherzasse. Lo stava forse sfidando a battersi fuori dalla nave? Per un istante gli tornò in mente quello che gli aveva raccontato il capitano dei suoi tempi da pilota. Una volta, il capitano della baleniera lo aveva lasciato a bordo a fare un turno di guardia che non gli spettava, per fargli un dispetto, e intanto quello se n'era andato in porto a divertirsi. Verso la mezzanotte lui l'aveva richiamato con i fischi regolamentari. Il capitano era arrivato e gli aveva chiesto perché lo stesse chiamando con tanta urgenza. «Per suonartele», aveva risposto, e gli si era gettato addosso prendendolo a pugni. Poi aveva lasciato la nave. Adesso, in quei luoghi solitari, non era possibile sbarcare e andarsene sui moli e in città. Se si fossero presi a pugni, avrebbero dovuto affrontarsi per l'eternità di quella lunga stagione di caccia. Per caso non stava diventando un po' pazzo, il suo capitano? Ultimamente aveva notato in lui certi strani atteggiamenti, e la sua scontrosità si era aggravata quasi quanto gli attacchi d'ira di Fabián, il cuciniere, un altro che faceva rizzare i peli agli uomini a bordo.

«Cosa andiamo a fare noi due laggiù?» chiese il pilota, con la calma virile di uno che non teme la sfida di nessuno.

«Lo vedrà... se ha il coraggio di seguirmi», rispose il capitano con un tono ambiguo.

«Perché no? Andiamoci pure!»

Quando la scialuppa con i quattro rematori e il pilota come passeggero stava ormai bordeggiando l'isolotto, il capitano, che era al timone, fece fermare i remi e, sfruttando la spinta, avvicinò la barca a una specie di insenatura che si apriva tra il ghiaccio e la roccia.

«Lì legavamo le balene con strisce di tela!» esclamò, indicando un ferro arrugginito incastrato e cementato nella fessura di una roccia.

Era un binario di ferrovia con un foro per far passare una corda a un'estremità; ma quel ferro modellato dalla mano dell'uomo per altri fini, messo lì, in quel luogo desolato ed esposto alle intemperie, in mezzo al mare sicuramente più solitario del pianeta, costituiva una drammatica traccia dell'insolita presenza umana.

«Anziché lavorare con le balene appese alla fiancata della nave, venivamo a farlo qui, al riparo dai temporali.»

«Guardate là sotto!» gridò uno dei marinai, sporgendo la testa fuori bordo.

Tutti guardarono sul fondo marino, e poco a poco ai loro occhi stupefatti apparve uno spettacolo fantastico e macabro: cento, forse mille grandi scheletri bianchi giacevano sparsi sul fondale. Un'altra traccia del passaggio di esseri umani in quella zona deserta. Erano gli innumerevoli cetacei smembrati sul ciglio di una roccia, su quel binario sporgente per legarci la cima di una corda.

I grandi crani assomigliavano a carri romani rovesciati su quelle sponde dopo una catastrofica cavalcata. Benché sconnesse, le vertebre formavano ancora la lunga struttura degli enormi cetacei, ripuliti sul bordo dell'isolotto come se fossero banane. Soltanto le costole erano sparpagliate ovunque, come una flotta di navi spettrali sfasciatesi dopo un naufragio.

C'era qualcosa di inquietante in quell'orrendo ossario. Le acque antartiche, molto trasparenti e limpide, nel loro movimento ondulatorio facevano muovere anche quelle ossa come se riprendessero vita. Di un biancore accecante, i riflessi si mescolavano al celeste delle onde e tutto il branco, in un ondeggiare macabro, sembrava tentare di salire in superficie. Scomparsa la carne da quei mostri, chissà da quanti anni, le ossa calcinate avevano acquisito un'espressione di purezza quasi si trovassero lì per testimoniare qualcosa. Era come se il tempo chiedesse qualcosa all'acqua; come se il più grande mammifero prodotto dal pianeta in tutti i tempi, domandasse all'altro mammifero perché aveva curvato le tavole imitando le sue costole, per poi lanciarsi in mare al suo inseguimento come la più feroce delle belve. Perché nel suo passato remoto la balena era stata anch'essa un mammifero terrestre che, perseguitato da altre fiere, aveva cercato la via del mare per salvarsi. Non lo dimostravano forse i suoi organi così simili a quelli dell'uomo che persino le mani e i piedi conservavano ancora tracce di falangi avvolte nei guanti di grasso delle pinne? Non doveva forse tornare a terra, la sua patria d'origine, quando si sentiva inferma o prossima a morire per la vecchiaia? Il mare era la sua seconda patria, per lui aveva persino adattato un organo misterioso che trasformava l'acqua salata in dolce per poter bere come faceva un tempo sulla terra. Ma l'altro piccolo mammifero aveva invertito l'ordine della natura piegandolo ai suoi disegni. E come un parassita, arrivava per piantargli un pungiglione sul dorso. Tutte queste domande sembravano sorgere dalle ondulazioni delle bianche ossa ripulite, mentre risalendo nella trasparenza di quelle acque la remota risacca lambiva dolcemente le fiancate della scialuppa baleniera. Sì, era il tempo che interrogava l'acqua, essendo impotente quando si trattava di quelle coscienze che galleggiavano sulle quattro tavole ricurve!

In quel momento uno stormo bluastro planò sulla barca e andò a posarsi a ventaglio sull'insenatura dell'isolotto. Gli uomini della scialuppa alzarono per qualche istante gli occhi al cielo per seguire il volo di quegli uccelli blu. Erano *petreles Wilson*, uccelli delle tempeste, un po' più grandi delle rondini di mare e con lo stesso piumaggio. Si sostenevano sull'acqua con le loro membrane natatorie e con la vibrazione di un rapido battere d'ali. Sembrava un miracolo vedere quei piccoli volatili sull'acqua intenti a beccare il pulviscolo di plancton, come un'ombra vivace della vita in quei paraggi.

«I baschi sono stati i primi a cacciare le balene su imbarcazioni», disse il capitano, rivolto ai quattro rematori, ma guardando con la coda dell'occhio Yáñez, e continuò a sciorinare opinioni e insegnamenti irrefutabili, come un professore davanti ai suoi piccoli alunni: «Ma, all'inizio, cacciavano solo le balene ammalate che andavano ad arenarsi sulle spiagge. Poi hanno cominciato a cibarsi della loro carne e a usare il grasso per le lampade, e così si sono lanciati sul mare con le loro barche. La parola arpione viene dal basco *arpoi*. Arrivarono a cacciare le balene fino in Terranova, in Scandinavia, dove lo insegnarono anche ai norvegesi. E quando questi impararono a farlo, li scacciarono con la forza. Come avremmo fatto anche noi, del resto. Poi fu la volta di inglesi e olandesi. E anche loro si battevano per conquistare le zone di pesca. Gli uomini hanno sempre lottato come cani per il cibo. Le navi da guerra scortavano le baleniere, e, come sempre, il più grande o il più furbo si mangiava il più piccolo. Il mare in cui ci troviamo adesso è stato scoperto da un certo Bellingshausen; dicono fosse un esploratore russo, ma secondo me andava dietro alle balene... In un libro sulle sue esplorazioni ho letto che quel piccolo pinguino che abbiamo mangiato ieri si chiama *Adélie*, un nome che gli ha messo quel russo, ed era il nome di sua moglie, una francese... Chissà come doveva essere, per paragonarla a quel pinguino!» e il capitano fece una strana risata, ricordando il sogno provocato dal pinguino ingurgitato, e i suoi uomini risero, come un'eco, senza sapere perché, tranne il pilota Yáñez, che manteneva un'espressione annoiata.

«Dicono che anche i giapponesi anticamente cacciavano saltando nudi in groppa alle balene. Oppure gettavano davanti all'animale arpionato una rete con dei barili per galleggianti, la balena ci restava impigliata ed era fottuta. La finivano sul posto e poi la smembravano sulla spiaggia, e ognuno si portava via la sua porzione di carne e di grasso. È sempre stato lo stesso; adesso anche noi ci prendiamo la nostra parte, ma in denaro. Certo la Compagnia si prende quasi tutta la balena... ma è lei che mette le navi, il carbone, le attrezzature e i viveri...»

«Quali viveri!» brontolò uno. «Anche quelli li tiriamo fuori dalla balena!»

«Però in fin dei conti tutti mangiamo qualcosa», disse filosoficamente il capitano, e riprese con entusiasmo il suo discorso: «Io sono stato qui quando avevo sedici anni, sulla Justina, una baleniera attrezzata da brigantino da una certa signora Toro, di Talcahuano, vedova di un danese che le aveva lasciato la nave. Quella donna era più accanita di un uomo nel comandarci durante la caccia alle balene... Chissà cosa ne sarà stato della Justina...» esclamò con nostalgia. «Era verniciata di nero, con portelloni bianchi sulle murate per simulare delle batterie. Tre alberi, trinchetto e maestro con vele quadre, e dietro, sull'albero di mezzana, una vela triangolare. Quando avvistavamo le balene partivamo su quattro scialuppe e ognuna puntava su un cetaceo. L'arpioniere doveva essere davvero in gamba per fare centro al primo colpo. Il pilota bloccava la sagola con un piede appoggiato al barile su cui era arrotolata a poppa, e poi si scambiava di posto con l'arpioniere per finire la preda. Tutti dovevano essere molto svelti... A quei tempi per i fannulloni non c'era posto a bordo, bastava che uno della scialuppa commettesse un errore e la sagola si intrecciava, e la balena tirava tutti sott'acqua... E se si trattava di un capodoglio, finivano tra i suoi denti a rimpiazzare i polipi che quegli animali mangiano di solito... Allora la balena azzurra quasi non si cacciava e ancor meno la *finback*, la più tremenda; fila a venti nodi all'ora... Dopo averle arpionate, si trascinavano su un fianco del veliero, sempre a tribordo, si appendevano per il dorso usando delle strisce di tela. Poi si squartavano sul bordo della nave. I pezzi di carne e grasso venivano issati in coperta con i canestri di ferro e messi su grandi catini di metallo appoggiati sopra fornelli di mattoni. Il fuoco era alimentato con pezzi di cotenna di balena a cui era stato tolto il grasso, perché la poca legna che avevamo si teneva da parte come fosse oro per accendere la prima fiamma. Gli uomini di una volta non erano come quelli di adesso. Dovevano essere molto svelti nel lavoro di squartamento, standosene sul dorso della balena legata a una fiancata della nave, senza cadere in acqua, e quelli addetti al fuoco e ai padelloni dovevano sciogliere il grasso senza incendiare la nave. Quei vascelli andavano e venivano lungo la corrente di Humboldt dall'Antartide fino alle isole Galápagos. Una volta sono stato da quelle parti anche con la vecchia Tinto, un brigantino di José Maritano, pure lui di Talcahuano. Laggiù c'è qualcosa di simile a questo pezzo di binario, che dimostra quanto siano ingegnosi i balenieri. Si trova in un posto di ancoraggio chiamato Post Office Bay, nell'isola Floriana. È un barile in cui tutti i balenieri di passaggio lasciano le loro lettere affinché vengano raccolte dalle navi dirette nei luoghi segnati sulle buste... Trascorrevano mesi e mesi seguendo la scia delle balene senza ricevere notizie da terra. Poi un norvegese ha inventato il cannone arpioniere e tutto questo è finito. Ma in Cile il cannone si è cominciato a usare dal 1910 in avanti, cioè solo da dieci anni. Il mio patrigno è stato il primo a usarlo sulla Yelcho, una baleniera della Compagnia Baleniera di Corral, che più tardi è stata comprata dalla Marina Militare e ha tratto in salvo l'esploratore Shackleton, che si era spinto in quella zona senza riuscire a tornare indietro. Aveva al comando il pilota Pardo. Quella compagnia aveva la base a Punta Calvario, a sud di Corral. Là era davvero un calvario; come lo è adesso Decepción per quelli che se la passano a squartare a terra. È lì che sono diventato cacciatore di balene. M'imbarcai perché il mio patrigno mi aveva insegnato a reggere il timone; così non ho cominciato pelando patate, come quasi tutti... E non mi sono più liberato da questa fregatura... Non sono rimasto a terra che il tempo necessario per sperperare tutto il guadagnato sfogando quello che accumulavo dentro... Altri tengono da parte i soldi per farsi una casa, cercarsi una donna e mettere al mondo figli... Io, niente, come quei vecchi capodogli che rimangono a marcire tra i ghiacci... Sono stato un donnaiolo fino a stancarmene, e anche per questo non mi sono voluto sistemare... Credo sia naturale che una donna lasciata da sola a terra per tanto tempo finisca per mettersi con un altro uomo. Altrimenti, fa la muffa.»

Un fischio stridente mise fine alle dissertazioni del capitano. Era il segnale dell'ingegnere di bordo che annunciava di aver raggiunto la pressione necessaria a salpare. I marinai infilarono i remi negli scalmi. Albarrán diede l'ordine di tornare, spingendo da poppa con il grosso remo che fungeva da timone. Sotto l'acqua, alla prima vogata dei quattro rematori, i fantasmi del cimitero sottomarino ripresero a fluttuare.

2

La Leviatán navigava alla velocità ridotta di sette miglia orarie per risparmiare combustibile, a sud dell'isola di Nieve in rotta per Decepción. All'andatura da caccia le sue macchine potevano fornire il doppio della potenza; ma proseguiva così perché non aveva ancora avvistato una sola balena. Sul ponte c'erano soltanto Yáñez e il timoniere. Il primo se ne stava appoggiato con i gomiti al boccaporto, che aveva aperto per poter osservare meglio il mare, freddo e grigiastro come il cielo, ma con un chiarore rilucente che permetteva di scorgere ogni dettaglio. Era la luce australe, insinuatasi tra mare e cielo come tra due specchi opachi, che si estendeva verso l'orizzonte.

A Yáñez piaceva navigare in quel modo. Dal ponte sentiva le vibrazioni della baleniera quasi fosse una vigorosa balena di ferro che attraversava il mare. Piegando il corpo in avanti, sembrava aiutare la nave cacciatrice a prendere velocità, come se lui fosse una prua più sottile o una polena i cui occhi scrutavano attraverso i fori delle ancore. Il suo sguardo scivolava a ventaglio su quegli orizzonti. A volte il mare diventava scuro come un campo arato, solcato da piccole onde in perenne agitazione, e gli occhi si puntavano sul minimo movimento più scuro. Le folte sopracciglia cominciavano a palpitare credendo di distinguere il dorso di una balena; invece niente, era solo un riverbero nero nel vuoto tra due onde. All'improvviso il mare si popolò di innumerevoli punti bianchi, come se qualcuno giocasse sott'acqua spargendo manciate di rose. Si trattava di un branco di pinguini che giocherellavano saltando sulla superficie al pari di piccoli delfini. A distanza, sembravano spilli che perforavano il lenzuolo marino.

Distrattosi, guardò verso il marinaio di guardia sulla coffa. La vedetta percepì lo sguardo del suo pilota, e gli fece un cenno svogliato con la mano, riferendosi ai pinguini.

«Metta la prua verso la punta di quell'isola», disse Yáñez, indicando una sorta di costone di ghiaccio che interrompeva la linea grigia dell'orizzonte.

Il timoniere eseguì subito la manovra.

«Avanti così!» esclamò constatando che la prua seguiva la rotta indicata.

«Avanti così!» ripeté il timoniere.

Per un po', la baleniera continuò a lasciarsi dietro una scia rettilinea. Di solito navigavano zigzagando, come affidandosi al caso, per coprire la maggior area possibile sulla superficie marina. Seguendo una rotta fissa, lo sguardo di Yáñez rimase immobile, verso l'orizzonte, pervaso da uno scoramento rabbioso. Cosa stava succedendo? Avevano la malasorte appiccicata addosso?

«Non si arrabbi, pilota, siamo in tredici a bordo...» disse il timoniere Barría, un tipo superstizioso che veniva dall'isola Lemuy, passato sulla baleniera dopo aver fatto il cacciatore di foche e lontre.

«Tredici...?» si chiese incredulo il pilota, anche se come secondo a bordo sapeva meglio di chiunque altro il numero dei membri dell'equipaggio.

«Fabián sostiene che la malasorte è dovuta a questo.»

«Malasorte... scemenze! Quello che vuole Fabián è un mozzo di cucina. Me l'ha già chiesto varie volte.»

«E perché non glielo danno?»

«Ne ha già avuti tre, e tutti hanno chiesto di fare qualsiasi lavoro pur di non restare con lui.»

«Ha un brutto carattere, il vecchio.»

«Mantenga la rotta», ordinò Yáñez, tornando a fissare lo sguardo sull'isola di Nieve, simile a una fine balena bianca adagiata sull'orizzonte. Poi si appoggiò con i gomiti al boccaporto, sempre scrutando il mare da babordo a tribordo. La sua mente non si lasciava distrarre da alcun pensiero che non fosse il fine che teneva all'erta tutti i suoi sensi di cacciatore.

E i sensi vibrarono quando echeggiò dalla coffa il grido:

«Balena a prua!»

La voce del marinaio di vedetta risuonò, mentre sporgeva la faccia verso il ponte di comando tenendo la mano sulla bocca a mo' di megafono.

«Balena a prua!» urlò a sua volta il pilota, muovendo contemporaneamente la leva dello *stand-by*, il telegrafo a campanella che comunicava alle macchine, e il cui ago si fermò sulla scritta «a tutta forza».

Il grido tradizionale venne raccolto dal nostromo Bárcena, che stava arrotolando una corda ai piedi dell'argano, e continuò a passare di bocca in bocca dalla chiglia al castello e da prua a poppa. Persino la nave sembrò raccogliere quel grido secolare, perché le sue macchine si mossero facendola vibrare e le due eliche la spinsero fino a raggiungere quattordici miglia orarie, la velocità massima. La sottile e alta prua della Leviatán solcava le onde aprendole a ventaglio, e dietro, sotto la poppa, sbocciavano immense rose di spuma.

In un attimo tutti gli uomini dell'equipaggio si trovavano ai loro posti. Il nostromo controllava sul castello di prua la sagola legata all'arpione, e la corda di fibra spessa sette pollici, che saliva fino alla crocetta dell'albero di trinchetto, passava da un paranco e ricadeva verticale nella stiva di prua, dove le sue centinaia di metri si arrotolavano attorno a un immenso rocchetto che un perno ben oliato faceva scorrere rapidamente. Il secondo ingegnere abbassò le leve dell'argano sulla coperta di prua, facendo cigolare cavi e ingranaggi con la fuoriuscita del vapore che lo azionava.

Il capitano Albarrán uscì di corsa dalla cabina, ma poi, quando prese un grembiule nero di tela cerata dal ponte di comando, che una volta legato al collo e alla cintola lo rese simile a un qualsiasi squartatore di macelleria, i suoi gesti divennero pacati . Quando questi fu al suo posto sul ponte di comando, il pilota Yáñez si spostò di corsa all'albero di trinchetto e si arrampicò con l'agilità di un gatto fino alla coffa, dove rimpiazzò il marinaio di vedetta, che scese a occupare un altro posto alle manovre.

Tutti sembravano calmi, ma dentro era come se stessero camminando sui carboni ardenti. C'è un istinto da cacciatore che si risveglia stranamente in ogni uomo a bordo di una baleniera. Tale istinto ha la sua sublimazione nel capitano arpioniere; continua nei piloti e si trasmette al nostromo e agli uomini in coperta per arrivare fino alla tranquillità meccanica degli ingegneri, e persino il cuciniere, a cui spetta tagliare ritualmente le pinne caudali e appendere la coda della balena, sente di partecipare alla caccia in prima persona.

Non è solo il compenso della *mascada* a produrre quello stato di eccitazione, perché la febbre nasce dal cervello, dal cuore e dallo stomaco di ogni baleniere. Di tredici uomini i cui destini si legano stretti all'interno di una nave baleniera, per formare quell'unico cervello, quell'unico cuore duro e coraggioso, quell'unica macchina di precisione che diventa una nave da caccia quando echeggia il grido: «Balena a prua!»

Il cacciatore ama la balena o la odia, mentre l'insegue e la uccide? Non si svelerà mai il mistero del cuore umano! È soltanto la paga che lo spinge ad affrontare quella vita dura e rischiosa? Perché non si accontenta di lavorare in un allevamento o in un mattatoio abbattendo agnelli, maiali o buoi? I cacciatori di balene disprezzano quelli che lavorano a terra, che siano squartatori o raccoglitori di grasso. Considerano il lavoro a terra come una volgare macelleria e cucina, che non avrebbe ragione d'essere se non fosse per l'audacia di quelli che stanno a bordo.

Ma deve esserci qualcosa di più nell'inspiegabile inquietudine che produce la caccia alla balena: l'uomo, nell'universo, si trova tra l'infinitamente piccolo e l'infinitamente grande. È un mammifero medio, mentre la balena è il più grande conosciuto sul pianeta; forse anche per questo la terra è diventata troppo piccola per lei, e ha cercato la vastità del mare, che occupa i tre quarti del globo terracqueo. E all'uomo piace fare queste cose, dal piantare uno spillo in una farfalla all'arpionare una balena.

Yáñez, sulla coffa, era un fascio di nervi tesi, saldamente legati alla testa che si manteneva fredda. Non scrutava più l'orizzonte, perché le balene si erano immerse, e il cacciatore si stava avvicinando al punto in cui avevano avvistato gli spruzzi di vapore provocati dal respiro caldo, che poi si condensa in una pioggia fine come quella di un sottile getto di fontana capace di arrivare fino a quindici metri. Adesso il pilota, più che la superficie, spiava le profondità avvistabili dalla coffa mano a mano che la baleniera avanzava a tutta velocità. I suoi occhi da gatto in agguato erano allenati a percepire l'ombra fugace che poteva emergere dagli abissi marini.

A un tratto, alzò una mano in direzione della mura di tribordo. Albarrán, attento al gesto di quella mano, ordinò:

«Virata leggera a tribordo».

Forse non era neppure necessario, visto che anche il timoniere stava attento alla mano del pilota.

«Virata leggera a tribordo», ripeté l'ordine in un sussurro, girando la ruota del timone.

La balena azzurra e la *finback* sono quelle che resistono di più sott'acqua senza respirare. In certi casi anche il doppio di un capodoglio, che può restarci solo una ventina di minuti.

A bordo della baleniera si sentiva soltanto il ronzio delle macchine. Quando niente la inquieta, la balena è solita procedere a una velocità di sei miglia; ma se intuisce il pericolo raddoppia e triplica tale velocità, soprattutto quella azzurra, che è la più grande e rapida. Possiede un udito finissimo; gli occhi, di un color marrone scuro con riflessi bluastri, come quelli di un cavallo baio, sono invece molto piccoli rispetto alla sua taglia; situati ai lati della testa, dietro le commissure dell'enorme bocca, possono vedere solo di lato e non ciò che hanno di fronte. Per giunta, sono abituati alle profondità, e una volta in superficie il cristallino concentra troppo i raggi luminosi, costringendola a chiudere le palpebre.

Sporgendo metà del corpo dal parapetto della coffa, il pilota fece un altro segnale al capitano. Questi avvicinò la bocca all'orecchio del timoniere, e la Leviatán cominciò a virare rapidamente dalla parte opposta, a babordo. A un altro segnale dalla coffa, abbassò la leva del telegrafo e il rumore delle macchine si spense. Al tempo stesso, lasciò il ponte di comando e scese velocemente, nonostante la sua mole, lungo la passerella che collegava il ponte al castello di prua, dove due marinai avevano già caricato silenziosamente il cannone. Afferrando la culatta dell'arma, il capitano subì una trasfigurazione. Tutto l'equipaggio aveva puntato gli occhi su di lui, e insieme agli occhi i loro cuori palpitanti, tutte le loro speranze. L'uomo incurvò il corpo massiccio chinandosi sul sistema di puntamento e fece un movimento circolare quasi a voler spazzare i dintorni con la bocca del cannone. Poi lo mosse verticalmente, come se cercasse qualcosa sotto l'acqua. Guardò verso la coffa, dove una mano si agitava con la maestosità dell'ala di un gabbiano. C'era una coordinazione perfetta tra capitano, pilota e timoniere. La coffa orientava l'arpioniere e questi, a sua volta, con una mano o con lo stesso movimento del cannone, impartiva ordini al timone. Il capitano non era più un uomo, ma un felino, una tigre o una volpe avvinghiata al cannone. I suoi cenni con il capo erano rapidi, secchi, ora verso la coffa, ora verso il mare, come se lo stesse misurando a tratti, di pollice in pollice.

All'improvviso si udì un sibilo dalla mura di babordo; poi, altri due o tre, più potenti, e quattro dorsi scuri, dai riflessi violacei, solcarono le acque come affilate colline nere. I soffi innalzarono i caratteristici getti di acqua che ricaddero come grandi felci e una coda dalle enormi pinne, che sembravano abbracciare l'orizzonte, si immerse nel mare con un guizzo giocoso.

Albarrán non tentò neppure di sparare. Le quattro balene

erano emerse a circa settanta metri dalla nave, e la precisione di tiro era garantita solo sino a cinquanta.

«Macchine a tutta forza!» lo si sentì urlare fuori di sé.

L'uomo al timone ripeté l'ordine alle macchine, stavolta attraverso il megafono di bronzo accanto al telegrafo.

La Leviatán tornò a vibrare sotto la spinta delle sue macchine; come un destriero brioso riprese l'impulso e la prua cominciò a tracciare un solco più profondo nelle acque. Di lì a poco risuonarono nuovamente gli ordini di «mezza forza», «adagio» e «macchine ferme». La tensione, che aveva concesso un respiro, tornò a salire lungo il trinchetto, trasmettendosi al cannone e al timoniere. Soltanto l'ingegnere rimaneva imperturbabile accanto al suo argano, e così anche il cuciniere, affacciato alla porta del suo alloggio con una padella in mano.

Di colpo, tutti si tesero allo spasimo, udendo la secca detonazione, e una nube di cordite avvolse il capitano e il cannone, come un dio sul suo trono installato nel castello di prua.

Dal paranco sull'albero di trinchetto, collegato a un altro piantato in coperta, cominciarono a scorrere vertiginosamente la sagola e la cima, che scomparivano in mare da prua alla stessa velocità.

«Macchine a tutta forza, perdio!» ruggì il capitano.

La baleniera si lanciò un'altra volta a tutta velocità, mentre i rocchetti continuavano a srotolare la corda che saliva fino al paranco sul trinchetto, piegato come una canna da pesca, e da lì direttamente nelle profondità del mare, dove la balena ferita tirava con forza nella sua fuga disperata. Cinquecento, mille, millecinquecento metri della spessa corda di fibra scorrevano facendo fischiare i paranchi.

Poco dopo, un fiotto di schiuma sanguinolenta affiorò in lontananza davanti alla prua della Leviatán; due pinne caudali vi si agitarono in mezzo, e tornarono a immergersi per poi riemergere ancora, e così per tre o quattro volte...

I paranchi vibrano, la sagola si tende come una corda elastica. Sono le molle degli ammortizzatori sotto coperta, che sostengono l'estremità della cima quando questa si è completamente srotolata e il cetaceo continua a dare strattoni dalle profondità.

Sul plumbeo specchio del mare torna a sbocciare la rosa di schiuma e sangue in lontananza; ma adesso, dai suoi petali rosei e gorgoglianti si leva un corpo nero che compie un guizzo nell'aria e ricade tendendo le pinne caudali aperte come due braccia al cielo, anch'esso grigio, ma luminoso. Una serie di strattoni, sempre più deboli, annunciano l'inizio dell'agonia.

«Recuperare il tirante!» grida il capitano dal castello, e l'impavido ingegnere muove le sue leve con strepito di vapore e ferraglia e l'argano comincia a raccogliere la sagola e la cima che si avvolgono al rocchetto.

Il cacciatore e la preda accorciano le distanze. La balena non è ancora morta, ma, ormai priva delle sue poderose forze, oscilla orizzontalmente come un pendolo, spuntando a tribordo e a babordo della prua, sospesa al tirante. A ogni emersione protende l'enorme muso fuori dall'acqua, spalanca le gigantesche mandibole e tra i fanoni schizzano fiotti di sangue che poco a poco ricoprono il mare di un manto violaceo, mentre echeggia nell'aria una profonda nota d'organo, come se uscisse dalle porte socchiuse di una chiesa.

Tentando ancora di mordere il suo invisibile nemico tra l'aria e il mare, la balena viene tirata fin sotto la prua della nave, dove il capitano infligge il tradizionale colpo di grazia, rito che si svolge fin da quando sulle scialuppe baleniere il capitano prendeva il posto dell'arpioniere. Il tirante ha disposto il corpo della balena moribonda di fianco alle plance che restano sotto la piattaforma della prua, sulla linea di galleggiamento. Due marinai portano sul castello una lancia d'acciaio con un lunghissimo manico di legno. Albarrán l'afferra con entrambe le mani come se stesse per spiccare un grande salto con l'asta dalla prua all'orizzonte marino. I due marinai si ritirano rispettosi, come due officianti del rituale. Tutto l'equipaggio assiste all'ultimo compito del capitano.

Questi alza le braccia e le protende in avanti come se un'onda gli fosse entrata nel petto, e affonda con tutte le sue forze, dall'alto della prua, il ferro che si apre un varco nello strato di grasso, di carne, in cerca dei polmoni e del cuore. Un altro fiotto di sangue sale verso l'alto quasi volesse raggiungere il capitano. Questi prende il fazzoletto e si asciuga il sudore dalla fronte, e alzando la visiera del suo berretto nero e bisunto, si ritira soddisfatto.

L'equipaggio continua il lavoro agli ordini del pilota e del nostromo. Due uomini affondano un'altra lancia tubolare fino alle viscere del cetaceo, e con una pompa per l'aria compressa lo gonfiano come un galleggiante.

La balena, rimorchiata verso poppa per iniettarle l'aria, mostra sul dorso, dalla parte del fianco sinistro e vicino alla testa, un'estremità dell'arpione lungo oltre un metro e mezzo, a forma di forcina e spesso tre pollici, non entrato del tutto. Ma all'altra estremità, la carica avvitata alla punta è esplosa, aprendo la spoletta i cui artigli sono penetrati nella carne dell'animale impedendogli di liberarsene strattonando la sagola. Con l'iniezione d'aria, o anche per questa caratteristica dei pesci che una volta morti si girano con il ventre in alto, l'enorme mole rotea su se stessa mostrando in superficie una grande pancia bianca, di un bianco madreperlaceo e lucente, con striature grigiastre, che si allargano e restringono come il mantice di un'immensa fisarmonica. Questo stomaco elastico serve alla balena per immagazzinare le tonnellate di plancton di cui ha bisogno per alimentarsi, in particolar modo di *Euphausia superba*, un minuscolo crostaceo.

La preda era uno splendido esemplare di balena *finback*, veloce quasi quanto l'azzurra e altrettanto difficile da cacciare. I marinai la legarono a una boa di legno dipinta di bianco con la scritta «Leviatán». Il nostromo Bárcena fu l'ultimo a officiare il rito sul corpo dell'enorme animale: portò una bandiera a quadri neri e gialli su un'asta di legno con la punta di ferro, e la piantò nel bianco ventre, che si contraeva e distendeva come una fisarmonica. Era il gagliardetto del cacciatore.

«Fatto!» esclamò, dirigendosi al ponte dove c'era il pilota.

«Mollare!» ordinò Yáñez, e la mole grigia e bianca rimase a galleggiare sull'acqua, con la sua bandierina di segnalazione, mentre la baleniera ripartiva a tutta forza dietro le altre tre *finback*.

Una mezz'ora più tardi tornò a farsi sentire la voce dalla coffa che gridava:

«Balena a tribordo!»

La caccia alla seconda balena risultò essenzialmente simile a quella precedente; non fu così per la terza, poiché al primo colpo di arpione la granata non esplose all'interno dell'animale, e si dovette compiere una manovra piuttosto difficile: la balena, attaccata al tirante, ma in possesso di tutta la sua vitalità, cominciò a correre parallela alla nave, che fece il possibile per tenere dietro al cetaceo affinché non si staccasse l'arpione. Entrambi, animale e nave, stavano attraversando la vastità marina percorrendo una rotta comune, legati dalla corda di fibra che, tesa dal paranco al cetaceo, formava un'onda che si sfrangiava vicino alla preda. Il cannone venne rapidamente ricaricato con un altro arpione, la cui sagola era attaccata a un tirante che passava per un secondo sistema di paranchi. L'onda si ingrossava mano a mano che la baleniera si avvicinava alla preda. A una trentina di metri, il capitano Albarrán sparò per la seconda volta, colpendo con precisione il dorso della balena. Su queste ultime due balene, invece del gagliardetto venne piantata una luce di segnalazione, e il capitano riprese, come un cane da caccia rabbioso, l'inseguimento della quarta.

Ma la lunga giornata australe di fine gennaio stava giungendo al termine. Un crepuscolo cinereo cominciò a calare e il mare prese a increspasi con riflessi violacei provenienti da ovest. Restava una sola balena *finback* del gruppo di quattro avvistato dal marinaio di vedetta. L'inseguimento assunse toni drammatici non solo a causa della balena, ma anche per l'avvicinarsi della notte. Il pilota Yáñez dirigeva dalla coffa la persecuzione implacabile dell'animale rimasto solo. Albarrán, che aveva preso personalmente il timone, spostava continuamente lo sguardo dal pilota alle acque sempre più increspate e oscure. Il barometro cominciò a scendere e un vento gelido prese a sferzare gli uomini con raffiche ormai vicine al punto di congelamento. Quasi tutti speravano che il capitano abbandonasse l'inseguimento; ma Albarrán, fuori di sé, più la notte si avvicinava e più si ostinava a cercare il solitario cetaceo in mezzo all'immensità del mare. A un tratto, lui stesso avvistò lo spruzzo oltre il parapetto di babordo, e girò il timone in quella direzione. Quando la nave mise la prua verso il punto da cui era provenuto l'*espauto*, come lui chiamava in gergo lo spruzzo causato dalla respirazione, lasciò il timone al marinaio e si precipitò sulla passerella per raggiungere il cannone. Da lì riprese a comunicare a cenni con il pilota.

«Non si vede quasi niente dalla coffa», gli gridò Yáñez.

«Scenda sul ponte e badi a manovrare le macchine», ordinò Albarrán, mentre il vento, sempre più forte, gli scuoteva la tela cerata e il berretto impermeabile legato con un sottogola.

All'improvviso, a circa quaranta metri, apparve un dorso rotante, confuso con la luce violacea del crepuscolo. Il capitano sparò; ma un'ondata colpì l'arpione di piatto proprio nel momento in cui stava per centrare la linea di galleggiamento dell'animale e rimbalzò facendo un *patito*, come dicono i ragazzi quando lanciano un sasso piatto per farlo pattinare sul mare. Ma con il *patito*, l'arpione saltò al di là del dorso senza causare il minimo danno alla balena.

Albarrán ordinò di recuperare velocemente il tirante con l'arpione e ricaricare il cannone con un altro. E continuò, ossessionato fino alla follia, la caccia. L'occhio destro cominciò a lacrimargli quanto quello di un bambino che piange a dirotto. Sentì un dolore alla testa come se un colpo di machete gli avesse aperto il cranio dal centro fino all'orecchio destro. Di scatto, strinse la culatta contro il petto. Scorse qualcosa a prua con l'occhio socchiuso. Fu sul punto di sparare; ma non riuscì a distinguere se fosse il dorso della balena, un'onda più scura o la notte che gli era entrata dall'occhio scendendo fino al cuore. Una balena in più restava per il momento libera lungo i sentieri del mare.

La Leviatán virò in circolo. Recuperò per prima la balena con il gagliardetto, poi quelle con le luci di posizione accese come navi alla deriva, e agganciandole alle fiancate per la coda, si mise in rotta per la base dell'isola Decepción.

Fabián, il cuciniere, fu quello che portò a termine l'ultimo rito; con un coltello norvegese tagliò le pinne caudali, lunghe vari metri, che caddero come le ali spezzate di un grosso albatro, errante sull'oceano.

3

Con le tre balene al traino la Leviatán non avanzava a più di cinque miglia orarie nello stretto di Bransfield, in rotta per Decepción. Le *finback*, agganciate per la coda con grosse catene, sollevavano un turbine di onde e spuma che oltrepassava il parapetto della nave, bagnava la coperta e scorreva via dai fori di scolo. La fugace notte antartica estiva era ormai finita, e i moncherini sanguinolenti delle pinne caudali troncate lasciavano allo scoperto il grasso ambrato, con un riflesso freddo quanto quell'alba opaca. Con il movimento della nave e i colpi delle onde contro i fianchi, nonostante fossero trainate per la coda, le balene morte aprivano le grandi fauci dove la spuma ribolliva alla luce del nuovo giorno. Ogni tanto le mandibole si muovevano per la forza della corrente e davano l'impressione che volessero lanciare un grido, inghiottito dal rumore della scia schiumosa.

«Un altro iceberg nei Fuelles de Neptuno!» annunciò il nostromo Bárcena, che montava il suo turno come pilota sul ponte di comando.

«Se vuole mi tuffo in acqua e le sposto un pochino quell'iceberg!» esclamò Téllez, un timoniere piuttosto avanti con gli anni, che ogni tanto stava di guardia.

«Vai a proporlo al vecchio!»

Téllez era nativo di un porto carbonifero del nord, Lebu, e si riteneva in dovere di fare battute sui *chilotes*, come chiamava con sarcasmo gli abitanti dell'arcipelago di Chiloé, che nella flotta baleniera costituivano la maggioranza degli equipaggi. Bárcena era di Quetalmahue, la penisola che chiude la baia di Ancud sul Pacifico, e fin dalla più tenera infanzia si era temprato con la vista delle onde oceaniche più grandi del pianeta, dato che oltrepassano di due metri d'altezza quelle degli altri mari. Era un uomo alto, che si distingueva dalla media dei suoi conterranei di bassa statura. Il naso grande gli conferiva un aspetto da *moais* dell'Isola di Pasqua. La sua corporatura era la più imponente di tutto l'equipaggio della baleniera; soprattutto quando camminava a grandi falcate, come se stesse cavalcando le onde, o quando annodava una gomena usando le braccia vigorose quasi fossero due duttili remi. Aveva un carattere tranquillo, parlava poco e senza ricorrere alle volgarità che i nostromi balenieri sono soliti profferire dando ordini ai loro uomini. Forse per questo era l'uomo più rispettato sulla nave, poiché il suo parere e la sua presenza appianavano molti conflitti tra gli ufficiali e l'equipaggio. Era come l'ammortizzatore della fune, che entra in funzione quando la balena strattona, tra il capitano e i suoi uomini. Albarrán riconosceva le capacità del suo nostromo quando diceva: «In certi casi è Bárcena quello che tira avanti la nave», soprattutto per rimproverare indirettamente Yáñez, il secondo di bordo, se qualcosa non andava sul ponte di coperta.

E Bárcena, al tempo stesso, manteneva un onesto rapporto di amicizia con il pilota, e con un sorriso filosofico si destreggiava nelle baruffe tra lui e il capitano. A bordo non c'era che un pilota, destinato a rimpiazzare il capitano in qualsiasi occasione, e a sostituirlo definitivamente nel caso avesse smesso di arpionare. Da lì la dissimulata competitività del vecchio capobranco che addestra il giovane, sapendo che prima o poi dovrà lasciargli il proprio posto. Il nostromo, con il suo carattere solido e assennato, fungeva da ammortizzatore tra i due.

L'isola Decepción è uno dei capricci più straordinari della natura antartica. Tutta la sua area è costituita dall'anello del cratere di un vulcano semispento. Solo in un punto l'anello è aperto da un taglio colossale che ha permesso al mare di entrare per una stretta gola tra alte scogliere, formando la baia dove potrebbe trovare rifugio la flotta più grande del mondo. Sulle spiagge della baia, scavando la sabbia, la temperatura sale fino a raggiungere quaranta gradi a soli ottanta centimetri di profondità. L'esploratore francese Charcot, tra le due esplorazioni in Antartide compiute nel secolo scorso, scoprì che il fondo di quella strana baia si era abbassato di un metro. Al suo interno, lagune di acqua dolce formate dai ghiacci sciolti mantengono un clima temperato. L'anello montagnoso è ricoperto all'esterno da ghiacciai eterni, che sovrastano le vette, ma che all'interno arrivano solo a metà dei pendii, dove la temperatura comincia a scioglierli. Tale contrasto barometrico produce forti correnti d'aria che passano come impetuosi venti costanti tra i picchi della fenditura, e che per questo sono stati chiamati Fuelles de Neptuno, i mantici di Nettuno, cioè i polmoni del dio dei mari.

Qui le correnti polari attraverso lo stretto di Gerlach e quello di Bransfield portavano di continuo carovane di iceberg, e ogni tanto qualche montagna di ghiaccio finiva per ostruire la gola dei Fuelles de Neptuno.

Il capitano Albarrán salì sul ponte e rimase a guardare con impazienza l'iceberg. Se il vento e la corrente l'avessero spinto verso l'interno per la stretta imboccatura della baia, la baleniera poteva prepararsi a restare immobile un'ora o anche più, finché la lenta mole non fosse penetrata.

«Diglielo adesso, al capitano, quello che intendevi fare», disse Bárcena.

«Cosa?»

«Questo gran dritto voleva tuffarsi per andare a spostare l'iceberg a nuoto», rispose il nostromo.

Albarrán avrebbe riso della battuta se non avesse avuto l'umore inacidito dalla vista di quelle tre uniche balene al traino, quando era solito arrivare con cinque o addirittura otto appese alle fiancate.

La grande mole di ghiaccio, con il suo volume sette o otto volte più grande rispetto alla parte emersa, continuò alla deriva fuori dalle scogliere dell'isola lasciando infine libero il passaggio. Lentamente, la Leviatán penetrò attraverso la fenditura tra le montagne. A tribordo si innalzava un complesso di cime rocciose, tagliate a picco, fiere, tetre, dai cui alti crepacci si levarono in volo, come grandi anatre bianche, stormi di *petreles* delle nevi, e alcune procellarie dal piumaggio bruno, blu e bianco. A babordo scorreva una bianca scarpata meno scoscesa e più bassa, coperta di neve, che tendeva al rosa dove si mescolava con certi licheni cresciuti grazie alla temperatura vulcanica dell'interno. Un fischio stridente annunciò l'arrivo della baleniera alla base incastonata in una spiaggia di sabbia nera, sul margine sudovest della baia, ai cui lati sorgevano un gruppo di casupole e vari capannoni di legno e zinco. La Moloch, la Diana e la Bellerofonte, altre tre baleniere, si rifornivano di acqua e viveri, preparandosi a salpare.

La Leviatán andò a gettare l'ancora di fronte allo scivolo, una piattaforma di grosse assi che si innalzava dalla riva fino alla rampa di squartamento simile, dall'alto, a una pista di atterraggio, pavimentata con la fanghiglia sanguinolenta dei cetacei smembrati.

Pochi istanti dopo, una barca con quattro rematori si avvicinò alla nave. Gli uomini della Leviatán sciolsero le catene che trainavano le balene, e quelli della barca presero la cima di una gomena da rimorchio, la legarono al banco di poppa, e cominciarono a rimorchiare la prima balena verso lo scivolo. Una nube di *petreles*, di rapaci *skúas* e *fardelas* si gettarono giù dalle alture attirati dal banchetto di viscere che li aspettava. Alcuni, più audaci, si posarono sul ventre della balena e cominciarono a beccare la fine epidermide simile a una pelle scamosciata, che ricopre le *finback*. A causa dell'aria iniettata nel ventre e per gli scossoni delle onde contro le fiancate della nave, la lingua era uscita fuori dalle grandi mandibole. Assomigliava a un pallone rosa sul mare verde nero, come se l'aurora australe, che irrompeva splendente per conferire un po' di vita a quelle morte regioni di ghiaccio, avesse lasciato cadere uno dei suoi petali.

«Quante balene hanno portato gli altri?» chiese Yáñez a uno degli uomini della barca, quando attraccò alla nave per portarsi via un altro cetaceo.

«La Moloch, cinque alfaguara. La Diana, due seiguales, tre 'nasi di bottiglia' e una gibbosa. La Bellerofonte, otto capodogli...»

«Accidenti... è la prima volta che mi succede!» esclamò Albarrán, uscendo dalla piccola cabina dove aveva appena fatto colazione.

«Abbiamo la scalogna addosso!» disse un marinaio che stava passando la fune per il traino.

«Ce la siamo spassata a cacciare pinguini a Melchior...» aggiunse ridendo sardonico il pilota.

«Dove rimane?» chiese Pedro Nauto, che stava sulla barca.

«Laggiù... vicino all'Australia!» continuò a scherzare il pilota.

Facendo finta di non aver sentito, Albarrán con tre falcate salì nella sua cabina.

«Il colmo della iella è che siamo tredici a bordo...» disse il cuciniere sporgendo la testa dalla porta dell'alloggio.

«Dovrò gettarne uno in acqua», rispose Yáñez, guardandolo di traverso.

«Tu, non vorresti venire a bordo?» chiese il cuciniere al ragazzo.

«Perché non apre un ufficio di collocamento a terra, non sarebbe meglio?» sbottò Yáñez, un po' infastidito dal fatto che il cuciniere si immischiava nelle sue mansioni.

La parola «ufficio di collocamento» riportò alla memoria di Pedro Nauto il ricordo della taverna di don Sixto Mansilla, nel lontano porticciolo di Quemchi, dove era avvenuta la rissa che gli aveva permesso di farsi assumere poco più di un anno prima a bordo della baleniera diretta a Caleta Samuel, sull'isola Guafo.

«Era tanto per dire, niente di più!» si scusò Fabián.

«Vorresti venire a bordo, tu?» chiese il pilota.

«Dipende da quel che dice don Roberto o don Carlos...» rispose Pedro Nauto, riferendosi al capo rampa, ai cui ordini lavorava, e all'amministratore dello stabilimento, don Carlos Hansen, e aggiunse, come per suggerire al pilota: «Alla rampa è di turno don Roberto. Quando avremo attraccato le tre balene verrà a dirigere la macellazione».

«Le tre balene...» ripeté Yáñez, e il suo cuore si colmò di rabbia e vergogna sentendo quell'insolito numero. «Tre balene dopo quasi una settimana di caccia!»

Quando la barca finì di agganciare la terza balena al bordo dello scivolo, apparve in alto, tra la piattaforma inclinata e quella della rampa, un uomo corpulento come un capodoglio, sui cinquant'anni. Salì su una pedana da cui dominava la situazione dalla manovella dell'argano alla fine della rampa fino al bordo dello scivolo, dove stavano i cetacei. Tirò su le maniche del grosso giaccone di pelle, e come un direttore d'orchestra che si dispone a cominciare una sinfonia, mosse le braccia e le mani da una e dall'altra parte.

«Siete pronti con la tenaglia?» urlò, proprio mentre l'argano prese a cigolare mandando sbuffi di vapore. Sulla rampa cominciò a scivolare la «tenaglia», un marchingegno di ferro di varie tonnellate dotato di due enormi pinze, simili a quelle di un granchio. Un braccio meccanico inserito nel martinetto di ferro al bordo dello scivolo spostò la tenaglia accanto alle balene. Tutta la manovra veniva diretta da Roberto Aravena, l'addetto alla rampa, che con una mano dava ordini all'argano e con l'altra a quelli della barca che sistemarono il «granchio», come loro chiamavano la tenaglia, sopra la coda di una delle balene, sui cui moncherini si chiusero le pinze della tenaglia.

L'argano cominciò ad avvolgere il grosso cavo d'acciaio e l'enorme mole del cetaceo, con le sue ottanta o più tonnellate, venne trascinata lungo lo scivolo fino alla piattaforma della rampa. Il cavo era teso come la corda di un violino. Al minimo errore, se si fosse staccata la tenaglia, l'impatto di quelle tonnellate di ferro sarebbe stato l'equivalente di un colpo di obice su uomini e strutture. Era questa la responsabilità di Roberto Aravena, e di ognuno degli uomini ai suoi ordini, poiché dall'abilità di ciascuno dipendeva la vita di tutti.

Una volta che il cetaceo venne piazzato come un vagone ferroviario sulla piattaforma della sua stazione, due macellatori cominciarono a fare dei buchi con i coltelli nei fianchi dell'animale, come quelli che si praticano in una roccia a picco per potersi arrampicare. Così salirono aggrappandosi con mani e piedi fin sulla cima della scivolosa collina. I loro stivali avevano dei chiodi acuminati nelle suole per fare presa. Brandendo grossi e affilati coltelli ricurvi con un manico lungo un metro e mezzo, iniziarono a tagliare parallelamente e in contemporanea una striscia di pelle e grasso larga circa cinquanta centimetri dalla testa fino alla coda.

«Spingi più a fondo quel coltello, che il maestro l'ha affilato per quello!» gridò Aravena, vedendo che uno di loro non affondava bene la lama ricurva.

A quel punto si trasformarono in due abili chirurghi che con bisturi giganteschi tracciavano i tagli di un'operazione, o piuttosto sembravano due battitori di grano, visto che la lama ricurva entrava nel grasso con un rumore sordo.

I due coltelli continuarono a tagliare paralleli attraverso lo strato di grasso, spesso quindici centimetri, fino alla coda. Poi incisero nella lunga striscia una sorta di occhiello all'estremità dalla parte della testa, e continuarono nello stesso modo a tagliare altre strisce. Quindi, un sistema di cavi azionati dall'argano portò fin lì un gancio che venne infilato nell'occhiello, il cavo prese ad avvolgersi e la striscia di grasso si staccò dalla testa fino alla coda, come una buccia di banana. La carne viva rimase allo scoperto come una gigantesca piaga esposta alle intemperie. Bolle di grasso si mescolavano al sangue su quella mole dissodata più o meno a metà. Poi, usando altri ganci e funi voltarono l'animale, che venne smembrato allo stesso modo fino alla fine. Le strisce, a loro volta, furono divise in altre strisce di tre metri, e gli addetti al grasso, con i ganci di acciaio lunghi mezzo metro, punta acuminata e manico di legno, raccoglievano quei pezzi e li gettavano nelle bocche delle cucine, sorta di cloache aperte sul livello della rampa, e che erano i paioli dove il grasso veniva sciolto su fornelli di mattoni alimentati a carbone.

Si continuò a macellare la carne della balena, e infine le ossa furono portate alle segherie e tagliate per la cottura e l'estrazione dell'olio. Solo il grosso stomaco e altre viscere vennero gettate in mare, per diventare banchetto di *skúas* e *petreles*.

In quel momento, dai Fuelles de Neptuno, entrò qualcosa di simile a due grandi elmetti neri da pompiere, che si tuffavano e riemergevano in superficie allo stesso ritmo, mostrando una pinna lucente in mezzo al dorso ricurvo. Erano due orche, i mammiferi più voraci e crudeli dell'oceano, chiamate anche «balene assassine», lunghe tra gli otto e i dieci metri che, attirate dall'odore del sangue, venivano a partecipare al banchetto. Passarono muovendosi in sincronia, con lo stesso ritmo elegante, sotto la poppa della Leviatán, e si lanciarono sulle viscere che in pochi istanti scomparvero sott'acqua provocando lo stridio degli uccelli, per loro fortuna in salvo nell'aria, giacché le orche, in due, quattro o cinque, sono solite assalire persino grandi gruppi di pinguini per sterminarli.

L'argano continuava a stridere come un grasso maiale ferito per la macellazione della seconda balena *finback*. Era come se al meccanismo dolesse la maniera in cui venivano staccate le lunghe strisce di carne dai cetacei. Nel relativo tepore della fossa vulcanica, i fuochi accesi dall'uomo tra i ghiacci innalzavano l'atmosfera con i loro vapori oleosi, come se tutto quello fosse un immenso paiolo nella terra, sopravvissuto all'ultima era glaciale del pianeta, migliaia di anni addietro. Il destino dell'uomo, attraverso le epoche, era cambiato da quando, povero infelice primitivo, doveva andare dietro alla tigre dalle zanne a sciabola per mangiarsi la carogna abbandonata dalla belva, e oggi invadeva quei ghiacci millenari a caccia del cetaceo, la cui carogna veniva adesso divorata dalle audaci tigri del mare, le orche, i suoi parenti assassini...

«Com'è andato il lavoro?» chiese il pilota Yáñez, sbarcando sulla rampa.

«Ci mette più una massaia a spennare una gallina che noi a macellare una delle vostre balene!» rispose Aravena, sorridendo maliziosamente, e aggiunse: «Cosa vi è successo?»

«Niente... ad Albarrán è saltato in mente di andare a caccia di pinguini nell'arcipelago di Melchior. Quelle maledette isole laggiù, dove il diavolo ha perso il mantello.»

«Peccato», disse l'addetto alla rampa, e aggiunse: «La Bellerofonte, che è salpata ieri, ha portato quattro balene azzurre che superavano il peso di mezza dozzina di queste. Temo che Albarrán abbia perso il record del tonnellaggio».

«Ma nessuno ci ha ancora tolto quello del numero di balene cacciate», puntualizzò il pilota, difendendo la sua nave.

«Sì, però quello che interessa alla Compagnia è il tonnellaggio... E se continuate così...»

«Senta, Aravena, siamo in tredici a bordo», disse il pilota, affrontando il problema che lo aveva portato a terra.

«Buttatetene uno a mare...»

«Chi?»

«Lei come secondo conosce meglio di me i suoi uomini... Qualcuno che sta diventando vecchio... Sulle baleniere serve solo gente giovane... Anch'io andavo in giro ad arpionare, e mi sono ritirato in tempo per occuparmi di questo.»

«Il brutto carattere di Fabián fa scappare tutti gli aiutanti di cucina.»

«Allora buttate a mare lui.»

«È il miglior cuciniere della flotta. Avesse visto come ha preparato quei pinguini a Melchior; sembravano anatre farcite.»

«Va bene... e allora?»

«Volevamo chiederle un favore.»

«Cosa?» chiese distrattamente l'addetto alla rampa, mentre continuava a seguire con un occhio il lavoro dei suoi uomini.

«Uno dei barcaioli, Pedro Nauto, vuole imbarcarsi.»

«Quel ragazzo è il migliore della barca. È un buon marinaio... E con chi lo rimpiazzerei? Mi dà uno dei suoi?»

«Non si può; la gente è superstiziosa e non sopporta l'idea di essere in tredici a bordo... Tutti non fanno che ricordare il monolite che c'è nel cimitero.»

Il pilota si riferiva a un obelisco di marmo nero nel piccolo cimitero dell'isola, su cui erano incisi i nomi dei tredici uomini d'equipaggio di una baleniera norvegese scomparsa nel 1912.

«Sono solo fesserie... Fate sbarcare qualcuno. Magari Fabián con la vecchiaia ha cambiato gusti, e adesso gli piace farsi i ragazzi e così porta scalogna alla nave.»

«No; lei sa bene che queste cose non succedono a bordo di una baleniera. Fabián è un vecchio macho.»

«Perché le donne, i frati e gli invertiti portano sfortuna alla caccia quando salgono su una baleniera... Questo lo sanno tutti... Si ricorda di quello svedese pazzo che si mise in testa di portare la moglie con tanto di pianoforte a bordo della nave?»

«Johansen.»

«Johansen o Jansen... non so come si chiamava.»

«Dicono che lei fosse una principessa russa scappata con lo svedese da Vladivostok, quando Lenin prese il potere.»

«Ma quale principessa! Per me era una polacca di calle Errázuriz a Punta Arenas! Il fatto è che lo svedese non riusciva più a prendere nessuna balena e la Compagnia è stata costretta a farli sbarcare pianoforte e tutto.»

«Bene... però il nostro caso è che siamo tredici uomini a bordo.»

«Lei, un uomo giovane, che crede a simili fesserie!»

«Io non ci credo, ma lei cosa farebbe con quelli che ci credono?»

«La Compagnia dovrebbe sbarazzarsi di Albarrán, che sta diventando vecchio, e nominare lei capitano della nave.»

«Non si tratta di un capitano, Aravena; si tratta di un semplice mozzo di cucina.»

«Quel ragazzo è qualcosa di più che un mozzo. È venuto fin qui come timoniere su una delle navi comprate alla Compagnia di Caleta Samuel, sull'isola Guafo.»

«Allora, come rimaniamo... Lascia che questo Nauto venga a bordo o no?»

«Va bene, che il ragazzo si imbarchi pure; ma deve parlarne con mister Hansen. È lui che comanda in questo genere di cose; e sempre che ci sia qualcun altro per rimpiazzarlo sulla barca.»

«Qui a terra fate a gomitate da quanti siete; a bordo, invece, manca sempre gente.»

Il pilota si recò subito nell'ufficio dello stabilimento; era una piccola saletta adiacente al magazzino dei viveri e dei materiali.

Lì c'erano Hansen, che fungeva da amministratore, insieme al tipo che teneva i conti delle spese e della produzione, Andrade, e che svolgeva anche le mansioni di magazziniere nello stabilimento.

Hansen era un uomo alto, brizzolato, dal volto abbronzato e gli occhi grigi, nei quali si mescolavano riflessi di bontà e malizia; Andrade, un chiloese di media statura, taciturno, con sufficiente forza d'animo per tenere la contabilità tra gli iceberg. Stavano discutendo della resa di olio delle ultime consegne di balene fatte dai cacciatori. Era in vantaggio la Wollapatuch, con equipaggio interamente norvegese, che aveva consegnato tra le altre un'alfaguara le cui dimensioni avevano attirato l'attenzione di Hansen, al punto da farne pesare i principali organi, più per curiosità che per spirito di ricerca.

«Mostrate al pilota i dati dell'alfaguara», disse il gerente dopo averlo salutato.

«I norvegesi sono passati in vantaggio sul capitano Albarrán», commentò il contabile, rivolto al pilota, mentre gli metteva davanti agli occhi un registro bisunto.

Sul quaderno, sorta di diario di bordo dello stabilimento baleniero, Yáñez lesse i seguenti dati:

Lunghezza	30	metri
Altezza	3,50	"
Circonferenza	16	"
Lingua	3.500	chilogrammi
Polmoni	1.400	"
Cuore	700	"
Reni	600	"
Fegato	1.200	"
Cranio	5.000	"
Colonna vertebrale	11.000	"
Costole	5.000	"

Il peso totale di questa balena azzurra, grasso, carne, viscere, ecc., si calcola in 135.000 chilogrammi.

«Noi all'inizio della stagione abbiamo portato un'alfaguara che superava i trentun metri e a nessuno è venuto in mente di pesare le sue palle», sbottò Yáñez con sarcasmo.

«Sì, era un maschio magnifico. Di quelli che se ne restano solitari tra i ghiacci del polo. Me lo ricordo...» aggiunse Hansen.

«Però non ha preso le misure come con quella che hanno preso dei norvegesi...»

Hansen rimase a fissare il pilota come se non capisse; ma in fondo in fondo capiva perfettamente: forse aveva commesso un errore nel classificare l'esemplare catturato dalla Wollapatuch, dopo aver tralasciato il maschio azzurro della Leviatán. Era successo agli inizi della stagione; lo stabilimento cominciava a organizzarsi e non c'era tempo, solo per questo non l'aveva fatto; non certo per esaltare il lavoro dei norvegesi. Stimava i cileni, e soprattutto quelli di Chiloé, almeno quanto gli uomini della sua razza.

«Lei sa, Yáñez, che io non faccio favoritismi», disse al pilota.

«Sì, lo so; però avrebbe dovuto prendere più in considerazione quel maschio azzurro che abbiamo catturato.»

«Mi è sfuggito, glielo confesso. Per me non ci sono cileni, o norvegesi, ma solo balenieri, e se ho separato due navi dalle altre, la Wollapatuch e la Moloch, fornendole di equipaggi esclusivamente norvegesi, lei sa bene perché l'ho fatto, visto che è stato a bordo di una delle due.»

«Certamente; i gringos non ci capivano quando si trattava di compiere le manovre rapidamente.»

«Era solo per la lingua, Yáñez. Se esistesse un'unica lingua universale, avremmo tutti la stessa anima.»

«Non era solo per la lingua... I gringos si credevano superiori a noi e ci trattavano come trattano gli indios. Me ne sono reso conto fin dall'inizio, quando facevo il pelapatate. Le litigate che scoppiavano a quei tempi: certe volte lasciavamo andare la balena per prenderci tutti a pugni, tra cileni e norvegesi.»

«È per questo che ho dovuto separare i norvegesi mettendoli su quelle navi.»

«Ma io sono venuto qui per un'altra cosa...»

«Quale?»

«Siamo in tredici a bordo, signor Hansen, gli uomini sono superstiziosi e credono che questo numero ci abbia portato sfortuna nella caccia alle balene. Sono tutti nervosi, dal capitano al cuciniere, specialmente quest'ultimo, che continua a chiedere un mozzo di cucina.»

«Ne ha avuti due e se ne sono andati perché li trattava male.»

«Il tipo è vecchio, un po' andato con la testa, ma è un buon cuciniere. Non possiamo lasciare a terra nessuno.»

«E cosa propone?»

«C'è un ragazzo tra i barcaioli che vuole imbarcarsi.»

«Per questo decide l'addetto alla rampa.»

«Ne abbiamo già parlato, anche con il ragazzo. Dipende solo da lei ordinare l'immediato trasbordo.»

«E perché Albarrán non è sceso a terra?»

«Cosa scende a fare! Se la passa chiuso in cabina con la sua rabbia, soprattutto dopo che ha saputo di essere stato superato nel record di tonnellaggio! Comunque io sono il secondo a bordo, e ho la responsabilità degli uomini.»

«Quando salpate?»

«Domani, appena finito di caricare carbone e viveri.»

«Dica al capitano che venga a mangiare da me stasera... cioè, che venga alle otto e mezzo, perché se aspettiamo che faccia buio dovremmo mangiare dopo mezzanotte... e venga anche lei, pilota; apriremo una scatoletta in più di *filástica*», disse Hansen, riferendosi alla carne in scatola, chiamata così nel gergo dei balenieri.

Lo stabilimento sull'isola Decepción, l'unico nell'Antartide, era stato installato dalla Compagnia Baleniera di Magellano all'inizio del secolo; ma con la Grande Guerra era stato fatto saltare in aria, presumibilmente dalle navi da guerra tedesche che compivano incursioni sulle isole Malvine. Adesso, nel 1920, era stato ricostruito e attrezzato grazie allo spirito imprenditoriale di Carlos Hansen, che era riuscito a convincere alcuni capitalisti della regione magellanica a investire il loro denaro nell'avventura che quasi sempre rappresenta un'impresa baleniera. Hansen amava qualsiasi lavoro avesse a che fare con il mare. Gli sarebbe piaciuto essere marinaio, pilota o capitano sui velieri; ma il padre, un pescatore di aringhe nella sua terra natale, voleva che diventasse medico, e l'aveva mandato all'Università di Oslo, dove non aveva potuto terminare gli studi per la morte prematura del genitore. Un tentativo di fare il colono allevatore sulla penisola Pasteur, nei pressi di Capo Horn, gli aveva permesso di conoscere quelle regioni come il palmo della mano, e la sua ambizione era sempre stata andare a vedere cosa vi fosse al di là, dietro i tempestosi orizzonti del canale di Drake.

Come l'immenso ossario sui fondali dell'arcipelago di

Melchior, del passato baleniere dell'isola Decepción rimaneva un rustico cimitero su una piana di sabbia nera, dove riposavano le ossa di alcuni audaci che avevano perso la vita laggiù. Si trattava di una manciata di tombe le cui croci erano state abbattute dalle raffiche di vento. Una di esse conservava ancora, al posto della lapide funeraria, un oblò di nave, e sotto il vetro si poteva vedere intatta una rosa di stoffa scolorita dalla luce del sole. Al centro dell'insolito camposanto si innalzava una colonna di marmo nero su cui si potevano leggere i nomi di Kristian Walbo, Evensen, Karsten Marka, Alfred Hansen, Albert Johansen, Thorstein Trodsen, Erling Hansen, Karsten Andersen, Ruben Larsen, Haakon Strand, e altri i cui nomi erano stati cancellati dall'impietosa erosione delle intemperie. Ma le loro ossa non riposavano in quel sottosuolo vulcanico, perché, come i cetacei di Melchior, erano andate a decorare le erranti profondità marine: si trattava infatti dell'intero equipaggio di una baleniera della quale non si erano più avute notizie.

4

I quattro uomini si sedettero al tavolo dove l'amministratore e il contabile erano soliti cenare. Era una stanza piccola vicino al capannone in cui mangiavano tutti i balenieri dello stabilimento.

«Oggi non farò l'errore di domandarle come è andata la caccia né che tempo avete trovato nell'ultima battuta», disse Hansen, facendo accomodare gli invitati, e aggiunse: «Non so in quale libro ho letto che nelle navi da esplorazione del Polo Sud si concedeva il permesso di parlare solo un'ora al giorno su argomenti come politica e religione... e generalmente dopo pranzo, perché tali idee provocano meno esaltazione con lo stomaco pieno...»

«A bordo non si parla mai di balene, le cacciamo soltanto», disse Albarrán. «E quando quelli a terra ci fanno domande, rispondiamo una cosa qualsiasi e loro se la bevono...»

«È per questo che Buffon si è sbagliato nel descrivere le vostre abitudini.»

«Chi era questo Buffon?» chiese Yáñez.

«Un naturalista francese, il più grande della sua epoca. Le sue conoscenze riguardo il cetaceo erano basate su racconti di balenieri, e sembra che questi fossero alquanto fantasiosi.»

«Un buon baleniere non deve mai raccontare dove e come caccia le sue balene», disse Albarrán.

«Sempre che non sia sul mare di Bellingshausen», sottolineò maliziosamente Hansen.

«Stavolta ci è andata male; ma se ne accorgerà il giorno che dovrà mandare altre navi per rimorchiare le balene, quando riusciremo a intercettare i branchi che girano dalle parti di Melchior», ribatté il capitano.

«Per ora, abbiamo preso solo tre *finback* che se ne stavano sulla porta di casa.»

«La quarta si è rivelata un osso duro e mi è scappata grazie al buio.»

«Perché alcune balene viaggiano in coppia e altre in branco?» chiese il contabile.

«Le più piccole vanno sempre in branco e quelle grandi in coppia; soprattutto quando sono in amore o la femmina sta per partorire», spiegò il capitano.

«Le balene si innamorano?»

«Sì, si accoppiano qui nell'Antartide e vanno a partorire al nord, dove le acque sono meno fredde.»

Nonostante l'avvertimento di Hansen, l'argomento dei quattro commensali rimase quello delle balene. La cena veniva servita da un lavorante della mensa, e al posto della carne di bufalo o di maiale, c'era pernice in scatola, vino bianco e pesche come dolce. Ogni tanto, l'amministratore festeggiava i suoi capitani arpionieri, offrendo il meglio della sua dispensa.

«Quel che più mi dispiace di Buffon», disse Hansen, riprendendo l'argomento, «non è il fatto che si sia sbagliato sulle balene, ma che abbia dovuto ritrattare le sue teorie per via dei pregiudizi della sua epoca, benché più tardi siano state confermate dalle scoperte scientifiche. Dovette farlo davanti alle autorità della Chiesa, che non accettavano che gli esseri viventi non avessero origini divine.»

«Se Dio non avesse creato la balena, non ci sarebbero neppure i balenieri», fu il commento di Yáñez.

«Per essere precisi è a Geova che dobbiamo la prima descrizione di una balena, o meglio un mostro marino il cui nome è lo stesso che porta la sua nave», disse Hansen.

«Leviatán?»

«Sì, ho preso quel nome dalla Bibbia, e se voi mi permettete, vi mostrerò perché», disse l'amministratore, alzandosi per andare nella sua camera, attigua alla sala da pranzo.

Tornò con una Bibbia in una mano e una bottiglia di whisky nell'altra.

«Questa Bibbia è quella protestante», disse mentre riempiva i bicchieri, «la religione dei miei genitori e in cui sono stato cresciuto anch'io... Vediamo, vediamo un po', ecco qui, nell'Antico Testamento, si trova nel libro di Giobbe», aggiunse sfogliandola, per poi mettersi a leggere alcuni versi, mentre tutti bevevano whisky:

> *Catturerai tu il leviathan con l'amo, o con la corda che gli getterai sulla lingua?*
> *Pianterai tu il rampino nelle sue narici, e perforerai con le spine la sua mandibola?*
> *Faran di lui banchetto i compagni, dividendolo tra i mercanti?*
> *Taglierai tu con il coltello la sua cotenna, o con l'asta da pescatore la sua testa?*
> *Appoggia la tua mano su di lui; ti ricorderai della battaglia, e mai più farai ritorno.*
> *Dalle sue narici esce fumo, come da una pignatta o da un paiolo che ribolle.*
> *Nella sua cervice dimora la forza, e si diffonde lo scoramento davanti a lui.*
> *Il suo cuore è solido come una pietra e forte come la macina.*

«È la descrizione del Leviathan fatta da Geova a Giobbe; è più lunga, ma io ho preso solo le frasi che ci ricordano ciò che cacciamo.»

«Assomiglia di più a un capodoglio», commentò Yáñez.

«Chi lo sa... la Bibbia a volte è un poema confuso e bisogna interpretare le verità», replicò Hansen, e sedendosi comodamente nella sua poltrona continuò a parlare senza sosta, come se stesse impartendo una lezione: «La verità è che nessuno sa niente di preciso sull'origine della balena, che si confonde con il passato insondabile del pianeta... Da una parte sono, come le foche, dei mammiferi. Alcuni hanno fissato la loro presenza geologica milioni di anni fa e ritengono che discendano direttamente dai carnivori primitivi del terziario, i cosiddetti creodonti, che si estinsero per l'energica concorrenza di altri animali cerebralmente più dotati. A volte, più un essere è rozzo, più è forte; ma al tempo stesso può perire per mancanza di intelligenza. Ci sono pesci, come la rana pescatrice di scoglio, ai quali si può colpire la testa con una pietra, aprirli, tirar fuori le viscere e ancora continuano a vivere. Voi avrete constatato che muoiono solo quando vengono gettati in una padella con olio bollente. Lo squalo è un animale rozzo, ma dotato di tanta vitalità che divora le sue stesse viscere, come facciamo noi succhiando il nostro sangue quando ci siamo feriti; se lo si butta in mare dopo avergli strappato il cuore, continua a nuotare, e può vivere varie ore anche con la testa mozzata; tuttavia, il suo cervello è piccolissimo, e benché avido e vorace, è straordinariamente stupido, tenuto conto che è solo un pesce e non un mammifero. Non avete visto le foche 'granchiaiole' quando hanno le mestruazioni come tingono di rosso il ghiaccio su cui riposano? Sono mammiferi che possono respirare aria in superficie; altrimenti, affogano. Le balene hanno la proprietà di trasformare l'acqua di mare in acqua dolce e la bevono come facevano i loro antenati sulla terra ferma. Probabilmente dopo molte generazioni carnivore, alla foce dei fiumi o in riva al mare, hanno prodotto questi discendenti che sono penetrati nell'oceano senza tornare più a terra. Pensate che persino il coccodrillo può nuotare sott'acqua con la bocca aperta, senza che l'acqua entri nei polmoni.»

«I buoi bevono acqua perché hanno la pelle dura, ma noi che abbiamo il whisky...» intervenne il contabile, bevendo un sorso.

«Di tutti gli animali, a eccezione dell'uomo», continuò Hansen, «è l'ordine dei cetacei, che sta molto al di sopra delle scimmie, quello che possiede il cervello più sviluppato, con le ramificazioni più estese. Attualmente abbiamo ancora delle specie anfibie, come il dugongo o bue marino, alla foce del Rio delle Amazzoni e dell'Orinoco, che a volte si trova nel mare dei Caraibi o delle Antille; anche questo discende da animali terrestri. La femmina del bue marino ha le mammelle, e quando allatta tiene la testa dritta e spinge il petto fuori dall'acqua, stringendo la sua creatura con le pinne. Probabilmente è questo ad aver dato origine alla leggenda delle sirene, perché a una certa distanza appare simile a una figura umana e sembra una donna che allatta il figlio.»

«Che proporzioni hanno i piccoli della balena alla nascita?» chiese il contabile.

«Da sei a sette metri. Altri, come i figli della *Balaenoptera borealis*, quando nascono misurano solo quattro metri; da sei a sette anche quelli della *finback*, e sui cinque metri quelli della *Megaptera longimana*. Quello del capodoglio è il più piccolo e misura dai tre ai tre metri e mezzo. La gravidanza dura dodici mesi, e poi devono trascorrere uno o due anni prima che tornino ancora fertili. Le balene azzurre sono monogame, e il maschio accompagna la femmina fino al momento del parto. I capodogli sono poligami, e per questo si muovono in branchi guidati da un solo maschio. Quando questo diventa vecchio, i capodogli più giovani lo attaccano, e il più forte rimane con le femmine.»

«Al nord c'erano periodi in cui cacciavamo solo femmine», sottolineò Albarrán.

«Quando sono in calore, i branchi di femmine vengono dal nord e i maschi dal sud», spiegò l'amministratore.

«E come fanno i figli?» chiese il contabile, con malizia.

«Si accoppiano verticalmente.»

«Io non potrei giurarlo; ma ho visto più di una volta una coppia saltare fuori dall'acqua come due delfini e poi ruotare come una tromba marina tra le onde», aggiunse Albarrán.

«Io ho visto solo come lo fanno le foche femmine sulla spiaggia; si mettono di schiena, praticamente sepolte, che a malapena si vede la testa, mentre il maschio si dà da fare stando sopra», disse il pilota Yáñez.

«Insomma, credo sia più salutare non preoccuparsi troppo di tali aspetti a queste latitudini», avvertì Hansen.

«E cosa mi dice del tanto menzionato plancton, che non sono mai riuscito a capire bene di cosa si tratti?» domandò il pilota.

«Il plancton, amico mio, è costituito da innumerevoli animaletti microscopici che galleggiano sulla superficie delle acque e possono formare uno strato profondo più o meno duecento metri, cioè fin dove arrivano i raggi di luce solare con la loro efficacia creativa. Dunque, la luce e gli elementi minerali fanno sì che crescano le piante e i minuscoli animali del plancton. I sali nutritivi del primo strato di acque subpolari, per esempio, sono continuamente reintegrati da sorgenti che emergono dalle profondità. Fosfati e azoto sono i componenti di maggior importanza nello sviluppo del plancton. L'azoto costituisce la base delle molecole del protoplasma che compone ogni organismo vivente. Solo i composti dell'azoto sono utili nel processo di fotosintesi, l'azione della luce che dà la vita tanto in mare quanto sulla terra. L'insieme di tutte queste sostanze vitali si trova in enormi quantità negli strati di acque subpolari. In quantità analoghe si trova solo nelle zone di acque sorgive delle correnti di Humboldt, in Sudamerica, e del Bengala, in Africa. In primavera le acque fredde scendono e quelle tiepide ricche di sali salgono. Il ferro e la silice, trasportati in mare dagli iceberg e dallo scioglimento dei ghiacci, servono da base anche per lo sviluppo di piante e organismi del plancton. Nella corrente di Humboldt, che costituisce una diramazione della corrente generale antartica, e che percorre i litorali di Cile, Perù ed Ecuador, fino alle Galápagos, questi elementi nutritivi vengono trasportati dai fiumi della cordigliera delle Ande e dalle sorgenti sottomarine di acqua dolce proveniente dall'immensa catena montuosa. Come voi sicuramente saprete, questa corrente nel raggiungere il 20° parallelo si allarga, allontanandosi dalla costa, e arrivando al 5° parallelo, si dirige verso ovest e nordovest formando due correnti secondarie che poi si uniscono con la corrente equatoriale. La larghezza maggiore della corrente di Humboldt è di centocinquanta miglia e avanza a una velocità tra dieci e quindici miglia al giorno. Potremmo definirla il vivaio più lungo e fertile che vi sia in mare.»

«Proprio così» confermò Albarrán. «Dove il mare perde il colore verde bottiglia e diventa interamente blu, non ci sono più balene.»

«Le balene dotate di fanoni seguono gli spostamenti del plancton in quelle zone più fertili», continuò Hansen. «Le acque del mare di Bellingshausen, situate a ovest della Terra di Graham, sono povere di minerali rispetto a quelle del mare di Weddell, che costeggia il lato est.»

Il pilota Yáñez guardò il capitano; ma questi, cogliendo con la coda dell'occhio lo sguardo malintenzionato, fece finta di nulla. Entrambi avevano pensato alla battuta fallimentare nell'arcipelago di Melchior.

«Io ho personalmente rastrellato, a bordo di una baleniera, il mare di Bransfield e nelle vicinanze delle isole Shetland del Sud, ed è così scarsa la vita vegetale e animale, da ricordare i deserti terrestri. Le balene vanno, dunque, dietro alla *Limacina antartica* e soprattutto alla *Euphasia superba*, un gamberetto non più lungo di due centimetri, che inghiottono a tonnellate; è questo minuscolo crostaceo a permettere la sopravvivenza della grande balena con i fanoni, e lei passa la vita a cercarlo.»

«Come noi la passiamo dietro alla balena», commentò Yáñez.

«Sì, solo che quella va dietro al più piccolo, secondo le regole sulla terra e in mare, e noi, gli uomini, dietro al più grande.»

«Quanto vive una balena?» chiese il contabile.

«Dai cinquanta ai cento anni.»

«E mi dica una cosa, mister Hansen, perché diamine ha messo quei nomi così astrusi alle navi della flotta?»

«Bellerofonte era figlio di Poseidone, il dio greco del mare, che uccideva i mostri; Diana, la bella dea cacciatrice; Moloch, un dio slavo che esigeva sacrifici umani; Wollapatuch, il dio degli indios del canale Beagle, che ho avuto modo di conoscere a fondo quando ho vissuto vicino a Capo Horn. Quegli indios yagán credevano che il primo uomo fosse sceso dal cielo sulla terra lungo una corda in pelle di foca, e Wollapatuch nella loro lingua significa Grande Assassino, forse perché non era in grado di preservarli dalla morte.»

«Tutti gli dei che lei ha nominato, a quanto pare, avevano qualcosa degli assassini», sottolineò Albarrán.

«Credo che gli uomini abbiano sempre creato gli dei un po' a loro immagine e somiglianza.»

«E anche i loro mostri», aggiunse il contabile, che aveva continuato a leggere il libro di Giobbe. «Qui dice, per esempio, proseguendo con la descrizione del Leviathan:

> *Il valore del suo rivestimento sta negli scudi forti, chiusi strettamente tra loro.*
> *L'uno si unisce all'altro, così che il vento non vi passa attraverso.*
> *L'uno sta attaccato all'altro, sono legati tra loro, che non si possono dividere.*
> *Il suo alito incendia i carboni, e dalla sua bocca escono fiamme...*

«Manca solo il capitano Albarrán, solo lui, che spara il suo dardo di fuoco contro la più grande ma inoffensiva bestia del creato...» concluse il contabile, mandando giù un altro sorso di whisky.

Hansen fece un'espressione soddisfatta per l'uscita del suo contabile, con cui era solito discutere di tanto in tanto questioni di religione o di politica.

«È per questo che ho messo quel nome alla nave... In quelle righe mi sembra di vedere le plance della Leviatán, attraverso le quali non penetra il vento, chiuse strettamente tra loro dai bulloni, e i fuochisti che accendono i carboni sotto i paioli... È tutto un simbolo il nome di quella nave!» esclamò Hansen, e bevuto anche lui un sorso di whisky, riprese con entusiasmo: «Non siamo forse noi quelli che se ne stanno ben protetti nel ventre del mostro? Siamo il cervello e il suo cuore, e corriamo sicuri sul suo dorso fino al cannone arpioniere per lanciare la nostra fiamma mortale dalla sua bocca! Sì, l'uomo sembra un mostro che prima ha creato il Leviathan nella propria immaginazione, e, poi, costruendolo con le sue mani, lo ha fatto diventare una realtà!»

«Sarebbe bene che un giorno costruisse con le sue mani anche Dio», disse il contabile.

«O il Grande Architetto, come voi liberi pensatori chiamate il vostro Dio», ribatté con ironia Hansen.

«Io non ho altro Dio che le mie mani...» esclamò Albarrán, in disparte.

«Lasciamo in pace Dio», aggiunse il pilota.

«Diteci, mister Hansen, anche le balene dormono?» domandò in tono allusivo il contabile.

«Sì, di notte dormono ogni tre ore, stando in superficie...»

«Allora si potrebbe andare a cacciarle come si fa con i gronghi...»

«Hanno un udito molto fine, e al minimo rumore si svegliano.»

«Dormono quasi quanto noi quando montiamo di guardia in mare», disse Yáñez.

«Anche a terra si è soliti dormire a orari determinati...» aggiunse il contabile, ribadendo l'intenzione di porre fine alla chiacchierata dato che anche la seconda bottiglia di whisky era ormai vuota.

«Sembra che abbiamo infranto il regolamento...!» esclamò Hansen, cogliendo l'allusione.

«E come avete risolto la faccenda del ragazzo da imbarcare per dare una mano in cucina?» chiese a un tratto Albarrán.

«Ho già ordinato il trasbordo, capitano. Domattina presto

lo avrà sulla sua nave. Spero che così finisca la vostra sfortuna!» rispose ridendo l'amministratore, mentre i due ufficiali della Leviatán si alzavano per andarsene.

«Io non credo a simili fesserie, ma a volte bisogna dar retta alla gente», ribatté Albarrán.

Fuori, una luna crescente splendeva sulle vette innevate a nordest nell'immenso cerchio montuoso dell'isola Decepción. Una luna che procedeva a passo spedito tra varchi di nubi ovattate, la cui presenza su quella parte del globo terracqueo sarebbe stata anch'essa molto breve.

Arrivando sul bordo dello scivolo per le balene, il capitano Albarrán tirò fuori il suo caratteristico fischietto nichelato, e fischiò, come uno strano uccello notturno, chiamando la scialuppa della baleniera.

«Quel che si dice conoscere le cose... stanotte ho imparato molto di più sulle balene con mister Hansen che in tutta la mia vita di cacciatore!» disse il pilota.

«Sono cose buone per i libri... Se uno desse retta a tutto questo, non riuscirebbe neppure ad arpionare tranquillamente una balena», rispose il capitano.

«Però quell'uomo ne sa, sulle balene...»

«Lui per ciò che ha letto, e io per quello che ho cacciato.»

5

Una ventina di uomini dormivano già profondamente quando Pedro Nauto andò a coricarsi. Il dormitorio era un semplice capannone di lamiera ondulata con letti a castello addossati alle pareti. Qualcuno che russava o respirava pesantemente animava il locale desolato, come se quei corpi non trovassero riposo neppure nel sonno.

Mezzo vestito, il ragazzo raggiunse la sua branda sopraelevata. Erano da poco passate le otto di sera della stagione estiva, che a quelle latitudini cala realmente con il buio verso la mezzanotte. Un chiarore lattiginoso filtrava attraverso le finestrelle che illuminavano debolmente il capannone e da qualche buco nei punti in cui le vecchie lamiere di zinco erano state inchiodate. Sopra la branda le lamiere erano arrugginite e diffondevano una penombra rossastra come se riflettessero un fuoco, ma rendevano più acuti gli spifferi freddi che entravano da tutte le parti. La paglia dei giacigli era umida, e ciò costringeva la maggior parte dei lavoranti dello stabilimento ad andare a letto vestiti.

Non si sentiva stanco, dato che il lavoro di rimorchiaggio non era stato molto. Dopo aver ormeggiato la barca, erano andati a mangiare carne arrostita di *finback*, la più saporita tra le balene commestibili, a patto che la carne venga tagliata con un coltello che non abbia neppure sfiorato il suo grasso. Una buona tazza di caffè caldo lo aveva rimesso in sesto, tanto che non sentiva alcuna voglia di dormire.

Pensava che sarebbe stata la sua ultima notte a terra, ed era contento. La vita nello stabilimento era molto dura, non riusciva quasi mai ad asciugarsi, con quelle raffiche di vento umido che non portavano il freddo secco del ghiaccio né quello del mare per la temperatura della fossa vulcanica semispenta; l'alloggio era pessimo e spesso anche il mangiare.

A bordo di una baleniera, con un buon capitano che si preoccupasse dei suoi uomini, tutto questo sarebbe cambiato. C'era più cameratismo, solidarietà tra l'equipaggio. Inoltre, cominciava a stancarsi di rimorchiare balene morte, e, poi, di dover gettare le interiora con le feci in mare aperto, per non aumentare il già insopportabile odore prodotto dai lavori di macellazione e dalle emanazioni dei calderoni che scioglievano il grasso.

Come chi si accomiata da una tappa della vita per affrontarne un'altra, cominciò a ricordare alcuni avvenimenti da quel giorno in cui si era imbarcato sulla baleniera di passaggio da Quemchi. Pensò che se non si fosse ritrovato in mezzo a quella rissa davanti all'«ufficio di collocamento» di don Sixto Mansilla, tra quelli della Nelson e quelli della Pingüino, forse sarebbe stato ancora a girare la manovella della pompa d'aria sulla scialuppa del palombaro José Andrade.

Tuttavia, provava ancora nostalgia per la vita sulle isole, così diversa da quella rude dei balenieri. Quei piccoli golfi tranquilli, bracci di mare e canali che si intrecciavano fra le isole serpeggianti, ricoperte di verdi campi di patate, grano e meli. Gli sembrava un paradiso se confrontato con il clima tempestoso dell'arcipelago delle Guaitecas, con la natura selvaggia dei canali magellanici e di quella regione antartica dove non spuntava neppure un filo d'erba.

Per un anno e mezzo aveva lavorato nello stabilimento baleniero di Caleta Samuel, sull'isola Guafo; in certi casi sulla stessa baleniera Pingüino, che lo aveva preso a bordo come mozzo, e in altri a terra, ovunque mancasse un ragazzo per dare una mano agli uomini più esperti nel lavoro. Sapeva ormai maneggiare un coltello norvegese, pericoloso quanto una falce a rovescio, o la pala da carbone per alimentare con pezzi di cotica di balena i fuochi dei calderoni.

Ricordò che l'isola Guafo era il pezzo di terra più desolato che avesse visto in mezzo all'oceano. Era lunga una decina di miglia e larga circa otto, e le sue scogliere alte duecentoquaranta metri cadevano a strapiombo sul mare; sulle alture, si stendeva una piana ricoperta da una fitta cresta di roveri, *tiques* e cipressi che il vento agitava incessantemente.

A est, tra precipizi rocciosi, c'erano alcuni moli precari per sbarcare, riparati dal mare più tempestoso della terra. In una spiaggia piatta avevano installato i capannoni dello stabilimento; era Caleta Samuel.

Ma nonostante le tempeste, forti quanto o più di quelle dell'Antartide, lì almeno si scorgeva il verde della vita vegetale. Gli unici abitanti erano i tre guardiani del faro che spazzava con il suo fascio di luce la notturna superficie del mare, le cui onde superano spesso i venti metri di altezza nell'infrangersi contro le insenature. Nella boscaglia intricata vivevano anche dei cani selvatici; discendevano da qualche coppia naufragata, o si erano inselvatichiti dopo essere stati lasciati da qualche barca di cacciatori di lontre e foche rifugiatasi per sfuggire alla burrasca. A ovest, si levavano gli alti costoni a perenne baluardo contro la furia del mare, della pioggia e del vento; erosi come le giunture di un pugno ciclopico. Al di là, l'infinita solitudine tempestosa del Pacifico Australe, che a quei paralleli compie il giro del pianeta.

L'anno e mezzo trascorso a Caleta Samuel gli aveva temprato il fisico, i muscoli e persino le ossa, preparandolo a resistere alle intemperie antartiche.

Quando la nuova compagnia baleniera della zona magellanica aveva comprato una delle navi da caccia, precisamente la Pingüino, che poi avrebbe cambiato il nome in Moloch, alcuni uomini dell'equipaggio, che non volevano allontanarsi troppo dalle loro famiglie nella vicina Chiloé, avevano preferito lasciare la nave, e così si era presentata l'occasione di imbarcarsi nuovamente come aiutante di cucina e apprendista timoniere. Apprendistato che aveva ormai svolto anche troppo, poiché, se nel contratto di imbarco non figurava con la qualifica di timoniere, era solo per pagarlo meno.

Ripensò con emozione al giorno che la nave era salpata da Caleta Samuel. Il mare era agitato, e due baleniere ancorate in un punto riparato avevano salutato con le sirene l'ex compagna di flotta che intraprendeva la rotta per l'Antartide. I balenieri di Caleta Samuel si erano accalcati sul bordo della rampa, e quando la nave era sfilata davanti, molti di loro avevano agitato i berretti in segno di saluto.

Anziché attraversare il golfo di Penas e imboccare il canale Messier, la baleniera aveva preso il largo compiendo un lungo tragitto che l'avrebbe portata fino all'entrata del canale Trinidad, a metà della rotta per lo Stretto di Magellano. Durante l'intera navigazione, raffiche di pioggia su un mare increspato avevano chiuso gli orizzonti per tutta la giornata, e la notte, la baleniera sembrava un'ombra appena più densa in quell'oscura immensità.

Verso l'alba la nave aveva diminuito l'andatura avvicinandosi alla costa per trovare l'imboccatura del canale. Il giorno si annunciava con una schiarita, e quando le brume si erano dissipate avevano rivelato un paesaggio di una bellezza sconvolgente. Era come se la cordigliera delle Ande fosse franata in pezzi nell'oceano Pacifico. Un luminoso imbocco si apriva nell'impervio litorale, e lasciava il passo al mare, che si addentrava come una strada scintillante tra grandi pareti rocciose che ricadevano con profili frastagliati sulle sue sponde. Dalle fenditure della roccia emergeva di tanto in tanto una vegetazione irregolare di roveri contorti, muschi, felci e torbiere verde scuro che screziavano il grigio della pietra fino alla metà delle cime, dove la neve risplendeva bianca e azzurrina sulle vette trasformate nel cristallo del ghiacciaio eterno. Era una bellezza fredda, crudele, ma la cui luce apriva la speranza di un possibile aldilà più promettente.

Il passaggio da quella regione dei canali era stata per Pedro Nauto come il transito da un mondo a un altro che si stava rivelando grandioso e sconosciuto. Luci e ombre fra profili e anfratti rocciosi sulle acque mosse appena da qualche turbine che, come un fantasma errante, vagava per quei canali.

Dopo due giorni e mezzo di navigazione, la vasta via dello Stretto di Magellano si era aperta attraverso il tempestoso Capo Tamar, e oltrepassato il Froward, detto anche Santa Águeda prima che Drake chiamasse Sarmiento de Gamboa il picco selvaggio che segnala la fine del continente americano, il clima si era fatto meno tormentoso e le montagne della cordigliera più soavi.

A Punta Arenas, la città più australe del mondo, avevano gettato l'ancora per ridipingere la nave e cambiarle matricola e nome. Da lì aveva intrapreso la lunga rotta fino all'isola Decepción, dove già si trovavano le altre quattro baleniere e una nave con le attrezzature. La stessa che alla fine della stagione sarebbe andata a caricare l'olio estratto.

La navigazione lungo il canale Magdalena, il braccio nordest del Beagle, con le cordigliere sovrastate da ghiacciai, il passaggio da Capo Horn e il canale di Drake, avevano gradualmente accentuato la frammentazione delle propaggini del continente, con il freddo e i ghiacci che aumentavano e la vegetazione che si riduceva. In un mezzogiorno più o meno sereno, si erano stagliate all'orizzonte montagne di una bianchezza abbagliante, con iridescenze dorate, che davano la parvenza di un mondo accogliente e fantastico. Era l'ingannevole benvenuto che la terra antartica inviava da lontano: gelida e morta, come migliaia di anni fa.

Gli si strinse un po' il cuore ricordando tutto questo. Come un uccello errante, era arrivato senza rendersene conto fino a quei ghiacci alla fine del mondo. Per contrasto, rievocò i frutti succulenti della sua terra, le case di larice con un bel focolare rustico tra le pietre, le barche sempre pronte per uscire a pesca o a raccogliere frutti di mare nelle tranquille insenature, il dolce succo del *cauchao*, il minuscolo frutto dell'albero di *luma*, quello delle dorate bromelie e del *quiscal*, la tenera radice sepolta nella sabbia al riparo delle grandi foglie del *pangue*. Una frustata di ricordi che lo immalinconì un po'. Avrebbe voluto piangere; ma dalla tragica morte di sua madre non sapeva più cosa fosse una lacrima.

Di colpo pensò che alle prime ore del giorno doveva trovarsi a bordo della Leviatán. Sarebbe stato ancora una volta in mare aperto, e questo lo faceva sentire allegro, un po' come fanno i gabbiani che giocano sfiorando le onde quando si avvicina la tempesta.

La breve notte australe intensificò all'improvviso le sue ombre. Attraverso i fori delle lamine di zinco gli sembrò di intravedere la luna. Quella luna antartica, che sbuca tra i ghiacci per poi nascondersi rapidamente come se anche lei avesse paura delle intemperie. Voltò il viso verso la parete dove una lastra di zinco conservava ancora qualcosa della vernice antiruggine con cui era stata dipinta. Sentì che un velo d'ombra ricopriva i suoi occhi fino al centro del cranio, spegnendo i ricordi, e si addormentò, accanto a quella sorta di fiamma immobile e morta.

6

«Lasci le sue cose a prua e si presenti in cucina a lavorare», gli disse il pilota Yáñez, quando al mattino presto Pedro Nauto arrivò sulla baleniera con la stessa barca usata per rimorchiare.

Salutando di sfuggita alcuni uomini dell'equipaggio che conosceva, scese lungo il passaggio che portava sottocoperta, dove si trovavano gli alloggi dei marinai.

La sottocoperta, larga nella parte dove scendeva la scaletta dalla coperta, si restringeva seguendo la forma del fasciame della nave verso la prua. Nel piccolo spazio che rimaneva tra le brande addossate alla fiancata, c'era un tavolo della stessa forma, largo da un lato e stretto dall'altro, con panche imbullonate al pavimento e sul ripiano listelle di legno per impedire che i piatti scivolassero via per il rollio. Conosceva già quei dormitori-mensa simili su ogni baleniera, dove tutti se ne stavano ammucchiati, tanto per dormire quanto per mangiare, dato che in coperta si riposava quasi sempre meglio.

Una porta di ferro, bassa e stretta, immetteva nella cambusa dove si trovavano i cilindri della sagola e le molle degli ammortizzatori, a dimostrazione che nessun marinaio avrebbe mai potuto dormire quando risuonava il grido «balena a prua!» Un'altra porta più grande, sotto la scaletta di ferro, conduceva alla cabina del cuciniere, unico uomo dell'equipaggio che aveva diritto a una cabina a bordo, poiché tale incarico veniva considerato quasi alla pari di quello di un ufficiale.

Nel posare il suo sacco di marinaio sulla branda che trovò

libera, notò che la serratura del lucchetto non era affatto sicura, e lo forzò aprendolo senza chiave. Rovistando dentro il sacco di tela, si ritrovò tra le mani il piccolo cofanetto di legno pregiato, che non aveva mai abbandonato dal giorno in cui era morta sua madre. Lo aprì, e osservò nella penombra gli unici ricordi che gli erano cari: la piccola fotografia della madre ancora molto giovane, i suoi tratti energici, la ciocca di capelli castano chiaro della sua infanzia, il portamonete con alcuni pesos d'argento e una sterlina, e l'anello d'oro che aveva trovato infilzando ricci nella baia di Puerto Oscuro. Era da tempo che non lo guardava. Lo provò alle dita della mano sinistra, e adesso gli andava giusto al dito medio. Ammirò ancora una volta i due leoni finemente incisi allacciati per la coda, che reggevano tra le fauci lo scudo, con il monogramma della J e della A intrecciate. Richiuse il cofanetto e lo infilò in fondo al sacco; l'anello, invece, lo lasciò al dito per sicurezza; in ogni caso, era l'oggetto di maggior valore che possedeva, dato il suo peso in oro massiccio.

Salì in coperta e si diresse in cucina per assumere i nuovi compiti. Il vecchio cuciniere Fabián Martínez lo accolse con un sorriso svogliato.

«Togliti il cappotto e mettiti una giacca di servizio», disse senza tanti preamboli.

«Non ho altro.»

«Non sapevi cosa venivi a fare a bordo?»

«Ho sempre lavorato così, o con un maglione.»

«Anche se siamo su una baleniera, ognuno deve abbigliarsi come gli corrisponde. Non ti dimenticare che in cucina comando io e sul ponte il capitano.»

Il ragazzo arrossì leggermente per l'accoglienza ricevuta.

«Mettiti a sbucciare le patate, nell'attesa che gli altri vengano a fare colazione.»

La cucina della baleniera condivideva una parte della sovrastruttura con un piccolo locale. Vi si entrava da tribordo e si usciva verso babordo attraverso la porta della cucina. Il locale, in cui mangiavano il capitano, il pilota e i due ingegneri, era più stretto della stanza del cuciniere. C'era un piccolo tavolo con i bordi rialzati per trattenere le stoviglie e alcuni sgabelli addossati alle pareti. Accanto alla porta, la scala che conduceva al ponte di comando, e dal sedile del capitano si dominava il parapetto da tribordo fino a poppa. Una paratia scorrevole separava i compartimenti; ma restava generalmente aperta, per permettere al cuciniere di sbirciare con quale fretta gli ufficiali scendevano a mangiare dopo i turni di guardia, e ascoltare, ovviamente, le loro conversazioni. Di conseguenza, il punto di riferimento per ogni novità o diceria a bordo era Fabián, il cuciniere; un uomo piccolo ma robusto, sui sessant'anni, con la testa un po' inclinata da una parte, il volto butterato dal vaiolo, e sempre con lo sguardo di traverso tra le palpebre senza ciglia. Sembrava non guardare nulla, ma i suoi occhi, di un indefinibile colore scuro, coglievano al volo ogni minimo particolare. Il gioco era il suo vizio; ma il capitano aveva severamente proibito le carte a bordo, da quella volta che stava per spennare l'intero equipaggio ed erano arrivati al punto di scaraventarlo in mare.

Di lì a poco arrivarono i due ingegneri, Demetrio Díaz e José Rebolledo, che fungeva da secondo. Il primo era un uomo tranquillo, sui cinquant'anni, basso, grasso e canuto, e il secondo, sui quarantacinque, più magro e alto.

«Carne arrosto?»

«Purché sia di vacca!» esclamò Rebolledo.

«La stanno svezzando, secondo...» rispose di rimando il cuciniere alla battuta dell'altro.

Quasi sempre, gli uomini a bordo scherzavano con allusioni alla vita dell'entroterra, del nord, il cui ricordo diventa più caro sui mari antartici.

«A me porti pure la carne arrosto», disse Díaz, il primo ingegnere.

«Anche a me!» urlò Albarrán, che aveva sentito la proposta dalla scala del ponte.

Il cuciniere tagliò due tranci abbondanti di filetto di balena e li passò sulla graticola, per poi porgerli a Pedro Nauto nei piatti perché li servisse.

«Adesso non finiremo più a bere acqua stando in piedi...» disse Rebolledo.

«Cos'è questa storia di bere acqua in piedi?» chiese Díaz.

«Succede quando uno affoga... Non siamo più tredici a bordo... Fabián ce l'ha fatta... Non lo sopportava proprio quel numero.»

«Io ho chiesto solo ciò che mi spetta, un aiutante, ed eccolo lì.»

«Come ti chiami?» gli chiese Rebolledo.

«Pedro Nauto...»

«Che strano cognome!»

«È di Chiloé...»

«Ma qui sono quasi tutti chiloesi, eppure non l'avevo mai sentito...»

«Deve essere indigeno», disse Albarrán.

Il ragazzo avvertì lo sguardo indagatore dei tre uomini, e continuò nel suo lavoro fino a servire il caffè.

«Da che parte di Chiloé vieni, tu?» gli chiese Albarrán.

«Da Puerto Oscuro, vicino a Quemchi.»

«E il tuo secondo cognome?» continuò a indagare Rebolledo.

«Ho solo questo, Nauto; sono un figlio naturale», rispose il ragazzo, guardando per la prima volta in faccia i suoi interlocutori.

A un tratto notò che il capitano sporgeva la testa sul tavolo e aggrottando le sopracciglia fissava lo sguardo sul suo anello.

«E quell'anello?» gli chiese.

«Lo porto al dito, quando mi è possibile.»

«Vediamo un po', fammelo vedere.»

Pedro Nauto si tolse il grosso anello d'oro e lo porse al capitano. Anche l'ingegnere Rebolledo si avvicinò per osservarlo meglio.

«Come hai detto che ti chiami?» chiese ancora il capitano.

«Pedro Nauto, signore...»

«Ma quelle che si vedono qui sono una J e una A!»

«Julio Albarrán!» esclamò Rebolledo, ridendo.

«È vero... l'anello potrebbe essere suo», aggiunse l'ingegnere Díaz.

Come una brace rilucente, dorata, il capitano girò e rigirò l'anello tra le dita, osservando soprattutto i due leoni lavorati, uniti dalle code attorcigliate. Tornò ad aggrottare le sopracciglia, con un'espressione di stupore e dubbio al tempo stesso.

«Dove l'ha trovato?» chiese con un tono strano, la voce roca che ricordava le note d'organo che emettono alcune balene quando vengono ferite.

«In mare, signore... L'ho trovato davanti a Puerto Oscuro, la spiaggia dove vivevo, un giorno che stavo raccogliendo ricci con la fiocina. A un tratto ho visto brillare qualcosa sott'acqua, mi sono immerso ed era questo anello. Al principio ho creduto che l'avesse perso un mio vicino, il palombaro José Andrade, ma non era suo. Da allora lo porto con me, perché magari un giorno troverò il suo padrone...»

«Facci incidere le tue iniziali, altrimenti chiunque può credere che tu l'abbia rubato», consigliò Rebolledo.

«E può anche darsi che interessi al capitano...» aggiunse Díaz.

«Dov'è situato Puerto Oscuro?» chiese il capitano, come se stesse cercando di ricordare.

«È una baia molto piccola, che rimane tra la rada di Huite e Quemchi. Più che come Puerto Oscuro la gente lo conosce come il posto dove getta le ancore il Caleuche.»

«Cosa sarebbe questo Caleuche?» domandò Rebolledo.

«Si vede che lei non è un chiloese», disse Díaz, e aggiunse: «È il 'galeone stregato', amico mio, il vascello fantasma delle isole, che ha fatto un patto con il diavolo e commercia con gli stregoni!»

«Lei non ha mai comandato una nave da quelle parti?» rise Rebolledo, rivolto ad Albarrán.

«Bisogna levare le ancore quanto prima», fece serio il capitano, restituendo l'anello a Pedro Nauto, e alzatosi in piedi, uscì frettolosamente.

Una volta sul ponte di comando respirò a pieni polmoni, gonfiando il petto. Poi, la prima cosa che fece fu prendere il suo vecchio portolano dallo scaffale e cominciò a sfogliarlo fino a trovare la seguente descrizione:

> *DARSENA DI HUITE O PUERTO OSCURO: L'imbarcazione diretta a Puerto Oscuro punterà sul promontorio Lobos e imboccherà il canale Caucahué bordeggiando il citato promontorio e seguirà la costa finché potrà governare sulla punta est della darsena a O-N-O o N-O. Tale punta abbonda di scogliere, mentre la costa occidentale è poco accessibile, rocciosa e affiorante fino a 90 metri da terra. Viene denominata Millahuilo e anche Yauvilú o Culebra. Una cascata regolare in una caverna può offrire un ottimo rifornimento, poiché l'acqua è di sorgente e una scialuppa può attraccare con l'alta marea.*

Si tormentò la barba, richiudendo il grosso volume del portolano. Sì, lui stesso aveva sottolineato con una matita rossa il punto in cui rifornirsi d'acqua, il luogo dove tanti anni prima aveva perso il suo anello cercando di rimettere a posto il timone della scialuppa nel dritto di poppa, fuoriuscito a causa del carico d'acqua.

Quale genietto misterioso manipola il meccanismo della memoria affinché questa rimuova per sempre alcune cose e favorisca il ricordo di altre?

Come l'ombra di una balena che dalla coffa si intravede avanzare sotto la superficie, gli torna in mente un piccolo volto sfuocato dal tempo, una camicetta violacea sulla riva del mare, un vestitino leggero e scolorito, i piedi scalzi di quella ragazzina quindicenne e le sue giovani gambe, già tornite, come gli steli della *nalca*, sotto le cui larghe foglie la possiederà. Quel viso arriva dal tempo e dallo spazio come una goccia d'acqua che va ingrossandosi diventando sempre più nitida. Una goccia d'acqua i cui riflessi, adesso, gli sembra di aver percepito negli occhi di quel ragazzo, quando ha risposto in tono sicuro: «Sono figlio naturale...»

Ma no; forse è soltanto frutto della sua immaginazione... La storia dell'anello l'aveva ricordata altre volte, perché era una perdita che continuava a sentire; ma l'altra faccenda l'aveva dimenticata del tutto, tanto era stato fugace e superficiale quell'atto brutale dei suoi istinti... Vediamo un po'... Ecco... Non è la stessa cosa scorgere l'ombra di una balena sott'acqua desiderando che emerga un istante per arpionarla, e percepire il riflesso di una verità riemersa per ferire la coscienza. C'era un motivo, se la memoria l'aveva custodita nel suo scrigno sigillato. Vediamo... Vediamo un po'... Adesso è lui la balena sfuggente inseguita dal riflesso di un arpione che lo cerca spietatamente sotto le ombre del tempo e delle acque! È il capitano a venire arpionato dalla luce di una verità, dalla verità di un semplice evento della sua vita!

Era successo nella primavera del 1903... Ma quanti anni avrà avuto il ragazzo? Navigavano a nordovest del golfo di Ancud, quando il capitano aveva deciso di rifornirsi d'acqua per le caldaie. Lui era il secondo ufficiale di bordo e doveva trasferirsi a terra con la scialuppa per coordinare il carico d'acqua e i viaggi dalla cascata alla nave fino a completare l'approvvigionamento. Avevano impiegato tutto il pomeriggio a caricare acqua. Una volta svolto il proprio compito, lui se ne era andato a fare un giro su quelle spiagge. Era stato un caso fortuito, senza importanza... come tanti altri avvenuti nei porti e nelle baie dove le baleniere gettavano l'ancora...

Ah, adesso nella sua mente emerge di colpo un colore violaceo tra il verde glauco delle alghe lasciate in secca dalla bassa marea! È una raccoglitrice di molluschi con la sua cesta di vimini e la paletta. Niente di premeditato. Le aveva chiesto dove poteva trovare della *chicha* di mele da portare a bordo. La ragazzina lo aveva condotto per un sentiero fino a una collina da cui si poteva scorgere la casa dove vendevano *chicha* di mele. Passando sotto delle felci e dei *pangue* che formavano una volta sul sentiero, lei andava avanti, fiduciosa, camminando svelta a piedi scalzi. Aveva alzato gli occhi dal fango fino a quei piedi che si muovevano in modo così grazioso e sicuro, mentre lui scivolava con i suoi grossi stivali. Arrivati davanti a una recinzione, la ragazzina l'aveva superata con un salto, di fianco, appoggiandosi solo su una mano.

«Sono come l'aria!» gli aveva detto festosa.

Oh, la memoria... come mantiene vivi i suoi fantasmi!

Nel salto, le aveva visto le gambe... le cosce sotto il vestito che si era sollevato a ventaglio. Si era sforzato di pensare a quello che stava per commettere; ma il sangue gli aveva annebbiato la mente. Lo stesso sangue che avrebbe impedito per sempre al ricordo di raggiungere la coscienza. Dapprima l'aveva presa con la forza. Poi la ragazzina si era arresa all'istinto bestiale dell'uomo come una piccola alga tra le braccia del mare.

Nell'ultimo viaggio della scialuppa carica d'acqua, i marinai vogavano quasi sdraiati sui banchi per non bagnarsi. L'imbarcazione avanzava con cautela. Nell'abbassarsi per il carico, un gancio del timone era uscito dall'alaggio. Anche la sua posizione sul banco di poppa era scomoda. Si era tirato su le maniche per rimettere a posto il timone. Cercando di infilare il ferro nel foro di bronzo, gli si era incastrato il dito con l'anello, e nel tentativo di liberarlo, indolenzito, l'anello era caduto in mare.

Tutto chiaro; ma gli restava sempre un dubbio che poteva assolverlo, come quando l'arpione scivola sull'acqua e l'impulso lo fa rimbalzare senza colpire la balena: quanti anni poteva avere quel ragazzo?

«Pilota Yáñez!» sbraitò rivolto al posto dove il secondo controllava il carico di carbone. «Quanti anni avrà quel ragazzino?» chiese quando l'altro arrivò sul ponte.

«Sui sedici anni... E mi chiama per questo?»

«No; volevo dirle di controllare ancora una volta la nave. Appena la carbonaia è piena faccia levare le ancore.»

Poco dopo, gli anelli delle catene, lucidi o coperti di fanghiglia dei fondali, cominciarono a risuonare passando dai fori di prua con rintocchi di campana rotta, che le acque e i ghiacci facevano riecheggiare nella conca del vulcano semispento. La catena era troppo grossa per quella piccola nave, di solo duecentonovanta tonnellate di stazza, e l'ancora molto pesante, per essere gettata in mare senza fondo e potersi mantenere alla deriva in una notte tempestosa.

«Prepararsi a salpare!» si udì da prua a poppa la voce del nostromo Bárcena, una volta cessati i rumori dell'ancora.

Il capitano Julio Albarrán, sul ponte di comando, si spostò alla maniglia di bronzo dello *stand-by*, la campana che comunica con le macchine. Ogni volta che afferrava quella leva per mettere in movimento la nave, provava una sensazione piacevole, come se tagliasse il cordone ombelicale che lo univa alla terra. Una volta che dalle viscere della nave giungeva la scampanata di risposta, cessava di esistere per lui ogni problema e sentiva il suo spirito libero e combattivo, pronto a seguire ancora una volta «la scia della balena»...

Ma, adesso, sentendo la campanella che avviava le macchine della Leviatán, non provò la stessa sensazione, per la prima volta nella sua lunga vita di baleniere. Qualcosa, da terra, si era imbarcato nel suo cuore, aprendosi un varco fino alla sua coscienza di uomo.

7

Quasi che i presentimenti dei superstiziosi avessero obbedito a qualcosa di razionale e logico, le battute di caccia della Leviatán ottennero risultati migliori appena vi fu un uomo in più a bordo, infrangendo la cifra fatidica dei tredici dell'equipaggio, contro la quale alcuni avevano protestato apertamente e altri in maniera meno evidente; ma tutti pervasi da quel timore che spesso risveglia la spietata natura del mare, dove la vita e la morte si rincorrono costantemente, onda dopo onda.

Pedro Nauto venne accolto con soddisfazione a bordo, da ufficiali e marinai. Dopo aver aiutato in cucina, doveva servire i primi, e portare agli altri il vassoio con il pasto sottocoperta. Ogni tanto rimpiazzava un timoniere e anche il cuciniere nel taglio delle pinne caudali al momento di issare la balena. E così imparò a conoscere rapidamente la sua nuova nave, «dalla chiglia al pennone», come si diceva in gergo marinaresco.

Non esiste un marinaio che non ami la sua nave, che ne sia consapevole o meno, persino quando sembra odiarla, a causa della pericolosa e dura vita di bordo, che sulle baleniere è ancora più rude e precaria rispetto a qualsiasi altro tipo di nave. Forse perché, come l'albatro errante che gode nel planare contro la tempesta, quel guscio di ferro o legno permette allo spirito dell'uomo di camminare sicuro sull'agitato dorso della morte.

Quasi un uomo tra uomini, Pedro Nauto poco a poco stava conoscendo frammenti di vita dei suoi nuovi compagni. A bordo quelle vite erano simili a raffiche di vento, gli uomini scendevano soltanto per mangiare o per un breve riposo tra i turni di guardia in coperta o alle macchine. Erano esistenze che, come era successo ai remoti antenati della balena, erano state quasi tutte spinte dalla terra al mare dal vento del bisogno.

Un giorno, pelando patate in cucina, al calore del fuoco, che con quelle temperature costituiva una sorta di privilegio per il cuciniere e l'aiutante, il vecchio Fabián Martínez gli aveva accennato qualcosa della propria vita.

«Sono del nord», gli aveva detto, «di Quillota. Lassù si coltiva tutto il meglio che la terra può dare... Conosci l'avocado?»

«No.»

«È un albero più grande del rovere che si trova dalle tue parti. Dà un bellissimo frutto, dentro è come un burro verde che spalmi sul pane e te lo mangi. Ha anche la consistenza del pane, ed è come se mangiassi una crema degli alberi... e la *chirimoya*, sapessi, è come una palla in cima alla chioma. Ne rompi una a metà, e la polpa è succosa, dolce e profumata. Non ce la fai neppure a finirla. Se nel vino bianco ci metti una fetta di *chirimoya*, diventa squisito... Dalle mie parti si coltiva anche l'uva, e si produce vino e *chicha*. La terra lassù offre di tutto, e d'estate Quillota diventa come un'immensa cesta piena di ogni frutto... Io avevo un podere; l'ho ereditato dai miei genitori, perché sono figlio di un uomo ricco; ma con la testa che mi ritrovo ho perso tutto... L'ho scialacquato con le donne e le scommesse sui cavalli. Mi è sempre piaciuto mangiare bene e per questo ho scelto il lavoro in cucina. Quando ero ricco preparavo io stesso i piatti per i miei invitati. Più tardi mi è tornato utile: ho lavorato come cuoco sulla costa in un albergo per le vacanze. Un cuoco trova lavoro ovunque vada, perché a mangiare sono in tanti, ma pochi quelli che sanno preparare buoni piatti. È il mestiere più richiesto, nelle osterie, nelle trattorie o persino nei bordelli, sui transatlantici o negli alberghi. Ovunque vai te la puoi cavare. Non so perché diavolo sono rimasto tra questi balenieri. Io sono un cuoco per ben altro tipo di gente; non certo per questi... Ho fatto naufragio due volte su queste schifezze di navi, e una terza su una goletta da pesca. I ragazzi se la ridono perché ho avuto tre donne, una per ogni naufragio... E anche loro mi hanno fregato. Un marinaio non dovrebbe mai sposarsi, perché c'è sempre qualcuno che gli soffia la donna... L'ultima me l'ha fregata il mio migliore amico, ma mi sono vendicato. All'inizio volevo ammazzarlo, quel vigliacco... Una cosa del genere non si dovrebbe mai fare a un amico. Io non potrei andare a letto neanche con una puttana che sia stata con un amico; mi farebbe schifo. Sai cosa ho fatto? Mi sono vendicato proprio bene... Li ho costretti a sposarsi, perché se non lo facevano, ho minacciato di ucciderli. A quei tempi ero svelto di coltello, e lui era un gran codardo, aveva paura di me. E si sono sposati... così lui si è messo la corda al collo con la benedizione di Dio. E ho anche assistito alla cerimonia. Quando il prete ha chiesto se qualcuno si opponeva al matrimonio, si sono voltati a guardarmi... Sapevano che mi sarei potuto opporre. «Hanno il mio consenso», ho detto al sacerdote. A testa china, sono stati benedetti dal prete... Io mi sono inginocchiato, ho fatto il segno della croce e sono uscito dalla chiesa, ma li ho aspettati fuori... Lui si è spaventato quando mi ha visto fermo sul portone. Aveva paura che tirassi fuori il coltello, invece dietro la schiena tenevo un mazzo di rose, e le ho lanciate a lei, che ha piegato la testa.»

«Le voleva ancora bene?» chiese Pedro Nauto.

«Come potevo volerle bene con quello che mi aveva fatto! Erano rose bianche... che si gettano a una fanciulla pura e vergine, quando si sposa... L'ho fatto solo per prenderla in giro!»

Ma, qualche giorno dopo, quando Pedro Nauto aveva raccontato sottocoperta la storia del vecchio cuciniere proprietario di un podere nel nord, tutti erano scoppiati a ridere, specialmente Ortega, anche lui del nord, a cui Fabián, una volta che si erano ubriacati insieme, aveva raccontato piangendo la vera storia della sua vita: era figlio illegittimo di un possidente di Quillota, che un giorno aveva spronato il cavallo contro sua madre, travolgendola. La donna era rimasta a letto per un certo tempo, per le conseguenze dei colpi ricevuti, e poi era morta. Lui aveva visto sua madre cadere e sollevarsi sotto gli zoccoli del cavallo. Per non fare la stessa fine era fuggito sulle montagne. Gli inquilini di un altro podere lo avevano accolto e così era cresciuto con loro, aiutandoli nei lavori dei campi, finché non era sceso lungo le sponde del Río Aconcagua fino a Valparaíso, dove si era imbarcato per non tornare mai più nella sua terra natale.

Pedro Nauto amava la gente in maniera istintiva. La sua sana giovinezza gli impediva di intuire la cattiveria e la menzogna negli altri; a poco a poco la vita lo stava istruendo nel distinguere tra la verità e l'inganno, tra la realtà e l'illusione, tra gli uomini e le cose.

Aveva notato subito che a bordo c'era una certa avversione nei riguardi del cuciniere, e questi si vendicava preparando a volte del pessimo cibo. Con il tempo, imparò a difendersi dai brutti tiri di Fabián e dall'avversione degli altri, che lo credevano complice del primo. Il rancio per l'equipaggio era solitamente un solo ma abbondante piatto a base di cibi secchi o carne di balena, un dolce di pesche sciroppate due o tre volte la settimana, e una tazza di caffè. Nella cabina del capitano venivano serviti due piatti, ma a volte anche gli ufficiali subivano le imprevedibili prepotenze del cuciniere.

Albarrán controllava i viveri di persona, compito che includeva anche tenere a bada le intemperanze del vecchio Fabián. Sapeva per esperienza che mantenere in efficienza gli uomini dipendeva in gran parte dallo stomaco. Era consapevole dell'importanza del cuciniere, e in molti casi era l'unico uomo a bordo che metteva a dura prova la sua pazienza e autorità. E così come gli bastava un'occhiata per riconoscere i venti in alto mare dal baluginare delle stelle, percepiva l'umore e le intenzioni del vecchio Fabián dallo sguardo sotto quelle palpebre senza ciglia. Gli altri uomini poteva muoverli come le dita della sua mano; «con la testa fredda e i piedi caldi, non c'è di che preoccuparsi», era solito dire.

Sul ponte di comando contavano solo lui e il pilota Yáñez. Le faccende in coperta erano affidate al vigore e al senno del nostromo Bárcena. Yáñez era come il prolungamento della sua autorità in tutto ciò che riguardava la navigazione, attraccare e salpare, l'assegnazione dei compiti e la disciplina dei quattro marinai, Mancilla, Vidal, Millaneri e Barrientos. Delle macchine rispondeva il primo ingegnere Díaz. Là sotto se la vedeva con il secondo Rebolledo e i fuochisti Ortega, Alarcón e Bórquez. In certe occasioni tutti quegli uomini si comportavano come grossi bambini, con le loro differenze di carattere, forza d'animo per affrontare tempeste e battute di caccia, o debolezze. Un solo grido li univa tutti: «Balena a prua!» Terminata la caccia al cetaceo, i legami che li univano sembravano sciogliersi. Ma lui li considerava sempre come un insieme organico, il sangue, il cuore, i muscoli e i nervi della nave, e così sapeva dove piazzarli, separatamente, ciascuno con la propria responsabilità, durante la caccia o la navigazione. Si industriava per fare in modo che nel lavoro, pur cooperando, vi fosse sempre una certa competitività e vigilanza reciproca. Era convinto che ogni uomo dell'equipaggio doveva essere sicuro, responsabile, e non doveva mentire, poiché dalla menzogna di uno o dall'errore tenuto nascosto di un altro dipendeva la vita dell'intera nave, la sorte di tutti. Non poteva concepire quegli uomini separatamente dalla loro nave, per lui erano una sola cosa. La disciplina ferrea veniva imposta più dal lavoro in sé che dalla sua autorità. Quello che non si muoveva svelto ostacolava il lavoro degli altri. Il massimo dell'abilità di ognuno si palesava nel momento della caccia. Lì venivano fuori il vigore e la destrezza di tutto l'equipaggio, dal capitano al marinaio, e la vera autorità si conquistava lì, nella capacità di ciascuno nel compiere le manovre; e questa autorità poi rimaneva nell'aria, non palpabile, ma pur sempre presente nella vita quotidiana della nave. Se comandava, era perché soltanto lui sapeva arpionare bene la balena, e con il suo intuito e la mira nell'inseguire e uccidere il cetaceo, dava di che vivere a tutti.

Riceveva venti pesos per ogni balena consegnata allo stabilimento, mentre all'ultimo uomo dell'equipaggio ne spettavano due. Era per quei pesos che tutti si trovavano a bordo e sopportavano la dura vita tra i ghiacci del circolo polare. Non importava da dove venisse, come e chi fosse il marinaio; l'importante era il suo contributo nel dare la caccia alla balena. Molti dell'entroterra pensavano che lo facessero per spirito d'avventura, per vedere terre sconosciute; e invece no, andavano dietro alla balena per lo stesso motivo dell'orca, «la balena assassina», per quel morso in più che non avevano potuto dare a terra e per il quale rischiavano le loro vite in alto mare. Poi, certo, non esiste uomo che non nobiliti il proprio lavoro, e la rude vita del baleniere era come la sintesi di ciò per cui ha sempre vissuto l'umanità: cercare di che sfamarsi.

Solo durante le grandi burrasche il capitano Albarrán trovava rifugio in qualche insenatura tra i ghiacci, o mettendosi sottovento di un iceberg alla deriva, la cosa più sicura per ripararsi da una tempesta in alto mare. Per il resto del tempo era sempre all'inseguimento delle balene. In altre occasioni, quando si scatenava una tempesta e non c'erano in vista un litorale né un iceberg, faceva sprangare i boccaporti, avvitare gli oblò e affrontare di prua le mareggiate per tutta la notte, con la nave chiusa come una boa galleggiante. Se i marosi e il vento non erano troppo forti, calava le ancore a una certa profondità per mantenersi alla deriva e tutti se ne andavano a dormire come nel migliore dei mondi. Solo quando gli scossoni erano troppo violenti, o le onde spazzavano il tetto della sua cabina con fragore, si alzava, infilava la mantella impermeabile e saliva sul ponte ad affrontare la tempesta.

Nei giorni di maltempo, quando si riparavano dalla burrasca in qualche baia, o quando la Leviatán alla deriva nella notte sembrava anch'essa un cetaceo morto, segnalando la sua presenza con le luci di estremità e di posizione in mezzo all'immensità, quegli uomini ricordavano, chiacchierando tra loro oppure ognuno per conto proprio, eventi e aneddoti che alleviavano la monotona vita di bordo. Fatti semplici, di esistenze genuine, che avevano cominciato ad aprirsi il passo lungo la costa o nell'entroterra, e che a volte per un caso fortuito si erano avventurate in mare. Alcuni nei propri racconti cercavano di distinguersi dalla vita mediocre degli altri, e in certe occasioni esageravano sicuramente la realtà, o semplicemente inventavano o mentivano, come aveva fatto il cuciniere con Pedro Nauto, scambiando nelle sue fantasie la povertà con la ricchezza. C'era un motivo se una volta il vecchio gli aveva citato un detto volgare: «La povertà è come la merda: più la rigiri e più puzza». Così era: tutti cercavano di evitare la povertà, e persino nei loro racconti la tenevano nascosta come un motivo di vergogna.

Ma che cos'è la fantasia, l'illusione, se non un modo di fuggire una dura realtà, l'anelito del cuore umano verso una vita migliore? Esisterebbe forse nell'immaginazione religiosa dell'uomo una felice vita ultraterrena, se anche questa lo fosse? L'uomo può tessere la sua esistenza con fili di luce o di ombra, in una trama reale, salda, o sfilacciata e slegata, ma tutti i suoi fili finiranno per confluire, come i rami di un rampicante, alla radice terrestre, da dove nasce ogni vita verso la luce!

Queste radici, come il cordone ombelicale invisibile e ancestrale che spinge l'altro mammifero, la balena, ad avvicinarsi alla terraferma quando sente giungere l'ora della sua morte, non smettevano mai di salire lungo i fili del sangue o di riflettersi nella mente di quei balenieri. Lì restava a brillare, simile a una goccia di rugiada, la linfa umana, unica e vera, con le sue più alte o più basse categorie terrestri.

Per esperienza personale, il capitano Albarrán conosceva il pericolo che ogni tanto incombeva sulle teste di quegli uomini i cui piedi erano stati strappati alla terra. Soprattutto quando si avvicinava la fine della stagione di caccia, e allora il prolungato isolamento antartico diventava quasi insopportabile.

Sapeva che era una specie di malattia della lontananza o nostalgia delle cose terrestri, che faceva chiudere in se stessi i suoi uomini, li rendeva tristi, suscettibili e irritabili. C'era chi smetteva di parlare e si sdraiava sulla branda con la faccia rivolta alla parete. Cosa aveva? A che pensava? Per esperienza immaginava che quella mente assorta stesse pensando soprattutto a una donna. Alcuni, forse, al grembo materno, da cui erano stati strappati in tenera età; altri, alla tremante innocenza di un amore giovanile; ma la maggioranza vedeva e rivedeva nell'immaginazione fattezze e tratti femminili rimasti avvinghiati alla memoria dei sensi, durante un passaggio fugace per i bordelli. Immagini di un volto, di una chioma di capelli, di labbra e occhi, di un paio di cosce o delle sfuggenti forme del sesso. Sempre il sesso, con la sua sferza angosciosa ed essenziale, l'istinto cosciente o incosciente della propagazione della specie, che strattonava come un puledro oscuro le fulgide ma deboli redini della responsabilità biologica, mordeva il freno della virilità trattenuta fino a spezzarlo, per poi abbandonare le mani e intontirsi come un povero animale con i propri organi.

Per questo il capitano preferiva affrontare le burrasche piuttosto che rimanere fermo al primo accenno di maltempo. Come il *petrel* o l'albatro, gli piaceva tenere sempre le ali distese planando sull'infinità dell'orizzonte marino, e non ripiegate o intorpidite nell'oscura fessura di una roccia o sotto la parete di un iceberg.

Juan Alarcón, uno dei fuochisti, aveva quasi sempre gli occhi acquosi e tristi salendo in coperta, e si asciugava il sudore con lo straccio che si annodava al collo come una sciarpa. Aveva gli occhi chiari come quelli di un gatto, in contrasto con la pelle scura e rovinata. La testa rotonda, una barba rada e slavata e lunghi peli ispidi al posto dei baffi riconfermavano tale similitudine con il felino.

«Il mio destino sarà quello di spalare carbone tutta la vita!» era solito dire, riferendosi al suo passato di minatore a Coronel.

Il porto in questione è come una carbonaia sotto il mare, e i minatori non vedono quasi mai la luce del sole, dovendo lavorare in oscure gallerie che si spingono per chilometri sotto il letto dell'oceano. Quegli uomini escono dalla miniera simili a pallidi fantasmi, solo per dormire qualche ora sulla branda lasciata ancora calda da un altro compagno di turno, nelle baracche che si ammassano sulla riva del mare. La vita senza sole, assieme alla cattiva alimentazione imposta dal magro salario, fanno sì che generalmente si ammalino di tubercolosi e muoiano giovani.

Alarcón aveva intuito ben presto il destino che lo aspettava assieme ai suoi spettrali compagni, e appena gli era stato possibile aveva lasciato la miniera per lavorare come scaricatore delle navi carboniere. Da questo all'imbarcarsi, per continuare a spalare carbone nelle caldaie di una baleniera, c'era solo un passo. Ma Juan Alarcón non era di lì, del porto di Coronel, bensì di una zona molto più interna, poiché era nato oltre i primi contrafforti della cordigliera di Nahuelbuta.

Socchiudendo gli occhi acquosi risaliva la foce del Río Lebu, tornava con la memoria a Coronel, il piccolo villaggio di Contulmo, alla città di Angol, per arrivare al lontano angolo cordiglierano di Rucapillán, che in lingua mapuche, quella degli araucani, voleva dire «capanna del diavolo». In effetti, quel luogo poteva essere abitato solo dallo spirito malefico. Incastonato tra montagne inospitali, durante i brutti inverni non restava un filo d'erba per nutrire un animale, mentre i terreni migliori, in grandi estensioni, appartenevano a milionari della capitale, generalmente i politici che governavano il paese. Ricordava i giorni dell'infanzia quando lui e i suoi fratellini spesso non avevano altro alimento che qualche pugno di farina tostata mescolata con l'acqua, e per vestiario un logoro sacco di tela infilato come un poncho e legato alla cintura con una cordicella di vimini.

Gli tornava spesso in mente l'immagine di sua madre: la

rivedeva camminare davanti a lui, sotto i rami grigiastri dei roveri che l'inverno spogliava di ogni foglia, reggendo sul petto l'ultimo gallo da vendere nella città di Angol per comprare farina tostata con cui avrebbero potuto prolungare la resistenza alla fame. La rivedeva con il suo scialle nero, che il tempo aveva reso verdastro come il muschio, mentre teneva con un braccio il gallo, l'ultimo del pollaio, dal piumaggio brillante come un arcobaleno, appoggiato al suo seno. Anche i roveri erano belli, con quei rami adunchi rivolti al cielo, e laggiù, sulle vette innevate delle Ande lontane, una zona di luce celeste, come se al di là della grande cordigliera si annunciasse una vita migliore. Da quando aveva preso il mare su quella baleniera, pensava di non tornare mai più a soffrire la fame come a Rucapillán.

Quasi nessuno avrebbe creduto al marinaio Luis Mancilla quando raccontò perché aveva lasciato la sua terra per il mare. Anche la sua era una storia di fame, ma non potevano credere alla faccenda del cane.

«Vivevamo a Hualaihué, e da lì andavamo a tagliare larici all'interno della cordigliera», aveva raccontato. «Mio padre e i miei fratelli maggiori facevano i boscaioli. Quando anch'io ho cominciato a lavorare con il legname di larice, mi sono spaventato. Sapete cosa significa? Non avete idea di che cos'è. Per trovare una macchia di larici bisogna arrampicarsi sulle montagne alte della cordigliera. Lassù si tagliano gli alberi. Non c'è bisogno della sega per dividere il tronco in assi. Basta piantare un cuneo di ferro, seguendo le venature del legno, e con un colpo ben assestato la tavola si spacca da sola, venendo fuori dritta e sottile. Poi si tagliano di circa tre metri, e ognuno scende a valle con sette tavole legate. Il bello viene durante la discesa. Bisogna tenere il fascio di tavole contro il petto, dritto, afferrandolo da sotto, e scendere con la schiena attaccata alla parete rocciosa del precipizio, infilando i piedi nei buchi scavati per salire. Ci sono monti che cadono quasi a picco, e uno riesce a malapena a infilare i talloni in quei buchi. Se si scivola... infatti, è quello che è successo a nostro padre; camminava davanti a noi, è scivolato e caduto. Lo abbiamo raccolto a valle ridotto a un mucchio di ossa... Dopo la morte di mio padre, ce ne siamo andati in un posto più a sud, chiamato Río Negro, alle falde del vulcano Hornopirén; ma anche da lì ce ne siamo dovuti andare via tutti, dopo quella volta che il vulcano ha vomitato pietre e lava per una settimana intera, spazzando via il campo di patate e l'orto che avevamo coltivato a valle. Per poco non siamo morti di fame. Eravamo da soli con nostra madre, fratelli e sorelle. Ci siamo dovuti mangiare persino i cani, lasciandone solo uno che era molto bravo a cacciare i cervi; ma un giorno è sparito. Credevamo che fosse scappato perché aveva capito cos'era successo ai suoi compagni; ma dopo tre giorni è tornato portandoci un piccolo cerbiatto tra i denti. Gli avevamo insegnato a non mangiarsi la preda catturata, e infatti la stava portando ai suoi padroni. Così abbiamo potuto resistere, con i cerbiatti che ci portava il cane ogni tanto, finché da Río Negro non è passata una lancia e ci ha portati via da quel maledetto buco sotto il vulcano Hornopirén. Ricordo anche che bisognava trasportare su zattere il legname lungo il Río Hualaihué... zattere fatte con tavole di larice messe di taglio, e uno stava a prua e l'altro a poppa, con delle pertiche per spingerle e dirigerle perché non si schiantassero contro le pareti delle gole del fiume. Così si navigava su quel fiume, che scorre incassato e pieno di rapide. A volte scendevano trenta e addirittura quaranta zattere in una sola giornata... La notte, quando c'è tempesta, sogno ancora di scendere con un carico di larici stando in equilibrio accanto alla parete di un precipizio, o di correre pericolosamente tra i vortici del Río Hualaihué. Ecco perché quel lavoro ha cominciato a farmi paura, e mi sono imbarcato.»

8

Cascajal è una spiaggia precaria dietro l'isola Llancahué, sulla sponda cordiglierana del golfo di Ancud. Dalle rupi scoscese di questa isola, cascate di acqua calda si gettano direttamente in mare.

Francisco Millaneri era di lì, un chiloese di stirpe indigena, i cui occhi scuri, dallo sguardo fermo e diretto, rendevano più umana la testa da castoro in agguato, incassata su un corto collo nelle spalle troppo robuste per la sua statura.

«Uno può avere la faccia da tonto, ma è preferibile così!» disse una sera a Pedro Nauto, mentre riposavano sottocoperta dopo una battuta di caccia, e aggiunse: «Il pilota Yáñez mi ha preso in giro perché credeva che non sapessi piantare la lancia nel punto giusto per gonfiare d'aria la balena! Se sapesse! Io che sono nato inseguendo i delfini con l'arpione! E una volta, con mio fratello più piccolo, abbiamo arpionato persino un capodoglio!»

«Non ti credo!»

«Adesso so che era un capodoglio; ma allora non lo potevamo sapere. Avrò avuto diciassette anni e mio fratello nove.»

«Com'è andata? Racconta!»

I due erano distesi nelle loro brande a castello. Quella di Pedro Nauto sfiorava il soffitto, il piano della coperta di ferro verniciato di minio antiruggine sembrava una vecchia ferita. Quella di Millaneri rimaneva sotto le assi che sostenevano il pagliericcio e il corpo del compagno. Socchiudendo gli occhi, come evocando il passato, cominciò a raccontare. Pedro Nauto ascoltava in silenzio, e solo ogni tanto si lasciava sfuggire qualche esclamazione di stupore o di incredulità.

«Avevamo gettato le reti nel canale Llancahué e con il mio fratellino ce ne stavamo sulla barca a guardare la luna che passava tra grandi macchie di nubi bianche. Era così bella quella luna, e così alta. Non come da queste parti, dove sembra passare a testa bassa. A volte illuminava tutto il canale, e in lontananza non si distingueva più il cielo dal mare. Mi ricordo che era verso la fine dell'anno e in quel periodo laggiù c'è un mucchio di pesce. Conosci i *chancharros*?»

«No.»

«Sono simili ai branzini; più larghi, spinosi e rosati. E il *colde*, lo conosci?»

«Neanche.»

«È più grande di un re di triglie; anch'esso rosato. Dunque stavamo lì, lasciandoci portare dal riflusso della marea. In barca tenevamo la vela avvolta all'albero, infilata sotto i banchi, e un arpione, con cui a volte cacciavamo qualche delfino, che faceva scappare i re di triglie e i branzini, allontanandoli dalla rete. A un certo punto il mare ribollì di calamari. Era un banco di migliaia e migliaia di calamari, che a tratti cambiavano colore. A volte bianchi come la luna, altre verdastri o azzurri, o marroni come il sargasso. Sbattevano contro la barca come se la chiglia stesse strisciando su una secca. Con il gancio del mezzo marinaio ne abbiamo tirati fuori due o tre da usare come esca. Alla luce della luna sul pagliolo diventavano di tutti i colori.»

«Dicono che i calamari vengano su quando passa il Caleuche», commentò Pedro Nauto.

«Da quelle parti il Caleuche non si fa vedere. E neppure ci sono stregoni. Il vento soffia così forte e il mare del golfo è così aperto che non resisterebbero. Queste cose succedono dell'altra parte del golfo, dove ci sono le isole. All'improvviso, dall'imboccatura del canale Llancahué è comparsa sulla superficie dell'acqua una cosa nera, dietro al banco di calamari. Abbiamo pensato subito alla nostra rete. Se il banco o quella cosa nera ci finiva dentro, potevamo dirle addio. Non era nemmeno possibile tirarla su, perché i calamari andavano troppo veloci. Ho ordinato a mio fratello Gumercindo di mettersi al remo. Per la paura era più bianco di un calamaro. Anch'io avevo paura, ma nella vita bisogna farsi animo sennò si resta fregati. Dovevo fare coraggio al ragazzino, e non mettergli ancora più paura! Abbiamo remato verso la cosa nera, e quando eravamo vicini sono salito sul pagliolo di prua con l'arpione in mano. Ho visto un dorso che sembrava quello di un tremendo toro nero. E senza pensarci tanto, ho preso la mira con l'arpione per i delfini e l'ho piantato. Non so se la paura mi avesse aumentato la forza, comunque la carne di quella bestia era così tenera che è entrato fino al manico. Ha spalancato una bocca terribile, sembrava un secchio pieno di calamari. Se li stava mangiando. E ha virato alzando due enormi pinne e provocando un'ondata che ci ha fatto imbarcare acqua. La sagola dell'arpione era legata alla prua, e lì è arrivato il bello. La cosa nera ha cominciato a tirarci e la barca filava come il diavolo. Ho preso il coltello senza perdere di vista la corda tesa. Ero pronto a tagliarla se vedevo che poteva capovolgerci e spedirci in acqua. Non volevo perdere l'arpione né la sagola, gli unici che avevamo. Per di più ci provavamo quasi gusto a vedere filare la barca alzando un'onda di spuma a prua. La notte di luna era così gradevole! Il mare calmo come una tazza di latte! Un mare strano, e l'acqua sembrava calda. Andavamo a tutta velocità, più di una lancia a motore. Ho ordinato a mio fratello di sdraiarsi sul pagliolo, a poppa. Tremava di paura. Anch'io cominciavo a sentirla, ma mi controllavo per fare coraggio al ragazzo. A un tratto siamo entrati in un banco di nebbia. La luna era sparita, e quella nebbia fitta e bassa, come grossi batuffoli di lana, stava diventando così spessa che ci sembrava di non essere sul mare ma di volare. Mio fratello ha cominciato a piangere e a gridarmi di tagliare la sagola. L'ho tagliata con rabbia, perdendo molti metri di corda e l'arpione. Siamo rimasti lì, in mezzo alla nebbia, senza poter capire se l'animale ci aveva trascinati a sud, a nord o a ovest. Non c'era un alito di vento. Ci siamo messi a remare nella direzione opposta a quella in cui ci aveva trainati l'animale sotto la superficie; ma ben presto ci è sembrato di girare attorno allo stesso punto. Quando era ormai buio, ho detto a mio fratello Gumercindo: 'Passiamo la notte qui aspettando che faccia chiaro o si alzi il vento'. Ho sistemato il ragazzino sul pagliolo coprendolo con la vela maestra, e io mi sono seduto a prua avvolto in quella del fiocco. Gumercindo si è addormentato quasi subito, mentre io non riuscivo a chiudere occhio. Dicono che le lepri dormano con gli occhi aperti, e così sono rimasto anch'io in mezzo alla nebbia. Quando ha cominciato a fare giorno, non si capiva da dove spuntasse il sole. E niente vento, e la nebbia sempre più fitta. A un certo punto mi è parso di sentire una campana. Ho svegliato il ragazzo. La sentiva anche lui. Ci siamo messi ai remi andando nella direzione da cui proveniva il suono; ma non riuscivamo a vedere niente. Ogni tanto il suono si allontanava e poi si avvicinava. Sembrava di giocare a mosca cieca con quella campana in mare. Ma abbiamo continuato a remare in cerca del suo tocco. Dopo aver trascorso molto tempo a girare in quel modo, una terribile ombra nera è apparsa in mezzo alla nebbia. Era una nave molto grande, ma doveva avere più paura di noi, perché era ferma, non si azzardava a proseguire. L'abbiamo abbordata. Era una nave passeggeri diretta a nord, e aveva la scaletta calata. Abbiamo ormeggiato la barca a quella e siamo saliti. Il pilota ci ha portati in cucina ordinando di darci da mangiare. Abbiamo mangiato cose buonissime, come non ci era mai capitato di assaggiarne, e bevuto caffè. Poi ci siamo messi a esplorare la nave. Si chiamava Magallanes. Andava da Punta Arenas a Valparaíso. Siamo rimasti a bordo tutta la mattina. Quando si è finalmente alzato il vento e la nebbia ha cominciato a diradarsi, il pilota ci ha offerto di condurci in un porto; ma io gli ho detto di no, che ci lasciasse pure lì, con la nostra vela potevamo arrivare da qualsiasi parte. E così è stato. Gli ufficiali ci hanno dato qualche scatola di sardine e pane. Quando siamo scesi nella barca e ho ordinato a Gumercindo di infilare il timone, lui si è messo a piangere. Ho alzato l'albero e preparato la vela mentre la nave metteva in moto le macchine. Tutti i passeggeri ci guardavano dal parapetto della coperta, e alcuni dicevano agli ufficiali di accompagnarci in un porto. Io mi sentivo determinato e contento mentre preparavo la barca a compiere la traversata, approfittando del vento che cominciava a soffiare forte per portarsi via la nebbia. L'unica cosa che mi dava fastidio era che il ragazzo stesse piangendo; a denti stretti, per non farmi sentire da quelli lassù, ho detto: 'Piantala, stronzo!' e lui si è inghiottito le lacrime. Mi ha aiutato a issare la maestra, e quando ho spiegato il fiocco, tutti quelli a bordo mi hanno salutato agitando le mani. Ci trovavamo vicino all'isola grande di Chiloé, dall'altra parte del golfo. Il capodoglio ci aveva trascinato fin lì. Navigando tutto il giorno senza sosta, siamo tornati a Cascajal a notte fonda. I nostri genitori erano morti di paura. Credevano che fossimo affogati. Sembra che quell'esperienza abbia fatto bene a Gumercindo. Dopo quel viaggio è diventato più maturo. Con tre adulti abbiamo allestito una grande barca e preso il largo d'estate dall'altra parte del golfo di Penas, a cacciare lontre e foche. Siamo arrivati fino alle gole del Río Baker. Accidenti quante lontre abbiamo preso! Ma spesso non avevamo niente da mangiare. Hai mai mangiato stufato di *tiuque*?»*

«No.»

«C'erano giorni che era l'unica cosa da mettere in pentola. È stata dura, ma abbiamo guadagnato una bella cifra. Poi mi sono imbarcato e non ho più fatto ritorno a Cascajal, il posto dove sono nato. I miei vecchi e i miei fratelli più piccoli li hanno mandati via da lì. È arrivato un tizio dalla capitale, da San-

* *Tiuque*: uccello rapace dal piumaggio scuro, simile a un avvoltoio. (*N.d.T.*).

tiago, e ha detto che l'isola era sua, e che dovevano pagargli l'affitto. Mio padre aveva vissuto tutta la vita laggiù, e se n'è dovuto andare a Pichicolo, più a nord; è un posto dove a malapena riescono a viverci i castori. Preferisco la vita sulle baleniere...»

9

Un sole debole, soffuso, cominciò ad aprirsi un varco dietro la linea brumosa dell'orizzonte, e una leggera luce autunnale giunse dal mare fino ai pennoni.

«Soltanto due gradi sotto zero!» esclamò il nostromo Bárcena, guardando il barometro sul ponte di comando, e sfregandosi le mani aggiunse: «Presto lasceremo queste lande di ghiaccio!»

«Quando pensa che succederà?» chiese Pedro Nauto dal timone.

«Nella prima quindicina di aprile vireremo a nord.»

«Siamo già al ventitré di marzo» ricordò il timoniere, guardando un piccolo calendario alla parete, e i suoi occhi si soffermarono un momento sull'anno: 1920. Il pezzo di legno di mogano che sosteneva il barometro era di un rosso caldo. Nella parte di sopra era incastonato il barometro, e in cima spiccava un'aquila di bronzo con le ali spiegate in bassorilievo. Sotto, due covoni di messi brunite simboleggiavano l'azione del tempo sulle sementi.

La Leviatán aveva navigato tutta la notte lungo il quadrante nordest della zona dove si congiungono i mari di Drake e di Weddell. «Mantenga la rotta», aveva ordinato il pilota Yáñez a Bárcena, al cambio di turno. Ma durante la breve notte australe il vento si era messo a soffiare da quello stesso quadrante, cosa che preoccupava il nostromo, poiché sapeva meglio di chiunque altro che le balene sono solite avanzare nelle prime ore mattutine contro vento, cioè nella stessa direzione della nave. Tale inquietudine trovò giustificazione sul ponte quando, simile a un fantasma dell'alba, apparve Albarrán.

«Così dà gusto navigare... contro il vento e la marea e facendo le corse con le balene», disse con ironia.

«È l'ordine che mi ha lasciato il pilota, capitano.»

«Ma quale ordine e ordine. Lei di queste cose ne sa tanto o più di lui.»

«Lei ha detto che bisogna rispettare l'ufficiale navigatore, capitano.»

«Quando lei vede commettere una sciocchezza è capace di farlo notare persino a me!»

«Il vento è cambiato da poco. Quando lei è arrivato stavo per andarmi a consultare», e aggiunse in tono secco al timoniere: «Barra tutta a tribordo!»

La Leviatán cominciò a virare in circolo, come spinta dal vento dell'aurora, che spirava cesellando il mare.

«Avanti così!» ordinò Bárcena, fissando la rotta.

«Avanti così!» ripeté Pedro Nauto in tono più basso.

«Svegli un uomo perché salga sulla coffa, e mi lasci solo sul ponte», ordinò Albarrán.

La respirazione e il calore dei corpi avevano appannato lievemente i vetri. Il capitano pulì con la manica del giaccone quello di fronte al timoniere e si scostò per lasciargli visibilità. La luce del mattino entrò con i suoi riflessi attraverso le vetrate. A un tratto, l'uomo vide il volto del ragazzo riflesso, ed ebbe un tremito quando percepì, appena più sfumato, anche il suo. Per due o tre volte, con occhiate rapide come quelle che era solito rivolgere alla superficie del mare cercando il dorso di una balena, tentò di cogliere ciò che non avrebbe voluto vedere nei riflessi che il mattino antartico produceva sulle vetrate.

Di colpo, gli parve di riconoscere in quei tratti qualcosa di simile a un suo vecchio ritratto della lontana giovinezza; ma dovette chiudere gli occhi, perché in quel preciso istante un forte dolore di testa, come a volte gli accadeva nel prendere la mira sul cannone arpioniere, gli fece corrugare la fronte.

Dentro di lui, per un attimo fugace, sotto quelle sopracciglia aggrottate, rimasero a fluttuare tenui, tremuli arabeschi luminosi prodotti dalla luce dell'aurora, ma che poco a poco assunsero una tonalità violacea, come un drappo o un gagliardetto in balìa delle onde in un orizzonte acquoso e lontano.

«Le fa male la testa, capitano?»

«No, ragazzo; ho i piedi freddi, e questo è molto peggio.»

Al pari del riflesso di quel volto sui vetri, le parole gli risuonarono nelle orecchie con un'eco leggermente incrinata, che lo fece nuovamente rabbrividire percependo in quell'incrinatura della voce adolescente qualcosa della sua stessa voce. Si voltò a guardarlo, come chi non regge più la minaccia di un pericolo e si decide ad affrontarlo.

Il ragazzo, con innocente sicurezza, resse lo sguardo del capitano. Il mattino, con eguale luminosità, rischiarava entrambi i volti; ma il tempo aveva scavato molte più ombre in uno che nell'altro. Inaspettatamente – mistero trattenuto da gocce di rugiada sulle fibre della memoria! – come chi sogna un paesaggio dimenticato, un volto scivolato via come un sasso sott'acqua, dalla luce di quegli occhi, simile a un arpione che attraversa il tempo e lo spazio, nella mente del capitano Albarrán si delinearono i tratti, il naso, la bocca, gli occhi della giovinetta che aveva preso tra le braccia come un'alga morta in quella spiaggia lontana.

«Altri quindici gradi a babordo!» ordinò, giusto per dire qualcosa.

«Altri quindici gradi a babordo!» replicò il timoniere come un'eco.

La bussola era situata di fronte alla ruota del timone, e nel guardare il giro dell'ago magnetico, i suoi occhi si posarono sulle mani che facevano ruotare le caviglie.

«Be', non ce l'hai più quell'anello?»

«Lo tengo da parte nel mio sacco da marinaio.»

«Potresti fargli cambiare le iniziali.»

«Non so. In un primo momento ho pensato di farlo; ma poi mi sono messo in testa di ritrovare il suo proprietario.»

«Tutto quello che si trova abbandonato in mare appartiene a chi lo prende. Che si tratti di una nave o di un anello.»

«E di chi potrebbe essere? Magari di qualcuno che non era neppure delle mie isole! A lei non interesserebbe? Ha pur sempre le sue iniziali!»

«L'idea non mi dispiace. Quanto può valere?»

«Non si preoccupi di questo. Ci metteremo d'accordo. Credo che pesi circa venti grammi.»

«Quello è il valore dell'oro; ma il lavoro di oreficeria vale molto di più.»

«Ecco, se è per questo, anche per me ha un altro valore.»

«Quale?»

«Averlo trovato in fondo al mare!»

«Insomma, se preferisci non vendermelo...»

«No, capitano; glielo porto non appena lascio il timone.»

«Però devi dirmi il prezzo.»

«Quello lo tratteremo dopo; nelle sue mani è più sicuro che nel mio sacco sotto coperta.»

«Sì, non bisogna fidarsi troppo degli altri.»

Quando Julio Albarrán si ritrovò solo con il suo anello, cominciò a rigirarlo tra le dita quasi fosse una brace ardente; ma poi tentò di spegnerla infilandoselo al dito come un oggetto che gli apparteneva.

Tuttavia, nella sua coscienza quella brace continuò a riaccendersi di tanto in tanto, come un faro che illuminava le ombrose e lontane correnti del suo sangue.

Alzò più volte il dorso della mano sinistra per contemplare l'anello lucente, e tentare di non dargli troppa importanza. Ma ciò che non cessava di inquietarlo era lo strano modo in cui era tornato in suo possesso. Era perduto e dimenticato come ogni altro oggetto finito in fondo al mare, ma per uno strano caso era tornato nelle sue mani. Gli sembrò il significato della sua vita. Come se quell'oggetto brillante fosse appartenuto a un altro uomo, e mai a lui. Un uomo anch'esso dimenticato nel tempo, e che per un caso del destino era tornato a incontrare. Ma, in quell'istante, risuonò dalla coffa il grido della vedetta:

«Balena a prua!»

«Che avevo detto? Se non avessimo virato, adesso saremmo ancora sopra di loro! Barra a tribordo! Macchine a tutta forza!»

Gli ordini risuonarono sul ponte della baleniera mentre la prua puntava sul tratto di mare in cui erano stati avvistati gli spruzzi. Tutto l'equipaggio era saltato via dalle brande salendo in coperta e ciascuno si trovava al proprio posto. L'ultimo ad arrivare fu il pilota Yáñez, che stirandosi e sbadigliando, esclamò:

«Facciamo colazione con le balene?»

«Chi vuole bere un po' di caffè passi dalla cucina.»

«Dagli spruzzi sembrerebbero capodogli», disse Yáñez, vedendo che le esalazioni di vapore salivano di lato anziché verticali, come accade con le altre balene.

Quasi che la natura tentasse di proteggere le sue creature, il sole mattutino si nascose in un cielo minaccioso e si fecero sentire le prime raffiche di vento, mentre all'orizzonte il mare cominciava ad agitarsi. Spinta alla massima velocità, la Leviatán arrivò ben presto nella zona dove erano stati avvistati gli spruzzi dei cetacei.

«Vuole mettersi ad ammazzare qualche maiale?» chiese Albarrán al pilota, alludendo alla facilità con cui si possono catturare i capodogli in confronto alle veloci alfaguara.

«Se lei non ha voglia di arpionare...» rispose il pilota, sorpreso dall'inaspettata offerta di Albarrán.

«Bisogna pur imparare in qualche modo, e questa è una buona occasione.»

Il capitano ordinò di fermare le macchine quando ritenne di essere sopra i capodogli, poiché questi hanno un udito così fine che fuggono al sentire il ronzio delle pale di un'elica. Il nostromo Bárcena, esperto quanto Yáñez e Albarrán nell'avvistare balene, salì sulla coffa. E tutti rimasero stupiti vedendo il pilota attraversare la passerella dal ponte di comando e togliere la fodera al cannone arpioniere.

La coordinazione fra i tre uomini nell'iniziare la caccia era perfetta. In realtà il migliore di loro si trovava sulla coffa; il pilota al cannone sembrava una giovane volpe, il secondo ingegnere stava all'argano e il resto dell'equipaggio aspettava concentrato al proprio posto. Solo sul ponte di comando, per la prima volta in vita sua, il capitano Julio Albarrán passeggiava silenzioso come se fosse profondamente interessato all'azione che da un momento all'altro sarebbe iniziata.

A un tratto, numerosi getti di vapore emersero quasi davanti alla prua, e il colpo secco del cannone risuonò all'istante, avvolgendo il pilota in una nube di fumo.

«Macchine a tutta forza!» gridò Albarrán, e la Leviatán, spinta dall'elica e trainata dalla corda che scorreva a strattoni dal cilindro dell'argano, raggiunse la massima velocità.

Ma riuscirono a srotolare soltanto cinquecento metri dalla mura di tribordo, dopodiché sulla superficie marina emerse il dorso nero di un animale che si rivoltava in una macchia sanguinolenta. La coda si alzò in aria due o tre volte, come grandi braccia che chiedevano clemenza al cielo, basso e cupo. Poi si dibatté con le ultime forze dell'agonia e infine il ventre biancastro dell'animale rimase a galleggiare inerte tra le onde. Il capodoglio era morto. Non fu necessario il colpo di grazia. L'arpione era penetrato in profondità nel fianco sinistro dietro la testa, che costituisce una terza parte del corpo. La granata era esplosa tra i polmoni e il cuore, perché la respirazione si era convertita in un fiotto di sangue che si levava dalla nera testa come una ciminiera in fiamme in mezzo al mare.

Usando la stessa sagola legata all'arpione, la preda venne recuperata e issata accanto alla fiancata, le iniettarono l'aria e, piantata un'asta con il gagliardetto della nave, la lasciarono alla deriva, dopo che Pedro Nauto, al posto del cuciniere, le aveva mozzato le enormi pinne caudali.

Quel taglio rituale veniva fatto non solo per facilitare più tardi il traino del cetaceo agganciandolo per i moncherini, ma anche per una vecchia superstizione secondo la quale se a una balena non venivano tagliate le pinne della coda si sarebbe persa in mare...

Il branco di capodogli tornò nelle profondità, ma la Leviatán continuò a inseguirlo sperando che dopo venti o trenta minuti i cetacei sarebbero stati costretti a riemergere per respirare. La cosa importante, data la profondità e la velocità che possono raggiungere, era manovrare verso il punto della prossima emersione.

Esattamente mezz'ora dopo tornò a risuonare il grido del nostromo dalla coffa, che questa volta indicava i capodogli a babordo. Il branco non si era disperso; al contrario, sembrava che emergessero più uniti dalle profondità per rendere omaggio al compagno morto, e anziché fuggire convergevano nella zona dove il mare era insanguinato.

«Che le dicevo, è come ammazzare maiali!» urlò dal ponte Albarrán al pilota.

«Sono dodici o quindici!» gridò dalla coffa il nostromo.

Gli aiutanti del pilota avevano già ricaricato il cannone e sistemato la sagola e la corda recuperata. La battuta di caccia cominciò a entusiasmare Albarrán.

«Vada a prua, perché ci sarà bisogno di più uomini!» ordinò al timoniere, prendendo la ruota del timone.

Sentì l'impulso dei suoi anni giovanili, quando aveva iniziato come timoniere. A volte con una mano manovrava le caviglie e con l'altra azionava le campane delle macchine, o gridava nel megafono di bronzo per facilitare la manovra e offrire al pilota la posizione migliore per sparare. Solo di tanto in tanto alzava lo sguardo verso le mani del nostromo, che, come quelle di un dio onnipotente piazzato sulla coffa, si levavano decretando la vita o la morte dei cetacei le cui ombre potevano apparire da un momento all'altro sotto la superficie. Ma questi, così stupidi o così eroici, avanzavano stringendosi sempre più attorno al compagno morto.

«Sembra che quello che abbiamo ammazzato fosse il maschio capobranco!» esclamò Bárcena dalla coffa.

Di lì a poco, la Leviatán fu nuovamente su di loro, e a soli venti metri, Yáñez sparò il secondo colpo, efficace quanto il primo. Quasi nello stesso modo del precedente, l'animale ferito si gettò a picco verso le profondità. Poi risalì tre o quattro volte avvolto in un manto di sangue. Alla fine stirò la coda, la pancia emerse e l'argano lo avvicinò alla prua, dove i colpi di lancia del suo carnefice misero fine all'ultimo dei suoi giorni.

La caccia continuò così, con la stessa coordinazione fra i tre uomini. L'equipaggio sembrava contento di vedere il suo capitano svolgere le funzioni di semplice timoniere, il nostromo al posto di vedetta e il pilota che si allenava a diventare in futuro un bravo capitano arpioniere. Spesso le ondate colpivano la nave di traverso e la coffa oscillava sull'alto del trinchetto come un pendolo a rovescio. Allora Bárcena smetteva di dirigere quella sinfonia mortale e, ricordando di aver visto più di un mozzo scaraventato in mare o schiantatosi in coperta, si aggrappava con entrambe le mani ai bordi della coffa.

«Provi a sporgere almeno un dito!» gli gridò ironicamente Albarrán.

«Quando avvisterò delle balene!» gli rispose.

«Ma se stanno lì, praticamente sotto il suo naso! Non le vede?»

In realtà, il mare si era ingrossato e tra i burroni d'acqua comparivano e scomparivano di tanto in tanto i dorsi volteggianti dei cetacei, simili a inquietanti scogli. La Leviatán avanzava a scossoni tra una mareggiata e l'altra, e Yáñez non si sentiva più molto sicuro sul castello di prua, e a volte doveva aggrapparsi al cannone. Nella sua mente era riaffiorato anche il caso di un capitano norvegese che, avvinghiato alla culatta, aveva schiacciato per sbaglio il grilletto e allo sparo del cannone era stato trascinato negli abissi dalla corda come fosse una pagliuzza. Un altro arpioniere era finito con le gambe spezzate perché la corda dell'argano lo aveva scaraventato contro il cannone. Con una certa freddezza, ma senza alcuna crudeltà, il capitano Albarrán continuava a manovrare il timone per facilitare il lavoro ai suoi uomini. «Soltanto così imparerai», diceva dentro di sé, intuendo che il pilota avrebbe desiderato essere sostituito all'arpione.

Quando avevano ormai catturato sei capodogli, Albarrán gli urlò che era disposto a rimpiazzarlo; ma Yáñez gli rivolse un lento gesto di rifiuto con la mano. Così come avevano saltato la colazione, anche il pranzo andò in bianco. Nessuno di quegli uomini indietreggiava; sembrava che si fossero nutriti con il sangue che a volte era arrivato a schizzarli fin sulla coperta con un'ondata sanguinolenta, o con lo spruzzo della respirazione del cetaceo, quando veniva finito con la lancia che gli attraversava i polmoni e il cuore. La manovra di accostamento alla fiancata per iniettare l'aria diventava sempre più pericolosa. Persino il nostromo scendeva dalla coffa e si sporgeva con metà corpo fuori coperta, mentre due marinai distesi bocconi lo tenevano per i piedi affinché non cadesse in mare.

A metà pomeriggio c'erano otto capodogli sparsi nella zona di caccia. L'orgia di sangue sembrava giungere al termine.

«Laggiù si vede qualcosa, però non soffia!» gridò il nostromo dalla coffa, mentre con la mano tesa indicava l'orizzonte, a babordo.

La Leviatán prese la rotta segnalata.

«Questo è l'ultimo, pilota; poi cominciamo a raccoglierli!» urlò Albarrán, sporgendo mezzo corpo oltre la passerella.

«Io non vedo niente», ribatté Yáñez, facendo un cenno svogliato con la mano.

«Laggiù, pilota, a circa mezzo miglio! Non spruzza, però sale e scende tra le onde!»

«Eccolo!» gridò Yáñez.

«Siamo pronti?» ruggì Albarrán.

«Pronti!»

La baleniera puntò dritta su un'onda più scura che saliva e scendeva tra le altre. L'intero equipaggio era in attesa, stanco, ma ancora assetato di sangue. Albarrán, sul ponte, si tolse il berretto per grattarsi la testa.

«Fermare le macchine!» ordinò nel megafono evitando di urlare.

La Leviatán ancora una volta si ritrovò a cavalcare le grandi mareggiate sfruttando soltanto la spinta d'inerzia. All'improvviso, l'onda nera emerse vicino alla prua e subito dopo risuonò lo sparo. Per un attimo sembrò che il cetaceo fosse riuscito a ingannare tutti. L'equipaggio credette che il pilota non avesse centrato il bersaglio, ma pochi istanti dopo la massa nera andò a perdersi nelle profondità trascinando sagola e corda.

«Sembra che l'abbia fottuto al primo colpo!» esclamò Yáñez.

«Per me non era un capodoglio, ma un'alfaguara!» disse Bárcena, scendendo dalla coffa.

La corda continuava a scorrere a tutta velocità, cinquecento, ottocento, mille, millecinquecento metri di sette pollici di spessore, che si srotolavano fumando dal cilindro dell'argano.

«Anche a me è sembrata un'alfaguara», confermò il capitano.

«Il pilota l'ha centrata bene», commentò Pedro Nauto, dalla scaletta che portava in cabina.

Albarrán gli fece un fischio e lo lasciò di nuovo al timone.

La corda continuava a srotolarsi per tutta la sua lunghezza, e alla fine rimase attaccata solo alle molle degli ammortizzatori in fondo alla stiva. La nave, con le macchine a tutta forza, cominciò ad aumentare la velocità trainata dalla preda nelle profondità.

«È dura a morire, però sta cominciando a risalire!» disse il capitano, constatando che l'angolazione della corda tesa dal trinchetto al mare stava aumentando.

Poco dopo, effettivamente, un gigantesco dorso blu emerse in lontananza, e si incurvò tenendo sempre tesa la corda. Quando gli strattoni diminuirono e l'argano iniziò a recuperare la grande preda che si agitava tra le onde increspate, il caratteristico sciabordio sanguinolento divenne formidabile. Era un enorme animale che si dibatteva tra gli ultimi spasmi della morte; ma, a un tratto, tutti, con gli occhi spalancati per lo stupore, scorsero un altro cetaceo più piccolo che gli girava intorno assistendo all'agonia. Ormai vicino alla prua videro il bell'esemplare di balena azzurra scosso dagli ultimi tremiti, e, al suo fianco, come un riflesso della sua ombra, il figlio, un balenottero appena nato, lungo circa sette metri.

Dalla madre morta e dal piccolo che nuotava nel suo sangue, gli sguardi di tutto l'equipaggio si spostarono sul pilota. Albarrán si tolse di nuovo il berretto e si grattò la testa. Bárcena abbassò lo sguardo come se stesse cercando una fune sulla fiancata.

«Non sono riuscito a vederlo; doveva essere dall'altra parte che prendeva il latte!» disse il pilota, quando gli portarono la lancia per dare il colpo di grazia al cetaceo.

Afferrò la tradizionale arma dell'arpioniere con un gesto di stizza, e quando gli piazzarono l'animale nella posizione giusta per ricevere il colpo, accostato alla prua che saliva e scendeva tra le onde, la scagliò approfittando di un beccheggio. Ma poi, sentendo il sordo lamento lanciato dalla balena nel suo ultimo spasmo e vedendo il balenottero sporgere il muso per attaccarsi al petto della madre morta, il pilota Yáñez si inginocchiò sul castello di prua, si tolse il berretto e si fece il segno della croce al cospetto di tutti: per la prima volta vedevano un balenottero comportarsi in quel modo.

«Che gli succede al pilota?» chiese Pedro Nauto dal timone.

«Ha ucciso una balena madre, che aveva appena partorito», disse il capitano, e aggiunse: «Un baleniere che si rispetti non deve mai fare una cosa simile!»

La notte, mentre tornavano ad andatura ridotta per il branco di capodogli e l'alfaguara al traino, intorno a quest'ultima sembrava che qualcosa continuasse a gironzolare sott'acqua, e quell'ombra offuscava le coscienze dei balenieri.

10

Il capitano Albarrán aveva l'abitudine di evocare gli eventi della sua vita come se nuotasse tra due acque. Vi era un oscuro mondo vitale, subcosciente, attraverso il quale era solito scivolare certe volte a suo piacimento. Come il capodoglio o la balena, che hanno bisogno ogni venti o trenta minuti di risalire in superficie per immettere aria nei polmoni e ossigenare il sangue, lui risaliva ogni tanto alla luce della coscienza, e faceva un breve esame dei suoi ricordi più intimi.

Adesso, soprattutto, dal momento in cui quel ragazzo era salito a bordo e gli aveva inaspettatamente riportato il suo anello, sentiva il bisogno di respirare aria più pura tuffandosi nella vita passata. Che ne aveva fatto lui di quella vita, in fin dei conti, ora che aveva ormai compiuto il mezzo secolo d'esistenza? Cos'era? Un legno alla deriva, un resto umano perduto nel mare o semplicemente un mammifero, come quello che cacciava, in cerca di cibo per la sopravvivenza?

Stava nella sua cabina, pensando a questo, mentre rimorchiava i capodogli e l'alfaguara verso Decepción, a non più di tre o quattro miglia orarie.

«Tutti hanno qualcosa», si disse, «un parente, una donna, dei bambini, una famiglia, un'idea, Dio. Qualcuno a cui dare la colpa delle proprie mancanze, della buona o cattiva sorte. Qualcuno che a volte decreta la salvezza o la perdizione; per lui si compie un viaggio, si lavora, si torna o si naufraga.» Ma lui non aveva nessuno, neppure un lontano parente. Le sue due vecchie zie forse erano già morte; da molto tempo non sapeva niente di loro... Non si sentiva legato nemmeno alla sua terra, a una regione o a un paese. La sua patria, come per la balena, era il mare, e il futuro stava al di là dell'orizzonte marino. Nella sua mente c'era una sola cosa chiara: in quei trenta e più anni da baleniere aveva lavorato per arricchire gli altri; perché il padrone di un brigantino dei vecchi tempi, un armatore o una compagnia baleniera, cioè uomini che non si erano mai allontanati dalla riva, vivessero e si arricchissero grazie al suo lavoro. L'idea era più semplice e chiara che quella di Dio, o del senso della vita. Al centro di tutto, il denaro, l'unico vero Dio, tangibile e poderoso, per comprare un bicchiere di vino o i favori di una donna.

Era un po' tardi per rendersi conto di tutto questo. Si sentiva rimpicciolito, senza alcuna grandezza personale nell'immenso lavoro di cacciatore di balene. «Forse», pensava, «bisognerebbe unirsi ad altri uomini in un'altra maniera; formare, messi insieme quei pochi, un'impresa, una compagnia per sfruttare gli altri e non farsi sfruttare.»

L'impulso più vitale nella sua vita intima era sempre stato il sesso, in certi casi fonte di piacere e in altri un flagello. Credeva che l'amore in molti casi non fosse altro che questo: l'istinto della procreazione. Come avere fame, sete, e saziarsi. Però in due o tre occasioni aveva sentito qualcosa di magico, un anelito superiore, infinito, in compagnia di una donna, che smentiva l'idea che l'amore fosse puro sesso, anche se in genere, pensandoci bene, tutto era finito con quello. Persino il ricordo incantevole, che spesso allietava la sua mente, di quella ragazzina con cui giocava a undici anni, quando ad Ancud, tra boschi di camelie, correvano insieme al fratellino più o meno della sua stessa età.

Erano alberi di camelie bianche, rosse e screziate, che popolavano anche il patio della casa delle zie estendendosi da una strada all'altra. Ricordava i pomeriggi passati a rincorrersi e le notti di luna piena giocando a nascondino con Susana e Artemio, tutti e tre all'incirca coetanei. Tremava di emozione nascondendosi dietro la bambina, con le mani appoggiate ai suoi fianchi. Gli sembrava di vedere ancora la gonnellina blu plissettata e la camicetta di picchè bianca. A volte l'abbracciava per la vita, ed era come la vertigine di un tuffo in mare.

Respirò l'aria fredda della cabina, e gli sembrò di avvertire un lontano e ombroso odore di terra umida, di percepire il verde cerato delle foglie di camelie e i suoi fiori così carnosi e aperti, ma senza profumo, o tutt'al più una tenue parvenza di quell'aroma ombratile.

Era stata colpa di Artemio ciò che era successo con Susana nel bosco di camelie, e che aveva causato il suo internato nel seminario gesuita di Ancud. Lo ricordava come se fosse appena accaduto: ad Artemio era saltato in mente di mettere Susana di schiena su dei sacchi di fieno, con la gonna alzata, simile a una camelia screziata di blu e bianco. Loro correvano intorno a un rigoglioso albero di camelie bianche sotto la luna e a ogni passaggio si gettavano bocconi sulla bambina, che li lasciava fare fingendosi addormentata. La zia Guacolda, nascosta dietro gli alberi, aveva osservato per un po' quel gioco, e quindi si era scagliata sui bambini furibonda.

«Dirò a tutti che lei si abbraccia con il frate del seminario quando viene a darle lezioni di piano», aveva gridato lui, quando la zia li aveva fatti rientrare a suon di sberle.

Un disastro totale. Le altre due zie, Fresia e Carmen Rosa, avevano deciso che il demonio era entrato nel corpo di quel bambino, lo avevano fatto confessare, prendere la prima comunione, e internare nel seminario gesuita.

Lì era rimasto tre anni superando il ginnasio. La disciplina dei gesuiti era molto rigida ed esigente negli studi. Il collegio si trovava ai piedi di un dirupo, lontano dai novizi. In classe ginnasiali e novizi stavano divisi e tanto agli uni che agli altri era proibito parlare. Anche i cortili per le ricreazioni erano separati. Così, loro si sentivano un po' dei piccoli demoni, mentre gli altri, che studiavano da preti, in cammino verso la santità.

Dovevano alzarsi alle sette del mattino, confessarsi e comunicarsi tutti i giorni. La confessione era volontaria, soggetta al proprio esame di coscienza, e di conseguenza i ragazzini prendevano poco sul serio la comunione quotidiana, soprattutto quando vedevano più di un ipocrita che, compunto, si avvicinava al confessionale... Quale tremendo peccato poteva aver commesso nel sonno?

Durante le vacanze scappava spesso di casa e se ne andava all'avventura con i pescatori di ostriche o con i contadini che vivevano dall'altra parte della baia di Ancud, a Quetalmahue o a Lechagua. Tornava carico di gamberi o di ricci perché le zie non lo picchiassero. Quelle fughe gli avevano offerto una precoce conoscenza della vita e la nozione di un mondo più vasto e più libero, dove l'uomo doveva farsi valere.

Un'estate, il patrigno, don Agustín Subiabre, lo aveva portato sul suo rimorchiatore d'alto mare che trainava i velieri in partenza da Ancud carichi di legname e diretti a nord, verso l'Atlantico, o verso l'immenso Pacifico fino all'Australia.

Una volta, sistemata una cassa di paraffina davanti al timone, lo aveva fatto salire sopra permettendogli di afferrare per la prima volta le caviglie della ruota. Gli aveva insegnato a leggere la bussola per usare i riferimenti dei gradi, finché un giorno era stato in grado di condurre da solo fuori dalla baia il rimorchiatore Victoria, passando tra le isole Sebastiana e Cochinos, imboccare il canale di Chacao e mettere la prua su Punta Calvario, dove si trovava lo stabilimento baleniero.

In uno di quei viaggi, dopo aver avvertito il patrigno, si era imbarcato su un brigantino che salpava per la caccia alla balena seguendo la corrente di Humboldt verso l'Ecuador. In quell'occasione aveva conosciuto le isole Galápagos e quel barile di Post Office Bay sull'isola Floriana.

Conservava un buon ricordo del patrigno, morto a cinquantaquattro anni. Lo aveva aiutato economicamente durante gli studi nel seminario, ed era quello che lo capiva di più, mentre le zie lo consideravano «un bambino difficile», da cui «ci si poteva aspettare il peggio», oppure «il meglio», come ribatteva il patrigno. In due occasioni era passato a far loro visita; nell'ultima, la zia Fresia era già morta. Restavano doña Guacolda e Carmen a fare torte e dolci per rispettabili cittadini di Ancud, e a tenere a pensione alcuni studenti del seminario. Poi, non aveva saputo più nulla di quelle uniche parenti rimaste sulla terra dove era nato, perché in quanto a sua madre... Quello era il ricordo più confuso e doloroso che si annidava per sempre nel suo cuore! Dove si trovava?

Nel tentativo di ricordarla, riemergeva confusamente la sua immagine graziosa, dai bei tratti, occhi vivi e carezzevoli, e ciocche ondulate che cadevano vezzosamente sulla fronte.

E così se la ricordava quando l'aveva vista accomiatarsi dal capitano del veliero che il patrigno rimorchiava in mare aperto. Nel momento in cui le imbarcazioni si separavano, il capitano, mentre i piloti e l'equipaggio issavano le vele e la nave prendeva lentamente la sua andatura, aveva portato un grammofono a poppa mettendo su il valzer *Angela mía*. Qualche tempo dopo aveva lasciato il patrigno, e come una lontana musica portata dal vento, anche lei se n'era andata su un veliero in mare aperto con rotta sconosciuta.

Perché... Dove si trovava?

In una delle visite alle zie, queste gli avevano mostrato la fotografia di una signora bassa, grassa, con le caratteristiche ciocche crespe sulla fronte, che dava da mangiare alle galline in una piccola fattoria di San Francisco in California. Lui aveva guardato di più le galline che quel viso ormai cancellato nella memoria.

Poi la vita di baleniere lo aveva portato da un porto all'altro, sempre di passaggio, senza pensare mai di mettere radici a terra. A volte era riuscito a risparmiare qualche peso pensando alla vecchiaia; ma poi se li era spesi in bagordi. Non avrebbe mai pensato a una donna fissa, finché non fosse rimasto sulla terraferma. Perché? Non lo sapeva; gli sembrava più sicuro...

L'amore? Conservava alcuni ricordi di qualcosa che poteva esserlo stato, ma che in un modo o nell'altro era sempre finito bruscamente.

Era forse amore quello di quei tre giorni di entusiasmante avventura trascorsi in gioventù nella città di Valdivia?

La baleniera si era fermata per effettuare alcune riparazioni nel porto di Corral. Era un tre alberi con lo scafo di legno, vecchio e largo, ma stabile in mare come una chiatta. Lui era molto giovane, ma svolgeva già le funzioni di caposquadra su una delle scialuppe baleniere della Pumalín. Insieme ad altri compagni avevano ottenuto tre giorni di permesso ed erano andati a passarli a Valdivia, la città che rimaneva a qualche ora di rimorchiatore risalendo il fiume.

Ricordava spesso con piacere i particolari di quell'avventura. Tutti e tre erano così giovani! Avevano pranzato nel mercato della città mangiando gallina in umido ed *empanadas*. Il vino con le fragole aveva contribuito all'allegria dei tre balenieri. A metà pomeriggio si erano messi a passeggiare per la città. Il simpatico Villarroel aveva avuto quell'idea: svoltando un angolo, una bella ragazza era comparsa dietro di loro sullo stesso marciapiede. «Pago un pranzo a chi è capace di rivolgerle la parola e accompagnarla per più di un isolato», aveva esclamato Villarroel vedendo che la giovane procedeva nella loro stessa direzione. Avevano rallentato di proposito l'andatura. Era una donna alta, dalle forme prosperose, la camminata lunga e svelta. Quando era arrivata alla loro altezza le avevano ceduto il passo. I tre erano rimasti indecisi; ma lui aveva preso l'iniziativa staccandosi dal gruppo per raggiungerla.

La donna si era voltata a guardarlo, con una certa fissità nello sguardo, ma con tranquillità. Lui le aveva sorriso, un po' stupidamente. «Sarà ubriaco», doveva aver pensato la donna. Indossava un impermeabile verde cangiante. Lui portava il suo, blu e ancora nuovo, al braccio.

Umilmente, come chi si inginocchia, aveva balbettato:

«Signorina, non si offenda... guardi... con gli amici abbiamo fatto una scommessa su chi si sarebbe azzardato a parlarle e accompagnarla anche solo per qualche passo... Io ho osato... mi faccia vincere la scommessa... Si tratta di un pranzo... Se vuole, la invitiamo... Mi perdoni, non si arrabbi...»

La donna lo aveva guardato dall'alto in basso, studiandolo.

«Va bene, andiamo pure», aveva acconsentito sorridendo.

Non ricordava bene cosa le avesse detto dopo... Avevano camminato insieme per uno o due isolati... Gli sembrava ancora di sentire il profumo seducente che emanava quel corpo dall'incedere vigoroso. I suoi occhi lanciavano conturbanti scintillii, come se fosse stata una dea che camminava avvolta nella propria aurea.

Il cuore gli balzava in petto. Non si era voltato neppure una volta a guardare gli amici. Gli sembrava di aver dimenticato tutto, persino la sua nave. Gli interessava soltanto camminare per sempre a fianco a quella donna bellissima. Avevano svoltato l'angolo proseguendo per un'altra strada. Solo a quel punto si era girato a vedere se i suoi compagni erano spariti.

«Io vivo qui!» gli aveva detto a un tratto, fermandosi di colpo davanti alla porta di una casa di legno a due piani.

«Allora...» aveva balbettato.

«Ha vinto la scommessa.»

«Sì... grazie, ma non potrei continuare ad accompagnarla?»

«Se vuole... può entrare un momento», gli aveva detto sorprendentemente, infilando la chiave e aprendo.

La porta dava direttamente su una scala che portava al secondo piano. L'aveva seguita. Mentre la guardava salire, l'affascinante figura si era delineata in tutta la sua bellezza, le gambe perfettamente tornite. Era salito quasi senza fiato. Sopra, a metà di un corridoio, lei aveva aperto un'altra porta. La stanza sembrava quella di una pensione.

«Vivo da sola», aveva detto, e poi spostando alcuni indumenti intimi da una sedia: «Si accomodi».

La donna parlava in tono deciso, disinvolto. Lui, invece, era turbato; non sapeva come comportarsi né cosa dire.

«Devo uscire tra poco», aveva detto sedendosi davanti a

una toeletta con tre specchi, due dei quali girevoli, che le inquadravano di profilo il volto e il busto.

Nel passare il pettine sulla chioma sciolta, la bellezza della donna aveva acquisito tutto il suo splendore. I capelli erano castani, ondulati, e ricadevano come un'onda incorniciando quel volto dalla carnagione leggermente scura, le labbra piene, soprattutto quello inferiore, che si apriva come un petalo carnoso. I grandi occhi scuri sembravano cogliere ogni particolare con sguardi ondeggianti. C'era un vigore giovanile in quella donna sulla trentina o poco più che saliva dal busto, dalle spalle, e si spandeva in quella chioma e in quegli sguardi.

«Posso restare ancora in sua compagnia?» aveva chiesto tentando di controllare la voce.

«Se vuole... devo andare a fare alcune compere.»

«L'accompagnerò, e poi, se le pare, possiamo mangiare insieme», aveva detto in tono più sicuro.

«Marinaio?» aveva chiesto, a un tratto, come se non si aspettasse una risposta.

«Sì, marinaio.»

«Della marina militare?»

«No, mercantile.»

«Su qualche nave passeggeri?»

«No; su una baleniera che viene dal sud...»

«Ah...! Un baleniere...» aveva commentato la donna con una vaga delusione, per poi aggiungere in tono vivace: «Ufficiale?»

«Sì, ufficiale navigatore.»

La donna aveva continuato a pettinarsi; alzando il braccio, il busto si muoveva in uno slancio che accentuava la floridità della sua bellezza pervasa da qualcosa di animalesco.

Lui la contemplava ormai completamente eccitato. All'improvviso, aveva sentito la spietata sferzata del sesso nel suo sangue; il cuore aveva preso un ritmo leggero e sordo. Socchiudendo gli occhi vedeva davanti a sé qualcosa di simile a un bagliore purpureo; in bocca sentiva uno strano sapore che gli ricordava l'istante in cui si ergeva sulla prua della scialuppa baleniera con l'arpione in alto, in cerca del dorso sfuggente del cetaceo per piantarcelo. Si era inumidito le labbra con la lingua.

«Andiamo?» aveva detto in tono distratto, alzandosi.

«Andiamo!» era stata la risposta di lui, con voce profonda e cavernosa.

L'aveva guardata alzarsi in piedi; forse era stato quello l'istante in cui più aveva amato e odiato al tempo stesso una donna...

«Come si chiama?» le aveva chiesto mentre lasciavano la stanza.

«Elsa...» aveva risposto sussurrando la esse quasi in un sibilo. «E lei?»

«Albarrán, Julio Albarrán, per servirla...» e aggiungendo: «Lei è di queste parti?»

«No, sono di passaggio; vengo dal nord.»

La notte erano saliti come due ombre per quella stessa scala. Avevano mangiato, bevuto e ballato insieme; ma quando aveva posseduto quella bellezza non avevano trovato conferma le sue aspettative del primo incontro. Solo nei successivi amplessi si sarebbero intesi sessualmente, facendo riemergere qualcosa dell'iniziale incanto.

Erano stati insieme tre giorni. A lui sembrava di amarla con tutto l'impeto della sua giovinezza. L'avrebbe sposata, sarebbe stato disposto a restare tutta la vita accanto a lei, ma che lavoro poteva fare a terra? Cosa avrebbe arpionato nelle tranquille acque di quel fiume? Non si era mai sentito così intensamente felice prima; finché non era dovuto partire...

«Bene... e adesso?» aveva chiesto lei al momento di salutarsi.

«Me ne vado...» aveva detto lui, tentando di non fare caso al senso di quel tono.

«E i soldi per me?» era stata la domanda con tanto di cenno inequivocabile delle dita.

«Soldi? Se li ho spesi tutti con te! Mi resta giusto di che pagare il biglietto per Corral!»

«No; non può essere», aveva detto con uno strano tono duro. «Allora, devi lasciarmi qualcosa.»

«Che ti posso lasciare?»

«Quell'impermeabile.»

«Va bene, prendilo.»

Ed era sceso per le scale come una furtiva ombra solitaria.

E così stava ricordando altri fatti della sua vita di passaggio nei diversi porti. Non gli piacevano i postriboli; ma non c'era altro da fare alla fine di un lungo viaggio, quando tutto l'equipaggio scendeva a terra desideroso solo di donne e vino. Poi, quando era già secondo ufficiale sulle navi e come tale responsabile degli uomini, aveva notato che, dopo una prolungata astinenza, l'equipaggio diventava intrattabile; la prima notte a terra finiva quasi sempre in rissa, ma una volta soddisfatto il bisogno di donne, tornavano a essere gli individui più pacifici.

Meditando sul significato dei suoi sentimenti attraverso quegli eventi vissuti, gli sembrava di aver amato tutte le donne con le quali aveva avuto un contatto. Persino la prostituta comprata per una notte, l'avrebbe sposata l'indomani! Che cos'era? Amore, sesso? Non lo sapeva.

Ricordò Josefina, la ragazza di Lima incontrata nel ristorante El Chalaquito, nel porto di Callao. Lei se ne stava seduta da sola a un tavolino, quando lui si era seduto a un tavolo di fronte ordinando un piatto di *ceviche*, tenero pesce crudo con limone e peperoncino. «È molto piccante», l'aveva avvertito lei, accorgendosi dall'uniforme che non era un marinaio peruviano. I loro sguardi si erano incontrati. Un'occhiata intensa, che ancora ricordava come la più straordinaria forza di attrazione mai vista in un paio di occhi in tutta la sua vita. Uno sguardo che l'aveva fatto appoggiare al bordo del tavolo. Più tardi lei, nell'intimità, avrebbe detto che le era successa la stessa cosa.

Era una donna dalla pelle molto chiara, con i capelli e gli occhi scurissimi. La ricordava anche perché, su proposta di lei, aveva visto per la prima volta una corrida di tori.

Era stato il giorno dopo, nella Plaza de Acho, a Lima. Vi partecipavano tre famosi toreri. Durante la corrida del primo non aveva capito bene di cosa si trattasse. Gli sembrava una crudeltà senza senso pungolare quel bell'animale standosene su un cavallo protetto da imbottiture, e poi quell'accanirsi a piantargli sul groppone le banderillas che gli ricordavano i gagliardetti lasciati come segnalazione sulle balene alla deriva. Ferire per ferire, con il fine di far infuriare un animale, e vedere il suo sangue scorrere come una lunga ferita aperta sul collo nero, rilucente di sangue e sudore. Pensava che avesse molto più senso e dignità arpionare una balena in mezzo alle onde stando su una fragile scialuppa.

Ma nella seconda corrida aveva compreso il coraggio di quell'uomo che si giocava la vita davanti a migliaia di spettatori ruggenti come altrettante bestie. Le sue convinzioni vacillavano. Non aveva mai immaginato che quell'individuo potesse finire come uno straccio al vento. Prima stava dalla parte del toro, in difesa dell'animale e contro il torero, e soprattutto contro gli spettatori... benché tra loro vi fossero anche lui e Josefina, lei estasiata come davanti a un altare... Poi era rimasto colpito dall'audacia e dal coraggio di quell'uomo... E così aveva assistito alla seconda corrida, spostando lo sguardo dal toro all'uomo e dall'uomo al toro, scatenato come una forza della natura. Una cosa che lui conosceva: gli elementi della natura che si scatenano. Solo che in mezzo all'oceano non ci sono spettatori, né un rifugio dove trovare riparo dall'assalto di una tempesta. Soltanto il cuore dell'uomo e la sua resistenza agli spietati elementi che non obbediscono a legge divina né umana. Era come se tutta la natura, al pari di quel toro, odiasse l'uomo per essersi avventurato a sfidarne la forza. Sapeva bene di cosa si trattava, quando né un'imprecazione né una preghiera possono fornire alcun appiglio di fronte alle scariche d'acqua e vento su quattro fragili tavole. C'è solo l'uomo, e il suo piccolo cuore stretto come un pugno. Così vedeva il torero, e per questo alla fine si era sentito dalla sua parte.

Nella terza corrida si era verificato un fatto che avrebbe determinato la definitiva scelta di parteggiare per l'uomo. Nell'arena si esibiva il torero più famoso della giornata; ricordava ancora il cognome, Bienvenido. Era un uomo basso, che rendeva più imponente la mole del toro. Indossava un costume di un verde sgargiante, quasi fosse un grosso protozoo fosforescente intento a giocare con un'onda nera che tentava di inghiottirlo. A un certo punto, tra le rischiose evoluzioni di muleta e spada, il corno affilato lo aveva colpito in fronte scaraventandolo per terra. Gli aiutanti erano accorsi e, mentre alcuni attiravano il toro, altri lo trascinavano via dall'arena in stato di incoscienza. C'era stata una lunga attesa. La belva formata dalle migliaia di teste del pubblico sembrava esalare un sospiro d'angoscia o di soddisfazione. Dopo un quarto d'ora o venti minuti, ruggiva di nuovo vedendo che Bienvenido tornava nell'arena con una vistosa benda: il corno dell'animale gli aveva lacerato un sopracciglio, ma il torero voleva portare a termine il suo compito. E così era stato; aveva affondato la spada dietro la nuca e il toro era caduto inginocchiato ai suoi piedi, ma con le zampe posteriori ancora salde. E si trascinava in avanti cercando di incornarlo, con le anteriori piegate e facendo forza sulle posteriori. Quel temerario si era alzato in punta di piedi davanti al muso della bestia agonizzante, e a ogni cornata faceva un saltello come se danzasse, finché, di colpo, il toro era crollato come una massa inerte affondando la testa nella polvere davanti a lui. Allora il torero si era alzato ancor più sulle punte agitando il berretto per salutare con un gesto di vittoria. Tutta la Plaza de Acho lo acclamava in piedi, e anche lui aveva emesso un ruggito quasi animalesco, per il trionfo della sua specie.

Dopo la corrida, quella notte, Josefina l'aveva portato a

un combattimento di galli. Il locale, sordido, aveva qualcosa che ricordava un circo al chiuso; l'atmosfera viziata contrastava con la vasta arena all'aria aperta della Plaza de Acho. Un'alta recinzione di filo di ferro chiudeva il cerchio dove si sarebbero svolti i combattimenti, contenendo anche gli organizzatori dello spettacolo e gli allibratori. Intorno, seduta su panche di legno o in piedi, si accalcava una folla avida e inquieta, che scommetteva sui galli pronti a battersi fino alla morte all'interno del recinto. Attraverso la rete di ferro, gli organizzatori raccoglievano il denaro delle scommesse e consegnavano le ricevute. Su insistenza di Josefina, avrebbe giocato e vinto con una fortuna incredibile.

Ma fin dall'inizio lo spettacolo, così diverso dalla corrida, lo aveva disgustato. Era di una bassezza e meschinità ripugnante, come se tutta la crudeltà dell'uomo fosse passata dal portamento di un toro furioso a quello di un ripugnante topo di fogna. Nella corrida non c'erano scommesse; qui invece veniva allo scoperto l'avidità dell'animo umano nei confronti di quelle banconote bisunte che andavano e venivano da una mano all'altra nelle scommesse. In cinque combattimenti, aveva perso solo una volta.

Al centro del cerchio avevano portato un bell'esemplare di gallo rosso e un altro nero con riflessi bluastri. Erano galli piuttosto piccoli, ma che dimostravano uno straordinario vigore. Prima di lasciarli liberi nell'arena, i due individui che li tenevano tra le mani avevano verificato i legacci dei due piccoli pugnali sistemati come un prolungamento degli speroni. Erano lame affilate di cinque o sette centimetri, il cui acciaio sottile brillava come l'anima di quegli uomini sulle zampe degli animali innocenti.

Due tremanti fasci di nervi irti di piume stavano uno di fronte all'altro, con le zampe fermamente piantate nella sabbia. Gli occhi, iniettati di odio, sembravano due scintille, e i colli, simili a due corde tese, si allungavano tentando di misurare una qualche misteriosa distanza.

All'improvviso, come due elastici, si erano lanciati uno

contro l'altro, e in un attimo i colpi di becco e di sperone si erano confusi in un vortice di piume nere e rosse. Ma lo scontro era stato brevissimo, come se si fosse trattato di una manovra tattica per saggiare le forze del nemico. Stavano di nuovo uno di fronte all'altro, con qualche piuma in meno. Al secondo salto, era sembrato che una piuma rossa fosse rimasta attaccata al gallo nero; ma i sostenitori dell'uno e dell'altro avevano notato con allegria o timore alcune gocce di sangue. Al terzo assalto, il rosso era caduto a terra, e il nero aveva tentato di balzargli sopra, ma era stato subito respinto. I suoi balzi sulla sabbia cominciavano a farsi più cauti, e ogni tanto vacillava. Il sangue continuava a sgorgare come rugiada sulle piume del nero. Poi, alcune gocce di sangue erano comparse anche sulle estremità del gallo rosso, fino a quel momento nascoste dal piumaggio. Una parte dei presenti sembrava agitarsi. Tutti quegli uomini e qualche donna stiravano il collo e allungavano sguardi avidi sull'arena, come se fossero altrettanti uccelli più grossi.

Da un altro scontro, il gallo nero era uscito più stordito e, ormai vacillante, aveva mosso qualche passo intorno all'avversario tentando di attaccarlo di lato. I piccoli pugnali adesso brillavano solo in parte, screziati com'erano di sangue. Gli assalti si erano diradati, e di lì a poco entrambi si fronteggiavano come inebetiti, le piume del collo meno ritte, ma con gli occhi sempre scintillanti di odio. Nonostante ciò, avevano ripreso a battersi, finché tutti e due erano caduti malridotti sulla sabbia. Adesso l'intera folla si agitava, in preda al dubbio. Era un'unica bestia dalle mille teste, tormentata dalla possibilità di vincere o perdere, legata alla vita o alla morte di quei poveri animali.

Il sangue aumentava sul piumaggio nero e per un attimo lo scintillio degli occhi era sembrato spegnersi. Il gallo rosso, più integro, all'apparenza si stava riposando, recuperando le forze per un nuovo assalto. Poco dopo, il nero aveva cominciato a piegare la testa di lato, come se entrasse in agonia. C'era stato un battito di ali del rosso, che tentava di volare contro l'avversario, ma senza riuscire a fare altro che trascinarsi per un breve spazio.

L'attesa cresceva, con la maggioranza che tifava per la morte del nero. Josefina si era stretta al braccio di Albarrán, poiché avevano scommesso forte su quello dal piumaggio nero. A un tratto, uno della giuria si era fatto avanti portando una tavola, che aveva poi messo tra i galli come un paravento, e quando tutti ormai aspettavano da un istante all'altro la morte del gallo nero, quello rosso, che sembrava messo meglio, era crollato come un piumino inservibile, dando un'ultima beccata che l'aveva lasciato con il becco piantato nella sabbia e la coda grottescamente sollevata sulle estremità inerti. Con fare solenne, l'uomo aveva alzato la tavola che li separava, e alla vista del cadavere del suo rivale, quello nero aveva tentato di battere le ali per raggiungerlo ancora una volta, ma poi anche lui piegava la testa fino a piantare il becco nella sabbia. Ma ormai una buona parte dei presenti urlava, agitando come bandiere vittoriose le ricevute delle scommesse.

«Hai avuto la fortuna del principiante», gli aveva detto Josefina una volta usciti in strada, contenti della vincita.

Fuori, le luci della città rischiaravano un cielo cotonoso e basso. Albarrán si era riempito i polmoni con l'aria pura della notte; aveva tastato nella tasca dei pantaloni il vecchio portafogli rimpinguato dalle scommesse, e, se non fosse stato per Josefina, si sarebbe diretto immediatamente al Callao per salire sulla sua nave, poiché andando a caccia di balene si sentiva come un angelo, in confronto alla crudeltà e avidità dimostrata da quegli uomini sulla terraferma.

Ma a un certo punto avevano sentito la musica di una marcia lenta e lontana. Giunti in fondo alla strada, il suono di una banda guidava una moltitudine che marciava con un diffuso splendore di torce e lanterne cinesi.

«È la festa del Signore dei Miracoli», gli aveva detto Josefina.

«Che miracoli ha fatto?»

«Dicono che ai tempi del colonialismo uno schiavo nero

l'aveva dipinto su un muro dei recinti dove li tenevano prigionieri... Un giorno si sono ribellati e il governo ha mandato i soldati a reprimerli; ma in quel momento si è scatenato un terremoto e gli attaccanti sono fuggiti vedendo che i muri del recinto crollavano. È rimasta in piedi soltanto la parte di muro con il volto del Cristo dipinto.»

Centinaia di migliaia di uomini, donne e bambini sfilavano tra canti e luminarie riempiendo viale dopo viale l'immensa avenida. Il Cristo veniva portato a spalla da vari fedeli. Anche loro si erano uniti alla processione. Sui marciapiedi c'erano bancarelle con bibite e cibarie, addobbate da pittoresche bandierine e lanterne di carta, davanti alle quali la gente si sedeva al passaggio della processione. Lì avevano mangiato il saporito *anticucho*, spiedini di cuore di manzo arrostiti sulla brace, e bevuto *chicha de jora*, una fermentazione alcolica a base di mais, e altri liquori, come il famoso pisco di Locumba. La folla sembrava ubriaca sia per la *chicha* che per il fervore religioso.

Verso la mezzanotte, il Cristo era stato collocato in una delle chiese di Lima, poiché la processione durava vari giorni, e ogni notte l'immagine venerata riposava in una chiesa diversa, finché non tornava nella sua. Anche loro avevano portato al riparo il loro amore in uno di quegli alberghi di passaggio che, come templi del piacere, proteggono le coppie nelle grandi città.

Quando si era dovuto imbarcare, Josefina l'aveva accompagnato fino al porto del Callao. Lì, a El Chalaquito, avevano bevuto l'ultimo bicchiere di commiato. Nella memoria la ricordava appoggiata alla torre del faro, all'estremità del molo, che alzava per l'ultima volta la mano in segno di addio. Era rimasta lì, con le mani sulla borsetta nera stretta sul davanti, di schiena al faro, come se aspettasse qualcuno.

Si erano scritti tre o quattro lettere. Lui non aveva più risalito la corrente di Humboldt fino al Perù; ma si era offerto di inviarle del denaro perché venisse in Cile. Lei non aveva risposto, e lui si era sentito liberato, perché dentro di sé il dubbio dell'infedeltà poneva sempre termine alle tracce di quegli amori.

Così, in due o tre occasioni era stato sul punto di sposarsi con una delle donne incontrate nei porti; ma le sue stesse esperienze lo avevano trattenuto.

In altri casi gli era successo, sbarcando in un porto e mescolandosi alla gente di una strada, di provare la sensazione che a un tratto avrebbe scorto un volto della donna predestinata a diventare il suo amore. Si sentiva come se avesse perso qualcosa tra quella moltitudine, qualcosa che però avrebbe potuto ritrovare di colpo. A Valparaíso, per esempio, passando su un tramvai, aveva visto una giovane seduta su una panchina della strada. Il cuore gli era balzato in petto scorgendo quel volto. Era la donna che cercava! Il tramvai aveva continuato la sua corsa e, sceso all'isolato successivo, era tornato indietro di corsa verso la donna; ma non c'era più. Quella sensazione gli era rimasta per tutta la vita. Pensava che se l'avesse incontrata riuscendo a parlarle, avrebbe avuto la conferma che si trattava proprio della donna destinata a lui. Come sarebbe finita? si chiedeva.

In piena giovinezza era ossessionato dall'idea di avere un figlio. Considerava che l'amore, il sesso, o quello che fosse, avesse quella finalità suprema: riprodursi, dare la vita e proteggerla... La natura non impartiva forse costantemente questa lezione all'uomo?

Il capitano Julio Albarrán, nella solitudine della cabina, sentì a un tratto dei tonfi che lo distolsero dalle sue riflessioni intime. Come sempre, percepiva immediatamente qualsiasi rumore strano che si verificava sulla nave, come se lui e l'imbarcazione fossero un solo corpo vivo. I tonfi si ripeterono con un suono blando e sordo. Erano i corpi degli enormi cetacei che, con le ondate e la corrente prodotta dall'andatura, andavano e venivano sbattendo contro le fiancate della Leviatán.

Socchiuse gli occhi, e per qualche istante gli parve di percepire un colpo più cupo e profondo contro il fianco della nave. Immaginò che provenisse dalla balena azzurra, il cui balenottero forse stava ancora nuotando dietro le ultime tracce di sangue della madre. E il colpo fece rabbrividire anche lui in modo profondo e cupo, quando sentì i passi di un uomo dell'equipaggio che scendeva la scala del ponte. Alzò la mano e osservò per un momento il suo anello ritrovato in quel modo così singolare, come se il fantasma di se stesso lo avesse recuperato in fondo al mare per venire a infilarglielo al dito; ma il fulgore di quel metallo non era più lo stesso nella penombra della cabina.

11

«Il risultato che serve non arriva a coprire la spesa di combustibile per arrivare a Bahía Margarita», disse Hansen nel suo ufficio dello stabilimento baleniero.

«Si consuma lo stesso carbone girando intorno a quest'isola», ribatté Albarrán.

«Non è precisamente intorno a quest'isola che state girando... Lei è arrivato nei pressi del mare di Weddel, e, se non ricordo male, addirittura fino al Bellingshausen», intervenne l'amministratore con una certa ironia, e continuò: «Si ricordi che Bahía Margarita è il punto più vicino al Polo Sud a cui si possa arrivare per nave!»

«Infatti è proprio per questo che i maschi di balena azzurra si spingono laggiù in questa stagione», replicò il capitano. «Nei miei programmi prevedo di entrare dal canale Gerlach e uscire verso l'arcipelago di Biscoe. Non dimentichiamoci che anche Biscoe era un baleniere, e c'era un motivo se si aggirava in quei paraggi scoprendo poi le isole alle quali ha dato il nome. Se c'è da cacciare in abbondanza, bene, da lì tornerò indietro. Se no... arrivo fino a Bahía Margarita.»

Hansen guardò la carta nautica attaccata alla parete, e tra i paralleli 65 e 75, al di là del Circolo Polare Antartico, percorse con una matita la rotta di cui parlava Albarrán. Era una carta ingiallita, aggiornata con i dati delle ultime esplorazioni polari; ma isole, baie, golfi e canali erano appena abbozzati, senza ulteriori precisazioni, e, spesso, l'esperienza dei balenieri aveva dimostrato che con i disgeli succedeva di trovarsi un fiordo là dove era indicato un capo. Quando una delle sue baleniere si avventurava su quelle rotte, più che il consumo di combustibile, ciò che preoccupava l'amministratore era il pericolo che si incagliasse in acque sconosciute.

«Il mio piano era un altro...» mormorò Hansen.

«Agli amministratori piace pianificare a terra quello che non si sa come sarà in mare», ribatté Albarrán.

«In fin dei conti, è un problema suo... Io non so dove passerà una volta che si troverà dall'altra parte dei Fuelles de Neptuno... Di sicuro non verrò a fermarla quando sarà in alto mare...»

«Così è, Mister Hansen, e sempre sarà, per tutti quelli che devono bagnarsi il sedere dietro alle balene.»

«Bene, quanti giorni crede che durerà la battuta di caccia?»

«Otto o dieci giorni al massimo; gli stessi che a volte sprechiamo girando a vuoto qui intorno.»

Una volta riempite le stive di carbone e caricato i viveri, la Leviatán levò le ancore, superò le pareti rocciose dei Fuelles de Neptuno, e mise subito la prua a sud.

Il capitano Albarrán si sfregò le mani per la soddisfazione quando si sentì finalmente libero, in pieno stretto di Bransfield, libero di poter perseguire la sua ambizione nascosta!

Arrivare nelle vicinanze di Bahía Margarita non era una delle fissazioni del suo carattere ostinato; ma neppure poteva rivelare all'amministratore o a chiunque altro ciò che lo spingeva a farlo, perché sarebbe stato come confessare il puerile capriccio di un bambino. La sua aspirazione era trovare un esemplare di balena azzurra che battesse il record del capitano norvegese. Aveva sentito dire che i maschi vecchi, con la pelle ricoperta di fossili e madrepore, si aggiravano nelle vicinanze del Polo, come madreperlacei fantasmi ormai isolati dagli altri esemplari della loro specie. Con uno di quei giganteschi maschi di balena azzurra avrebbe degnamente concluso la sua stagione di caccia in Antartide, e sarebbe rimasto, come sempre, in testa a tutti i capitani arpionieri.

Quando a metà pomeriggio si stavano addentrando lungo il canale Gerlach, tutto l'equipaggio rimase in coperta attratto dallo spettacolo dei fantastici iceberg che sono soliti staccarsi dalle pareti di ghiaccio circostanti. Erano abituati a quelle grandi moli di ghiaccio galleggiante, a forma di picchi montuosi o di vaste piattaforme, che usavano spesso per mettersi sottovento quando arrivava loro addosso una burrasca in mare aperto. Ma in quel caso i ghiacci, staccatisi dalle sponde del canale Gerlach o portati fin là dalle correnti provenienti da sud, erano di tutte le forme immaginabili. La diminuzione della parte sommersa, per effetto dell'erosione, faceva sì che si capovolgessero lentamente, mostrando in superficie le ondulate cavità scavate dalle acque dell'oceano, che si combinavano con i cumuli delle recenti nevicate, ed era come se il mare e il cielo si fossero messi a gareggiare in un fantastico lavoro da scultori ciclopici.

Le forme animate della natura erano rappresentate da cigni con i colli ritorti o da elefanti con proboscidi a spirale e con le estremità incastonate in quelle pesanti moli di ghiaccio. Anche il vento aveva contribuito a cesellare fantasmagoriche forme, e le raffiche avevano abbattuto pareti lasciando a volte una o due vele piantate sulla prua, al centro o a poppa di quei velieri contorti e deformi quanto l'immagine di un Caleuche.

Uno degli iceberg richiamò in modo particolare l'attenzione di tutti: ricordava un enorme cetaceo in posizione quasi verticale per un fenomenale colpo di coda e le pinne caudali sembravano fornirgli l'impulso alla navigazione. Quando sfilò lentamente davanti alla Leviatán, Albarrán non poté fare a meno di meravigliarsi per la straordinaria somiglianza con una gigantesca balena, e per un attimo pensò che sarebbe tornato a nord con qualcosa del genere, un grande maschio di balena azzurra legato alla fiancata.

Ogni tanto, sulle piattaforme inclinate di alcuni iceberg, simili a spiagge galleggianti, si scorgevano dei corpi scuri che a distanza sembravano grossi vermi: erano foche «granchiaiole», leopardi, leoni o elefanti marini. In alcuni casi, qualche femmina aveva arrossato di sangue il cristallo azzurrino al suo intorno, forse la conseguenza di un banchetto o di un aborto.

Il canale Gerlach a tratti zigzagava come se fosse un fiordo senza uscita. I lastroni di ghiaccio erano spesso venati di nuda roccia, ma il fondale profondo permetteva una tranquilla navigazione.

Gli uomini sottocoperta cominciavano a rilassarsi, senza la tensione permanente dovuta all'attesa del grido «balena a prua!»

Olegario Vidal, uno dei marinai, si mise a suonare la chitarra e il fuochista Alfonso Ortega la fisarmonica. I due ingaggiavano sfide musicali per divertire i compagni, e spesso suonavano insieme, che era la cosa più richiesta dagli altri, poiché il suono della fisarmonica e della chitarra arrivava alle loro orecchie, in quelle lande solitarie, con un fascino che probabilmente nessuna orchestra avrebbe mai ottenuto in qualsiasi altra parte del mondo.

Soltanto una volta quel duetto si era separato in modo brusco: Vidal e Ortega se ne stavano da soli sulle brande sottocoperta cercando di accompagnarsi a vicenda in una strana canzone d'amore che quest'ultimo aveva imparato sull'isola di Pasqua, e che voleva insegnare all'amico. Questi inciampava nelle corde della chitarra peggio che se stesse salendo sulla scaletta di corda fino alla coffa in piena tempesta. Per la prima volta i due musicanti non riuscivano a intendersi. Scoraggiati, erano rimasti per un po' a guardarsi, mentre si stemperavano nell'aria le ultime note della chitarra e il miagolio della fisarmonica che si afflosciava sconfitta. Ortega aveva detto qualcosa che a Vidal non era piaciuto; e questo era bastato perché i due lanciassero lontano gli strumenti, e balzati in piedi, si erano presi furiosamente a pugni. Quando altri uomini dell'equipaggio erano accorsi al richiamano della rissa, i due contendenti sembravano ormai sfiniti; ma benché il sangue stesse sgorgando in abbondanza, continuavano a colpirsi, avvinghiati. Ortega aveva sbattuto la testa contro un bullone della parete e, se non fossero arrivati a separarli, probabilmente il chiloese avrebbe avuto la meglio sul settentrionale.

Per un certo periodo non avevano più suonato i loro strumenti, né da soli né insieme; finché, a richiesta di tutto l'equipaggio, erano riusciti a rimarginare quell'assurda ferita.

Il capitano Albarrán non interveniva in dispute che non avessero a che fare con l'andamento della nave o i compiti della caccia; ma in quell'occasione aveva chiamato nella sua cabina i due uomini per riprenderli duramente:

«È roba da smidollati prendersi a pugni per una canzone... Nei bordelli ho visto gente sfasciarsi le chitarre in testa, ma a bordo di una baleniera... Adesso basta, riconciliatevi; tutti abbiamo bisogno di un po' della vostra musica!...»

«Sembra che le botte abbiano fatto bene a entrambi», era stato il commento del nostromo Bárcena sentendoli suonare di nuovo insieme, e, a suo parere, molto meglio di prima...

Quella notte, dopo che la Leviatán aveva gettato le ancore a Puerto Lockroy, persino il capitano e gli ingegneri scesero sottocoperta per ascoltare il concerto di chitarra e fisarmonica.

Il capitano, entusiasta, ordinò di stappare qualche bottiglia di aguardiente dalla riserva conservata per quando i lavori di carico del carbone o della caccia risultavano troppo faticosi. Fabián preparò un buon caffè, e Pedro Nauto lo servì nelle tazze con la *chicha*; così chiamavano in gergo marinaresco una buona dose di aguardiente nel caffè.

Puerto Lockroy, al limite della sponda sud del canale Gerlach, è un punto riparato da tutti i venti. Il caffè corretto riscaldò gli animi, e così, in mezzo a tanta solitudine echeggiò la canzone di quegli uomini:

Sulla spiaggia di Calbuco
ho perso la mia barca,
con sette ceste di patate
e cinque chiloesi...

Cinque chiloesi, ahi, sì,
bravi marinai...
Nel porto dove arriviamo
sbarchiamo...
Sulla torre di Huillinco
è caduta la luna,
si è rotta in diecimila pezzi,
ma non è morto nessuno.
Morto nessuno, ah, sì,
sono un marinaio...
ogni caletta è un porto,
il mio approdo.

Dalle ballate chiloesi si passò a quelle del nord, nelle quali Ortega era voce solista:

Ho una lancia in mare,
due vascelli e un vapore:
uno carico di salnitro
e l'altro di carbone.

Ho un vascello in mare,
due lance e un vapore:
uno carico di salnitro
e l'altro carico del mio amore.

Alle ballate allegre seguirono valzer romantici e sentimentali:

Domani, quando sarò lontano
dalla donna amata...
allora questo valzer
come un addio...

Fu il nostromo ad avvertire per primo l'improvviso e strano movimento della nave.

«Cristo!» esclamò, interrompendo le canzoni.

Con quattro salti il pilota Yáñez salì sopracoperta, seguito dal capitano e da alcuni marinai. Un grosso iceberg, tondo come una boa, una sorta di palla di ghiaccio e neve staccatosi rotolando dagli alti picchi che sovrastavano Puerto Lockroy, era emerso sotto la linea di galleggiamento facendo sbandare la baleniera.

Alcuni con i ganci e altri con i remi, cominciarono a spingere la mole di ghiaccio, per fortuna non troppo dura, mentre il nostromo sistemava un paglietto per ammortizzare la pressione dell'iceberg, spinto da una forte corrente contro la fiancata di tribordo della nave.

Passato il pericolo, mentre il blocco di ghiaccio si allontanava alla deriva, capitano e nostromo si guardarono, e, tacitamente, si accordarono sul fatto che uno di loro doveva trascorrere la notte ancora una volta sveglio...

L'indomani, per due volte la vedetta sulla coffa avvistò degli spruzzi in lontananza, in direzione delle isole Biscoe; ma tutti rimasero sorpresi quando Albarrán, anziché dare l'ordine di dirigersi verso le balene, decise di mantenere la rotta a sud.

«Non sono venuto fin qui per vedere qualche capodoglio», dichiarò, dopo aver controllato con il binocolo l'inclinazione di quei deboli zampilli d'acqua.

La baleniera continuò la navigazione in mare aperto, finché, a metà pomeriggio, vennero avvistati dei grandi iceberg. Schivandoli, si diresse verso l'interno di una baia, aperta e vasta quanto un golfo; era Bahía Margarita.

Sulla sua stropicciata carta nautica, il capitano Albarrán aveva disegnato un'ancora con la matita rossa dietro l'isola chiamata Nenny, scoperta dall'esploratore Charcot e battezzata così in omaggio alla moglie. La baleniera gettò l'ancora in quel punto, tra l'isola e un'insenatura, anch'essa chiamata Nenny Fiord, sulle cui alture i blocchi di neve avevano lasciato allo scoperto striature verdastre e color ocra metallifero, simili a quelle che si vedono in altre regioni della cordigliera delle Ande. Per trascorrere la notte, quel posto era più sicuro di Puerto Lockroy, e i picchi di roccia allo scoperto mostravano per la prima volta una traccia del volto della terra, che risultava ospitale a quegli uomini stanchi di vedere soltanto ghiaccio uguale a se stesso da migliaia di anni.

Constatarono che la notte era ancora più breve che sull'isola Decepción, e fu il nostromo, anche in questo caso, il primo a dare l'allarme quando spuntarono i deboli bagliori dell'aurora: l'entrata di Bahía Margarita era coperta da un orizzonte di muraglioni di ghiaccio, e il mare intorno, completamente gelato.

«Vada a svegliare il capitano e il pilota», disse Bárcena a Pedro Nauto, che gli stava servendo una tazza di caffè. Questi scese con due balzi dal ponte di comando dove l'orologio segnava le due del mattino e il mercurio del barometro era sceso di vari gradi sotto lo zero.

«Non c'è da preoccuparsi», disse Albarrán, quando fu sul ponte. «È solo una carovana di grandi iceberg che si è staccata dalla barriera polare.»

Il silenzio e la calma regnavano, un silenzio di cristallo, che pervadeva da millenni la natura di quel luogo. Il sole polare cominciò a riverberare obliquo sulla lastra di ghiaccio che si estendeva fino all'orizzonte; ma quando la baleniera levò le ancore, quello che era solo un anticipo dello spesso *pack ice* si incrinò, e se non fossero stati in quella stagione dell'anno, li avrebbe imprigionati per sempre.

La Leviatán continuò ad aprirsi un varco con la sua alta prua quasi fosse una rompighiaccio, e raggiunta la zona degli iceberg, navigò tra gli stretti canali, come se stesse aggirando delle isole.

Lo spettacolo era fantastico quanto quello offerto dalle solitarie isole dell'arcipelago di Melchior in pieno mare di Bellingshausen; ma con l'aggravante che laggiù le isole non si muovevano lentamente portate dal vento e dalla corrente, restringendo i canali che da un momento all'altro potevano sbarrare il passo alla nave e persino stritolarla, come era avvenuto anni addietro alla nave Antartico, dell'esploratore Otto Nordenskjold.

All'improvviso, come se quell'immenso silenzio fosse stato allestito per rendere ancor più rumorosa la sua apparizione, una mobile massa bianchiccia e azzurrina emerse dalle acque, simile a un ennesimo iceberg vivo. Irruppe con un fragore di cristalleria in frantumi.

Lo stesso Albarrán accorse un po' allarmato a vedere quell'apparizione, credendo si trattasse di un'altra mole di ghiaccio flottante sorta dalle profondità a minacciare la nave; ma poi si mise a saltare dall'euforia riconoscendo due poderosi spruzzi che si levavano tra gli iceberg come copiose sorgenti.

Anche il pilota rimase impietrito. Il nostromo corse a prua controllando corde e paranchi; gli uomini dell'equipaggio erano rimasti attoniti per l'improvvisa irruzione di quell'enorme cetaceo.

«Chi è che ha rotto dei piatti?» esclamò Fabián, sbucando dalla porta della cucina seguito da Pedro Nauto.

Ma l'aiutante del cuciniere si bloccò sulla porta con gli occhi sgranati dallo stupore quando dalla mura di tribordo vide innalzarsi due pinne che oltrepassarono la prua della nave e si immersero con un colpo di coda che lasciò la superficie del mare ridotta a un'immensa vetrata di cristallo infranta.

Vi fu un lungo momento di indecisione, dal capitano all'ultimo dei marinai. Albarrán non poteva lanciare il solito grido di «macchine a tutta forza!», perché lo zigzagare tra gli iceberg non permetteva di procedere più veloci. Per la prima volta, neanche dalla postazione sulla coffa era risuonato il fatidico «balena a prua!» Soltanto il pilota era riuscito a correre lungo la passerella per caricare il cannone. Un vento freddo cominciò a spirare dal sud, quasi a voler rasserenare i volti di quegli uomini attoniti.

«Dove diavolo pensa si sia infilata?» domandò il pilota, tornato sul ponte.

«A volte si spingono fino a mille metri di profondità», rispose Albarrán, in tono di sufficienza, e aggiunse: «Non abbia paura, non ci solleverà per aria come se fossimo di paglia!»

Quando riuscì a controllare l'eccitazione, ordinò di aumentare leggermente la velocità.

«Non puoi rimanere altro tempo qui da solo, vecchio mio!» mormorava tra i denti. «Devi venire via con me; sono venuto qui solo per questo, a prenderti, vivo o morto!»

Il suo istinto gli aveva suggerito, per sicurezza, di superare la barriera degli iceberg.

«Avrà trascorso tutta la notte tra i ghiacci, ma alla fine è dovuto venire su in cerca di cibo in mare aperto, poverino!» continuò come se parlasse di nascosto con qualcuno.

«Capitano, capitano!» gridò a un tratto la vedetta, e aggiunse con un tono strano: «Laggiù, laggiù, si sta grattando contro un iceberg come fosse una vacca!»

«Un vacca...!» disse con una lunga risata Albarrán. «Cinquecento, mille vacche, vorrai dire!»

Con il vento polare, il cielo si coprì di nubi dalle forme cangianti. Verso est, banchi cotonosi oscuravano il sole splendente producendo un'ombra madreperlacea; sopra, strati allungati sembravano branchi di delfini in fuga, e in altri punti, carovane di iceberg volanti imitavano le forme dei loro simili di ghiaccio. Tutta la natura del cielo e del mare, ghiaccio e nuvole, sembrava giocare placidamente, come risvegliandosi da un sonno di milioni di anni.

«Prendi tu il timone», ordinò quasi sottovoce il capitano al pilota. E attraversò come un bolide la passerella fino alla prua.

La vedetta comunicava solo con le mani, alzandole al cielo come se si sentisse impotente e pronunciasse una disperata preghiera. La baleniera procedeva con cautela lungo i canali, e il capitano, adesso saldamente aggrappato al cannone, volgeva rapide occhiate dagli iceberg al mare ghiacciato, e alle mani della vedetta che, a volte, sembrava indicare un qualche punto del cielo dove poteva essersi nascosto il cetaceo.

Il capitano avvertì un leggero dolore al petto, e si angustiò ancora di più quando, prendendo la mira sul cannone, l'occhio iniziò a lacrimare. Allora tutta la sua euforia svanì, ma poi, ripresosi, «con la testa fredda e i piedi caldi», come diceva lui, si concentrò sulle difficoltà che potevano presentarsi se dopo lo sparo quel maschio di balena azzurra si fosse immerso portandosi dietro la sagola e la corda sotto gli iceberg, e trascinando la baleniera contro gli spuntoni di ghiaccio.

Non gli fu possibile sparare subito, perché quando la nave sbucò in un tratto di mare sgombro, il cetaceo si trovava ad almeno duecento metri dalla prua, ed era quindi troppo lontano per poterlo centrare. Se ne stava di fronte alla prua della baleniera, e dato che la balena azzurra ha gli occhi molto distanziati e non riesce a vedere davanti, non poteva scorgerla. Allora ordinò alla sala macchine di avanzare molto lentamente. Per un attimo rimpianse i tempi lontani quando era a capo di una scialuppa baleniera, e nell'abbordare un cetaceo in quella stessa posizione, si avvicinavano dopo aver cambiato silenziosamente i remi con altri più piccoli, affinché il debole rumore di questi non fosse avvertito. Ma il ronzio dell'elica fu percepito dal fine udito del maschio azzurro, che si immerse tranquillamente, allontanandosi dai bordi della massa di ghiaccio.

«Vecchia volpe!» ruggì Julio Albarrán.

Come un occhio di bue, il sole si affacciò in un varco tra le nubi, e il capitano, accecato dalla luce improvvisa, trattenne per qualche istante l'immagine del cetaceo negli occhi socchiusi. In effetti, si trattava di un maschio di balena azzurra di dimensioni colossali, la cui pelle, ricoperta di microscopici molluschi, diatomee e madrepore, simile a una scogliera di madreperla, risplendeva a tratti come uno spettrale manto ingioiellato. Nonostante la frustrazione provata vedendolo immergersi, il capitano avvertì un senso di trionfo constatando che non si sarebbe arreso facilmente. Gonfiò il petto, colmo di soddisfazione, come se a un tratto avesse aspirato liberamente tutta l'aria del mare e persino i raggi del sole in quella luminosa mattinata australe.

Poi continuò con maggiore freddezza l'affannosa ricerca tra i ghiacci. A un tratto, riecheggiò l'urlo della vedetta:

«Laggiù, sta soffiando!» e indicava con la mano tesa a babordo.

Ma la nave dovette seguire la sua rotta lungo lo stretto canale in cui si era infilata, finché le fu possibile virare intorno a un iceberg e mettere la prua nella direzione indicata. Albarrán sbuffava per l'agitazione. Il secondo ingegnere, all'argano, ogni tanto faceva un salto per scrollarsi il freddo di dosso. Appena il capitano trovò una via d'uscita tra i ghiacci, urlò:

«Macchine a tutta forza!»

La Leviatán sembrò balzare in avanti come un animale predatore, e si lanciò sul mare libero dagli iceberg; ma il maschio azzurro era già scomparso dal punto segnalato.

L'eccitazione del capitano si era trasmessa a tutto l'equipaggio; persino gli uomini in sala macchine, dove quelli di turno mantenevano le caldaie alla massima pressione, aspettavano impazienti lo sparo dell'arpione.

Superato il pericolo degli iceberg, il pilota consegnò la ruota a un timoniere, e andò a rimpiazzare la vedetta sulla coffa. Lo stesso nostromo, salito a metà scaletta del trinchetto, con la mano a visiera fra gli stragli, concentrava l'attenzione sul mare, che stava increspandosi di piccole onde arricciate. A un tratto, uno stormo di *tableros* venne giù come una nube, screziando le acque di bianco e nero.

«È buona la zuppa», disse fra sé Albarrán guardando quei piccoli uccelli che becchettavano il plancton, dietro cui andava anche il maschio di balena azzurra, immerso ormai da almeno un quarto d'ora. Il capitano pensò che non avrebbe potuto resistere più di altri cinque o dieci minuti sott'acqua. E così fu; i suoi pensieri si bloccarono vedendo un'enorme bocca salire alla superficie come due grandi scafi sovrapposti. A quanto pareva stava espellendo l'acqua tra i fanoni sollevati, per poi inghiottire tonnellate di gamberetti. Dalle fauci fuoriuscivano a tratti dei getti di saliva schiumosa dai colori cangianti, come se la bestia si stesse mangiando un arcobaleno in mare aperto. Per qualche istante si poté distinguere il poderoso dorso bianco azzurrino, screziato di madreperla, poi tornò a immergersi con il caratteristico e formidabile colpo di coda.

Albarrán sembrava una vecchia volpe barbuta afflitta da una strana inquietudine. A volte si afferrava alla culatta del cannone arpioniere, si piegava all'indietro per guardare le mani del pilota, e pareva chiedere: «Fino a quando?...» Questi e il nostromo sembravano rispondergli con le mani: «Non c'è fretta», «Ce l'ha in pugno...»

E così fu, quasi inaspettatamente, quando il maschio azzurro riemerse lungo la mura di tribordo. Prese la mira e sparò alla distanza giusta. L'animale, ricevuto il colpo, si gettò verso il fondo così vertiginosamente che in pochi istanti srotolò tutta la corda, e da laggiù prese a strattonare, scuotendo la nave dalla chiglia al pennone. Poco dopo, la grossa fune cominciò a risalire in superficie vibrando, e, poi, il mostro splendente riapparve dibattendosi nel proprio sangue. Ma la granata della spoletta non aveva colpito organi vitali, e il cetaceo tornò a immergersi trascinando la baleniera. Tutti erano stupefatti da tanta vitalità e forza. Il capitano ordinò di manovrare con prontezza, mentre ricaricavano il cannone. Con tutta la corda fuori dagli argani, occorreva procedere evitando che questa si impigliasse nell'elica, un rischio fatale. E così avanzavano balena e nave unite ancora per qualche istante, finché il capitano ordinò di dare tutta forza alle macchine lasciando così la fune a tribordo. Questa si incurvò, producendo la caratteristica onda, come la corda con cui salta un bambino. A un'estremità la nave e all'altra il cetaceo, ancora a una profondità media. Ma la ferita e l'indebolimento per la perdita di sangue non gli permisero di rimanere molto tempo immerso, e risalì, adesso abbastanza vicino alla nave. Allora si vide il poderoso dorso brillare al sole come una seconda nave azzurra e madreperlacea e correre parallelamente al suo persecutore. La baleniera accostò sempre di più, finché Albarrán, con tutta comodità e precisione, sparò il secondo arpione, che stavolta penetrò nel quarto superiore del corpo. Il colosso rilucente rimbalzò come un pesce sull'oceano increspato; lottò ancora un po' sotto il velo dell'acqua, la madreperla divenne rossa, emise fiammate di sangue, finché alzò le pinne caudali nell'ultimo spasimo e vibrò un colpo di coda alzando un'ondata che arrivò fino al parapetto della mura di tribordo. Tutti ripresero fiato, attoniti davanti alla fine di quella lotta titanica.

Cominciarono a recuperare la corda fino a issare la preda tra il castello e il ponte. Quando gli portarono a prua il giavellotto per il tradizionale colpo di grazia, il capitano lo prese come se fosse uno scettro sacro che qualche divinità metteva nelle sue mani, e sputandoci per poi strofinarle, sembrò baciarsele. Sollevò il dardo al di sopra dell'orizzonte e puntò il corpo della balena; ma nell'affondarlo, la punta d'acciaio rimbalzò sulla biancastra crosta calcarea e tutti lo videro barcollare come se stesse per cadere in acqua; si riprese oscillando sul bordo della prua, e con tutta la forza, cercando un punto libero da protozoi e molluschi, affondò il ferro fino al manico, attraversando polmoni e cuore. L'intero equipaggio sembrò tirare un sospiro di sollievo e approvazione; persino la nave fermò l'ansimare delle sue macchine. Molti chinarono il capo come se fossero stanchi, e, quando il cuciniere si fece avanti per tagliare le pinne, per la prima volta il capitano Albarrán non permise che portasse a termine quel compito da chierichetto... Lasciò quell'enorme esemplare, che alcuni calcolarono prossimo ai trentacinque metri, issato alla fiancata in tutto lo splendore delle sue enormi pinne caudali che abbracciavano la nave e l'orizzonte.

«Bisogna portarla intera a mister Hansen, perché le scatti una fotografia e se la metta nel suo ufficio con una bella cornice!» esclamò orgoglioso.

«Lei non ci crederà a queste cose; però, forse...» disse Fabián.

«Cosa?»

«Che le balene alle quali non si taglia la coda tornano al mare e si perdono...»

«Questa non si stacca più da me, la porterò tutta intera... non uscirà da quel cappio finché non la consegneremo all'isola Decepción!»

«Dovremo scioglierla più di una volta per poter continuare la caccia», disse Bárcena.

«Sì!» urlò Albarrán come se non avesse intenzione di catturare una sola balena in più; «la scioglieremo, ma tenendola vicino, ben segnalata da un fanale e andremo a caccia con lei sempre al nostro fianco.»

«E chi le dice che non ne incontreremo un'altra uguale?»

«Un'altra?» riprese a gridare in preda all'eccitazione. «No, come questa non ce ne sarà mai nessun'altra!» E guardò con occhi da invasato l'enorme mole bianca e azzurra, che aveva ormai girato il ventre in superficie, e si contraeva e si afflosciava come un'immensa fisarmonica tra le onde. Il manto di madreperla era rimasto rivolto alle profondità, ma di tanto in tanto emergeva scintillante e sfiorava lo scafo della Leviatán come se tentasse di graffiarlo...

12

«Barometro che scende lentamente, gran vento presente!» esclamò il pilota Yáñez, come avvertimento, passando le consegne a Bárcena.

«Nuvole arricciate, vento a carrettate!» rispose il nostromo, guardando verso sud-ovest, dove si scorgeva un orizzonte carico di nuvoloni simili a tori selvaggi con il pelo scosso dal vento.

«Burrasca?» sondò Pedro Nauto, che stava facendo un turno al timone.

«Così pare», disse Bárcena. «E a noi ci toccherà almeno fino a mezzanotte.»

La lenta sera antartica cominciava a calare con una penombra opprimente quando il maltempo li investì in pieno. Dal ponte di comando, lo stesso nostromo ordinò con la sua voce tonante il grido che percorse la nave da prua a poppa e dalla chiglia al pennone.

«Prepararsi al mare grosso!»

Quando scese la notte, il mare aumentò la forza, e le prime grandi ondate cominciarono a spazzare la nave dalla fiancata di babordo. Solo a quel punto comparve sul ponte, come un tricheco lucido d'acqua, il capitano Albarrán con addosso la tenuta impermeabile.

«Ha fatto controllare i boccaporti?» domandò con voce grave.

«Li ho chiusi io stesso a colpi di mazzuolo», rispose il nostromo.

«Mi lasci per un po' di guardia e vada comunque a dare

un'occhiata alle paratie e agli oblò. Rinforzi con un'altra fune il traino della balena.»

Capitano e timoniere si guardarono un istante e poi entrambi riportarono lo sguardo su una delle pinne del cetaceo, issato a babordo, il cui biancore emanava riflessi, come la lama di una falce da fieno, ogni volta che il fanale di punta si inclinava sulla sommità dell'albero di trinchetto, tentando di forare le tenebre cineree sempre più fitte sul mare in tempesta.

«Sai come mettere la prua alle onde per impedire che la nave scarrocci in mezzo a una tempesta?» chiese al ragazzo.

«Ho imparato a farlo fin da piccolo, signore, andando in barca!» rispose.

«Fino a che ora dura il tuo turno?»

«Fino alle dodici, capitano!»

«E il timoniere a cui spettava questo turno?»

«Si è slogato una caviglia saltando dal ponte per lanciare una sagola, quando abbiamo legato la balena.»

«Forse portava i tacchi alti, la signorina...» disse in tono scherzoso, e aggiunse: «Riesci a cavartela quando arriva una sequenza di tre onde alte?»

«Dopo un po', sì; ci si abitua a calcolare quando arrivano le tre onde.»

Sotto, nella piccola cabina degli ufficiali, l'ingegnere Díaz si informava dal pilota sulle decisioni del capitano.

«Perché non abbiamo cercato un punto riparato dove gettare l'ancora, anziché navigare di notte con questo tempo?»

«Gliel'ho proposto... Mi ha risposto che per niente al mondo si sarebbe infilato di nuovo tra i ghiacci, e secondo me ha ragione; con quell'animale incredibile è difficile manovrare tra gli iceberg.»

«Poteva lasciarlo in mare aperto, con una bandierina di segnalazione, e l'indomani saremmo tornati a prenderlo.»

«Non vuole mollarlo per nessuna ragione... Mi ha detto di non credere a quella superstizione delle pinne, ma io penso che sia proprio per questo che non lo vuole abbandonare; ha paura che la balena si perda in mare.»

«Quell'uomo dev'essere suonato...»

«Un po', credo... Sembra sia venuto solo per cacciare uno di quei maschi azzurri, e adesso ha fretta di tornare... Con questa andatura, ci vorranno diversi giorni di navigazione in mare aperto.»

«Ma questa è una notte infernale per navigare...»

«La tempesta ci investe da babordo e la nave sta imbarcando già qualche ondata... con il peso dell'animale la poppa non riesce a cavalcarle, e con la velocità che abbiamo, non possiamo certo schivarle.»

«I fuochisti stanno tenendo le caldaie sotto pressione.»

«Lo so; è quella mole al traino che ci toglie perlomeno tre o quattro miglia di velocità.»

Yáñez dormì un poco, e a mezzanotte montò il suo turno, con un altro timoniere. Albarrán, vigile, si trovava ancora sul ponte; ma quando vide il pilota, decise di andare a coricarsi. La notte era diventata un tenebroso e tormentoso caos di acqua e vento; le raffiche scendevano sfrangiando le creste delle onde e non si capiva se i turbini venivano dal mare o dal cielo. Il rollìo della nave e del peso rimorchiato scuotevano tutta la sovrastruttura.

«Sta diventando pericoloso questo traino», disse il pilota al capitano, mentre questi si accingeva a ritirarsi dal ponte.

«Ci servirà da galleggiante...»

«Non dimentichi che lo stiamo trainando dallo stesso lato da cui proviene la tempesta...»

«Ci servirà da ammortizzatore, allora...»

«Qualche onda ha già spazzato le cabine.»

«E con ciò? Che passino pure dall'altra parte!... Quante volte abbiamo affrontato burrasche peggiori di questa, eppure non siamo rimasti a fare da boa!»

«Il fatto è che se continua così, dovrò mettere la prua alle onde, e per farlo bisognerà mollare la balena.»

«Effettuerà la manovra con balena e tutto...»

«Rischiamo di piegarci su un fianco, e con due o tre onde grandi possiamo colare a picco.»

«Va' avanti così, non avere timore... Con questo vento, che sarà almeno forza dodici, persino le pinne della balena ci servono da vela!» esclamò Albarrán, ritirandosi nella sua cabina.

Sottocoperta, Pedro Nauto si stava togliendo gli stivali per buttarsi sulla branda.

«Sarà meglio dormire con gli stivali, nel caso si debba bere acqua in piedi!» disse il fuochista Bórquez, che aveva finito anche lui il suo turno.

Pedro Nauto pensò fosse soltanto una battuta, ma avvertì una vaga inquietudine quando vide che il fuochista si coricava senza togliersi i grossi stivali da baleniere.

Rimase per qualche istante ad ascoltare i sibili del vento sul sartiame, confusi con il fragore delle onde che spazzavano il ponte e la coperta, defluendo dagli ombrinali di scolo. Ogni tanto avvertiva una scossa più forte sulla nave e un tremito che percorreva l'intera struttura.

Passata la mezzanotte, il nostromo ricomparve sul ponte. Era un uomo che restava sempre di guardia nei momenti di maggior pericolo.

«Non sei andato a riposare?» chiese il pilota.

«Sento dei colpi troppo forti tra la balena e la nave», rispose.

«È da un po' che mi preoccupo della stessa cosa; dopo quegli urti la nave continua a vibrare.»

«Le cose si mettono male...»

«Male... ma se andiamo a svegliarlo penserà che siamo diventati dei conigli... Lui se la ride di tutto questo!»

«Non c'è niente da ridere!»

«Sì, è andato a dormire come se a letto lo aspettasse la fidanzata!»

«In questi casi bisogna prendere l'iniziativa... L'ingegnere è allarmato per le macchine, dice che a volte lo scafo rimbomba come se si fosse ammaccato; credo che sarebbe meglio avvisarlo.»

«Mi tratterebbe come un poppante... Non lo conosce?»

«Le ondate si infrangono sempre più spesso sull'aletta, e con il peso di quella maledetta balena la nave non può evitarle.»

«Voglio tentare di prenderle di prua.»

«Potrebbe essere peggio; non possiamo attraversarle con la balena.»

«Accidenti a lui! Allora va' a svegliarlo!»

«Credo sia il caso di avvertire anche gli uomini perché indossino le tenute impermeabili.»

Era l'una e venti della notte; gli spietati elementi della natura antartica si erano scatenati con tutte le forze sulla piccola baleniera e sul suo traino. A tratti il caos imperava, a eccezione di quei tre uomini sul ponte che, per quanto intimoriti, mantenevano con freddezza l'andatura e la rotta della loro nave.

«Lasciatemi solo sul ponte e andatevene a dormire!» ordinò Albarrán, autoritario, quando entrò strofinandosi gli occhi ancora assonnati.

«Abbiamo dato disposizione che gli uomini indossino la tenuta impermeabile, capitano», disse Yáñez.

«E per quale motivo? Per farne che?»

«Per precauzione... signore. Per quello che potrebbe succederci...»

«Cosa potrebbe succederci?»

«Che si debba tutti bere acqua in piedi...»

«Andatevene a dormire, piuttosto; resto io da solo, per mettere la prua alle onde.»

«Prima bisognerebbe mollare la balena, capitano», si intromise il nostromo.

«Questo no!» ruggì Albarrán. «Lasciatemi da solo, so cosa devo fare!»

Una raffica d'acqua e vento sembrò strappargli via la voce e convincere il pilota e il nostromo a obbedire immediatamente ai suoi ordini. I due, prima di andarsene, gli rivolsero un'ultima occhiata, contrariati.

Il capitano, dal canto suo, afferrò la ruota del timone e cominciò a virare lentamente verso la tempesta. La Leviatán, come se obbedisse più docilmente alle sue mani che a quelle di altri, prese cautamente a cavalcare le onde di tre quarti. Gli scossoni si avvertirono ancora più forte, il fanale di punta oscillava da una parte all'altra come un pendolo a rovescio. Dalle vetrate del ponte, Albarrán, come un lupo di mare acquattato nella tana, tentava di scorgere in ogni andirivieni del fanale il dorso della sua preda legata alla mura per la coda; ma riusciva a vedere soltanto una pinna caudale che sporgeva dalle funi e si dibatteva continuamente come una falce impazzita, la cui lama illuminata sembrava cercare qualcuno nel cuore della notte.

Gli uomini, che avevano indossato la tenuta impermeabile, non dormivano più sottocoperta. Anche gli ingegneri e Fabián avevano messo quelle tele cerate, d'emergenza. Sottocoperta si sentiva solo il russare di alcuni che, sfiniti dai turni appena conclusi, dormivano estranei a tutto.

A un tratto, la Leviatán si piegò su un fianco tra due grandi mareggiate e tutta la sovrastruttura sembrò gemere in un possente scricchiolio. Solitario sul suo ponte di comando, assistito soltanto dal silenzioso timoniere, il capitano Albarrán cominciò a mettere la prua decisamente contro la burrasca. Quando sentì lo scricchiolio della nave e la scossa gli ricordò il peso del cetaceo al traino, nella sua mente si materializzarono le famigerate tre grandi onde in sequenza che di tanto in tanto arrivano nel mezzo di ogni tempesta... «Le tre onde... Il sogno, la vita e la morte...» rifletté.

Molte volte aveva affrontato momenti peggiori di quello, con il timone stretto nelle sue mani sicure... Questa non era poi così diversa dalle altre, dannazione! Non avrebbe abbandonato la preda per così poco, dopo quello che gli era costato andarla a prendere in uno sperduto angolo dell'antartico! Per una burrasca qualsiasi non avrebbe mollato la più grande balena azzurra che mai cacciatore al mondo avesse catturato! Ma... Perché gli uomini adesso mettevano in discussione la sua condotta e sembravano non nutrire più in lui la fiducia che prima l'aveva sempre circondato?

Ricordò che in diverse notti come quella, se non peggiori, era rimasto da solo al timone della baleniera, mentre l'equipaggio dormiva tranquillo, fidandosi delle sue mani, del suo infallibile istinto di capitano baleniere... Una di quelle notti – adesso la ricordava con emozione – persino lui, aveva sentito la paura di naufragare. Ma non era andato a svegliare nessuno. A quale scopo? Se fossero colati a picco, i suoi uomini sarebbero andati all'altro mondo dormendo fiduciosi, senza patire le vigliaccherie e l'agonia della catastrofe! E quella volta aveva salvato, lui solo, la nave e l'equipaggio! L'indomani non se l'era sentita di raccontare a nessuno lo spavento passato; ma per averli salvati così, silenziosamente, senza che lo sapessero, si era sentito come un padre per tutti loro. Adesso avrebbe fatto lo stesso. Si sarebbe battuto da solo contro la notte e il mare, e così avrebbe riconquistato, come allora, la sua autorità.

Nell'oscurità vide innalzarsi una muraglia nera più alta delle altre. Era un'onda grande come una montagna rotolante. Girò tutta la ruota a babordo, e, di sbieco, la baleniera prese ad arrampicarsi sulle pendici d'acqua che le stavano arrivando addosso; ma l'onda alzò la nave e la balena fin sulla cresta, e, infrangendosi, ricadde in un fragoroso abisso. Il cetaceo e la nave cozzarono uno contro l'altra come due brandelli di carne morta. Sul fondo del precipizio, sbattendo ancora una volta, si udì un rimbombo sordo. Ma Albarrán manovrò alla disperata, e nave e balena ne uscirono vittoriose.

La cresta della terza onda sfondò i vetri del ponte e l'acqua bagnò il volto del capitano e del timoniere come un poderoso spruzzo di balena, un alito freddo che veniva dalle profondità del mare. Albarrán prese un fazzoletto e si asciugò la fronte; si leccò i baffi e la barba sentendo un gusto salmastro in cui si confondevano il sudore e il sapore salato, freddo e amaro del mare.

Sopraggiunse uno di quegli strani momenti di calma che a volte si creano in mezzo a una tempesta; ma il mare continuò a danzare intorno alla nave, come se la cresta delle onde si fosse trasformata in innumerevoli dita che giocherellavano con la nave e la balena, cullandole come un bambino.

Percepì ancora una volta una strana scarrocciata di babordo, e due o tre rimbombi secchi tra la nave e la balena, uno dei quali arrivò alle sue orecchie con un debole ma inconsueto accento metallico.

«Mantieni il timone così», ordinò al timoniere consegnandogli la ruota, e uscendo dal ponte aggiunse: «Vado a disporre che sciolgano la balena!»

Ma non riuscì a scendere dal ponte. In quello stesso istante il primo ingegnere Díaz correva alla testa di un concitato drappello di uomini che salivano dalla sala macchine dirigendosi alle scialuppe.

«Che succede?» riuscì a gridare.

«Si è aperta una falla nel compartimento macchine!» urlò il primo ingegnere passandogli davanti.

«Tutti gli uomini alle scialuppe!» sentì il pilota urlare da sotto.

Soltanto il nostromo stava salendo la scaletta in modo meno agitato degli altri.

«Capitano, prenda il suo posto sulla scialuppa... Non c'è tempo da perdere; da un momento all'altro la nave può affondare o esplodere...» disse, vedendo che Albarrán tornava ad aggrapparsi alla ruota del timone, abbandonato in un gesto di improvvisa indisciplina del timoniere.

Furono le ultime parole assennate che echeggiarono sulla coperta della Leviatán, prima che il caos degli uomini si aggiungesse a quello della natura.

Il capitano si precipitò nella sua cabina in cerca del giubbotto salvagente che teneva sempre sotto il cuscino. Non c'era il tempo di togliersi l'incerata e se lo legò addosso alla meglio.

Ormai tutti gli uomini si erano piazzati sulla scialuppa baleniera e sulla barca d'emergenza. Tutti, meno uno dell'equipaggio: Pedro Nauto, che stava ancora dormendo sottocoperta, sfinito dalla stanchezza e ignaro della catastrofe.

«Mollaaa...!» si udirono urlare varie voci, ordinando di calare al più presto le imbarcazioni in mare.

«In quale scialuppa sta Pedro Nauto?» urlò a un tratto Albarrán, avvicinandosi.

«Qui non c'è!» risposero quelli della scialuppa baleniera.

«Qui nemmeno!» fecero quelli della barca.

Una sferzata di acqua e vento fece scomparire dalla loro vista il capitano, che si era messo a correre come un pazzo in direzione della sottocoperta; ma sul boccaporto si imbatté nel ragazzo che stava correndo fuori spaventato.

«Dov'eri?» gli chiese.

«Ero rimasto addormentato sottocoperta, signore!»

Mentre gli rivolgeva quella domanda, si era già slacciato il giubbotto salvagente e, infilatolo al ragazzo, glielo legò al petto.

Pedro Nauto rimase titubante di fronte al gesto di Albarrán; stava per balbettare qualcosa, ma questi disse in un grido lacerante:

«Figlio mio, ti stavo cercando...! Corri alle scialuppe! Non c'è tempo da perdere!»

«E lei... capitano?»

«Te lo ordino... sono tuo padre, perdio!» e lo spinse verso le scialuppe, dandogli una manata sulla schiena.

Pedro Nauto corse, senza rendersi conto di cosa fosse successo né di quello che faceva, fino al ponte dove c'era la scialuppa, che stavano già calando in mare. Riuscì a malapena ad aggrapparsi a un cavo dei montanti, e, con la spinta, ricadde sul fondo della scialuppa, che si staccò subito, portata via da un'onda.

Non vi fu il tempo per fare nient'altro. Dai boccaporti uscirono violenti getti di vapore bianco e, subito dopo, echeggiò un boato che sembrò spaccare la nave in due.

In mezzo alla tempestosa oscurità, gli uomini dell'equipaggio riuscirono a scorgere una parte del castello che resisteva per qualche istante sulla cresta delle onde, e al suo fianco un'altra prua più chiara, come se il vecchio maschio di balena azzurra si fosse trasformato in una nave fantasma che lottava per trascinare l'altra nelle profondità dell'oceano.

A circa una settimana dal naufragio, le due imbarcazioni vennero ritrovate da una baleniera con tutti gli uomini illesi. Avevano proseguito a forza di remi costeggiando verso nord, riparandosi di notte nel primo pezzo di spiaggia libera dai ghiacci. I pinguini e le foche «granchiaiole», animali così mansueti da poter essere abbattuti a colpi di remo o di coltello, li avevano salvati dal morire di fame, e il grasso delle foche aveva offerto il combustibile necessario a non perire per il freddo.

Nella mensa dello stabilimento, gli equipaggi delle altre baleniere si riunirono per ascoltare il racconto di tali peripezie.

La maggior parte, soprattutto gli addetti alle macchine, sosteneva che una delle estremità degli arpioni aveva aperto la falla nella fiancata a furia di colpi.

Ma il miracoloso salvataggio di Pedro Nauto era il fatto che più li commuoveva.

«Ho pensato che il capitano fosse impazzito quando mi ha urlato: 'Sono tuo padre, perdio!'

«Il capitano è come un padre per tutti, a bordo!» disse sospirando un marinaio.

«Bah...!» sbottò il pilota Yáñez, e di malavoglia, aggiunse: «Una cosa del genere la farebbe qualsiasi capitano!»

Quintero, 1962

INDICE

TEADUE

Ultimi volumi pubblicati

831. Collura, *Il maestro di Regalpetra*
832. Wallis, *Due donne*
833. Weir, *Ma tu mi vedi grassa?*
834. Schlink, *A voce alta*
835. Dossena, Spagnol, *Avventure e viaggi di mare*
836. Banks, *Canto di pietra*
837. Klavan, *Spettri*
838. Montefoschi, *La terza donna*
839. Levenkron, *La ragazza perfetta*
840. Robinson, *Invisibile*
841. McNab, *Azione immediata*
842. Dunne, *La metà di niente*
843. Clark, *I fiumi scendevano a oriente*
844. De Botton, *Come Proust può cambiarvi la vita*
845. *Le più belle storie di gatti*, a cura di Lesley O'Mara
846. *Le più belle storie di cani*, a cura di Lesley O'Mara
847. Pullman, *La lama sottile*
848. Singer, *Anime perdute*
849. Deighton, *La battaglia d'Inghilterra*
850. Crichton, *Rivelazioni*
851. Gaarder, *Vita brevis*
852. O'Brian, *L'isola della desolazione*
853. Sidhwa, *La spartizione del cuore*
854. Peters, *La sentinella della città morta*
855. Rice, *La mummia*
856. Kerr, *Violette di marzo*
857. Dunnett, *Scaglie d'oro*
858. Von Däniken, *Il giorno del giudizio è già cominciato*
859. Seth, *Il ragazzo giusto*
860. Pears, *La quarta verità*
861. Smith, *Monsone*
862. Cussler, *Salto nel buio*
863. Angier, *Donna*
864. Hancock, Bauval e Grigsby, *L'enigma di Marte*
865. Wodehouse, *I porci hanno le ali*
866. Praschl-Bichler, *L'imperatrice Elisabetta*
867. Ambrose, *Cittadini in uniforme*
868. Collura, *Associazione indigenti*
869. Patterson, *Il Club di mezzanotte*
870. Etxebarría, *Beatriz e i corpi celesti*
871. Deforges, *Nero come un tango*
872. Süskind, *Il contrabbassso*
873. Jaivin, *Le ragazze dallo spazio*
874. Bagley, *Trappola di fango*
875. Bukowski, *Post Office*
876. Grube, *Me ne infischio dei belloni*
877. Roy, *Il dio delle piccole cose*
878. Tyler, *Le storie degli altri*
879. Fajardo, *Al di là dei mari*
880. Anne e Serge Golon, *Angelica alla guerra*
881. Crichton, *In caso di necessità*
882. Grafton, *K come killer*
883. Grafton, *D come delitto*
884. Roy, *La fine delle illusioni*
885. McNab, *Controllo a distanza*
886. O'Brian, *Bottino di guerra*
887. Cornwell, *I fucilieri di Sharpe*
888. Parsons, *L'ultima vendetta*
889. Peters, *La confessione di fratello Haluin*
890. Giardinelli, *Luna calda*
891. Wood, *L'anello dello straniero*
892. Martini, *Punto di fusione*
893. Zimmer Bradley, *Witch Hill*
894. Sutcliffe, *L'esperienza*
895. Livingstone, *Scomparsi a Loch Ness*
896. Sepúlveda, *Jacaré*
897. Fredriksson, *Simon*
898. Tagore, *Le pietre maledette*
899. Stone, *Brama di vivere*
900. Sakai, *Samurai!*
901. Yen Mah, *Foglie cadute*

«UNO DEGLI SCRITTORI
PIÙ VITALI E FECONDI DELL'AMERICA LATINA»
LUIS SEPÚLVEDA

MEMPO GIARDINELLI
LUNA CALDA

L'anno è il 1977. Lo sfondo è il Chaco argentino, in un dicembre estivo, torrido e opprimente. Il protagonista è Ramiro Bernárdez, un giovane e promettente avvocato che, da poco rientrato in patria, si ritrova una sera ospite di amici. È in quell'occasione che incontra Araceli, la figlia tredicenne del padrone di casa, bellissima e infinitamente seducente. Stregato dalla sua acerba sensualità, confuso dal vino e dal caldo eccessivo, il giovane, in preda a un delirio di desiderio, la prende con la forza. Lei si ribella o finge? Lui la soffoca o lo crede soltanto? E come reagisce Ramiro credendosi un assassino? Può togliersi la vita, fuggire, oppure uccidere, uccidere ancora. E se Araceli, un giorno, facesse ritorno? Sullo sfondo di un'Argentina torbida e corrotta, un romanzo carico di mistero e di sensualità.

«I romanzi di Giardinelli sono profonde indagini nei misteri
della condotta, della passione, dell'erotismo
e di tutto ciò che rientra nella condizione umana.»
Luis Sepúlveda

«Una narrazione incalzante, ritmata sull'alternarsi
dei tempi del delitto e della colpa. Finale a effetto.»
Sette – Corriere della Sera

TEA

«I MIGLIORI ROMANZI STORICI MAI SCRITTI»
NEW YORK TIMES BOOK REVIEW

PATRICK O'BRIAN «LE AVVENTURE SUI MARI DI JACK AUBREY E STEPHEN MATURIN»

Sullo sfondo delle guerre napoleoniche, le appassionanti avventure sui mari di una coppia d'eccezione: il comandante della britannica *Royal Navy* Jack Aubrey e il medico di bordo Stephen Maturin. Sanguigno, aperto, allegro e ambizioso il primo; riflessivo, sottile, appassionato naturalista ma anche efficacissima spia il secondo: i due inseparabili compagni affrontano assieme battaglie navali, intrighi, naufragi, ammutinamenti, tempeste... Avvincenti e serrati nell'intreccio, straordinariamente documentati nella ricostruzione storica e precisi nella descrizione della vita marinaresca del XIX secolo, i romanzi di Patrick O'Brian ci accompagnano in indimenticabili avventure attraverso i mari di tutto il mondo.

«Le avventure di Aubrey e Maturin» in edizione TEA:

Primo comando
Costa sottovento
Buon vento dell'Ovest
Verso Mauritius
L'isola della desolazione
Bottino di guerra

Finito di stampare
nel mese di giugno 2001
per conto della TEA S.p.A.
dalla Milanostampa di Farigliano (Cuneo)
Printed in Italy

TEADUE
Periodico settimanale del 13.6.2001
Direttore responsabile: Stefano Mauri
Registrazione del Tribunale di Milano n. 565 del 10.7.1989